中国专业作家小说典藏文库

中国专业作家小说典藏文库

肖克凡卷

哈尔哈拉河的刀子

肖克凡 ◎ 著

中国文史出版社

目　录

哈尔哈拉河的刀子

　　他攀登着哈尔哈拉河畔的那座无名小山。无名小山不高，好像人里的矮子。矮子也累人呢。他走得气喘吁吁，一眼瞥见自己的汗珠儿落入草丛，立即被吸干了。他中途几次气馁，想放弃又不忍心，便大声咒骂着。他不是咒骂山高，山高也不是什么错误。他是咒骂自己力衰。当年的锐气荡然无存，如今就连这座无名小山也攀登不得了。男人五十，日过午，精力明显不济。他随手扯了几片草叶子塞进嘴里，用力咀嚼着。他咀嚼草叶子的表情很夸张，似乎在模仿老马吃草。是啊，味道变了，草叶子已然没了昔日清香。似乎什么都变了，没变的只有黛色的哈尔哈拉河继续流向前方，宁死不回头。这才是内蒙古的河流啊。他因此感到欣慰，左脸的刀疤仍然保持着纯正的紫色。他喜欢紫色。人的颜色是不可以随意改变的，紫色就是。

　　一块乌云飘来，粗暴地抹去了满天阳光，无名小山顿时失去光泽，窘迫起来。他知道这不光是草的逆境，人也一样。于是他增了志气，大声吼着冲上山顶。冲上山顶之后他呼呼喘着粗气，分明感受到乌云正在从自己肩头掠过，不怀好意地朝着山谷滑去。山谷里一派透迤，流淌着的哈尔哈拉河水被乌云弄得改了颜色。那是多么沉重的颜色啊，使人想起生锈的刀子。山谷里水草丰美，散布着五颜六色的旅游帐篷，挺鲜艳的，远远望去好似童话世界里一只只彩色蘑菇。他宁可叫它们帐篷而不叫它们蒙古包，那是因为它们属于张术。张术这家伙一颗红心扎根边疆三十多年不返城，喝着哈尔哈拉河水渐渐成为"大肚子"。大肚子是当地土话，就是北京人说的大款。每逢消夏季节，大城市的大款们千里迢

1

迢跑到哈尔哈拉河谷，纷纷住进张术旅游公司的冒牌蒙古包里，休闲度假。天长日久，大款们废弃的避孕套成为这里的唯一橡胶制品。当地的孩子们以为这就是干瘪的节日气球，含在嘴边使劲儿吹着，往往听到一声声沉闷的爆裂。据说张术听到这种爆裂声总是嘿嘿笑着。

他身穿皱皱巴巴的土色西服、肥大的军绿裤子、褐色破皮靴，一派典型的民工打扮。站在山顶远远望着山谷里布满彩色帐篷的度假村，他心情挺复杂的。就说张术吧。二十多年前知青部落的那条大土炕，我睡炕头，那家伙睡炕梢儿。如今人家成了当地首富，就连当年知青部落遗留的三间土房也修建成"张术故居"，走进院子首先看到著名书法家沐沣先生题写的匾额，四个大字金光闪闪。

他内心是自卑的。尽管他的洪炉在哈尔哈拉河畔无人不晓，尽管他打造的"匹恰克"已经成为当地旅游名牌产品，尽管他走遍方圆百里处处都有奶茶和笑脸，他还是觉得没劲。当年我在这里插队落户，但后来返城了。当年返城进厂我当了锻工，连年被评为先进生产者，但后来下岗了，就连妻子也跟了别人。大城市的时尚生活根本不需要铁匠。他只得承认自己是多余人。五十岁了，只身重返记载着他青春岁月的哈尔哈拉河畔，叮叮当当打铁谋生。

一条小路曲折地通往山谷。山谷其实是河谷。哈尔哈拉河蜿蜒而来蜿蜒而去，留下山对水的回忆，也留下水对山的回忆。山山水水互不相忘，最没记性的动物是人。人，什么也记不住，只记住钱和女子。这样想着，他看到虚张声势的乌云远去了。河谷里的景色重新灿烂起来，没事儿似的。这就是坚若磐石的哈尔哈拉河谷啊。他沿着小路，下山了。人朝高处走，一鼓作气冲上山顶就是了。人往低处走，就难了。李丽茹就是这样摔死的。

三十几座彩色帐篷，分布在鲜花盛开的哈尔哈拉河谷里。野玫瑰花的香气扑面而来，令人猝不及防。游客们因此受到强烈刺激。这就是哈尔哈拉河谷的野玫瑰花，花香杀人，花香杀人不眨眼。住在度假村里的大肚子们几乎人人愿意被花香杀死，他们在彩色帐篷里这样唱着，不是倾诉心曲而是消化着肠胃里的狍子肉。

进入小盆地，他迈着大步走过一座座不伦不类的彩色帐篷，心里充满抵触情绪。他知道这里是张术旅游公司的度假村，自己只是打造哈尔哈拉河刀子的铁匠而已。河谷里野玫瑰花的香气迎面扑来，掺杂着游客们带来的法国香水味道。他苦笑了，迎着无奈的夕阳。

　　黄昏时分，远处的篝火便燃烧起来。这显示了大肚子们急切盼望夜生活降临的焦灼心理。白天似乎太长了。他拖着自己长长的身影走向那座破旧的蒙古包。这座蒙古包不是有钱人聚会的地方，因为这里没有五粮液和人头马。这里只有哈尔哈拉河水酿出的真正好酒，人称烧刀子。他总也弄不明白烧酒为什么叫烧刀子，难道酒是刀子？是啊，酒有时候就是刀子，男人有时候是磨刀石。

　　走进蒙古包他看到几个汉子喝着烧刀子，表情从容。烧刀子这酒，味道醇正，德行很好。酒也是有德行的，跟人一样。他跟汉子们打招呼，知道他们都是小生意人。汉子们都认识他，叫他刀子。他当然知道自己叫刀子。他在哈尔哈拉河畔打造各种铁器，包括马蹄铁，然而最出名的还是刀子。他打造刀子总是夜间淬火，很神秘。

　　蒙古包里的汉子们挪出位子，请他落座，说喝酒。天色暗了，他的心情却晴朗起来，伸手端起大碗喝了一口。烧刀子毕竟是好酒，一路直入肺腑，中途不用倒车。这时蒙古包外面热闹起来，他知道这是马头琴来了。马头琴带来歌声，就是那首好人唱坏人也唱的《天堂》。

　　蓝蓝的天空，清清的湖水，绿绿的草原。他闭眼听着，很陶醉。奔驰的骏马，洁白的羊群，还有你姑娘。一曲终于唱罢，他睁开眼睛朝着蒙古包外面大声说，还有哈尔哈拉河的刀子。

　　蒙古包外面没人应声。蒙古包里几个汉子哈哈笑了。一个汉子摇头表示反对，说天堂没有刀子。他想了想，认为这汉子说得对。天堂那么美好，根本用不着刀子。他这样想着，自卑起来。天堂既然不用刀子，我这铁匠还能去天堂吗？不能。他低头喝酒，不说话了。

　　不声不响走进来几个姑娘。汉子们立即容光焕发，纷纷笑着腾出座位欢迎她们光临。他知道这是张术旅游公司推出的服务项目——小姐陪酒。他不大适应这种场合，继续低头喝酒。

身旁的姑娘伸手给他添酒。他看见她手腕上戴着铁镯，惊异了。他侧脸看了看姑娘，问她铁镯哪里来的。这姑娘消瘦的脸庞，丹凤眼，显出几分营养不良的趋势。他抓住她瘦弱的手，注视着。姑娘慌了，挣脱着。他继续追问这只铁镯的来历，姑娘起身跑出了蒙古包。汉子们哄地笑了，那意思是笑他有花心没花胆。他沉着面孔解释说，那只铁镯真是好手艺啊。汉子还是哄笑着，七嘴八舌撺掇他去追赶那陪酒姑娘。他气极了，嘭的一声将那只大碗扣在小桌上。蒙古包里的空气猛地充满硝烟味道。一个汉子表情紧张，伸手下意识地摸了摸插在皮靴里的刀子。

他突然残忍地笑了，说你这刀子杀不了人，只能宰鸡。汉子们不敢笑了，一起盯视着他左脸的紫色刀疤。这刀疤，很像哈尔哈拉河谷野玫瑰花的颜色。他告诉汉子们，他只想知道那陪酒姑娘手上戴的铁镯是什么打造的。一个汉子怯了，小声告诉他，那陪酒姑娘名叫小晴，小晴从小没娘，黄连苦命。

他不言语了。

这时，张术哈哈笑着走进蒙古包，一双小眼睛里放射着酒精的光芒。胖胖的张术身后跟着两个彪形大汉，一看就是保镖。张术叫了一声刀子，径直走上前来拍着他肩膀说，穆先生要见你。

他抬头问张术穆先生是谁。张术说穆先生是大城市来的大肚子，他老人家现在就要见你。

蒙古包里一派寂静。那几个汉子纷纷站起身来，溜出蒙古包。他们为什么突然退场呢？他问张术。张术嘿嘿笑着说小动物见大动物，一般都是要逃跑的。他问谁是大动物。张术说穆先生是大动物。他摇摇头，说不见。张术顿时急得红了脸，你来哈尔哈拉河打铁不就为赚钱吗？你要想发财现在就去见人家穆先生。

他软了，伸手拿起那只大碗揣在怀里，缓缓站起身来说了声走吧。张术嘿嘿笑了，称赞他是明白人。他跟随着张术走出破旧的蒙古包，远远看见那堆篝火冲天燃烧着，就连夜色里的野玫瑰花的香气也被烧得变了味道，腥了。

望着远处篝火，他跟随张术走向那座又高又大的红色帐篷。一个保镖跑进去禀报了。一个保镖镇守门外，责令他交出揣在怀里的大碗。他抗拒着，故意说这是一只讨饭碗。张术小声说这是规矩，无论谁来拜见穆先生都要接受安全检查。他板着面孔，左脸刀疤泛着紫光。

前去禀报的保镖从帐篷里探出身子朝他努了努嘴，那意思是招唤他进去。这时候张术盯了他一眼。他明白这是嘱咐。小动物去见大动物必须谨小慎微，否则遇到血盆大口就没命了。他心情沉稳，铁匠有什么慌张的？这样想着他伸手撩开门帘走进帐篷。帐篷里灯光昏暗。他首先看到一张宽大的皮椅里卧着一个人，然后看到这个人在宽大的皮椅里挪了挪身子，这动作僵化，使人想起干尸。这人就是穆先生？他觉得有点儿可笑，从大地方来的大肚子原来就是这种样子。

穆先生躺在皮椅里伸出一只手，指着木墩儿让他坐下。他遵命落座，趁着昏暗灯光注视着穆先生干枯的手。这就是大富翁啊，绝对瘦肉型动物。

瘦肉型动物终于坐起，满头银发，目光炯炯。他心里啊了一声，一下想起父亲。七十三岁的父亲患胃癌去世之前，也是这样满头银发，也是这样目光炯炯，也是这样枯瘦如柴。唯一不同的父亲是穷人，穆先生是富翁。这一贫一富，天地之间。

富翁说话了，很和蔼。富翁要求铁匠打造一把六尺长四寸宽的大刀，不是藏式不是蒙古式也不是阿拉伯式，而是那种汉室镇宅宝刀。

牛皮刀鞘吧？他问。穆先生面无表情，说将来到云南的西双版纳去配制蟒皮刀鞘。说着这位大富翁缓缓离开皮椅，伸出枯手指着他的鼻子说，你使出浑身本领打造这把大刀吧，完工之后我给你八千八百八十八元八角八分。

八千八百八十八元八角八分。他听罢立即站起身来大声说谢谢。穆先生告诉他这把大刀取名金童。你必须把这个名字刻写在刀身上，三天交活儿，只许成功不许失败。

他应了一声。穆先生问他知道不知道玉女。他茫然，摇了摇头说不知道。穆先生突然笑了笑，说，你下去吧。

他遵命转身走出这座红色帐篷。帐篷门外张术慌忙迎上前来，表情紧张。他说穆先生要打造一把四寸宽六尺长的大刀，大刀取名金童。张术听罢放了心，说有了金童必须要有玉女啊。

他不知道什么是玉女，此时他只知道金童。迎着浓浓夜色他朝着哈尔哈拉河畔的洪炉走去。八千八百八十八元八角八分。我离开城市千里迢迢来到哈尔哈拉河谷打铁，就是为赚钱。穆先生果然不是凡人，打造一把镇宅宝刀竟然出资八千八百八十八元八角八分。这几乎就是九千元啊。穆先生真不愧是大地方来的大肚子。

坐在哈尔哈拉河畔的大石头上，他注视着沉沉夜色，寻思着。这时候哑娃出现了，不声不响蹿到他的身旁，小精灵似的燃起一小堆篝火。这火光，一下照亮了流淌不息的哈尔哈拉河水，也照亮了铁匠左脸的刀疤，紫色的刀疤在火光的映照下颤动了两下。

哑娃是个来路不明的男孩子。这孩子行动怪异，猫头鹰似的，白天不见踪影，夜间露面。他哑，却总想说话，往往是张圆了嘴巴，有形无声的样子。铁匠心说，哑娃这孩子是想跟我学艺啊。其实哑巴学打铁还是比较合适的，不会说话照样赚钱。

篝火越烧越旺了。火光里的哑娃递给他一瓶酒，是烧刀子。他接在手里，咬开瓶盖咕咚喝了一口，心里好爽。他知道自己的好心情跟那笔钱有关——八千八百八十八元八角八分，就又咽了一口烧刀子。哑娃抬头注视着满天夜色，好像看透了他的心事。

他打着哑语告诉哑娃他接了大项目，给大地方来的大肚子打造大刀，大刀的名字叫金童，四寸宽六尺长。哑娃懂得他的手势，连连朝他摆手，表示担忧。篝火渐渐弱了。他伸手摸了摸脸上的刀疤，笑着告诉哑娃好钢坯子藏在好地方，趁着夜黑无人现在就去挖掘出来。哑娃马上跑去找来一把铁锹，递给他。

篝火熄了，夜色更稠了，一股股黏汁似的。他扛起铁锹走向无名小山下的黑松林。哑娃紧紧跟着，分明就是他的尾巴。

星光暗淡。他走进黑松林深处。这里原名"知青林"，如今株株成材，面临着疯狂的滥砍滥伐。他的好钢坯子就埋藏在那棵大松树下。他急匆匆来到树下伸出铁锹挖掘起来。往事如烟啊。当年植树的时候他正在偷偷跟李丽茹谈恋爱，这株大松树记载着他的初吻。

他呼呼喘着，铁锹终于咣的一声碰到硬物。他蹲下身去摸了摸，是它。这是好风钢啊，含锰。它埋在这里半年光景，不锈。

哑娃猫腰抱起钢坯，哇呀一声扛在肩头，转身就走。天色蒙蒙亮了。哑娃扛着钢坯子快步如飞，已经走出了黑松林。他感叹自己老了。当年营造"知青林"，他扛着一捆树苗儿疾步行走，腰不弯气不喘。他回头看着如今的大松树，心里很是感伤。光阴似箭啊，李丽茹死去二十六年了。

哑娃走远了，想追也追不上。这时他一眼瞥见小山坡上增添了一块石头，心里很惊奇。小山坡不高，他满头大汗朝前攀去，渐渐看出那不是石头，是人。走近了，终于看清是那陪酒姑娘。他想起她的名字，大声叫着小晴。大清早你怎么一人坐在这里呢？小晴一动不动坐在小山坡上，身边生长着单纯的小草儿。

我听说你从小没娘，是吗？他气喘吁吁问着，注视着她雪白手腕儿上的铁镯。

小晴眨着一双丹凤眼，说我娘当年参加青年突击队上山伐木，半路上摔残了，后来死了。

他惊讶极了，立即想起李丽茹。你娘是天津知青吧？小晴注视着他，然后摇摇头说，我娘是北京知青，她叫吴建蓉。

是啊，当年上山伐木不幸罹难的女知青何止李丽茹一人。他不认识吴建蓉，但心里还是沉甸甸的。光阴荏苒，当年知青的遗孤长大成人，做了哈尔哈拉河谷的陪酒小姐。

你戴的铁手镯是谁给你的？

它是我妈妈留下的。我听说那年月没有黄金没有白银只有黑铁。

他激动了，伸手掏出衣兜里的全部钞票，总共六百多元，一股脑儿塞给小晴，转身就走。小晴喊了一声。他并不停步，沿着斜坡一口气冲下山去。他跌跌撞撞的身形，很像一只断线的风筝。

小晴站在小山坡上，大声喊着：知——青——舅——舅。这声音在哈尔哈拉河谷回荡着，久久不散。

7

他站在小山坡下，气喘吁吁转身望去，仍然听见小晴喊出的"知青舅舅"环绕在山谷里，悠远而绵长。小晴的身影在他眼睛里更像是一株小树，随着余音摇曳。他一下被感动了，视线变得模糊。是的，小晴的妈妈吴建蓉是女知青，那么男知青当然就是她的舅舅了。知青舅舅——多少年没有听到这种亲切的称呼了，恍若隔世啊。这时太阳升起来了，照耀着山坡上那株幼稚的小树，也照耀着他左脸的紫色刀疤。这紫色刀疤记载着他的身份。

沿着小路他回到哈尔哈拉河畔的小木屋，看见哑娃放在门前的那块钢坯子，笑了。白天他是不干活儿的。白天他睡觉。他打铁往往是在夜间。他认为铁匠的炉火应当属于黑夜。白天的炉火只是用来烧制奶茶而已。

今天他好像有了心事，一屁股坐在小木屋门前，倾听哈尔哈拉河的流水。他想起李丽茹，一笑两个酒窝儿，梳着两条小辫儿，还是当年的模样啊。人死了，她的形象也就凝固在你心里了，永远不会衰老。可活着的人却一天天苍老下去，反而不如死人永恒。这时候他眼前又浮现出山坡上的那株小树，心里很不是滋味。

白天没有炉火。白天就这样过去了。

黄昏时分，他又来到哈尔哈拉河谷度假村，寻找昨天喝酒的那几个汉子。天色渐渐黑了，还是不见有人走进蒙古包。他觉得奇怪，找小伙计要了一瓶烧刀子，一个人喝着。外面的篝火噼噼啪啪燃烧起来，空气里弥散着无法无天的气味，夜生活又开始了。他感觉左脸的刀疤痒了，起身走出蒙古包。远处的熊熊篝火冲天而起，极其嚣张的样子。远远看见一群姑娘围绕着篝火跳舞，他拎着酒瓶朝那里走去。

两个身穿保安制服的壮汉突然出现，小山儿似的挡住他的去路，说篝火晚会闲人不得入内。他觉得挺可笑的，这里从来就是野山野水不受管束，今天竟然成了闲人免进的地方。这世道真是变了。

张术跑来了，大声催促他回去打铁。他觉得张术神经兮兮的样子，挺滑稽的。张术低声告诉他，今晚穆先生的篝火晚会必须清场，任何人不得打搅。

穆先生的篝火晚会？穆先生的什么篝火晚会？他追问着张术。张术推搡着说，穆先生的篝火晚会选拔玉女，你赶快回去打铁吧，千万不要误了人家的大事情。

张术的这句话提醒了他。是啊，穆先生的镇宅宝刀既然取名金童，那是必然要选拔玉女的。这样想着，他转身走了。一路上他寻思着，突然想起小晴。穆先生选拔玉女？他心里顿时紧张起来。

子夜时分。洪炉火光冲天。他看到钢坯子在洪炉里烧得红透，知道是时候了。打铁关键是火候。这时哑娃站在铁砧前面，手持大锤给他充当助手。他伸出钳子擒住钢坯子，嗨哟的一声拖上铁砧。哑娃心领神会哇呀一声，叮叮当当抡锤锻铁。清脆的打铁声响彻哈尔哈拉河畔。他念叨着"四寸宽六尺长"，烧了锻，锻了烧，大刀的雏形渐渐显现出来，真是好火色。哑娃兴奋极了，哇呀哇呀叫着。他注视着渐渐冷却的刀坯，呈现一派青蓝颜色。哈尔哈拉河的铁匠从来不曾打造这样的大刀。这大刀名叫金童啊。这时他的心情又复杂起来。哑娃看出他的心思，不由放下大锤，哇呀哇呀比画着。他故意不睬，抄起小锤叮当叮当敲打着刀脊。哑娃急了，气哼哼扔掉大锤，跑了。

他感到左脸刀疤又痒了，这是天气预报。哈尔哈拉河谷的气候好似女人的心，就变就变。这时他想起李丽茹，也想起前妻，想起他认识的一个个女人。她们都是苦命人啊。

封了炉火，他感到夜色立即浓重起来。伸手摸了摸那青蓝色刀坯。真好。不冷不热，好像人的体温。这铁器通人性呢。他感到心头热了。打铁多年，他从来不曾体验今夜这种情感。他使劲儿抱起这青蓝色刀坯，摇摇晃晃走进小木屋，仿佛怀里搂着自己的孩子。

哑娃跑回来了，推门走进小木屋咿咿呀呀报告篝火晚会的情况。他觉得啰唆，径直询问玉女评选的结果。哑娃摇摇头，表示不知道。他急了，朝着哑娃吼叫起来。

哑娃慌忙退出小木屋，跑了。他躺在小木屋里继续吼叫着，我问你有没有小晴！我问你有没有小晴！

黑夜逝去，白天又来了。白天里张术又来了。他领着两个身穿保安制服的汉子，催问打造大刀的事情。他捧着青蓝色刀坯走出小木屋，当头便向张术询问篝火晚会选拔玉女的情况。

张术嘿嘿笑了。昨天夜里已经从一百二十个姑娘里评出六名候选人，明天篝火晚会从六名候选人里评出两名，后天篝火晚会二中选一，最终评出哈尔哈拉河玉女。

这里有没有小晴呢？他怀里抱着刀坯，故意装出漫不经心的样子。

小晴？张术想了想，说昨天篝火晚会上没有见到小晴姑娘。

他的心情立即轻松了。张术却沉下面孔，说穆先生责令他三天之内交活儿，如果按期交活儿，酬金从八千八百八十八元八角八分涨到九千九百九十九元九角九分。

涨钱是好事儿，但他不言语。张术大声叮嘱说千万别忘了刻上"金童"二字。他抱着青蓝色刀坯走进小木屋。屋里传出他的大声说话。金童是大刀，铁的。玉女是姑娘吧，肉的。这金童玉女难道就是铁和肉的搭配？不成。铁和肉怎么能搭配呢？绝对不成。

张术冷笑着说，金童玉女这是穆先生弘扬民族优秀文化。外国人还年年选美呢，咱中国人也不能落后啊。我看玉女的事儿你就不要管了，三天之内把金童弄出来吧。

说着，张术顺着窗户将一沓人民币投进小木屋，告诉他这是穆先生的五千元订金。

他躺在小木屋里静静等待着夜色降临。无论你出多少钱，白天他是绝对不打铁的。当年他在工厂里当锻工，常常夜班开炉。他喜欢子夜时分打铁发出的声响，很有几分世人皆睡我独醒的味道。尤其他从张术嘴里得知篝火晚会选拔玉女没有见到小晴的身影，心里便踏实了。他认为穆先生选拔玉女不是什么好事儿。一把年纪了还选拔什么玉女啊，真是居心不良。

当天夜里他开炉打铁，哑娃继续充当助手。他没有忘记凿刻"金童"二字，这很重要。然而他知道最为重要的是淬火。洪炉锻铁容易，难关在于淬火。而没有经过淬火的刀子就好比没有经过苦难的男人，一文不值。哑娃看得似懂非懂，连连点头。

他的绝技其实是二次淬火。一把大刀，首先是冷水淬火，然后是油液保温。冷水当然是哈尔哈拉河水，温油是老羊脂。为了给这把六尺大刀淬火，他准备了油槽。他告诉哑娃，冷水淬火，为了坚硬锋利，即所谓宁折不弯；温油浸泡，为了坚韧有力，即所谓宁弯不折。这两者兼而有之，便是宝刀了。

他顺利完成了冷水淬火。喘了一口气，他伸出手指弹击着钢口，那声音令人满意。他将大刀横在洪炉里烧了一会儿，随即拎出投入油槽，浸泡着。这时他看到浸泡在油液里的大刀像一条大鱼，于是想起当年读过的外国小说《老人与海》，不禁悲喜交集。

生活就是这样。他擦拭着额头汗水，比画着告诉哑娃两道淬火大功告成，明天开始打磨、抛光、涂油，完成这三道工序，就交活儿了。

哑娃笑了，伸手比画着——九千九百九十九元九角九分。

他也笑了，又感到左脸刀疤发痒。以往刀疤发痒总是天气预报，今天怎么不见变天呢？如今的天气跟人一样，乱了。

白天了。他亲手打磨着大刀。哑娃跃跃欲试。他不理睬。这时候张术派人送来两丈明黄缎子，说是用它包裹大刀。他知道这明黄缎子在大清王朝乃是御用物品，民间使用必遭死罪。时代毕竟不同了，穆先生使用明黄缎子包裹大刀，没人感到惊异。

抛光的时候，天色阴霾了。他专心致志工作着。哑娃求战心切，伸手拿起布轮。他立即制止，不许哑娃插手。

是的，他认为这把大刀是自己多年锻造生涯的珍品，人与铁之间分明产生了亲情。既然如此，那么抛光就一定要抛得像镜面一样，让刀锋一下照透人心。他意识到自己已经爱上了这把大刀，甚至几次产生据为己有的强烈念头。打从失去李丽茹，他再也没有产生过如此强烈的情感。这时候他完全忘记了选拔玉女的事情，一心一意给金童涂油。涂满了擦净，擦净了再涂满，如此重复十遍。这把锋利无比的大刀平添了几分玉润珠圆的感觉，达到了平和的境界。

他动手包裹着大刀。两丈的明黄缎子将这把身长六尺的大刀包裹得严严实实，仅仅露出"金童"二字，锃锃闪光。

第三天日上三竿，穆先生指派张术取货来了，并且带来赏金。尽管平时酷爱人民币，这赏金却难以引起他的意外惊喜。他不忍匆匆离别，提出亲自送刀的要求。张术只得答应了。

天阴着。他紧紧抱着黄缎裹身的"金童"跟随张术走向"零公里"。所谓"零公里"是哈尔哈拉河谷的公路出口，也是举行迎送仪式的地方。他迎着小风走着，野玫瑰花的香味扑鼻而来。满地青草纷纷站立起来，瑟瑟抖动不止。他想起当年知青大返城的时候，小草儿们就是这种样子。

几辆高级轿车停在"零公里"处。一群姑娘手持鲜花，已经做出欢送贵宾的姿态。野玫瑰花的香气里混杂着汽油的味道，怪怪的。终于看到穆先生了。这位西服革履的大富翁精神焕发，站在那辆日本面包车前面，满脸慈祥地等候着金童。

缓缓走上前去，他依依不舍地将金童递给对方，感觉是将自己的儿子交了穆先生。这时候姑娘们呜呜地哭了起来。他的眼圈也湿润了，脸上刀疤随着颤动起来。

穆先生将金童递给身旁的保镖。保镖抱起金童送进那辆面包车里。张术满脸堆笑朝着穆先生说，玉女上车了，金童上车了，您老人家也上车吧，我祝您一路顺风。

玉女上车了？他突然意识到了什么，大步走向面包车。他一眼看见车窗里搭着一只雪白的手臂，手腕儿上戴着那只黑色的铁镯。

啊？他立即冲向送行的姑娘们，大声问着。玉女是小晴吗？玉女真的是小晴吗？

姑娘们哭得更响了。一个大眼睛的姑娘抽泣着说，小晴多有福气啊，小晴最终被选中了，小晴跟大肚子到大城市去了。小晴一步迈进天堂啦。

他惊呆了，脸上的刀疤剧烈地颤动着。他猛地转身冲向面包车，大声喊着，小晴！小晴！

面包车启动了。他追赶着，近乎号叫着。小晴，你把你铁镯留给我吧！小晴，你把你铁镯留给我吧！

他拼命追赶着面包车。这时候那只铁镯从行驶的车窗里飞了出来，缓缓落地。

香　水

　　商晓亭还是喜欢学生装束的，白衬衣，灰西裤，黑皮鞋，外面穿一件蓝大褂儿。一路行走，意气风发，神采飞扬。大褂儿在北京、天津叫大褂儿，在上海则叫长衫。商晓亭去年专程坐火车走津浦路到上海去听麒麟童的戏，因此懂了几句上海话。譬如长衫就是。麒麟童先生的戏风格奇特，号称外江派，很有观众，就连给他挎刀的配角刘斌昆先生的表演，也给商晓亭留下深刻印象。从上海回到天津，仁记洋行职员商晓亭先生辞职下海从艺，搭班国风社挂二牌小生，偶尔反串青衣。无论生旦净末丑，只要你是票友，那么贴演出戏报的时候，名字后面必须添一"君"字，尊称商晓亭君，票友一下海就不一样了，再贴演出戏报那"君"字没了，光杆儿三个字"商晓亭"。他只得自我解嘲说，没了君字，我就成了小人了。《论语》说，唯女子与小人为难养也。这是圣人言。

　　什么难养好养，只要自己养活自己就行。好在商晓亭下海唱戏成了"角儿"，人称商小老板。尤其他一双神采奕奕的眼睛，无论扮成《金玉奴》里的莫稽或者《西厢记》里的张生，还是扮成《奇双会》里的赵宠或者《状元谱》里的陈大官，即使反串一把青衣也往往一下便被本埠戏迷们认出。因此，只要上街商晓亭那是必须佩戴墨镜的。可是，他酷爱学生装束却配以墨镜，就显得不伦不类了。在天津这地方墨镜往往属于青皮和侦缉队。就这样，鱼和熊掌变成了学生装束与墨镜，同样不可兼得。这无法调和的矛盾使得商晓亭先生颇感为难。

　　人生在世，有经有权。对商晓亭来说这身学生装束乃是经常之理，一时难以改变，墨镜当属权宜之计。这一经一权，他自然放弃墨镜，一身学生装束信步行走在大街上，文明而潇洒，似乎一步回到了令人怀念的学生时代。他上学的时候最喜欢的课程就是英语。他觉得一群中国人哇啦哇啦一起讲着外国话，真是太有意思了。据同一寝室的同学说，他睡觉说梦话，有时也讲英语。

往事如烟。商晓亭拐进一条小马路，从小说家刘云若先生的四合院门前走过去，不由想起《红杏出墙记》，觉得这书名取得很好。一枝红杏已然招摇得很了，还偏偏出了墙。人世间景色被小说家们弄得百花吐艳随即无情凋谢。出了"红杏"又添了"秋海棠"，好像还有"玉娇梨"什么的。有时候商晓亭认为自己最终喜欢上了香水儿，恰恰与阅读这样的小说有关。

这时，他看见小马路迎面走来一个戴墨镜的男子，便暗暗笑了。我不戴墨镜但不能反对别人戴墨镜，这就是己所不欲勿施于人的道理吧。

戴墨镜的男子大步走上前来叫了一声商小老板，然后转身指着前面说，百货公司专门派人给您送香水儿来了。商晓亭听罢抬头朝前望去，果然小街远处有人走来。

说起香水儿，商晓亭顿时兴奋起来，快步朝前迎去。他的喜欢香水儿，似乎已经不是什么秘密了，戏迷们好像也知道他喜欢香水儿。可商小老板到底喜欢什么品牌，却无人知晓了。因为就连商晓亭也不晓得自己究竟喜欢哪种香水儿。当然是说男士香水儿。

商晓亭早年就读于私立南开中学，毕业之后进入洋行做事。那时候商晓亭一迷京戏二迷香水儿。正式下海唱了京戏，就光剩下迷香水儿了。他不好意思告诉别人，如今香水儿已然成了他的唯一信仰。

这条小马路上，一个戴巴拿马草帽儿的男人迎面走来，愈走愈近，突然举起手里的纸包儿向着商晓亭的脑袋狠狠打来。只听到嘭的一声纸包迸裂——商晓亭满脸白色粉末。他伸出双手捂住眼睛，不由得发出一声尖叫，这完全不是名角儿唱戏的嗓音。他疼痛难忍倒在地上，翻滚着。这时他听见有人大声喊叫，说这是毁容啊这是毁容啊。

毁容啊？商晓亭心里倏地明白了。

有人端起一只盆子，二话不说冲上前来就要往商晓亭脸上泼水。不知从哪里跳出一个人来。抢在泼水之前这个人一掌打翻了水盆，拉起商晓亭起身就走。

眼睛、鼻孔、嘴巴泛起一阵阵难以忍受的灼热，仿佛一支支钢针刺进皮肤。商晓亭疼得睁不开眼睛迈不开步子。这人猫腰背起他，一路快步行走，这足以使人想起《三侠五义》里的展熊飞。

小马路左侧开着一间馒头铺，一个小伙计正在用力和面。这人立即放下商晓亭，迈开大步冲进馒头铺伸手从案板上揪了一大块面团儿，反身走出将这块面团捂在商晓亭的脸上，动手反复揉和起来。这人一边揉着面团一边说，这是烈性生石灰啊，它只要遇水就放出极大热量，非把你这脸庞烧烂不可啊。

这人就这样揉啊搓啊，一块面团儿竟然从商晓亭的脸孔里沾出一层层白色粉末——这都是烈性生石灰。这人继续说，我看见一个人要朝你脸上泼水，那一定是居心不良啊。

商晓亭强忍着疼痛睁开眼睛，一眼看到救命恩人居然是一位身材修长面孔清瘦的老先生，而且也穿着一件蓝布大褂儿。

馒头铺隔壁是一家理发所。这位身穿蓝布大褂儿的老先生借了一张椅子请商晓亭落座，然后走进对面一家油盐店，随即端出一大碗紫酱，就是北京人吃烤鸭佐餐的甜面酱。

老先生乐呵呵的样子，似乎经历了一场游戏而已。他站在商晓亭的身后将一大碗甜面酱浇在这位京戏名角儿的脑袋上。一股股甜面酱朝下流淌着，样子怪怪的。这位身穿蓝布大褂儿老先生继续操作，以甜面酱清洗着商晓亭先生的五官。

生石灰没有遇到水，这真是不幸之中的万幸啊。老先生一边轻轻清洗着一边轻轻说着。

商晓亭点头说是，然后迫切地问道，老先生您为什么救我啊？

嘿嘿，我救你了吗？这位老先生轻轻反问着，伏在商晓亭耳旁说，你应当马上找一家旅馆住下来，懂吗？

商晓亭当然知道自己的安全受到了严重威胁，说去住亚洲旅馆吧。

老先生坚决不同意，说必须去住樱花大旅社，因为那里是日本租界，中国凶手不敢贸然进入具有东洋背景的地方。

老先生，您到底是谁啊？商晓亭忍不住问道。

我是我啊。这位老先生从大街上叫来一辆人力车，将商晓亭送到日租界樱花大旅社，住进三楼的一个大套间。樱花大旅社的日本侍应生瞪大眼睛看着满脸捂着甜面酱的商晓亭，以为这是商家在做巧克力广告。

商晓亭躺在大套间里一张宽大的钢丝床上低声告诉老先生他身上有钱。老先生笑了笑说，我当然知道你身上有钱。

可我至今还不知道您是谁啊！你一定知道我是谁吧？

老先生或许对他的身世了如指掌，也或许对他的身世毫无兴趣，总之老先生没有承接这个话题，只是轻轻拍了拍他肩膀说，你就这样躺着吧，什么时候你满脑袋的甜面酱变干了，你什么时候吃东西。你还是吃馒头吧，软和。你不能喝水，一喝水，你的嗓子就烧哑了。你不能哭，一流泪你的眼睛就烧坏了。你不能流鼻涕，一流鼻涕你的鼻道就烧伤了。我担心你喉咙里眼睑里鼻孔里还残存着生石灰，那东西一遇水汽必然伤人的。我说的话你记住了吧？

商晓亭说记住了，不能喝水不能哭泣不能咳嗽不能喊叫，这就是要我灭绝七情六欲啊。

老先生听罢，嘿嘿笑了两声却没有说话。

他意识到这位老先生即将告辞，而且一去不复返，于是内心伤感了，情不自禁地呜咽起来。老先生我不知道您是谁，可我猜测您一定认识刘宛珍，对吧？

这位老先生根本不予回答，只说了一句我回去啦，起身走了。

商晓亭知道不能以泪水向这位不知名姓的老先生告别，只得抑制着自己情绪，他闭目想象着老先生身穿那件大褂儿的蓝色，侧耳倾听着他离去的脚步声。

老先生走到大套间门口，突然停住了脚步。商晓亭以为他改变了主意，就屏住呼吸等待着老先生说话。

角儿，你用的是什么牌子的香水儿？

16

这位老先生的声音仿佛从非常遥远的地方传来——穿越了薄薄日光以及厚厚夜色，格外缓慢格外缓慢地传递到商晓亭耳畔。他感到极其惊诧——香水儿？这位老先生竟然提出这样的问题。

他迟迟没有回答。

角儿，你用的是什么牌子的香水儿？商晓亭听到老先生的再次发问。

看起来必须回答了。于是，商晓亭一字一顿回答说，坏男人牌。

老先生听了，不声不响。于是商晓亭又说了一遍。老先生，我用的是坏男人牌香水儿。不过，以后我很可能还要改用别的品牌。

坏男人牌？老先生好像对他的回答非常满意。这时他听到一声门响，老先生转身走了。他静静听着愈去愈远的脚步声，最终归于一派静寂。他心里想象着那位老先生走出樱花大旅社，踏着日租界的水门汀马路渐渐远去的背影。商晓亭忍住泪水，就这样静静地躺在日租界樱花大旅社三楼大套间里的钢丝床上。

他为吗问我使用什么牌子的香水儿呢？难道一个男人与另一个男人之间存在着气味方面的缘分？商晓亭这样想着，渐渐睡着了。

一觉醒来已经是第二天了。日本侍应生叩门走进来，操着很不熟练的中国话告诉商晓亭，楼下有客人求见。

自从遭到暗算被人往脸上抛了生石灰，商晓亭心里警惕起来。他下意识地伸手寻摸着防身武器。可是没有武器。这时涂满脸庞的甜面酱已经干了。他伸手一块一块地从脸上揭下甜面酱结成的硬痂，恍然之间以为自己获得了新生。

新生了，商晓亭心里的畏惧减去了几分，他睁开眼睛高声告诉日本侍应生，无论什么客人统统请他们进来吧。日本侍应生去了。商晓亭盘腿打坐，鼓足勇气等待着。

日本侍应生回来了，双手捧着一只小巧玲珑的竹篮儿，不失恭敬地递到商晓亭先生面前。

这是什么东西？商晓亭再度警觉起来，轻轻询问着。

日本侍应生回答说，楼下的客人说请把这只小竹篮转交给您就是啦。

谢谢。商晓亭伸手接过这只小竹篮，一时不知如何是好。日本侍应生鞠了一躬，转身离开房间。

这里头不会装着炸弹吧？商晓亭寻思了一会儿，认为自己小题大做了。我又不是大清朝的摄政王，有人存心杀我也用不着炸弹啊。杀一戏子好比杀一妇人，有一把匕首就办了。《坐楼杀惜》就这样简单。当然，武松杀西门庆就不那么容易了。

渐渐鼓足勇气，他轻轻打开小竹篮儿，看见里面装着四只小馒头，每一只小馒头上都染了一个红点儿，这模样令人想起印度女子。商晓亭先生笑了，心里似乎有了底数。他伸手从小竹篮儿里拿出一只小馒头，轻轻从中间掰开了。

掰开的小馒头从里面露出一张纸条儿，这很像民间传说八月十五杀鞑子。抻出纸条儿商晓亭看到上面写着一句话：都是香水儿惹的祸。

细嚼慢咽吃着小馒头，商晓亭暗暗反省着。一只小馒头伴随着一个男人的反省就这样吃完了。是啊，都是香水儿惹的祸。男士香水儿跟女士香水儿相比，那味道是不一样的。味道不一样，事情还能不露马脚吗？不露马脚那才怪呢。

他轻轻掰开第二只小馒头，里面包藏着的小纸条儿写了这样一句话：你这辈子是唱不了戏啦。他看罢纸条儿连连点头承认说，对，我这辈子是唱不了戏啦。

第三只小馒头包藏的小纸条儿写了这样一行字，内容很是恐怖：你要是想活命，就马上离开天津。

商晓亭先生触电似的站起，甩了甩手不敢触摸余下的第四只小馒头。他恐慌地环视着四周，一眼看见大衣橱敞开着，自己的衣服干干净净地全都挂在里面，地上摆着那双被擦得锃亮的黑色皮鞋。这房间被布置得有条有理有章有法，仿佛是一幕依照剧本经过多次排练的话剧。太可怕了。商晓亭蓦然感到一只无形的大手紧紧攥住自己的心脏，马上胀爆了。

他神情慌张地站在大衣橱前，手忙脚乱地穿着衣服。他从镜子里看

18

到自己的脸庞经过烧伤并没有留下明显疤痕，只是满脸残留着甜面酱味道强烈地刺激着京戏演员的嗅觉，几乎难以容忍。

我应该怎样清除这种难闻的味道呢？这时候商晓亭想起了香水儿。当然是那种他经常使用的坏男人牌香水儿。

没有。除了危险的形势，这里什么都没有，何况香水儿呢。商晓亭伸手抓起那第四只尚未掰开的小馒头，蹑手蹑脚溜出樱花大旅社的房间，下楼走了。

白色衬衣，灰色西裤，黑色皮鞋，外面穿一件蓝布大褂儿。商晓亭依然一身学生装束，沿着日租界小马路行走着。人还是这个人，心情却大不相同了。他看了看手里的小馒头，突然哭了起来。他知道自己此时已经入水出发了，一起一伏地漂流而去。

贯穿天津的海河不声不响地流向东方，那水很深，深不可测。商晓亭沿着海河堤岸行走着，远远看见了法国桥。法国桥以下的右岸便是著名的英商太古码头。那里停泊着一艘艘轮船。小学生们站在法国桥上远远望去往往认为那是一只只"航模"，坐在教室里有剪刀和糨糊就成了。然而这毕竟是儿童逻辑。商晓亭先生多年之前就不是儿童了，从太古码头乘船他必须购买全票。

既然出门远行，他选择了"芝罘号"客轮。他知道从前的芝罘就是如今的烟台，就如同从前的牛庄就是如今的营口一样。商晓亭认为，乘坐"芝罘号"应当能够到达烟台的。只要离开天津，其实流向什么地方都是一样的。他买了二等舱。

坐在候船室里，一位身穿蓝布大褂儿的中年男子凑上前来，表情颇为神秘说，这位先生，您满脸煞气一定走了背运，我免费奉送您几句话吧。

商晓亭抬头看了看对方的蓝布大褂儿，心里说怎么到处都是身穿蓝布大褂儿的人呢？这人世间好像没了别的颜色。

算命先生继续说，您山根有水，滋润天地，可此乃瓶颈之相啊，瓶颈者，介于凶吉之间也。女子主凶，即凶；女子主吉，就吉。

商晓亭紧紧攥着手里的小馒头，目光紧紧盯视着蓝布大褂儿说，凶，能怎么样？吉，又能怎么样？

算命先生故意制造悬念说，凶亦曲曲折折，吉亦曲曲折折啊！

他拿出那只小馒头突然问算命先生，你能算出它里面包藏着什么秘密吗？

该上船了。

"芝罘号"客轮的二等舱很高级，外面一间小客厅，里面套着一间睡房，还配有洗手间。这格局使得商晓亭想起仁记洋行的马尔罗先生的"奥飞斯"。是啊，人世间相似的东西真是太多了。譬如坏男人牌香水儿与好先生牌香水儿，就是这样。

身穿蓝色制服的船长先生专门前来拜访，祝二等舱客人旅途愉快。商晓亭恍然大悟，原来"芝罘号"客轮没有一等舱，他是这艘轮船里最为尊贵的乘客了。他连连对船长表示感谢。这时他终于认识到自己的嗓子已经彻底烧坏了——别说唱戏了，就是沿街叫卖青菜也难以招揽生意。

开船了。

商晓亭洗了洗手。他不敢洗脸，担心用水惹祸，再度引发脸部疼痛。这时"芝罘号"正在掉转船头，然后从西向东顺流而下朝着大沽口方向驶去，就出海了。

这一掉头，商晓亭一时迷失了方向，错误地认为"芝罘号"逆流而上朝着天津华界方向驶去。他知道这是错觉，就暗暗说服着自己，目光却停留在手里的那只小馒头上。哦，打从走出日租界樱花大旅社我一直把这只小馒头握在手里，一刻不曾放开。

那就掰开它吧。他这样想着就这样做了，掰开了这只令人放心不下的小馒头。

小馒头里没有纸条儿，却有一团豆沙馅儿。那甜甜的豆沙味道扑面而来，一下引发了京戏演员的食欲。

很甜。商晓亭毫不犹豫就把这只小馒头给吃了——最后一个悬念就这样没了。小馒头顺利进了肚子，他猛地感觉浑身一派轻松，推门走上了左侧甲板。这时候，行驶在海河主航道上的"芝罘号"已经过了小刘庄浮桥。商晓亭仍然一身学生装束站在左侧甲板上。他站在左侧甲板上看到的当然是左岸风光，可是左岸没有风光，左岸只有麻烦。

一只驳船载着一只大型铁罐，说是搁浅了，就这样挡住了"芝罘号"的水道。船长十分着急，担心涨潮之前赶不到大沽口，便跑到客轮船头大声给驳船上的水手们出主意，说先把大铁罐卸了，驳船自然浮起来了。驳船上的水手们纷纷点头，说货主马上就来了。

商晓亭看到一群搬运社的汉子站在河岸上，嘻嘻哈哈好像是在看戏。一个矮胖矮胖的西洋人跑来了，哇啦哇啦说了一大堆西洋话。无论驳船上还是河岸上，没人懂得。于是那位西洋人愈发着急，指手画脚继续大声说着，好像一只怪鸟啾鸣。商晓亭站在"芝罘号"左甲板上，远远听懂了大意，便操着英语大声应答。那矮矮胖胖的西洋人听到芝罘号客轮上有人懂英语，激动得又蹦又跳，小孩子似的。这西洋人不由自主朝前跑了几步，穿着皮鞋站在水里大声邀请说，请那位懂得英语的中国先生担当我的翻译吧。

"芝罘号"船长显然精通英语，沿着左甲板大步走过来笑着赞扬商晓亭说，您的英语讲得真好，这是标准的伦敦口音。

商晓亭毫无思想准备，然而他还是听出了那位西洋人的英语里包含着德国口音。因为仁记洋行的德籍买办施密特先生讲英语就是这种口音。人世间相似的东西真是太多了。譬如施密特与这位矮矮胖胖的西洋人，就是这样。

喂！请那位懂英语的中国先生担当我的翻译吧。那矮矮胖胖的西洋人没有听到"芝罘号"的回应，又焦急地朝着河里走了几步，一眨眼那水便没了膝盖——这虔诚而迫切的心情已经接近自杀地步了。

商晓亭看到这样的场景立即慌了，马上操着英语大声喊道，好啦好啦，那就请您把我接到岸上去吧。

矮矮胖胖的西洋人听罢，站在齐腰的河水里大声欢呼起来。哇，感谢上帝！

"芝罘号"船长颇为惊诧地注视着商晓亭。尊敬的二等舱先生，您真的打算放弃这次旅行啦？

商晓亭露出极其罕见的笑容说，其实这跟二等舱没有关系，我活着就是旅行。

矮矮胖胖的西洋人竟然亲自摆着一条小船儿靠近"芝罘号"操着德国口音的英语大声喊叫着。我的伟大的中国翻译先生，请您沿着软梯下船吧，我是您仆人！

身穿蓝色制服的"芝罘号"船长告诉商晓亭说，先生，我从福州驾驶学校毕业十八年了，还从来没有见过这样谦卑的德国人。

商晓亭很有感慨地说，因为这个德国人是从大海上漂流来的啊。

身穿蓝色制服的"芝罘号"船长显然不能理解商晓亭说话的含意，主动跟他握了握手然后说后会有期。

是啊，我们后会有期。商晓亭顺着软梯下到小船上。身穿蓝色制服的"芝罘号"船长站在左侧甲板围栏前大声喊道，二等舱先生，您的船票作废啦！

商晓亭站在一起一伏的小船上朝着"芝罘号"挥了挥手，不说话。这时他猛然发现，船长制服的蓝色与自己大褂儿的蓝色，其实是很相似的，只是式样不同而已。

此时，海河水朝着大沽口方向奔流而去，一派讳莫如深的形象。不知道为什么，商晓亭认为自己的漂流已经开始了，尽管去向不定。矮矮胖胖的西洋人则奋力摇桨驶到海河左岸，那感恩戴德的表情仿佛驾船前往天堂。

海河不声不响。站在河岸上搬运社的汉子们一个个面无表情地注视着这位从天而降的英语翻译，似乎怀有强烈敌意。

矮矮胖胖的西洋人原来是一个工作狂。他上岸之后一把拉住商晓亭哇啦哇啦说了起来。"芝罘号"呜呜呜了两声汽笛，似乎向二等舱乘客道别，沿着海河主航道驶去了。商晓亭目送着远去的轮船，听着包含着德国口音的英语，连声说"夜"。

这位矮矮胖胖的西洋人乃是德士古洋油公司高级雇员纳森，负责在天津海河左岸田庄附近建立煤油供应站。这只巨型油罐直径六米，横卧长度二十八米。卸船之后这只卧式油罐距离煤油供应站还有半公里路程。当务之急，先卸船。

站在岸边的汉子们都是搬运社工人。为首的中年男子身材消瘦腰板挺直但目光游离不定，搬运工们都叫他樊大先生。商晓亭立即将纳森先生的卸船命令翻译给这位樊大先生。那位身穿蓝袄蓝裤的樊大先生听罢板着面孔说，那就卸船吧，可卸船之后怎么办呢？

商晓亭将中国人的疑问翻译给德国人。纳森先生根本不予答复，极不耐烦地大声说卸船卸船卸船。

那就卸船吧。樊大先生的面孔好像是黄铜铸的。他指挥着一群搬运工将那只巨型油罐从驳船里卸到岸上，不用机械光凭人力，这难度是很大的。纳森先生的表情也沉重得很。

樊大先生对商晓亭说，请你问问纳森先生还有什么吩咐。商晓亭问了问，然后转告樊大先生。纳森先生一句话就是要求你们马上卸船。

樊大先生指着纳森对商晓亭心平气和地说，请你告诉纳森先生，我们干活儿的时候请他闭嘴不要说话。

这时候，商晓亭突然嗅到一股香水儿的味道。这味道极淡，极悠远，极执拗，若有若无似的。他一时无法判断这究竟是什么品牌，立即环视周围，寻找着香水儿味道的来源。

海河上吹拂着一阵阵清风。这清风吹乱了商晓亭的头发，也吹乱了商晓亭的心情。

樊大先生卸船的方法很别致，他带领搬运汉子们在河畔地方挖出一个并不很深的大坑，然后指挥大家动手铲出了一条长长的简易坡道。驳船与河岸平行停靠着，随着波浪一起一伏。樊大先生发力很巧，趁着波涛拍岸之际，嘿哟一声指挥人们一起拉动绳子——只见那只巨型油罐离开驳船沿着长长坡道，不紧不慢不慌不忙滚动到距离河畔不远的大坑里去了。

德国人看到中国人如此简单便卸了船，伸手朝着樊大先生挑了挑大拇指说了一声好。这个德国人只会说两句中国话，一句是好，一句是不好。这两句话便概括了中国。樊大先生还是毫无表情。他一定认为矮矮胖胖的纳森先生只是一只粗壮的大瓶子而已。人跟大瓶子怎么交流呢？

不说话就是了。

樊大先生指着纳森对商晓亭说，你问问纳森先生，这船是卸完了，那一段旱路怎么走哇？

纳森先生叫来一辆四轮"地牛儿"，这就是旱路运输的车辆。樊大先生指挥人们立起"八杆"。"八杆"上安装了滑轮，这就是中国人的起重机了。

"八杆"立起不久，就陷了。海河沿岸的土地都是当年李鸿章的军队疏浚河道吹泥填地形成的软土，根本不能承受重力。这里距离德士古公司的煤油供应站工地，还有一华里。纳森先生看着越陷越深的"八杆"，急得咬牙跺脚，然后咿咿呀呀说了一大堆就连商晓亭也听不懂的外国话。

樊大先生突然激动起来，走上前来指责纳森说，你心烦意躁我们不怪你，可你不能骂中国人是蠢猪啊！既然中国人都是蠢猪，那你为什么还请我们运输大油罐呢？请蠢猪运输大油罐的人是大蠢猪。

纳森听不懂樊大先生的中国话，只得眼巴巴瞅着商晓亭。商晓亭用英语问纳森，您刚才讲的德语吧？纳森点了点头，用英语回答商晓亭说，是啊我一着急就讲母语了。

商晓亭转过脸去，极其惊异地注视着那位身穿蓝袄蓝裤的被搬运汉子们称为樊大先生的中年男子，心情很是激动。天啊，原来这里也隐藏着一位来历不明的人物。

樊大先生，您懂德语啊？商晓亭小心翼翼问道。

樊大先生好像没有听见商晓亭的询问，一个箭步跳到高坡上，双手叉腰注视着搬运社的汉子们。

一个搬运汉子扯着嗓子喊道，樊大先生我们都佩服您，您有什么话就跟我们直说吧！

纳森立即用英语小声要求商晓亭马上做出翻译。

樊大先生挥了挥手说，你们是最辛苦的人，所以我想问问你们，这活儿你们到底愿意干还是不愿意干啊？

商晓亭马上将这句话翻译给纳森先生。纳森先生听到即将停工的消息，面孔腾地涨成一块红布，扭动着肥胖的身躯一步冲上高坡，从怀里掏出一沓子钞票硬往樊大先生手里塞去，大声喊叫不能停工不能停工。樊大先生姿态文雅地躲闪着这一沓子钞票，满脸厌恶的表情。

不知道为什么，前京戏演员商晓亭被这位樊大先生感动了。他忘情地朝前走了两步，又嗅到一股来路不明的香水儿味道，随风飘来又随风飘去。

搬运汉子们七嘴八舌说，樊大先生这事情就由您做主吧。

樊大先生沉下脸色说，纳森先生，您必须马上跟我签订一份劳务合同书，三天之内，我保证把这只大型油罐运送到煤油供应站工地。两天之内，您付出挖河工程款一千元，三天之内，你另行付出运输工程款两千元，总共是三千元。

商晓亭迅速翻译着樊大先生这番话。矮矮胖胖的纳森先生低头听着，脸色渐渐变得惨白，突然咿咿呀呀又说了一大堆德国话。

商晓亭请纳森先生讲英语。矮矮胖胖的纳森先生渐渐冷静下来，轻轻叹了一口气说，德士古公司给我下达的运输经费是三千四百元，樊大先生这人真是太刁钻啦！哎，莫非他是我肚子里的一条蛔虫？

商晓亭笑了笑，转脸对樊大先生说，其实不用我翻译您肯定已经知道了，伟大而可怜的纳森先生完全同意您的要求。现在你们双方当场签订工程合同吧。

樊大先生嘴角露出一丝难以察觉的笑意。

黄昏时分，樊大先生从大型油罐前面出发，一串人步向前走去。他手里撒出一道白色粉末，一路朝着煤油供应站的方向延伸而去。商晓亭猜不出樊大先生此举是何用意，却想起了跑马圈地的殖民时代。

纳森先生更是焦急万分，紧紧跟随在樊大先生身后，小跑着。樊大先生一路撒下的白色粉末画出了长长的一道白线，终于停止在煤油供应站工地。

搬运汉子们纷纷跟随而来，集合在樊大先生面前。

你们当年都出过河工吧？这就跟出河工一样，你们沿着这一道白线挖吧，挑出一条三丈宽五尺深的大水沟，就行啦。人手不够，现在就到田庄郑庄去招人！樊大先生大声发布了命令。

发布了命令，樊大先生小声对商晓亭说，你到我家去吃晚饭吧。

商晓亭笑了。打从遭到生石灰袭击，他只吃了四只不同寻常的小馒头，体力不济。此时受到邀请，好比见到十五的月亮，心情很是圆满。其实商晓亭非常希望深入接触樊大先生。这次共进晚餐实乃天赐良机。

樊大先生的家是一座小小的四合院，清洁安静。晚饭非常简单，四菜一汤，没酒。好在商晓亭从来没有饮酒的习惯。因此并不觉得桌面上缺少什么。端菜端汤的是一个姑娘。樊大先生主动介绍说，这是女儿佩娟。商晓亭朝着佩娟小姐笑了笑，佩娟小姐也朝着商晓亭笑了笑，礼尚往来而已。佩娟小姐给客人和父亲各盛了一碗白灿灿的大米饭，便坐下一起用餐了。很显然这是一个新式知识家庭，否则女眷是不得与异性客人同桌吃饭的。

席间，佩娟小姐还几次给商晓亭先生夹菜，一次是红烧丸子，又一次是清蒸鱿鱼，第三次是青椒豆腐丝。最后还给他盛了一碗紫菜汤。商晓亭吃得津津有味，颇有人间处处是天堂的感觉。

樊大先生自始至终遵循"吃无言、睡无语"的人生原则，保持着餐桌上的沉默。商晓亭心里想，沉默是金，价格高贵；沉默也是石头，坚不可摧。假若这顿晚饭没有佩娟小姐在座，那局面真是不堪设想了。无论是黄金还是石头，他都对佩娟小姐心存感激之情。

樊大先生突然恢复了语言功能，说这四菜一汤一锅饭都是佩娟做的，又说佩娟毕业于女子高等师范学校，但不是家政系。

商晓亭哦了一声，往下就不知说什么好了。

第三天上午，那条三丈宽五尺深的大水沟挖成了，光田庄就有四十多人参加了这项工程。樊大先生不卑不亢不急不躁，一声令下掘堤引水。海河水汹涌而入，哗哗流进了这条独具中国特色的大水沟。

纳森先生蹲在大水沟前，一派无可奈何的表情。他脸色混浊沉默不语，因此没人知道他不远万里来到中国恰恰也是逃避一笔债务的，更不知道那是一笔什么债务。

当天下午，那只属于德士古公司的大型油罐渐渐漂浮起来了。二十条绳索紧紧拴住这只令人惊讶的庞然大物，嘿哟嘿哟沿着大水沟朝着煤油供应站的工地缓缓漂浮而去。

参加这项运输工程的人们纷纷欢呼起来，认为他们做了一件不可思议的大事情。那位仍然身穿蓝袄蓝裤的樊大先生轻描淡写地说道，这不就是改陆路为水路嘛。无论什么东西只要扔进水里都是能够漂起来的。

佩娟小姐跟随着缓缓蠕动的人流，也朝着德士古公司煤油供应站的工地走去。她一边走一边告诉商晓亭，煤气供应站的工地早年是一座娘娘庙，后来毁于八国联军的战火。

你父亲懂德语吧？商晓亭向佩娟小姐发动突然袭击，这样低声问道。佩娟小姐侧脸向他投来一瞥，然后毫无保留地说，他不但懂德语还懂英语呢。

商晓亭连连点头，似乎表示极其佩服。佩娟小姐继续说，我父亲从来不让别人知道他毕业于北洋大学，这里没人知道他读的采矿系，也没人知道他的身世。

商晓亭不说话了。是啊，男人就是这样。樊大先生从来不让别人知道他读过北洋大学而且精通好几门外语。我也从来不让别人知道褚司令的七姨太偷偷跟我相好而且遇上了大麻烦。

人流又发出一阵欢呼。远远望去原来那只大型油罐摇摇晃晃抵达目的地了。商晓亭知道此时应当离去了，转身悄悄跑向海河边。

站在海河边上，他猛然想起自己的二等舱已然抵达烟台，人却还在天津，就笑了。是啊，这就叫阴差阳错。

他沿着海河左岸朝着下游方向走去。这时他无意之间从怀里触摸到一只小瓶子。噢，这几天嗅到的若有若无若即若离若隐若现的气味，原来出自这瓶香水儿啊。

他好像使出了平生的气力才拧开了这只瓶盖儿，却发现瓶里的香水儿空空荡荡，只残留着一丝昔日余韵而已。此时，商晓亭先生终于明白了，多年以来他所寻找的其实正是这样一种剩余的味道，这种具有强烈剩余味道的香水儿，那是别人永远难以嗅到的。

就这样，他朝着这只空空荡荡的香水儿瓶里吹了一口气，然后用足力气拧紧了瓶盖儿，抡起胳膊大叫一声将它掷到奔流东去的海河里去了，溅起一朵小小的不透明的浪花。

　　无论透明不透明，这世界上肯定多了一只漂浮不定的瓶子，而且去向不明。

毒　药

　　傅家骐先生娶解惠莹小姐，那是摆了二十八桌酒席的。那二十八桌酒席是摆在天一坊大饭庄的。天一坊大饭庄不是川鲁风味也不是苏闽风味而是"本埠菜"。本埠菜原本出自码头，色浓味重，属于粗放一派。它首先是吃饱，然后是吃好，久而久之渐渐走向精细，几经发展演化成为所谓"本埠菜"。天一坊大饭庄的年轻厨师白凤鸣，正是烧制本埠菜的高手。傅家骐先生娶解惠莹小姐，那二十八桌酒席就是著名厨师白凤鸣主灶。那味道，还是受到普遍好评的。在后来的日子里妻子解惠莹向丈夫傅家骐谈起白凤鸣的烹饪手艺，回味无穷。解惠莹回首美好往事的表情，俨然已故影星阮玲玉。

　　看来，本埠菜还是很好的。它口味介于南北之间，不太甜不太咸，中庸得很。解惠莹喜欢本埠菜，不是没有道理的。

　　一转眼就是半年时光，临近华历七月初七。人们知道七月初七是牛郎织女天河配的日子。七月初七也是解惠莹女士的生日，人们便不知道了。傅家骐先生并不愿意让外人知道。他只想在家里摆上一桌酒宴为妻子庆贺生日，从简。

　　既然从简，解惠莹便不好反对了。傅宅是一座北派四合院，二进式，也称得上庭院深深，只是没有达到"庭院深深深似海"的规模。傅家大院的大管家姓田名仓，手一份嘴一份，精明强干一个人。傅家骐处事精细，无论什么时候都讲究运筹在先。因此他提前十天就派田仓去了天一坊大饭庄，延请白凤鸣先生七月初七前往傅宅主灶，烧制一桌生日宴席。延请著名厨师来到家里烧菜就好比邀请京戏名角唱堂会，那花费是很高的。傅家骐不怕花钱，只要请得到大厨师白凤鸣，那就是圆满。

据说白凤鸣很忙的，经过大管家田仓一番伶牙俐齿的游说，这位著名厨师还是答应下来，并且开了菜单。于是交了订金，七月初七，午局。生日宴席往往是午局，晚局也有。田仓回来禀报。傅家骐立即将这消息告诉了妻子。解惠莹当时正坐在梳妆台前修理眉毛，她听罢又惊又喜，一双小手儿捂住面孔轻轻哇了一声，激动的表情里显出几分娇嫩。

看到妻子娇娇嫩嫩的脸蛋儿，四十九岁的傅家骐不动声色地笑了。他的中年笑容有时感人至深。二十四岁的解惠莹属于小家碧玉型女子，她嫁给傅家骐应当说一步登天了，坐在家里竟然能够吃到著名厨师白凤鸣亲手烧制的"本埠菜"，这分明是锦上添花。

傅家骐先生就是爱做锦上添花的事情，而且一添就是好几朵。他几次催促妻子添置几套新衣裳，说七月初七穿。解惠莹表示，嫁过来只有半年时光，箱子里新衣裳多得很，过生日就不再添置了吧。傅家骐板起面孔，不高兴了。解惠莹只得听从，一个人跑到陈记成衣局做了几套衣裳，还特意捎回几块材料样子给丈夫看，有九丝罗啊提花绸什么的。

第二天，傅家骐抚摸着那几块材料样子问妻子，你怎么不叫小丽雯儿陪你一起去陈记成衣局呢。小丽雯儿是解惠莹的贴身使女，老京戏里叫丫鬟。小丽雯儿十八，看上去只有十五六岁的样子，受气包儿似的。

解惠莹回答丈夫说，我明天去陈记成衣局试衣裳，叫小丽雯儿一起去吧。傅家骐说好啊。

陈记成衣局是颇有名气的，尤其那位来自上海心灵手巧的年轻裁缝，每逢换季必然能够拿出几款时髦样式，因此成为女士们嘴里的名人。女士们嘴里的名人那是很有含金量的。如果一个男人能够在女士们嘴里存活十年，就变成金身了。那位上海裁缝当然不是金身。他上街爱穿月白色西装月白色皮鞋，一眼望去很容易让人想起白银模特。只可惜他平日忙于成衣里的活计，很少外出。

临近七月初七，天气陡然热了。傅家骐先生不声不响独自去了鸿仁堂大药房。他一路行走，没坐车。其实傅家是有包月车的，那车夫体壮如牛，一顿饭嚼了十六个烧饼还喊饿。这种胃口只得喂他青草了。傅家骐恰恰相反，一天也吃不下三碗粥。他选择步行，当然是为了促进消化。偏偏走到中途遇到电闪雷鸣，他满身大汗跑进鸿仁堂大药房，身后已然大雨滂沱了。

鸿仁堂是天津老字号，坐落在奥租界中街，距李叔同先生的老宅不远。这家大药房多年之前由于独家珍藏"清廷秘方"而吸引了一大批急于补肾的患者，中年绅士傅家骐也曾位列其中。新近以来，鸿仁堂大药房请来一位"新科状元"坐堂应诊。据说此公出身世家，留洋归来悬壶杏林，中西结合挽救了几例不治之症，人称双料名医。一时间，无论信奉中医的还是信奉西医的，呼啦啦求诊者趋之若鹜。生意兴隆的药房好像变成一座香火旺盛的寺院。然而，傅家骐冒雨跑进鸿仁堂大药房的时候却看到这里冷冷清清的场面。以往好评颇有言过其实嫌疑。更令傅家骐感到惊诧的是这里的店员们似乎人人都认为他是专程前来拜访坐堂先生的，纷纷报告说裴大夫还没来。傅家骐终于明白了，那位双料名医姓裴。

这时候，外面雨声愈来愈大，从倾盆变成倾缸。傅家骐从长衫里掏出一块素色手帕擦着额头汗水，临窗坐了。

终于静下心来。俗话说未雨绸缪。傅家骐临窗听雨心里寻思着七月初七的事情，有雨也绸缪了。无论有雨没雨，他的心情永远潮乎乎的，大太阳也晒不干。

听到窗外雨声渐渐小了，随即起身走到柜台前，掏钱买了一小包儿药粉。这时有人说裴大夫来了。傅家骐连忙转过身来，一惊。

一身月白色西装迎面走来，脚踏一双月白色皮鞋。这位裴大夫面含微笑地从柜台前面走过，一派温文尔雅的气质。这一袭月白色装束逼得傅家骐朝后退了两步，恍恍惚惚之间以为遇见了那位陈记成衣局的上海裁缝。

裴大夫走到桌前随手放下那一柄月白色雨伞，当即落座应诊。他动作快捷使人想起暹罗拳师。偷偷看了一眼月白色雨伞，傅家骐感到有些眩晕，不由自主坐在裴大夫面前，一下成了病人。

这位先生，您哪里不舒服啊？年轻有为的裴大夫戴好听诊器，隔着桌子注视着傅家骐。

傅家骐低头想了想，说肠胃不合。

裴大夫哦了一声，笑眯眯地给患者听诊。他的听诊器轻轻伸入内衣，那手法特别细致。傅家骐只觉得一簇羽毛在自己的皮肤上轻轻滑过，几乎使他放弃防守。他深深吸了一口气，暗暗告诫自己千万不要丧失警惕，一定保持清醒头脑。

就这样保持着。

收起听诊器，裴大夫表情愈发和蔼了。他轻轻告诉傅家骐没有什么大病，只是情致方面出了问题。情致？傅家骐听到陌生词语，内心愈发警惕了。他似乎对月白色抱有强烈的怀疑心理。这位裴大夫慢条斯理说，情致是中医说法，情致所伤在西医那里被视为心理疾患，譬如焦虑什么的。焦虑？这又是一个陌生词语。傅家骐觉得自己到了爪哇国，人家说话，他不懂。

裴大夫便耐心讲解起来。他愈讲解，傅家骐愈觉得自己到了爪哇国。裴大夫说依照西医观点焦虑症一旦严重，那是必须服药抑制的。傅家骐问他不服药可以吗。裴大夫苦笑着说，药房不是监狱，大夫不是狱卒，当然不会强迫病人服药。

这样就好。傅家骐说既然这样就不服药了，然后掏出钱夹，好像吃完饭结账似的，只是没用牙签儿剔牙。裴大夫又笑了，说今天免费坐堂，不收诊费。傅家骐颇感意外，只得起身说了声谢谢。

不知为什么，傅家骐有几分尴尬。他灰溜溜走出鸿仁堂大药房，一步踩在水洼儿里，湿了鞋子。这是一双黑色皮鞋。这是七月的天气。

一路朝前走着，天气显得不阴不晴，很暧昧，完全不是实话实说的样子。傅家骐在这种暧昧的天气下行走，心怀忐忑。想起劳什子"焦虑症"，他不禁冷笑了。人活着有一百种疾病，有五十种是饥出来的，还有五十种是饱出来的。这一饥一饱，就是病。俗话说，饱汉子不知道饿汉子的饥。那饿汉子呢？饿汉子不知道喝一口凉水有时候也会塞牙。

前面一个路口就是陈记成衣局。空气里弥散着一股捉摸不定的味道。这味道介于印度檀香与红烧牛肉之间，一雅一俗令人无所适从。一个报童迎面跑来。这报童一声也不吆喝，好像学生赛跑。湿了鞋子的傅家骐伸手拦住狂奔的报童，买下一份报纸，然后漫不经心地瞥了瞥"小公园"副刊，认为没什么新鲜景致，就卷在手里握着。握了一会儿，他居然想起武松打虎的哨棒。

傅家骐先生走到陈记成衣局门前，觉得印度檀香的味道愈来愈远，红烧牛肉的味道愈来愈近，心里反而踏实了。红烧牛肉这东西远远比印度檀香令人心里踏实。这时他很想见到那位红了半边天的上海裁缝，暗暗企盼对方立即从陈记成衣局里走出来。

就这样站着，广告人儿似的。然而，这样的企盼犹如守株待兔，何况陈记成衣局里根本没有兔子。傅家骐只得转身回还，怏怏离去。

回家的半路上，傅家骐在大街邂逅金猴子。二十年前人称傅大少爷的傅家骐很是贪玩，曾向这位江湖杂耍艺人学过几手戏法儿，存有一段师生之谊。艺多不压身。傅家骐学得那几手戏法儿，逢年过节总要拿出来耍一耍，往往逗得全家人哈哈大笑。其实只是几个手彩而已。

金猴子老了，满头白发步履迟缓。傅家骐不忘师恩，站在大街上给老人家叫了一辆洋车，先付了车钱。金猴子颇受感动，坐进车里连声说傅大少爷是好人。那洋车向着散发红烧牛肉味道的方向去了。

天气还是不阴不阳。傅家骐回家，恰巧在院子里遇到妻子。解惠莹说去陈记成衣局试衣裳。

你怎么不带上小丽雯儿呢？他笑着问解惠莹。

噢，我把她给忘了。是啊是啊我为什么不带上小丽雯儿呢。解惠莹伸手轻轻拍着额头，扭身去叫那又瘦又小的女佣。

小丽雯儿好似一支响箭，嗖的一声从大院深处射出——飞快地向着解惠莹奔来。

傅家骐笑了，认为这样很好。尤其是在七月的天气里。

七月初六晚间，大厨师白凤鸣来了。他随身带来了炒勺菜刀之类的应手工具。这工具好比大将军的武器，关羽的青龙偃月刀和吕布的方天画戟。然而浓眉大眼的白凤鸣还是非常儒雅的。他手持菜刀站在菜墩儿前，更像一位热爱厨艺的教书先生。

凡明日饭局，今晚厨师"落桌"，落桌就是把该炸的炸出来，该泛的泛出来，该制出半成品的制出半成品，以备明日之需。白凤鸣厨艺精湛，动作也很潇洒。据说有人从他的炒菜动作里竟然看出几分著名武生盖叫天先生的身影。真是高山仰止了。

大约晚上八点钟，白凤鸣"落桌"结束。他解下围裙，身上身下不见丝毫油斑，干净利落果然盖叫天风采。他微笑着跟大管家田仓约好明天上午九点钟准时到达，就告辞了。

白凤鸣身穿一件月白色春绸长衫出了厨房，穿过院子朝着大门走去。夜色里傅家骐先生突然出现在他面前，道了一声辛苦。白凤鸣吓了一跳，后退两步慌忙拱手还礼。这身段又使人想起许仙，只是没看见白蛇在场。

傅家骐送厨师走到大院门口说，您知道我为什么请您主灶吗？白凤鸣再次拱手行礼说承蒙抬举。傅家骐继续说，这事情不同寻常，我必须请您主灶啊。

望着白凤鸣渐渐远去的月白色背影，这位男主人轻轻叹了一口气。明天就七月初七了。此时傅家骐想起那位裴大夫说的"焦虑"，心里便更加焦虑。假若有一种病症叫"不安"，此时他心里便更加不安。

解惠莹房间里灯光雪亮。她忙不迭试穿着一件件生日衣裳，脱下这件穿上那件，模特似的。明天究竟穿哪一件衣裳好呢？她坐在梳妆台前端详着一件月白色旗袍，心里彻底没了主意。

傅家骐悄悄推门走进房间。看到妻子心事重重的模样，他似乎并不感到意外。因为明天就七月初七了。

七月初七，一大早儿太阳就出来了，大晴天。大管家田仓将生日宴会设在傅宅的大客厅。一张八仙桌摆在大客厅中央，宽敞而明亮。天气热，大客厅的四个角落早早就摆上了四只大木盆，里面盛满消暑的冰块儿，散发着一丝丝凉意，很隐晦。

临近上午九点钟，天气好像吃多了补药，大热起来。一辆洋车准时驶到傅家大院门前，车里坐着白凤鸣。他一身紫红色西装，黄色领带，穿一双黑色皮鞋。下了洋车走进院子，他沿着游廊径直朝着后院厨房走去。傅家骐站在影壁后面暗暗注视着这位著名厨师。他今天为什么不穿那一双月白色皮鞋呢？

生日宴会设在正午十二点钟。一张八仙桌配置十二把椅子。一把茶壶配了十二只茶盅。傅家骐解惠莹伉俪为主席，十位宾席。大管家田仓进进出出最为忙碌。生日宴会还没开始，他的蓝色长衫已经被汗水湿透了。

参加七月初七生日宴会的宾客有华界商会会长和中国戏院经理，还有仁记洋行的总账先生和德国阿克法公司的协理，总而言之都是商界人士。前来参加生日宴会，人人便携了贺礼。大管家田仓站在大客厅门口收下一份份礼品，连声道谢。小丽雯儿闪在一旁看着这场面，气得肚子胀胀的。她觉得田仓收礼致谢的样子就跟男主人似的，完完全全是喧宾夺主。使女小丽雯儿对傅家骐先生那是忠心耿耿的。

临近正午十二点钟，解惠莹出现了。她一袭粉红色衣裙，身材高挑，皮肤白皙，目光流盼，光彩照人。走进大客厅她便感到一阵眩晕。傅家骐伸手扶了扶妻子，夫妻二人并肩站在大客厅门口，朝着宾客们致意。解惠莹心情有些紧张，四周却是一派祥和气氛。她粉红色的衣裙已经被汗水湿透了，跟田仓的蓝色长衫一样。

宾客们起立鼓掌，纷纷祝贺傅太太生日快乐。解惠莹略含羞意连连答谢，却觉得有一双眼睛紧紧盯视着自己。她择机四处找寻着，竟然发现是小丽雯儿。这小丫头的目光一下子擦干了解惠莹的浑身汗水，倏地起了一层鸡皮疙瘩——七月初七变成了腊月初八。这时候，她终于意识到小丽雯儿是这座院子里非同寻常的人物。

生日宴会开始了。四个伙计轮番上菜，沿着游廊从后院厨房一路跑来，颇有几分学校运动会气氛。首先端上四碟甜品，然后是四道凉菜，而且依次报了菜名——初春明月、仲夏风光、深秋果鲜、隆冬甘醇，代表着一年四季的不同风光。

仁记洋行的总账先生品尝了四道凉菜，感觉"春夏秋冬"确实富有特色，停住筷子夸赞不已，味道这么好是从哪里请来的厨师啊？

傅家骐笑着告诉诸位宾客，特邀白凤鸣大厨师主灶，乃是正宗的本埠菜。华界商会的会长立即带头称赞色香味俱佳。看来白凤鸣赢得了先声夺人的"碰头彩"。

男主人开始敬酒。看到丈夫敬酒解惠莹一时不知怎样配合。小丽雯儿出现了，端着白瓷酒壶来到桌前依次给嘉宾们斟酒。

中国戏院的经理举起酒盅说道，今天七月初七是解惠莹女士生日，我祝她与傅家骐先生白头偕老。

解惠莹端起酒盅，跟随着喝了一小口白酒。她只觉得咽下一块火炭，一下烧光了心头野草。白酒的力量，令她渐渐清醒了。

傅家大院的游廊此时已经成为一条繁忙的通道，伙计们轮番端菜上桌，一个个跑得大汗淋漓仿佛天降小雨。

一伙计吆喝着跑进大客厅，随即报出大盘子菜名：雾里看花！

傅家骐先生心里说，雾里看花犹如夜间观树，就连人影儿也是模模糊糊的。

又一伙计端着一只大盘子紧紧跟来，嘴里吆喝着报出菜名：天地玄黄！

"雾里看花"和"天地玄黄"登场了。傅家骐先生知道，这是本埠菜系里的两员先锋。先锋上阵，那元帅便不远了。元帅是那一道被称为"龙凤呈祥"的大菜。

之后，又有两道大菜上桌，一曰青红皂白，一曰金玉良缘。这种时候"龙凤呈祥"呼之欲出了。

后院厨房里，白凤鸣一身紫色西装站在灶前抖动着手里炒勺，火光照亮了他的黄色领带。他胸前高高地系着一条月白色围裙，两只月白色套袖护着两只胳膊，满脸汗水。无论什么季节站在灶前烧菜，白凤鸣从来都是西服革履的装束，一派翩翩风度。这种打扮在烹饪行业里那是前无古人后无来者的。

炒勺里一团火光嘭地燃烧起来。白凤鸣连续抖动炒勺的动作，好似京戏舞台上的"打出手"，飒爽极了。于是一道大菜出锅。他突然兴奋不已，大声说这可是压轴大菜啊。跑堂的伙计端起这道压轴大菜，大步跑出厨房沿着游廊奔向大客厅，一路报出菜名：百——年——夫——妻！

傅家骐听见跑堂伙计报出"百年夫妻"菜名，不由自主站了起来。小丽雯儿远远朝着男主人投来一瞥。

压轴大菜是"百年夫妻"。那么压轴大菜之后便是大轴大菜。本埠菜源于水陆码头，往往套用京戏术语。"倒二"叫"压轴"，最后一道大菜称为"大轴大菜"。

今天的大轴大菜正是白凤鸣的拿手好戏"龙凤呈祥"。烧制这道大菜必须精于火候，差之毫厘则谬之千里。

白凤鸣不慌不忙，一派大将风范。他手持漏勺将一条条银鱼从油锅里捞出，在一只椭圆形盘子里摆出"龙形儿"。然后烧热炒勺开始爆炒那一只只南雀儿。眼瞅着南雀儿转为暗红色，抖勺出了锅。他将炒好的南雀儿盛到装着银鱼的椭圆形盘子里，动手勾芡，烧热浇汁。

根据天津卫习俗，大轴大菜必须由厨师亲手送上桌子，以示敬意。这是当年码头菜一成不变的规矩。本埠菜自然将"厨师上菜"的传统沿袭下来。

"龙凤呈祥"出场了。白凤鸣解下胸前的月白色围裙，从胳膊上摘除了月白色套袖，终于露出一身紫色西装以及鲜亮亮的黄色领带。他端着"大轴大菜"走出厨房。两个跑堂伙计前面开道，沿着游廊一路大声吆喝不止。

大轴大菜，龙——凤——呈——祥！大轴大菜，龙——凤——呈——祥！

著名厨师白凤鸣双手捧着托盘，风度翩翩走进大客厅，微笑着来到八仙桌前。这里静悄悄。天气极热，空气似乎腾地被点燃了。大客厅角落里的冰块儿悄悄融化着，炎热的天气成了冰块儿的敌人——有形的冰块儿被消灭了，变成无形的水。

傅家骐缓缓站起，伸出双手从白凤鸣手里接过"龙凤呈祥"，满脸微笑地说告诉宾客们，这就是今天的大轴大菜。解惠莹好像看到傅家骐的袖口白光一闪，只是一瞬之间。

十位嘉宾一起注视着摆在八仙桌中央的"大轴大菜"。这毕竟是本埠菜的代表作啊。

尊敬的来宾，这就是今天的大轴大菜龙凤呈祥，诸位请用吧。傅家骐脸色惨白却堆满了微笑。解惠莹无意之间看到丈夫满脸白色笑容，吓得倒吸一口凉气。她下意识地咬了咬自己嘴唇。这是两片被口红染得极其鲜艳的嘴唇。

华界商会的会长说，有一出京戏叫《龙凤呈祥》吧？

中国戏院的经理含笑答道，也叫《刘备招亲》。我真没想到它在这里变成了一道大菜。

傅家骐乘兴说，菜里有戏，戏里有菜，又吃又唱，又唱又吃，诸位请用吧。

华界商会的会长、中国戏院的经理、仁记洋行的总账先生、德国阿克法公司的协理，总而言之嘉宾们几乎同时举起筷子伸向"龙凤呈祥"。

傅家骐突然大声说，慢来慢来，我闻着这道大轴大菜的味道不对，恐怕不干净吧？

宾客们一时间停住筷子，表情僵化了。

华界商会的会长毫无疑心说，这菜是你家厨房里烧的，不会不干净啊。诸位请用吧。

傅家骐伸手阻拦说，且慢且慢，今天是贱内生日，而且是七月初七，诸位还是当心为好。来人啊，赶快把那只大花猫抱来吧！

显然是有所准备的。傅家骐话音刚落，小丽雯儿便抱来一只大花猫走上前来。大花猫乖乖的，还喵地叫了一声。

傅家骐伸出筷子从"龙凤呈祥"里夹出一条银鱼一只南雀，轻轻放进一只小碟子里，抬手递给小丽雯儿。小丽雯儿转身离桌将这只小碟子摆在地上。那只大花猫嗅到荤腥味道，扑上来就吃光了。

大花猫吃罢转身离开小碟子，没走几步就翻倒了。

宾客们啊呀一声，惊恐不已，面面相觑。当场看到大花猫倒地毙命，人人都吓出一身冷汗。

著名厨师白凤鸣看了看摆在八仙桌中央的"龙凤呈祥"，又转身看了看七窍出血而死的大花猫，满脸困惑不解的表情。

　　小丽雯儿突然跳起来大声说，有人在菜里下了毒药！有人在菜里下了毒药！

　　田仓神色张皇地从外面跑进来，大声禀报警察来了。警察如此神速，这令全场宾客颇感意外。麻脸警长领着两个黑衣警察大摇大摆走进大客厅，嘿嘿笑着就跟走进一家饭馆似的。

　　七月的天气里解惠莹毫无意识地站起身来，注视着这出乎意料的场面。此时她甚至认为这三个黑衣警察是脚踩云朵从天而降的。

　　我听说有人在菜里投了毒药！我听说有人在菜里投了毒药！麻脸警长围绕着八仙桌子转了一圈儿又一圈儿，重复着这样一句话。于是这间大客厅变成一间大磨坊，麻脸警长也变成一头转圈儿拉磨的黑驴。

　　有了这头黑驴，空气显得更加黏稠。毕竟那只大花猫替人抵了命。麻脸警长突然发问是谁往菜里投了毒药，人们不约而同将目光投向了白凤鸣。小丽雯儿挺身冲上来，极为气愤地指着这位著名厨师尖声尖气说，这大轴大菜就是他端进大客厅的，这大轴大菜就是他摆在八仙桌上的。

　　黑驴终于停止拉磨，站稳脚步伸手拍了拍白凤鸣肩膀说，既然如此那就请您端着大轴大菜拉上这只死猫，跟我们往警察局走一趟吧！

　　白凤鸣似有洁癖，伸手掸了掸被麻脸警长拍过的肩膀，从容不迫的表情。好啊，既然是去警察局，那么你们就在前面带路吧。

　　三个黑衣警察押着一个西服革履的厨师以及一只大花猫，走了。

　　傅家骐先生转身正要向众人表示歉意。这十位嘉宾根本不顾体面身份，手帕遮脸，一哄而散了。大客厅里只剩下解惠莹女士呆呆站在八仙桌前——深深沉浸在这一场浩劫里不能自拔。

　　傅家骐哼了一声拂袖而去。大管家田仓满脸焦急跑进大客厅，不知如何收拾这种残局。

　　七月初七解惠莹女士的生日宴会，就这样戛然终场了。过午时分静悄悄，这里好像没有发生任何事情。终于挨到下午五点钟，麻脸警长气喘吁吁跑进了傅家大院。大管家田仓迎上前来，低声询问详细情况。麻脸警长大汗淋漓，说必须面见傅家骐先生。

其实，傅家骐坐在小客厅里等候多时了。麻脸警长大步迈进小客厅，傅家骐起身相迎，表情很是迫切。

麻脸警长焦急地说，天气太热啦，白凤鸣就是不招认他投了毒药。

他当然不会招认，因为他根本就没投毒药！傅家骐呼的一声站起，极其不满地注视着麻脸警长说，我没让你审问毒药，我让你审问奸情！

听到奸情二字，麻脸警长更像是一只泄气皮球，瘪了。我告诉您吧傅先生，白凤鸣咬破食指写了十二个血字，素不相识，清者自清，神目如电，绝无奸情。我只抽了三鞭子，那厨子说了一句以死洁身，就一头撞到大墙上，当场溅出一堆脑浆，死啦。

什么！傅家骐一屁股坐在小客厅地板上，不停地搓动着双手，很像一个渴盼玩弄泥巴的大孩子。他不是奸夫，那究竟谁是奸夫呢？

麻脸警长起身告辞，我现在还得回去给白凤鸣收尸，这厨子手艺多好啊，没啦。

麻脸警长刮风似的走了。

黄昏时分，傅家骐不声不响走出了傅家大院，失魂丢魄地来到大街上。此时他心里只记得两个地方，却不知是去陈记成衣局还是去鸿仁堂大药房。没有红烧牛肉的味道，更没有印度檀香的味道。七月的天气里没有味道。这时大街被夕阳镀了一层虚假的颜色，就连厕所也闪烁着金店的光芒。白发苍苍的金猴子迎面走来，笑呵呵问他当年学会的十三种"手彩儿"如今还能耍出几种。傅家骐似乎没有听到这位江湖老艺人说话，径直走了过去。

小丽雯儿沿着大街从后面追赶上来，大声喊叫着她的男主人。傅家骐听到这种声嘶气竭的呼唤，猛然停住脚步——仿佛对这世界恢复了一点点信任。此时那颗燃烧殆尽的太阳已经掉到明天的水井里去了。

田仓跑啦！田仓跑啦！身材瘦弱的小丽雯儿大声禀报着，上气不接下气。

道　场

"清晨入古寺，初日照高林。曲径通幽处，禅房花木深。山光悦鸟性，潭影空人心……"半空和尚单臂提拎木筲，转出破山寺后院，拎水浇园。他的僧衣左袖打结悬挂腋下，看着活像个褪色小绣球。

这坡地园子不种菜蔬，遍地栽植草药，不下八九种。初秋时节，有的植物结了果，已得圆满，应了春华秋实的民谚。有的大器晚成花朵迟放，似另有悟道。置身绿茵茵植物间，半空心静若水。

前些天有个省城来的男子途经此地，好有耐心的施主，一株株问询草药名姓，好像校勘《本草纲目》。眼下这八九种草药，有的半空说得出名字，有的说不出。

省城来客不耻下问："哪种是可治红伤的草药？"眉清目秀的半空还是答不出。没有问得圆满答案，省城来客流露遗憾神色，好像家里有伤者等着敷药呢。

炎热天气里，省城来客的白布衣衫被汗水湿透，显露出胸前的精巧挂件，这是枚小巧玲珑的白色如意。

身多佩物，便是拖累。半空和尚揣测省城来客的身份。

省城来客问他家乡何处。半空说出家人无家，何来家乡。

"没有家哪有国？没有国哪有家？"耐心的省城来客说。

半空和尚请教道："施主说的是国家还是家国？"

他从省城来客呼吸里嗅到粉笔末的气息，推断是教书先生。其实他也吃过几年粉笔末，在县里完整小学教国文，被称为"单臂先生"，如今单臂先生成了单臂和尚。

省城来客露出教师本色："有道是——有国有家，无国无家；宁可去家，不可舍国。"这声音从绿油油植物颖上掠过，好像振翅而去的小鸟。

"我已然去家了。"半空轻声说道。

"请问，这寺院名叫……"省城来客好像变成香客，耐心问道。

"本院破山寺，初建于明朝永乐四年，几经战火，清末重建至今。"

省城来客惊了："这是唐朝诗人常建题诗的破山寺？我怎么不知道呢？"

他摇头表示无法考证此破山寺乃是彼破山寺。只知道西边村镇叫破山镇。镇里有座日本炮楼，条石基座，青砖外墙。炮楼里住着二十四名皇协军、一名军曹、两名日军下士。

破山镇三百户近两千口人，祖先是燕王扫北的移民。如今偌大镇子由日本军曹小山辖制，老百姓照常过日子。

半空不去镇里。他独自修行四载，听不懂本镇口音，本镇人也听不懂他。他认为只要听得懂"南无阿弥陀佛"，便足够了。

他记得给鸡血藤浇水时，大汗淋漓的省城来客告辞走了。日落西山，那远去身影融进破山镇远景，像幅西洋画。

夜晚清凉，大殿打坐，想起省城来客，他哑然失笑。我说本院初建于明朝永乐四年，他却问是不是唐代诗人常建题诗的破山寺。明代寺院怎么会有唐代诗人呢？显然我的言语，他充耳不闻。人在咫尺，心隔山峦。这等山峦，尘世间比比皆是。

还是认为出家人不该忍俊不禁，于是自责尘心未净。

黎明即起，做早课。年久失修的破山寺，只有半空和尚独自修行。想起"独善其身"名句，他认为儒释此处相通。

去年盂兰节，那位女香客来访，一袭素服，怀抱一盆萱草，风尘仆仆。半空认出尘世内子，闭目敲击木鱼做出素不相识的样子。

"慈母在，不远游，夫君还俗吧。"她的声音不急不躁，犹如送至卧榻耳畔——恍惚间返回县城完整小学，重做教书匠。

我尘心难尽啊。半空惊得周身汗透，心里打鼓。他熬到太阳落山。

42

内子轻轻叹气，把这盆萱草摆放供台前，失望而去。

北方秋季干燥，他为这盆萱草掸水，宛若供奉娘亲。

一晃又是盂兰节。萱草开花了，却不见那女香客再度来访。半空身心放松，似有解脱后的沉重。

小山军曹不改日程，若逢五不来，逢十定然现身。只要来访小山均着便装，显得毫无威武气质，更像个中国商人。小山汉语讲得比半空还要好，稍带东北口音。

小山军曹说在日本国内军人因私外出不得身穿军服，尤其长途旅行则有逃兵嫌疑，沿途宪兵稽查盘问。因此每逢拜访破山寺，小山习惯便衣。

半空从不询问小山军曹来历，只觉得对方热衷"中国汉方"草药，可能出自世家。

夏历七月二十五，小山军曹又来了，竟然身穿军服。半空和尚并不表露疑问，推测是军情吃紧了。

身穿军装的小山，依然"汉方草药迷"的模样，大步跑向坡地药园，指着那簇簇泛黄的植物说："我查了《渊鉴类函》药部，叶叶对生，大如蕨，青黄色，四月开白花，草名凤尾，根名贯众……"

半空取来木棍插进土里，给这簇草药做了标记：贯众。

因为谐音自然想起齐相管仲，就给小山军曹讲了"管鲍之交"的典故。

"鲍叔牙了不起！"小山听了春秋故事，从提包里取出速写簿，逐项临摹那几种尚未辨识的植物，仿佛美术专科实习生。

"大和尚，这药园植物种子从哪里来？"小山问起草药的前世来历，确实有几分学者味道。

平时没人说话，半空和尚忍不住了："出家人食素，我去年夏天外出采摘蘑菇，不慎失足滑落深谷，跌伤膝盖，动弹不得。旷野无人，呼救不应，一连躺了三晌，饿了土里刨食，那茎块形状好似山药蛋，生吃既充饥又解渴。它必定是药材，我吃过五天膝盖疼痛缓解，便朝着高坡爬去。第七天被焦猎户救起，送我回破山寺养伤。"

"这是天赐啊！"小山兴奋不已，"那茎块是什么药材？"

"我移了几株栽在药园里，至今叫不出尊姓大名。"半空望着满坡植物说，"我采集草药花籽栽种，三年成了势力。"

小山积极说："还有五种草药不知名姓，我要画出样本寄回日本求证。"

半空和尚不吭声。只要有关日本的事情，他便一声不吭。

两人返回大殿饮茶。小山说起日本京都清水寺的井水甘洌，表情颇为自豪，好像那水井是他家祖先开掘的。

不论小山怎样说起日本，半空和尚照例一言不发。

寺院里饮的炒青，来自施主们馈赠，因此产地不明。半空品了品，茶性偏野，心生歉意。"这战火硝烟的，弄得好山难出好茶……"

半空说着及时刹住话头。矬人面前不说矮话——这战火硝烟正是日本军队带来的，毁了好山没了好茶。

"您家祖上是汉方药师吧？"半空还是忍不住问了。小山如实相告："祖父在哈尔滨开过中西大药房，被俄国人杀害了。"

"阿弥陀佛……"半空和尚双目微合，"施主留下用斋饭吧……"

这时远处传来几声枪响。小山倏地变成军人，起身扬头远望破山镇方向。那座高耸的青砖炮楼，隐约可见。

"我过午不食，煮赤豆饭给您吃吧。"半空和尚睁开眼睛。小山军曹致了谢，跑出寺院大步奔向破山镇了。

傍晚时分，破山镇杂货店小伙计来了，说有大和尚家信邮到店里代转，昨天从县城邮政所捎过来的。

半空一眼认出牛皮纸信封上内子笔迹。他急问杂货店小伙计，晌午时分镇上哪里响枪。小伙计脸色煞白不敢说话，转身跑了。

洗手焚香，拆开书信。天光渐暗，娟秀小楷依然清晰可见。兰英真是聪慧过人，居然寄信给破山镇杂货店代转。

兰英修书，抬头依然俗世称谓："梓良夫君：慈母夏历六月廿九子时仙逝，享年五十五岁。慈母弥留之际，声声呼唤梓良乳名，难以瞑目。夫君山寺修行，唯妻代行孝道新衰守制，斋食素服……"

这封几经辗转的家书被寄到破山寺，迟得很了。

表面静若止水，内心思念命运多舛的母亲，不禁悲从中来。子正时分，半空和尚身披僧袍打坐道场，超度慈母西天极乐。

凌晨破晓，万籁俱寂。寺院门外有了响动。出家四载，他修得耳聪目明，一丝风声过耳，心若明镜。

这是恩人的脚步声——焦猎户来了。倘若旁人光临，他岿然不动。焦猎户是救命恩人，不得失礼。他恭然起身，僧袍沾着露水迎到殿外。焦猎户身影映照在柏树冠下，双手捧着猎枪。

这不是素常猎人持枪的姿势。半空略感惊诧，不禁想起缴械投降的溃兵。

"一个皇军去翟大户家，另一个皇军来杂货店，一前一后走出炮楼，咣咣响枪都给打倒了……"焦猎户语音颤抖，气流震动着柏树枝。

半空疑惑了："恩人神色慌张，这不会是你放的枪吧？"

恩人急了："你怎么也说是我放的枪！王磨坊和赵瓦匠就这样，他俩说破山镇只是猎户有枪。可谁都知道山里来了外埠人！"

"这枪，应当不是你放的。"半空走近焦猎户，"从远处听响动不像霰弹，倒像是汉阳造。"

焦猎户如遇大赦，一蹦老高说："大和尚你懂得！大和尚你懂得！"

当年在家乡教书，县城校舍离民团靶场不远，单臂先生当堂讲课，时常听到"汉阳造"枪响，便记在心里。他更记住了民团总管名叫魏得彪。

趁着朦胧天色，焦猎户抱着猎枪跑进大殿，一眨眼间反身跑出来，变得双手空空。

"恩人你……"他不叫"施主"叫"恩人"，脚踏俗世凡尘。

焦猎户大声辩解："我家里没了猎枪，看他王磨坊和赵瓦匠还能说是我放的枪吗？"

不待半空和尚开解，焦猎户顶着朦胧晨曦，猎狗般跑走了。

他走进大殿，四处寻找不见猎枪，好像焦猎户把它交给土地爷，遁地而去了。

他露出久违的苦笑。这苦笑使他重返昔日时光，再现县城教书先生无可奈何的表情。

清晨凉爽，他给萱草浇水。这植物仿佛得到加持，露出勃勃生机。半空和尚踱出寺院遥望破山镇，心头飞过一群惊鸟。

漫天阳光被云彩遮蔽，天色不爽。过午时分，一团黄颜色沿着大道蠕动而来，渐渐迫近破山寺，这一团黄颜色化作一群皇协军，个个扛着大枪好像聚众外出打狼。

半空和尚迎出寺院，单臂肃立。十几个大兵摇摇晃晃走来。为首的皇协军是张磨盘脸，脸大，便显得五官疏离，面庞愈发辽阔。磨盘脸皇协军当头问道："半空啊，这破山寺荒废多年，你究竟是真和尚还是假和尚？"

"真即是假，假即是真。"他定住心神缓缓反问，"您是真兵还是假兵呢？"

磨盘脸皇协军笑了："我看你身穿僧袍，倒像个教书先生呢！"

半空暗自吃惊：我苦修四年仍然不像出家人，真是罪孽深重。

蝗虫似的大兵们拥进破山寺。半空有气无力劝阻："寺院清净，践踏不得。"

磨盘脸皇协军说话和气："我们来了就要搜到杀人的猎枪，这是皇军的命令。"

"佛法无边，天地清明，你们不要诬赖好人就是了……"半空和尚进而言道，"即便是皇军命令，谁动手是谁的业障。"

磨盘脸皇协军说焦猎户身背猎枪跑来破山寺，两手空空返回破山镇，这肯定是暗藏武器了。

"阿弥陀佛。"半空和尚加快语速，"兵爷，绝不会是焦猎户开的枪，他没有这个胆量。"

"既然你给他打保票，那就是你开的枪喽？"这张磨盘脸堆出笑纹，"是啊，有的和尚也会杀人呢，比如《水浒传》里的鲁智深。"

看来磨盘脸皇协军识文断字，一张嘴就是水泊梁山好汉。

46

十几个皇协军将破山寺搜了两遍，一个个都说没有找到猎枪。

"焦猎户笨手笨脚，那猎枪不会是和尚给藏了吧?"他扬起磨盘脸打量着半空。

"佛家五戒，出家人不打诳语。"半空和尚脸色惨白，"你们不要冤枉焦猎户，他是个好人呢。"

大兵们哈哈大笑。一个矮个皇协军说："焦猎户死屁啦!"

半空心头倏地缩紧。死屁是当地土话，莫非焦猎户他……不敢猜测了。

"兵爷，请您转告小山军曹……"他近乎恳求说，"请他不要难为焦猎户。"

"这事儿皇军交给我们皇协军办了，出家人不要掺言了。"磨盘脸皇协军说罢，带领皇协军们离开寺院，返回破山镇炮楼。

好似狂风吹乱小草儿，半空和尚心头乱哄哄的。破山寺里独自修行四年，此时难持清静了。

焦猎户以猎杀野物为生，却是个胆小怕事的人。他千不该万不该，不该跑来寺院藏匿猎枪，这反倒坐实了枪杀皇军的罪名。

日落西山，拱起满天火烧云。半空和尚渐渐稳住心神，走出寺院来到破山镇。

走进镇中街道，陌生里透出几分熟悉，好像前世地方。望着家家屋顶飘起炊烟，嗅着玉米饼的香气，一瞬间唤醒了记忆。破山寺苦修四年，似乎并未跳出俗世。

一座小院门外竖着白纸剪成的雪柳。他不懂此地风俗，仅凭意会看出这是丧事。走近细看，小院门外挂有"瞿门之丧"白纸门报。哦，果然有人往生，但不是焦猎户家。

续步前行，接连见到"康门之丧""任门之丧"……雪柳不绝，哭号不断。半空和尚不停念诵"阿弥陀佛"，转身走进窄巷，当头白纸门报写着"焦门之丧"。

焦猎户家小院，草棚停灵，白布蒙尸。三个木匠埋头打造棺材，很是忙碌。他们看到来了和尚，起身肃立，并无言语。

焦家妻儿老小,遵照本地习俗,同时跪地叩头。半空和尚不禁发问:"破山镇没闹瘟疫,这么多人西逝?"

大木匠手持曲尺:"皇协军急着交差杀了焦猎户,没承想小山军曹不买这个账,一定要抓到真正开枪的人给皇军抵命……"

"这么说焦猎户白白死啦?"半空和尚跺了跺脚。

还是大木匠回答:"皇协军挨家挨户抽签,一天要杀两个给皇军偿命,一直杀到真正开枪的人出来……"

"这是谁定的章程!"半空硬声说道,"皇军的性命好金贵啊。"

没有人敢言语,谁都怕明天死签抽到自家头上。

已然杀了焦猎户日本人还不买这个账,那定是小山军曹发令吧?半空和尚耳鼓嗡嗡作响,视力模糊。

大木匠哭丧脸说道:"大和尚,这皇协军怎么比皇军还狠呢?那磨盘脸就是本地人,他正经念过两年私塾呢。"

半空和尚走出窄巷,当街驻足。一个女人沿街痛哭过来。这定是死者家眷。她披头散发满地打滚,发了癔症。

小山军曹啊,你不是痴迷中国本草汉方吗?你不是说过日本全民信奉佛教吗?你不是跟我论过《大悲咒》吗?你白吃了我素净的斋饭!

天色昏暗下来。半空和尚撩起僧袍当街打坐,声声诵经超度亡灵。破山镇亡者家眷聚拢而来,焚烧纸钱。

他彻夜诵经,超度亡魂,西方接引,破山镇成为大道场。

天色大亮。半空和尚身定如石。杂货店掌柜送来素食和热茶。他宛若塑像闭目问道:"皇协军就要抽签啦……"

杂货店掌柜摇头叹气,说开枪打死皇军的是游击队,他们躲到山里了。

"那打枪的是外埠人吧?"半空和尚说罢起身,大步走向炮楼。

他伸出右臂指着值岗皇协军说:"我要见小山军曹。"

值岗皇协军说:"死和尚,小山军曹是你想见就能见的吗?"

磨盘脸皇协军闻声跑出炮楼:"半空!你不守寺院来镇里做什么?"这家伙居然身穿黄呢军衣,话语充满刀剑之气,完全没了小卒模样。

"你不要挨家挨户抽签，快去禀报小山军曹，那枪是我开的。"半空和尚话语既出，震人心魄。

磨盘脸说话有词语："你落发为僧皈依佛门，这性命便不是你的了！你不想活，反倒死不成；你不想死，却活不了。"

"你去寺院搜查猎枪，不是当面挖苦我假和尚吗？是啊，我就是个教书匠。"

磨盘脸下意识摸摸腰间的盒子枪，似乎要动杀机。

小山军曹大步走出炮楼，嘴角抿得铁青："我有家训，侍奉三宝，不杀僧侣。"

"我没有度牒，我不是僧侣。"他有了求死之心，语调平静。

"半空师傅，跳出三界外，不在五行中。你四年寒寺苦修，今天怎么口出妄语呢？"小山军曹手握军刀刀柄，好像要捍卫佛法。

磨盘脸抚着黄呢军衣前襟，满脸小孩过年穿新衣的表情，热烈地望着日本军官。

"半空和尚，你快回寺院去，专心守护药园！"小山军曹军人威仪，褪尽儒雅之气。

半空和尚不改主张，依然劝诫道："焦猎户已经冤死，小山君切勿滥杀无辜了。"

"半空和尚，你快回寺院去，专心守护药园！"磨盘脸鹦鹉学舌，自愿把自己变成了鸟。

半空和尚心生无奈，只得转身离开青砖炮楼，向着破山寺去了。

只走出五十余步，身后枪声大作。值岗的皇协军应声倒地。不待半空驻足回首，一颗子弹呼啸而来，已然击中小山军曹军刀刀柄，铮铮发出金属脆响。

一群皇协军冲出炮楼，开枪还击。小山军曹左臂淌血，右手挥起军刀，指挥队伍向镇外高粱地里追击。

他反身走向炮楼。杂货店掌柜跑来拉住他左臂袖管说："这就是从山里来的八路……"

"一定是那位省城来客。"半空心明如镜。他袖管轻飘飘，心情

49

沉重。

日本皇军下令打死焦猎户，乃是杀生。那么省城来客带领游击队开枪打死皇军，这也算杀生吧。他心乱如麻，择理不清。

破山镇外杀声四起。他充耳不闻，只身伫立街头，纹丝不动，重新成了半空和尚。

镇外枪声渐渐稀疏。半空和尚左肩颤抖起来，一股热流沿胸腔直冲脑海。他极力控制自己的欲念，快步离开破山镇。

八月十五月光明。月光将寺院镀得银色，药园也披了银色铠甲。他大殿打坐，诵经礼佛。供台下传出蟋蟀鸣叫，一声声好似呼唤。

大殿破瓦，漏进束束月光，宛若根根银柱落地，显得虚空。听着促织鸣叫，单臂和尚起身撩开供台围幔，登时倒退半步。

天啊，那些皇协军搜遍寺院，这支猎枪竟然安卧供台下没被发现。他望着焦猎户遗物，不敢念诵阿弥陀佛，这毕竟属于杀伐之器，我佛不佑。

深秋时节，景物渐显萧索。半空和尚穿起挡寒衣裳，收获药材。凡是知道名姓的草药，他收取晾晒，成材备用；凡是不知名姓的草药，他心怀敬畏任其枯荣，愿与日月共存。

拾掇了药园，想起小山军曹，颇有异样感觉。似乎这种异样感觉触动心曲，他伏案给兰英写信，抬头竟然写作"兰英卿卿如晤"而并不觉知。

踏着落叶来到破山镇杂货店，劳烦掌柜托人捎到县城邮政所。杂货店掌柜慎慎问道："您这是家书？"

一语点醒梦中人。哦！原来这是家书。出家人何以有家？他扭头就走。杂货店掌柜伸手拉住他空洞的僧袍左袖。

"日本人进山讨伐，打散了游击队抓到不少人。那百人坑里都是冤魂！你大和尚如何超度得完？"

百人坑？他左肩颤抖起来，抬头凝视杂货店掌柜，盯得对方志忑不安，面若土色。

他从柜台里取回家信，当场划亮洋火烧了，好像做了个小焰口。然后双手合十拜托杂货店掌柜，倘若再有家书寄来，请他点火烧焚便是了。

半空和尚走出杂货店，远远望着破山镇炮楼，大声念诵"阿弥陀佛"，一路返回破山寺。

这是深秋季节，已然漫天飘起雪花。他想起皮影戏《六月雪》窦娥的冤情，便觉得眼前雪花过于细小了。

走进破山寺的山门，小雪果然演成大雪，好像他有了感天动地的法力。便连连默诵"阿弥陀佛"，一夜打坐，不敢怠慢天恩。

清晨雪霁放晴。破山寺遍地积雪，处于融化与不化之间，犹犹豫豫拿不定主意。

竟然有香客踏雪来访——磨盘脸皇协军全身黄呢军装，踏着黑色高筒皮靴走进大殿。半空和尚神情恍惚，以为小山军曹来了。

全身皇军装束的皇协军燃香三炷，鞠躬礼佛。半空闭目击磬，尽着和尚本分。

"军曹升任曹长调任河头镇驻防，他军务在身不能当面话别，特意派我前来奉送临别纪念物。"这皇协军确实读过书，说话透着才调。

他从黄呢军衣衣兜里掏出那枚白玉如意挂件，小巧玲珑浸出几丝血色。半空和尚接过手里，脸色被雪天衬得愈发惨白："我乃出家之人，小山君为何赠我俗世之物？"

"中国人讲究吉祥如意，我们借玉献佛，不成敬意，请大和尚笑纳。"

半空直视面前的皇协军："借玉献佛这句话，是小山说的还是你说的？"

"这黄呢军衣军裤和高筒军靴是小山太君赏赐我的……"他答非所问说，"黄呢军装挡寒，高筒皮靴暖脚，我也升职了。"

"这是奖励你百人坑有功吧？"

他正了正黄星军帽："军士以服从命令为正办。"

"我出家吃斋，是求佛。你当兵吃粮，是求什么？"

"有什么求什么，随见随是。"

"随见随是？这寺院里若有可求之物，你尽管拿去。"

这个念过私塾的皇协军说了句东洋语的"谢谢"，异常兴奋地走出大殿，抬头展望药园，"小山军曹枪伤未愈，我要采些医治红伤的药材献给他！"

"好啊，这也算是你送给小山君的临别礼物喽！"半空和尚微笑说道。

全身皇军装束的皇协军再次正了正黄星军帽，抻了抻黄呢军衣前襟，快步绕过后院走向药园。他的高筒皮靴踏得雪地发出吱吱声音。

"和尚！你告诉我哪种草药医治红伤？"大地白得没了别的颜色，皇协军的声音落地便埋进积雪了。

这皇协军的焦急满载着急于立功的兴奋："和尚！你快说哪种草药……"

他身后传来半空的声音："夏天里有个省城口音的香客，他也问过医治红伤的草药。"

"什么？你说省城口音的男人！"磨盘脸猛然转身扭头，却看到黑洞洞的枪口。

半空和尚单臂端起猎枪。那件白玉如意挂在枪筒上，摇摇晃晃好像火药引子。

半空和尚慢声缓语："无处青山不道场，何须策杖礼清凉，云中纵有金毛现，正眼观时非吉祥。"

"你吟的是轶名禅师的七绝。"

尽管有张磨盘脸，这皇协军确是个读书人，识得唐朝僧人诗句。

"你果然不是出家人，真和尚不会端起猎枪的。"

"这是我恩人留下的枪。"半空和尚喘着粗气，他觉得猎枪渐渐融为身体，缓缓生成自己的胳膊。不知什么原因，心底涌起冷热相煎的欲望，可能因为猎枪变成了胳膊吧。有了这条"胳膊"他便能够返回家乡了。

以前没有说话的兴致，此时有了听他说话的人，而且是穿着日本军装的中国人。

"小山君曾问过我为何缺条胳膊，我难以启齿。今天就请你转告他吧！"他多年不曾如此朗声说话了。

"我转告他！我铁定转告他！"磨盘脸意识到和尚不会打响猎枪，连连点头好像鸡啄碎米。

半空嘴角挂出几丝淡笑："我家乡县城有个恶霸，光天化日闯进我家，多次糟蹋我母亲，还四处宣扬寡妇淫荡。我忍无可忍追打过去，那恶霸抽刀砍折我胳膊……"

听故事的皇协军全然放松下来，悠悠问道："这恶霸是谁？我去请皇军整治他！"

半空不愿说出那令人厌恶的名字，依然平端着猎枪。他感觉这猎枪确实生成了自己左胳膊。

"我几次动了复仇杀机，一拿起斧子就浑身发抖，人怂得迈不开步子。我只好隐忍着，羞愧难当便出家到破山寺做和尚。"

"你现在端着猎枪浑身发抖吗？"听故事的皇协军，竟然笑嘻嘻问道。

"发抖。"他后退两步问道，"你真会把我的故事讲给小山听吗？"

"小山军曹肯定爱听支那人浑身发抖的故事。"

半空和尚大为惊异："你说自己是支那人？"

"我还学会了东洋语呢。"磨盘脸愈发放松，好像肆意跟朋友聊闲天，"譬如你要是开枪打倒我，我就用东洋话说'多谢和尚超度了我'。"磨盘脸一字一句说着，表情很欢喜。

"和尚，超度……"仿佛听到戒律，半空垂下枪口，"你学得满嘴东洋语，以后不会忘记中国名字吧？"

"不会忘记的！我们魏姓是大户，我叫魏达标！"这皇协军说话带有本地口音，把"达"说成"得"。

"魏——得——彪？"这三个字好像三颗子弹，砰地击中半空和尚心脏，只觉得满腔热血喷溅而出，随即染红目光染红天地，从心头烧到指间……

焦猎户的猎枪响了，霰弹轰然击中对方右侧腹部。全身皇军装束的

53

皇协军应声倒地，鲜血顿时浸红白雪，宛若雪地盛开红色牡丹。

"你！你是半空和尚，你敢开枪杀生？"名叫魏达标的皇协军仰面朝天，瞪大惊恐的眼睛。

半空和尚下意识扔掉猎枪，同时瞪大惊恐的眼睛。就这样，两双同样惊恐的眼睛，对视着。

"你也叫魏得彪？"他双唇颤抖，勉强嘟哝着。

"敢情你知道我杀了焦猎户？"皇协军魏达标急促喘息着，"你总算修炼成了……"

半空突然厌恶起来："你们皇协军对待老百姓比他们皇军还要狠，还把中国人说成支那人，还穿着日本军服，还学说东洋语，还埋出个百人坑……"说着从雪地里拾起猎枪。

他再次误叫对方名字："魏得彪！多谢你超度了我，这次我没尿裤子。"

皇协军魏达标扭曲着面孔，极其贪婪吸食着人间最后的空气。

他脱下僧袍覆盖死者遗体："焦猎户天堂里看着呢，这不是支那和尚半空开了枪，这是中国俗人阮梓良杀了你。"

他没有念阿弥陀佛，说了声吉祥如意，不慌不忙返回大殿，双膝跪地，长久不起。

大殿里那盆象征慈母娘亲的萱草，枝叶枯萎了。他将花盆抱回僧舍里，不禁悲从中来。转念思忖，由悲转喜。我人去寺空，这萱草孤苦伶仃岂不更是凄凉？不如趁早凋谢，投身轮回。

心情从阴转晴。他将僧舍打扫干净，不惹尘埃。之后从楸木躺柜里取出多年不摸的蓝色棉袍，似乎嗅到内人气息。

他褪去僧衣，换上棉裤穿好棉靴，身披棉袍，一瞬间便还俗了。腰间系好炒面袋子，右肩背起猎枪，大步走出破山寺，踏着薄薄雪地，一路进山。恨不得马上返回家乡，县城里有个真魏得彪，比这假的坏多了。

天色大亮走近山脚，他炒面拌雪吃下肚去，浑身反而炽热起来。他意识到这是俗人肠胃了，悲欣交集。

一只黑色大鸟飞过去，落在不远处。他不知这大鸟名姓，只觉得黑色大鸟落在雪地里，显得雪地更白、大鸟更黑。

他将猎枪从右肩滑下来，紧紧夹在腋下。那黑色大鸟腾身而起，继续低空向前飞去。

他脑海猛然冒出个古怪念头：这只黑色大鸟不会是人的魂灵吧？

当年在县城里教书胆小怕事，连做梦都盼望阎王爷派恶鬼把魏得彪抓走——剥他皮肉喝他血浆吸他骨髓，魂灵打入十八层地狱。如今开枪杀过人了，他不再祈盼鬼神的力量，懂得凡事自己动手。

那只黑色大鸟再次落地，似乎等待着他。嘿嘿，日本兵杀人放火，刚出炮楼就被游击队打死了，那魂灵肯定是黑色的。黑色魂灵飞不过大海回不去日本，就成了无家可归的黑色大鸟。

这就是日本人的轮回报应吧。他心里寻思着，单臂夹枪向前走去。前方有块土地没有积雪，全然裸露褐色土壤。一块木板斜插地上，好像从天空投掷下来的梭镖。

那黑色大鸟纠缠不休，环绕头顶盘旋着，分明模仿日本飞机。

他走近看清这块沾满血迹的木板上写着几个墨色大字：牢记百人坑血债，团结抗日杀鬼子！

哦，这就是被日军杀害的百人坑。落雪即化，裸土朝天，游击队英魂不散呢。

黑色大鸟俯冲落地，愤愤地亮出尖利的喙。他与这只大鸟对视。"他妈的，你真是日本兵的魂灵吗？"

多少年了，他首次爆出粗口："他妈的你变成黑鸟引我来到百人坑，嘲笑我懦弱无能是吧？"

心底腾起血腥味道的杀机，完全丧失佛门四年的修行。

黑色大鸟咚咚啄着沾满血迹的木板，雪地里犯了鸟脾气。

吭！他向黑色魂灵开了枪。这只大鸟仄身展翅，朝破山镇方向低飞去了。

"你赶快飞回炮楼去吧，告诉小山军曹去药园里给汉奸收尸！"

他从猎枪筒上摘下那枚白玉如意，不由想起省城来客。这位书生跑到破山镇组织抗日游击队，最终被日本兵埋进百人坑，连姓名也没留下。

记得家乡恶霸魏得彪瞧不起读书人，动不动便说人怂货软。我要五花大绑把魏得彪押解过来，为百人坑里血性男儿祭刀。

他蹲在百人坑旁边，伸出右手把白玉如意埋进土里，让它物归原主，永远伴随那位省城来的游击队首领。

沿着黑色大鸟飞去的方向，雪地里滴着一滴滴血痕，好像天上落下一粒粒朱砂。他认为自己开枪击中了日本兵的魂灵，乐呵呵起身离开百人坑。

四年没有笑过了。此时只觉得浑身热血奔涌，胸中杀心荡漾。这杀心使他精神亢奋，一路行走不觉疲劳。只要翻过那座山梁，他便踏上回乡之路了。

前面雪地里露了几行杂乱无章的脚印，一路延伸山坳里。脚下积雪加深，颇有陷阱感觉。侧方几个身穿羊皮袄的汉子包抄上来："缴枪不杀，我们是八路军区小队！"

一个羊皮袄汉子缴下他的猎枪，满脸如获至宝的惊喜。他报出自己身份。为首的汉子居然知道破山寺，说省城来的老丁谋划去药园采摘医治红伤的草药，没承想半路被日本兵包围了。

"只有我们几个人突围出来……"为首的汉子是区小队长。

他要求归还猎枪。"这猎枪是我左胳膊。我没有左胳膊不敢返回家乡的。"

区小队长听了他的故事，怀抱猎枪哈哈大笑："不就是杀个恶霸嘛，为民除害，我跟你去！"

孤守寺院四载，终于有了援手。他被感动得不知说什么好，不经意说了声阿弥陀佛。

跟随区小队员躲进山洞里过夜。火堆旁区小队长擦亮猎枪，之后拿起石头打磨生锈的匕首。

"你杀过人吗?"他心生忐忑，询问区小队长。

区小队长反问他杀过人没有。他摇摇头说没杀过日本人。区小队长

56

问他家乡恶霸姓甚名谁。他想起那令人厌恶的名字，就要呕吐。

"到了县城趁着天黑溜进去，半夜翻墙进屋杀了他！"区小队长轻轻给刀刃吹了口气，好像要去宰一只鸡。

他激动地抓住区小队长肩膀，眼含热泪。四年没有落泪了。

清晨钻出山洞，区小队长带了两个队员，总共四人上路了。翻过山梁遇到县大队的武装，只有七八个人。

县大队队长当场召集开会，说傍晚前赶到河头镇，编入军分区独立团，对日寇发起大反攻。

"参加主力部队！"区小队长乐得蹦高，"我做梦都想当真正的八路，扛着歪把子机枪打鬼子！"

"既然你都要有歪把子机枪了……"他再次要求归还猎枪。

区小队长兴奋得听不见别人说话，跑到队伍前头当尖兵了。

明明说妥趁着天黑溜进县城，半夜翻墙进屋杀掉恶霸报仇……他大失所望，暗暗抱怨半路遇到了县大队。

只得跟着队伍前往河头镇。天黑时分赶到大河边。河面只结了层薄冰，托不住人。他猛然想起这条大河流向家乡县城，不由自主沿着河岸向下游走去。

"缺胳膊的！缺胳膊的跑啦？逃兵！"黑暗里听到区小队长喊叫。

他摸黑跑起来。风不大，空气却显得黏稠，跑着费力，好像有鬼打墙，故意阻挡他返回县城。他加力向前奔跑，胸膛里拉起风箱。

临近县城发觉跑丢了炒面袋子。天色渐亮远远望见城门，他却泄了气。猎枪留给区小队长，手里没有杀人武器怎么报仇。

初冬的太阳爬升起来，远望好像溅了黄的鸡蛋。他躲进大路旁小庙里，饿得听见外面传来响动。

一队人马走出城门，为首的汉子骑着大青骡子，不停地挥鞭踏起团团尘土，扯起公鸭嗓催促队伍。

"你们愿意等死啊？日本人快完球了，我带领你们投八路！晌午霍家屯打尖，一定要晚晌赶到河头镇。"随着阵阵吆喝声，这支杂牌军朝前开去。

多么熟悉的声音。他左肩触电般颤抖了两下，眼前晃动着魏得彪的身影。这就是他！每次给县城民团训话都是这种西河口音，听着刺痛耳膜。

魏得彪这种地痞恶霸投奔了八路，这等于往清水缸里撒尿啊。想起百人坑里埋葬着省城来客，便浑身颤抖。这颤抖不同以往，不是恐惧懦弱，而是强烈的愤怒。

他攥紧右拳冲出小庙。我要抄小路抢先赶到河头镇，告诉区小队长县大队长，不能让地痞恶霸投了八路。

一头冲进河头镇外的八路军驻地，他跑得吐血昏迷过去，被抬进农家仓廪。转天过晌苏醒过来，军分区新编独立团成立大会结束了。

守护身旁的区小队长竖起大拇指："阮梓良你不是逃兵，你跑得吐血还是归了队，缺条胳膊更值得表扬！"

"不能让地痞恶霸混进八路军！你答应过帮我杀了他的……"说罢挣扎着下地找鞋。

区小队长连忙摁住他："广泛团结爱国同胞，建立抗日民族统一战线，魏得彪被编进独立二团一连三排，当了副排长，我是他二班的侦察员。"

他又气又急索性哭了："你还侦什么察！他魏得彪成了八路，我这辈子杀不了他啦……"

县大队长走进仓廪："这辈子杀不了就不要杀嘛，我现是一连指导员，管辖着他呢。"

"那只好等下辈子了……"他只得这样安慰自己。

这时一连指导员说："你缺了左胳膊，只能编进伙夫班了。"

晚间部队集合遇到魏得彪，远望觉得有些陌生，顿时心生疑虑，唯恐不是那个人。他投出目光寻求对视，不料对方扭过脸去。他愈发疑惑了，当年魏得彪走路趾高气扬，从不扭脸回避的。

擦身而过他回头望去，只见两个兵紧随其后。嗯，这架势正是县城民团保镖的派头。狗改不了吃屎——这家伙就是魏得彪。

我是还俗和尚，他是江湖恶霸，两人竟都成了八路。他苦笑了，愈

58

发想念自己铁胳膊——猎枪。

独立团首长传达军分区指示：发动政治攻势向河头镇炮楼喊话，要求日寇放下武器；如果他们拒不投降疯狂反扑，就坚决消灭之！

独立团首长宣布散会，各连各排带队离开。他再次看到魏得彪身影，一刹间明白了。怪不得这家伙紧急投奔八路军，敢情日本天皇宣布投降了，他妈的。

他甩着空荡荡袖管找到独立团首长，要求编到一连三排当战士。他就是要在魏得彪排里当兵，验验谁尿裤子。

"您别看我缺条胳膊，打仗能扔手榴弹呢。"

"你就是连夜归队跑得吐血的阮梓良同志？"独立团首长目光如炬看穿他前世原形，"物尽其用，人尽其才！你去做文化教员吧。"

恢复俗姓俗名成了连队文化教员，他开办识字班首先选择一连三排开课。因为魏得彪是三排的排副，八路军里应叫副排长。

打麦场上挂起小黑板，点名招呼战士：刘大省，李国楹，张家旺，王小喜……不见副排长魏得彪身影，这令他有些不知所措。

哦，多年来魏得彪就是栽种心底的荆棘啊，不断生长难以铲除。即便念诵《大悲咒》拔除心魔，心底荆棘晾成干柴燃起烈焰，更是无法收拾。

他嗅着粉笔末的味道，开始教战士们识字。"这个八——是八路军的八；这个路——是八路军的路；这个军——是八路军的军。"

"我们八路军就是要惩治地痞恶霸，为民除害。"他挥动右臂告诉战士们，"不除掉乡村地痞和城里恶霸，我们老百姓永远不得安宁。"

身为独立团一连指导员的县大队长起身更正说："我们当前首要任务是接受日军投降，鬼子胆敢抵抗就坚决消灭他们！"

他高声问指导员："魏得彪不来识字班学习，我们怎么实行抗日民族统一战线？"

指导员被他的发问弄蒙了："我们准备攻打河头镇炮楼，派他执行劝降任务去了……"

他想起调任河头镇炮楼的小山军曹，揣摩这日本人不会轻易投降的，那么只好兵戎相见了。

果然不出所料，半夜里独立团紧急集合，天不亮便发起进攻。河头镇炮楼矗立火光里。硝烟四起，笼罩阵地。新兵们被呛得连声咳嗽。独臂文化教员却特别爱嗅这种气味，悄悄跟随爆破队匍匐向前，一声不吭活像个会爬动的石头人儿。

一个个爆破队员跃出壕沟冲向炮楼，接连倒下了。他却东瞧西看寻找着魏得彪身影。

"魏得彪进炮楼跟日本人谈判，一直没见他出来！"身为侦察员的区小队长伏在他耳畔大声说，这声音被枪炮声淹没了。

他猛地从侦察员腰间抢下两颗手榴弹，挥起右臂接连投向炮楼。两颗手榴弹炸起大团尘烟。一个爆破队员趁机扑到炮楼下，安放了炸药包。

河头镇炮楼被炸开大豁口，仿佛吃人怪兽张开血盆大口。八路军战士争先恐后冲进血盆大口，高喊缴枪不杀。

也不知炸死了多少人……他被震得眼花耳鸣，摇摇晃晃站起身奔向炮楼。

独臂文化教员跟随战士们打扫战场。他四处寻找不见小山的尸体，也没了魏得彪的下落。

"奇了怪了！奇了怪了！"他连声念叨很像寻找失踪的亲人。

有人知道他的来历，就偷偷说和尚念经呢。他急得面红耳赤说："不是念经是敌情！不是念经是敌情！"

军分区首长前来慰问参战部队。独臂文化教员跑上去报告情况。军分区首长拍着他右肩说："阮梓良同志，你关键时刻挺身而出投了两颗手榴弹，军分区给你记功！"

他根本听不进"记功"二字，继续纠缠军分区首长。独立团政委只得出面阻拦："没有任何情报证明炮楼里有个名叫小山的日本曹长，你非要找到他尸体这是先验论。"

"你说小山是先验论，那失踪的魏得彪呢？请你告诉我！"他几乎怒吼了。

军分区首长摸着他空荡荡袖管说:"你疾恶如仇是个好同志,愿意到军分区工作吗?"

他渐渐冷静下来。或许小山军曹根本没有调任河头镇炮楼,那就死在别的什么地方了。可是魏得彪呢?投了八路又不见踪影,今生今世不敢露头了。

果然,他被调到军分区任职,从单臂文化教员变成单臂机要员。国民革命军第八路军改称中国人民解放军,唱着"向前,向前,向前",掀起对国民党反动派作战的高潮。

经过几年军旅文牍生涯,他依然眉清目秀,右胳膊肌肉发达,硬得好似一根顶门杠。破山寺的出家时光,显然遥远了。

一次行军途中夜宿荒野破庙,他梦见那只黑色大鸟,环绕头顶盘旋,久久不去。

"恍如隔世啊。"清晨醒来颇为感慨,想起那杆消逝的猎枪,想起活不见人死不见尸的小山军曹,还有不明下落的魏得彪。

从此,这"恍如隔世"四字常挂嘴边,几乎成了排遣情绪的口头语。随着时光推移这种情绪好似湖泊涟漪,越荡越远,越荡越大,最后荡得无形,成了湖泊的大圈套。

解放战争节节获胜。一天凌晨天降大雪,他们突然被国民党军队包围。师部警卫排坚守村里石磨坊,暂时打退敌人进攻。

天空传来阵阵轰响。敌机低空掠过石磨坊,这引他想起黑色大鸟。是啊,无论小山军曹还是恶霸魏得彪,他们死了肯定变成黑色魂灵,永远洗不白的。

敌人再次发起冲锋。一瞬间他出现幻觉——恶霸魏得彪冲过来了。多年死敌终于露面,他兴奋得连续投出手榴弹,炸得石磨坊外国民党兵不敢进攻。

他发疯般吼叫着,起身冲出石磨坊拼命投出炸药包。师部首长惊得高呼:"小阮注意隐蔽!"

炸药包惊天动地炸响,他被气浪震得迷迷糊糊,耳畔死寂无声。这时兄弟部队紧急赶来救援,打退国民党部队。

他爬起来怒视着越飞越远的黑色大鸟，左肩不停地颤抖。

师部首长亲自颁发三等功奖状，他接在手里不吭不响，好像怀着什么心事。回忆起自己炸死那么多敌人，仿佛做了一场大梦。

社会主义新中国了。他转业到东北地区白狼林场，被任命为林场副场长。他一路走来，总算落户这常年积雪的地方。

身在雪国，热血沸腾。他钻进深山老林，猎杀黑熊、豹子、东北虎、野猪、黄羊……总算有了第二战场。

恍如隔世。他从县城完小"单臂先生"到破山寺"单臂和尚"，从破山寺"单臂和尚"到白狼林场"独臂场长"，一次次开枪超度野生动物们去天国，硬是把这座林场做成大道场。

白狼林场职工称赞说，阮场长单臂摆弄长枪比使唤手枪还要熟练，简直出神入化。是啊，这半自动步枪又融成他的铁胳膊。

他没有离婚重娶，依然是原配兰英。眼巴巴瞅着丈夫杀伐成性，原配兰英弱声弱语劝慰丈夫："魏得彪跑出炮楼投了国民党，后来被人民政府枪毙了，这你就别再跟自己较劲了。"

他怪模怪样笑了："你别跟我提姓魏的名字，当心摸枪走火。"

全国统令收缴转业军人枪支，他手里没了杀器，闷闷不乐郁郁寡欢，渐渐学会以酒浇愁，而且酒量猛增。

阮场长喝酒很有特点。他右手端起酒盅压住下唇，门齿咬住盅沿，这就腾出了右手做驳壳枪状，猛地仰脖一盅酒就灌进肚里，等于手枪也打响了。独臂场长就这样凭空演练着，不醉不休。

原配兰英看着丈夫喝酒，无法想象当年破山寺的情景。有时她甚至怀疑自己记忆有误，丈夫从来没有出家当过和尚。

继续保持咬紧酒盅喝酒的习惯。久而久之，他的两颗门齿明显起来，朝外龇着活像山狸鼠。白狼林场有民谚：人长鼠相，必有贵样。

果不其然，临近中秋节便从林场副场长提升为林场政委。他一口气吃下四个月饼，磨得门齿发亮。

深秋季节里，原配兰英发现丈夫自制木叉弹弓，还讨来松香泡水和泥制成胶质弹丸，晒干后硬似铁弹。

"你怎么变成小孩儿啦？越老越回去。"她这样发问却知道丈夫是回不去了。

他单臂无法操作弹弓，便悄悄摸索"以右手持弹弓，以门齿咬住弹兜，拉伸牛筋侧脸瞄准"的特殊要领。半夜射击香火，竟练得十发九中，接近百步穿杨。

他手持弹弓再度出山，一月间射落各类林鸟几十只，这独臂猎手打得住家附近满树无鸟，只剩下蝉鸣。

原配兰英把他弹弓藏了。他反复寻找，再次撩开供桌围幔，嘿嘿笑了。当初破山寺寻枪经历，这弹弓重现了。

他从供桌下掏出弹弓："这又是先验论吧？"满脸耿耿于怀的表情，却不知对谁不满。

林场周边连降大雪，满地皆白。有人跑来说獐子松林落了只黑色大鸟。独臂政委拿起弹弓跑去了，却只见獐子松树没见黑色大鸟。

他抬头望着天空叩响门齿："你别走哇！大老远来的又不敢露面，这算怎么档子事呢……"

好像与老熟人擦肩而过，他闷闷不乐，没吃晚饭便进屋睡了。夜里做了个好梦，清早醒来立即告诉原配兰英——他拉起弹弓射中那只黑色大鸟。

"好啊，还是你占了上风。"老妻兰英只得夸赞道。

他没头没脑冒出这句话："其实你年轻时挺好看的。"

中日两国友好了。春天里来了北海道访问团参观白狼林场。日方团长是小山先生，金丝眼镜西服革履，温文尔雅的样子。

白狼林场阮梓良政委关切问道："你们日本有很多小山吧？"

日方团长解释道："小山不是座山，小山是姓氏。"

"我当然知道小山是姓氏。"阮梓良不禁感慨，"按照我们中国人习惯，两个姓小山的人就是本家，四川话叫家门儿，你们日本有这个说法吗？"

中方翻译是学林业的，翻译不出"本家"或者"家门儿"这类日本词语。他怏怏作罢了。

白狼林场食堂摆酒席，好酒好菜欢宴日本客人。他叮嘱伙房厨师煮赤豆饭招待贵宾。酒过三巡他特意问道："小山团长，您以前吃过赤豆饭吗？"

日本客人以为赤豆就是相思豆，勉强吃了小半碗便不敢亵渎中国唐诗了。这引得林场政委蔫蔫地笑了："怎么凡是叫小山的就没有大饭量呢？个个小胃口。"

光阴如雪，一派灿白，白得没有别的内容。独臂政委老了，老得只剩下满脸皱纹。老妻兰英反而面容光润，好像她的皱纹都挪到丈夫脸上去了。

他申请离休，携带老妻兰英告别森林大道场，没儿没女返回家乡县城定居。他没说"恍如隔世"这句口头禅，似乎已然隔世了。

老夫老妻没儿没女，就跟缺理似的。老妻兰英只得向乡亲们解释说："他年轻时不是当过和尚嘛，后来又成了军人。"

他对老妻兰英的解释很不满意："你这是先验论！"

过了春节正月里，他中风偏瘫成了单臂病人。出了医院进了养老公寓。渐渐肢体有所恢复，他独坐轮椅照旧右手紧握弹弓，依然做射手状。

养老公寓楼道的灯泡多次破裂，形成黑暗世界。公寓管理员不明所以，只得频繁更换白炽灯，还抱怨国产灯泡质量差，不如日本进口的。他听到了，大声要求养老公寓更换日本进口灯泡。

六十九岁那年，阮梓良病危。弥留之际意识清醒，他特意要求弹弓陪葬，还有几颗权作弹丸的赤豆。无论上天堂下地狱，这位独臂老者随时做好继续射杀的准备。

人之将死，老妻兰英惊诧地听到丈夫说话居然带有几分破山镇口音，把"弹弓"说成"倒弓"，把"赤豆"说成"司豆"。

给独臂老人穿寿衣时还是发现他尿了裤子。这令人想起沿途撒尿的猎犬，为自己领地留下标记。

一群县城里的业余和尚跑来招揽生意，找家属洽谈做道场之事，声称收费不高。

老年兰英冷冷吐出一句："做什么道场！他自己就是。"

七十三岁那年，垂垂老矣的兰英租车去了趟破山寺。经县政府投资重建，当年简陋破旧的庙宇已然蔚为大观，信众人流如织，香火极其旺盛。

几经打听也没人记得这里有过半空和尚。兰英老人恍然大悟，那个单臂男人名叫阮梓良啊。

她老人家还是进殿敬香，跪地礼佛，宛若置身清凉世界。

"吉祥如意。"兰英老人脱口而出。

津门小说（三篇）

膏药失灵

　　水旱码头天津卫，九河下梢乃是五方杂处的地方，民风独特。口音呢也与周边毫不搭界，仿佛从天而降，因此被语言学家称为"天津方言岛"。既然是水旱码头，就有脚行，所谓脚行，其实就是搬运业的旧称。脚行里的头目，往往占据地盘独霸一方，人称"混混儿"。混混儿是天津土语，也称"混星子"，与上海滩的青皮属于同类动物。沪上有黄金荣杜月笙，津门则等而下之，有袁文会刘广海之流。若以青帮论，沪上的青皮与津门的混混儿，出自同一家门，有辈分排列：大字辈儿的，通字辈儿的，悟字辈儿的；颇有同祖同宗的门风。

　　当年天津卫的混混儿争夺码头，聚众斗殴本是寻常之举。双方混战，舞棒弄刀，总是要伤人的，于骨科应运而生，一时间天津涌现出不少名医。名医丛生，其中要属粟先生的名声最为响亮。粟氏的正骨，兼治五劳七伤，津门一绝。混混儿斗殴负伤，折胳膊断腿，躺在一只大笸箩里退下火线。人们抬着大笸箩找到粟先生诊所，三捏五捋，大膏药一糊。回家养着去吧，保好。

　　粟氏医术，首创光绪末年。到了宣统年间名声已经很大了。当时天津卫西头的永丰屯出了一位大混混李金鳌。这位爷上海滩闹事断腿，沪医受贿，接骨时存心留了个碴口儿。李金鳌回到天津，走路总是一瘸一拐的，很是减了几分威风。这位爷来到粟先生诊所。粟先生看了看那条伤腿，心里明镜儿，就问李金鳌怕不怕疼。李金鳌笑了笑，将伤腿搭在桌沿上，一掌就将腿骨击断。粟先生叫了一声好汉，就动手为他重新接腿。李金鳌伤愈，给粟先生送匾致谢。匾上刻着四个金字：佑我手足。

有了这块金匾，粟先生似乎就有了功名。光阴荏苒，粟氏医术已然传了五代。民国以来，提倡科学，引进西洋医学，治病的手段愈来愈多。粟氏的膏药也渐渐失去独领风骚的光彩。说话之间，中国已然进入改革开放的大好年代，真可谓日新月异。正是在这种时候，就在天津红桥那边，又冒出一个"膏药王"。

关于膏药王的来历，其说不一。有人说他乃是粟先生的外孙女婿，属于异姓偷艺，并非真传。也有人说"膏药王"源自祖传秘方，根儿在北京旗人。尽管其说不一，但凡见过膏药王的人，都说此公相貌不凡，绝非等闲人物。

膏药王的诊所，坐落在新河北大街，过了旱桥就是。他的诊所与众不同，每个礼拜只有一天应诊，平时大门紧闭，很像当年地下工作者秘密接头的地方。如今朗朗乾坤，早就没了混混儿，拳打脚踢、刀劈斧砍的硬伤，自然少了许多。求医问药者，多为富贵病：站着就想坐着，坐着就想躺着，躺着就想睡觉，睡觉又睡不着。整天价腰酸腿疼脖子发紧，一大批豪华型东亚病夫悄然出现在这座并不豪华的城市里。时势造英雄，膏药王脱颖而出，成为患者的救星。无论你什么地方难受，大膏药一贴，全好。总经理阳痿，隐姓埋名前来求医；少妇多年不孕，满面愁云跑来问药；纵欲过度的，未老先衰的，植物精神紊乱的，代谢功能失常的；淋病、尿频、产后没奶，食欲不振……这里的膏药，包治。一时间膏药王的名字传遍天津，人人都说他的膏药非神力所能比拟。天津人说话最爱夸张，说膏药王称得上是广大患者的重生父母再造爹娘。

膏药王成名之后，并没有被胜利冲昏头脑。他深居简出，谢绝电视台记者采访，面对荣誉依然保持着一颗平常之心。据说他生活极其节俭，每顿早餐只吃两根油条，连豆浆都舍不得喝。一天清早膏药王刚刚吃罢两根油条，四个民工模样的小伙子抬着一副担架气喘吁吁赶到诊所。听说今天不是应诊的日子，放下担架四个小伙子一起跪在门前，苦苦哀求。原来躺在担架上的是他们大哥，扭腰半月动弹不得，遍访津门名医，效果甚微。这四个小伙子都是初来乍到的打工仔，万事全凭大哥关顾。大哥动弹不得，他们的饭碗也就不保了。此情此景，膏药王无奈，只得破例给予治疗。那位扭腰的大哥，躺着来的，走的时候竟然将担架扛在肩上，五个人是欢声笑语一路去了。于是群众呼声愈发强烈，膏药王才答应将应诊时间由每周一天扩为每周三天。

就在这种大好形势之下，事情出了故故扭儿。

天津卫的鼓楼西，有个闻家大院。人堆儿里头访一访，谁都知道闻家当年是天津卫著名大盐商，富甲一方。说起盐这东西，可不是一件小事情。从秦朝桑弘羊著《盐铁论》起，历朝历代都是"官盐专卖"，禁绝私盐交易。天津卫的大盐商经营盐业，手里都有朝廷恩准的"龙票"，赚钱太容易了。因此，天津卫的大盐商，深宅大院亚赛王府，都是金山银山的家当。我们所说的闻家大院，也是如此。

这闻家大院地广房多，南门与北门之间，一趟走下来，谁都累得气喘吁吁，不下半里地。只可惜闻家衰败得太快，民国初年就露了穷相。子孙后辈一边往外租赁，一边拍卖房产。院子太大，绝不是一家一户能够买得起的。于是主家就化整为零，吃瓦片儿。没出几年，闻家大院就搬进来百八十户人家，三教九流，五行八作，干吗营生的都有。新来的居民，废园伐树毁池填井，弄得鸡鸣狗吠。一时间堂堂闻家大院仿佛变成一座乡镇集市。悲乎，昔日大户豪门风采，荡然无存。任人凭吊的只有临街的那道大墙，长半里，高丈二，形象依然巍峨。

人们走在街上，就管它叫"闻家大墙"。

天津卫的年轻人跟全中国的年轻人一样，吃汉堡包抽万宝路喝百事听摇滚，根本不知道闻家大墙是怎么一回事。然而万事总有一变，开春那几天，闻家大墙一下又成了天津卫无人不知无人不晓的地方——知名度仅次于海河。大街上你随带叫住一辆的士，说去闻家大墙，司机二话不说就找你要三十块钱。为什么呢？您去朝拜"神墙"，就得认头花钱。这真是一个令人欢欣鼓舞的消息。沉寂多年的闻家大墙居然被称为"神墙"，这真是天津卫的造化。

68

打从出现"神墙",往日门庭若市的膏药王诊所竟然日趋冷清。起初膏药王大惑不解,一打听才知道,敢情城里鼓楼西的闻家大墙成了"神墙"。说起这神墙那是真神,包治百病。尤其是腰酸腿疼的富贵病,你献上香火,三叩九拜之后双手摸墙,默默念上几句颂词,当时就觉得精神爽快浑身舒坦。老太太一连去几天,年轻时坐月子落下的毛病,竟然去了根儿。老爷子一连去几天,拐棍儿都扔啦。无论男女老少,神墙的最大功德就是包治人间百病。尤其是伤筋动骨,只要拜了"神墙",立马儿疼痛大减。真可谓神仙一把抓。

膏药王对功名利禄看得淡似天上白云,但"神墙"的出现使他的医术受到冷落,不免怏怏然。夜来风雨声,花落知多少。郁郁不欢的膏药王走出诊所,伸手叫住一辆的士,说是去闻家大墙。司机摇了摇头说不认识路。膏药王无奈,只得说去"神墙",司机就认识了。

过了二道街,就塞了车。大街上涌满赶往"神墙"的人流,四只轱辘的铁屋只能给双脚行走的动物让路。膏药王推开车门叹了一口气。这时人们看到一位面容清瘦精神矍铄的老者下了的士,落入街上人流之中,朝着"神墙"走去。

天津卫已经多年没有如此火爆的去处了。同行的人们议论纷纷,说即将成立"神墙管理委员会",建立门票收费处,组建一支精干队伍以维护此地的旅游环境。

膏药王无心细听,仄身快步朝前走去。

远远看见闻家大墙,人流却稠成一锅粥。香烟缭绕之中,他好不容易挤上前去,定定看着面前的景象。

沿着墙根儿一眼望去——数也数不清的人们,一个挨着一个,身体紧紧贴在墙上,双目微闭默不作声,静静接受着"神墙"的灵气。

渐渐,贴在大墙上的人们吐纳有序,面孔泛红,已是汗津津地轻爽。这时只听一声木鱼,接罢灵气的人们同时睁开眼睛,转身面对大墙,伏地再行大礼。

等待朝拜的人流裹着膏药王拥上前去。他伸手抚摸"神墙",竟然透着一股热力,暖入心脾。说是神墙,果然不虚。

69

膏药王随着人潮拥上前去，又随着人潮退了下来。他信步朝前走去，却不知身居何处。走出几百步远，他才明白此时正朝着闻家大院南门走去。南门无存，他还是能够依稀辨出方位。昔日的院落，疏可走马。如今面目全非，满眼密密麻麻的窝棚，亚似蜂窝。他毫无目的地走着，知道自己已经走进当年的闻家大院。

他蓦地想到，举凡人间大墙，皆有墙内墙外之分。人们跪拜墙外，我为何不在墙内朝圣呢？这样想着，膏药王兴奋起来，奔大墙方向疾走。

又是一派烟雾缭绕的景象。莫非墙内也聚满了朝拜的人群？他穿过屋与屋之间的缝隙，寻找着大墙。终于走到大墙近前，他不禁一怔。只见沿着墙根儿，一长溜儿垒着十几只大灶。每只灶上都烧着一口滚开的油锅，每口油锅前都站着一个手持铁筷子的肮脏民工，正在炸制天津卫有名的"十八街大麻花"。那一只只大灶蹿出的火苗儿，尽情地舔着大墙——烤得砖瓦淌汗。

一个脏头脏脑的男子走上前来，叫了一声王大夫。膏药王定睛细看，正是那位躺在担架上被同伴抬着前去求医的民工大哥。这位民工大哥龇着一口白牙说："王大夫您千万别吃我们的麻花，这都是脏油炸的冒牌货！"

膏药王突然笑了："这墙，真热啊！"

傻子绝迹

旧时天津的景物，只能用旧时天津的词语形容。旧时的天津词语，如今多有亡佚；依然留存人们口头的，物去人非也不是原汁原味了。譬如说"傻子"，就是一例。

天津词语中的"傻子"，通常是智力低下者的统称。然而旧时天津词语里的"傻子"无论是所指还是能指，都别有一番意境。

天津包子颇有名气。其实包子这东西，在当时是属于粗食的。举凡包子铺都不是什么大门面，盛包子用的也不过是挂着一层黑色釉子的粗瓷大碗，蹲在凳子上吃包子的，绝大多数是穷苦百姓。凡是广大群众拥护的，就能成名，天津包子的历史恰恰说明了这个道理。那时节，除了大名鼎鼎的狗不理包子铺，素负盛名的还有一条龙包子铺和陈傻子包子铺。

陈傻子包子铺坐落在南市三不管附近，老辈人如今回忆起来，还都记得当年包子铺那红火的生意。陈傻子包子铺的掌柜，姓陈。傻子是他的外号。关于这个外号的由来，其中就有几分讲究了。

陈记包子铺开张的时候，只有半间门面。掌柜的让自己的俩儿子当伙计，干活儿。大儿子叫大顺，二儿子叫二顺。大顺和面，调馅。二顺呢捏包子，上屉。爷儿仨整天忙得脚手不拾闲。陈掌柜五大三粗，见人不爱说话，只是嘿嘿傻笑，算是跟人打了招呼。来了吃包子的，陈掌柜还是嘿嘿笑着，满脸傻相。于是，就有人认为这位掌柜的缺了几个心眼儿。临近晌午，饭座儿渐多。陈掌柜高高大大站在蒸锅前，脑袋扎到笼屉里，瞪大眼睛亲手数着包子。嘴里喊着："一五，一十！十五，二十！"

他这铜钟大嗓，喊彻半条街，亚赛驴鸣。天津人说话嘴损，聚在一起总要挖苦陈掌柜："他这不是数肉包子，他这是数金元宝呢！"

陈掌柜嘿嘿一乐，脑袋照样儿扎在笼屉里，一五一十给吃主儿数着包子。

即使如此，他还是显得非常愚钝。人家买十二个包子，他高一声低一声数着，却给了十三个。住在胡同里的小闺女三丫举着一只大碗说买八个包子，可端回家一数，九个。三丫的瞎眼奶奶大发感慨："卖包子的不识数，他这辈子就盯着赔钱吧！三丫，明天还到那包子铺买包子吃，多吃一个就赚他一个！"

陈记包子铺的大顺子是一个颇有心机的小伙子，一边干活儿一边偷眼瞄着傻了吧唧的爸爸。一个晌午过去了，陈掌柜总共多给出去十二个包子。

下晚儿，大顺子悄悄对陈掌柜说："爸，今儿一天您白白送出二十多个包子啊！"

掌柜的听罢，揉了揉眼睛，满脸傻笑："吗玩意儿？今儿一天我白白送出二十多个包子去？哈哈……"

大顺子见掌柜的如此傻相，心中暗暗说道："您真是蒸不熟，煮不烂，橡胶脑袋不过电啊！"

卖包子的不识数。没出几天，陈傻子的外号就传开了。凡是在这里占过便宜的人们，都说陈掌柜是傻子，同时也都成了陈傻子包子铺的回头客。陈傻子包子铺的生意，一下子火爆起来。一时间，天津南市三不管的老少爷儿们争先恐后都赶到陈傻子包子铺来吃包子。这不是起哄，也不是架秧子。这情形分明是说，谁要是不来吃陈傻子的包子，谁就是傻子。举凡人世间的聪明人，都愿意跟傻子打交道。红花还要绿叶衬。身边有一个傻子，你总觉得自己是一个旷世奇才。

就这样，陈掌柜嘿嘿一笑就成了陈傻子。陈傻子包子铺的生意，越做越大。成了包子行业的精英。后来，大顺子成家立业接了父亲的班，把陈傻子包子铺给发扬光大了。扩大门面，由半间发展成为三间。大顺子从父亲那里既继承了产业又继承了智慧，也学会了嘿嘿憨笑，而且傻得更上一层楼。陈傻子包子铺生意兴隆，大顺子竟然在城里费宫人胡同置了一座宅院，娶进一房水水灵灵的小媳妇。解放之后大搞公私合营，陈傻子包子铺已然传到第三代。

除了陈傻子包子铺，天津的南市一带，在"傻"字上练功夫的人并不少见。东兴大街上有白傻子布铺，闸口街西头有王傻子铁工厂；三不管卖艺场上有砸石头的李傻子，沿街叫卖药糖的有邱傻子；此外，杂货铺的傻德子，理发所的傻恩子，开水铺的傻诚子，开酒馆的傻久子……南市的傻子数不胜数。一时间这地方好像聚集了全天津卫的傻子。冒傻气，放傻屁，说傻话，办傻事，也就成了一门学问。正因如此，旧时天津的词语里"傻子"的含义也颇有分量了。"文革"期间陈大顺曾经对自己的儿子说："精明，是小道；傻，是大道啊。"

可是不知为什么，后来南市这地方外号傻子的人，好像野生动物一样越来越少。改革开放，天津人民文化素质大为提高，都成了精。就连马路上卖牛奶的姑娘也拥有硕士学位。于是傻子这个词语，真正成为智力低下者的俗称。说话之间，天津的革命群众也同全国人民一道，走进了二十世纪九十年代的大好春天。

二十世纪九十年代的天津人，天天都在心里盼望早日过上豪华日子。心里有了这种念想，就更没人愿意当傻子啦。物以稀为贵。话说一九九六年秋天，坐落在南市三不管迤西的齿轮维修厂里竟然涌现出一位划时代的傻子。这位傻子名叫陈九河。全厂五百多名职工里提起陈九河，不过普通一兵而已。

国有企业不景气，齿轮维修厂也不例外。三年前就已经落入谷底，绝大多数职工只得走上社会谋生。厂里剩下一百多人，坚持小作坊生产，每月只能领到百分之六十的工资。陈九河就是其中一员。他今年三十九岁，长得又小又瘦，看他的背影很像一个营养不良的孩子。此公在热处理小组当工人。都说组长是鹰头，他是鸟儿屁。

陈九河对工厂所面临的困境很是着急。他几次找到厂长，询问工厂何时能够出现转机走出困境。厂长姓叶。叶厂长觉得陈九河很傻，可又不好意思打击他的积极性，就告诉他，不出半年时间工厂就能渐渐走出谷底，见到光明前景。

陈九河大喜，下班回家，自费买了一瓶孔府宴酒，佐以小葱拌豆腐，以此庆贺工厂的灿烂前景。陈九河的妻子停薪留职，在街上摆了一个烟摊儿。她见丈夫如此冥顽不化，就骂他傻×："叶厂长说话还不如放屁有味儿呢。他说半年之后工厂能够走出谷底？那是他妈的撒吆挣说梦话！"

形容枯槁的陈九河遭到妻子一顿臭骂，并不气馁。他自言自语说："我一定竭尽全力帮助叶厂长把厂子救活。俗话说国家兴亡匹夫有责嘛。"

这一天叶厂长正坐在办公室里发愁，陈九河悄无声响走了进来。

陈九河当头就说："叶厂长，我想让咱厂走出困境！"

叶厂长心里想："不是说傻子早就绝迹啦，怎么又冒出一个陈九河呢？"这样想着，他朝面前这位从天而降的傻子说："是啊，咱厂也应当走出困境啦！你有什么法子吗？"

陈九河说："我能揽来一批任务，就是不知道咱齿轮维修厂的工人干得了干不了？"

叶厂长说："别是装配原子弹吧？"

陈九河摇了摇头："前几天有人问我能不能制造不锈钢的骨灰盒儿，我没应声。这一次我揽来了一批电子活儿。你知道二极管吧？就是把二极管的正负极往两个眼儿里一插，一焊，就行了。全年的任务，二百万只……"

叶厂长一听陈九河说得这么具体，就来了精气神儿："你不是跟我说评书吧？"

陈九河说明天就可以派一辆大卡车把样品拉来。人家甲方是新加坡的外商，制作名牌旅游鞋，这二极管是安装在鞋跟上的灯泡，走起路来一踩一亮，全部销往海外。新加坡外商只有一个要求，说是先看一看组装完成的样品，合格了就订合同。订半年的全年的合同，都行。但必须首先考核工人组装二极管的质量。

叶厂长提出跟新加坡外商见一见面。陈九河不高兴了："你要是不相信我，就拉倒吧。我劝你先让全厂职工试一试，组装一批样品，新加坡老板检验合格，你跟他见面也不晚啊！"

叶厂长觉得陈九河说得有理，就问："一个工人一天应当组装多少只二极管？"

陈九河想了想："听我表哥说，人家制鞋厂的工人干熟了，一天能组装七八百呢！"

叶厂长突然心生一计。他在心里算了一笔账，然后对陈九河说："你先跟对方联系一下，三天以后咱厂派大卡车去拉二极管，十万只！"

陈九河笑了："十万只？太多啦……"

叶厂长说不多。陈九河领了任务，走了。

原来这叶厂长是一个聪明绝顶的人物。他想借此机会"顺水推舟"，解决厂里多年无法解决的老大难问题。目前厂里共有三百多人自谋生路。第一批停薪留职的，每人每月还能在厂里领到六十元工资；第二批停薪留职的，厂里不发一分钱，但每月的发薪日必须到厂里报到；

第三批停薪留职的，每月则必须交给厂里六十元管理费。所以每月八号这一天，厂里就成了集日。最让叶厂长心里不满的就是每月能从厂里领到六十元钱的那一批停薪留职职工，其中许多人竟然开着红色夏利黄色大发来到厂里，一个个吃得脑满肠肥的。叶厂长这次决定顺水推舟，将这一群工人彻底除名。

陈九河前脚走，叶厂长后脚就将一张"紧急通知"贴在工厂门口。在随后召开的全厂骨干动员会上，叶厂长发表了紧急讲话。大意是说：厂里经过几年沉寂终于迎来充足的生产任务，就是组装二极管。兹定于本月十三号上午八点钟在工厂三车间举办复工考核。合格者，上岗；不合格者，彻底解聘；无故不参加考核的，一律除名。

消息传出，齿轮维修厂的工人们惊了。尽管改革开放处处都能捡到金元宝，但人们还是不愿亲手砸了多年沿袭下来的铁饭碗。

十三号那天，闻讯赶来参加考核的工人们一大早就拥进工厂大门，领罢准考证，叶厂长统计总共来了三百二十七人，他当即宣布，考核的定额是八小时之内完成三百二十只二极管的安装。工人们一听这个数字，汗就下来了。

尽管安装二极管是简单劳动，但毕竟属于熟练工。工人们面对生疏的工作，根本无法完成考核的定额。于是纷纷大骂叶厂长，之后又纷纷大骂揽来这项任务的陈九河。

就这样在工人们阵阵叫骂声中，度过了八个小时。由党员骨干组成的检验小组是在当天晚上十点钟将统计结果送交叶厂长的。经过严格考核，一百九十八名工人合格。其余一百二十九名工人，名落孙山。

见顺水推舟之计终于得逞，叶厂长窃喜。从第二天开始，落榜的工人们便开始登门求见，苦苦哀求叶厂长高抬贵手不要将自己除名。叶厂长稳坐办公室的皮椅子上，无动于衷。就这样，工人们一拨接一拨苦苦哀求了三天。

这三天里，只有陈九河一个人在干活儿。他一丝不苟将工人们安装合格的六万三千三百六十只二极管码齐装箱，然后用手推车往返十四趟送到外商厂里的器件仓库，拿到一张收条，然后到财务科领取加工费七千六百零三元二角。他嘿嘿傻笑着，回到厂里。一旁看热闹的工人们都骂陈九河是个大型傻×。陈九河并不抬头，继续干活儿。

他又将那一箱箱尚未安装的二极管运到外商厂里，交回原料仓库。仓库保管员是一个漂亮的姑娘。她认为陈九河凭着安装二极管挣钱，一定非常辛苦，就怜悯地看着他。

他嘿嘿傻笑着，接受了姑娘的怜悯。他径直回到厂里，走进浴室洗了一个热水澡。走出厂门的时候他遇到叶厂长。叶厂长当头问他那批二极管的安装质量究竟怎样。陈九河叹了一口气说："新加坡老板很恼火……"

叶厂长一天八小时都在接待前来求情的职工，自尊心得到莫大的满足。由于心情很好，叶厂长就拍了拍陈九河的肩膀，说了一句不要灰心，然后骑上车子回家了。

陈九河也骑上车子回家。走进屋里他就将七千六百零三元二角人民币如数交给妻子。妻子笑了笑说："全厂好几百号工人，就你贼人傻相！"

陈九河说："这钱别乱花呀，留着用它参加扶贫运动。"说罢又嘿嘿傻笑着。

凡是当年见过陈傻子包子铺的老辈人，都说陈九河的傻笑跟他那死去的爷爷一模一样。

永恒店堂

天津南市玉清池澡堂对过儿，有一家非常著名的小饭馆，名叫五合楼。说是楼，其实没楼，平房而已。用如今时髦的话语来说，五合楼是一家充满平民意识的饭馆。它的饭菜应时利节面向大众，给人以不骄不狂的亲切印象。夏天的烧茄子大米饭，香而不腻；开春时节香椿炒鸡蛋卷大饼，吃的是鲜儿；秋天的熬鲫鱼，味道肥美；隆冬里辣豆儿就酒，接着喝一碗热气腾腾的羊肉丸子汤，暖暖和和好像穿了件皮袄。五合楼在老一辈天津人记忆里，地位很是特殊。进大饭庄提倡宾至如归，进五合楼，好比是回到姥姥家。

五合楼还有几个独家经营的菜品，如今早已绝迹。天津出产一种肉眼难以辨别的小虾，名叫"麻线儿"。炒麻线儿是五合楼的拿手好菜。

如今麻线儿这个物种灭绝了，爱吃麻线儿的天津人却一代代繁衍着。五合楼依然存在，虽然没了传统风味，为人民服务的方向还是要坚持的。

五合楼取消正餐专卖早点：豆浆，云吞，稀饭，豆腐脑；包子，油条，烧饼，豆包儿……人们只能从这品种齐全的早餐里，品咂着昔日五合楼的余韵。

忽一日，这里响起开业志喜的爆竹声。人们惊异地看到，黑底金字的"五合楼"牌匾没了踪影。鞭炮声中，一面鲜亮的招牌挂了出来：粤风餐厅。

土生土长的大柱子摇身一变成了粤风餐厅的经理，他操着一口广东人也听不懂的广东话对大家说道："从今天开死吾们哲里改成广东早茶啦！请都都关照哇……"

大家都觉得大柱子的口条儿出了毛病。

粤风餐厅好亮丽，招唤着天津人的生活。人们也就记住了这里的广东早茶。

三天之后，这里又响起一阵鞭炮声。前来品尝广东早茶的人们被这里骤起的硝烟呛得好生难受。抬头细看，一张崭新的招牌横空出世：金世界家用装饰材料商店。

一个大胖子乐乐呵呵剪彩。一个瘦子代表社会各界讲话，祝贺开业大吉。土生土长的二柱子摇身一变成了经理，大声宣布：本商店售出商品一律实行三包。

看热闹的人群里一位老太太小声说道："二柱子他爹呀，当年最爱吃炒麻线儿呢！"

麻线儿没了，二柱子他爹也死了。但二柱子还在，朝气蓬勃好像八九点钟的太阳。

前来品尝广东早茶的人们，只得快快离去。

这时来了一位白发苍苍的老太太，操着纯正的天津口音说是要买烧饼果子。

金世界家用装饰材料商店的礼仪小姐表情茫然，似乎无法理解老太太的来意。

春风浩荡的季节里，人们又听到一阵鞭炮。金世界家用装饰材料商店蓦然消逝。蓦然闪亮的是五光十色的霓虹灯：娜娜发廊。经理居然是土生土长的三柱子。

这里立即成了女人的天下。香波的味道弥散开来，给人以莫名其妙的刺激。男子们的情绪波动起来。天津卫男人的最大本事就是处变不惊。这时候，仍然有人来到这里，询问粤风餐厅到底坐落在什么地方。

娜娜发廊又像蒸汽一样消失了。继而出现的是红魔卡拉OK厅。经理是土生土长的四柱子。这时候的四柱子，讲一口极其标准的京片子，很是动听。

这情形好似走马灯。世界一下旋转起来。

很快，这里就改成弹子房。之后又挂出婚姻介绍所的牌子。秋雨不绝的日子里，这里成为房地产交易中心。本市最大的填土工程项目竟然在此处成交，双方在合同书上签字的时候，甲方的卢总经理蓦然想起童年时代的"炒麻线儿"。这只是一瞬之间，他就忘了那久违的美味，跑到东兴市场去看那块地皮。没人知道，卢总的乳名叫五柱子。

后来，房地产交易中心又改头换面，变为五洲证券交易所。

乳名五柱子的卢总颇具财力，很快就在东兴市场的地皮上盖起一座美食城。开业那天，几乎成了这里的一个节日。游人之中有一个寡妇。她猛然想起，自从娜娜发廊关闭之后，她再也没有烫发。

美食城生意兴隆。于是人们发现附近缺少一座公用厕所。于是五洲证券交易所被征用，将其改造成一座收费厕所。于是施工队进入现场施工，施工队长从房屋的格局上看出这里最早曾经是一家饭馆。于是他擅自做主，将当初的厅堂改造为男厕，将当初炒菜的伙房改造为女厕。收费处设在男厕与女厕之间。没人知道，这里正是当年五合楼饭馆存放冰镇麻线儿的地方。饭馆与厕所，在这里走向同一。

我是收费厕所落成之后的第一批受惠者，一泡尿耗资五角。我走进的当然是男厕。我也觉得这里的格局依然残存着饭馆的痕迹。走出收费厕所，我问一个小男孩："你知道这里是什么地方吗？"

　　小男孩回答说，从前这里是小天使电子游艺厅。

　　我又问一位过路的老翁。他老人家稍加思索说："很久以前，这儿是一个铜锅的地方。如今人们使用微波炉和电饭煲，根本用不着铜锅了。"

　　我猜想，五合楼饭馆的前身极有可能是铜锅的地方。

　　天津卫的老少爷儿们走了一大圈儿，似乎又回到原来的地方。兴许这就叫作永恒吧。

　　最近又传来消息，说玉清池澡堂子改成了永恒医院，专治各种疑难病症。永恒医院很大。可惜身患疑难病症的患者不多。人们来到这里都是想洗澡的。听说澡堂子改成医院，他们就过了大街走进那家收费公厕。

　　门票五毛。

　　有人小声说："妈的！不虚此行。"

天津货色（二题）

小白楼的鞋

　　关于山姆大叔的脾气，天津的老少爷儿们心里总是没谱儿。就说一八六〇年吧，英法联军攻陷北京火烧圆明园，继《天津条约》之后又逼着清朝政府续签了《北京条约》。这样，天津开埠了，沿着海河建起了英法租界。英吉利法兰西的炮舰政策获得成功，美利坚也趁机捞了一把，攫取一块中国领土，这就是天津的美租界。天津的美租界东临海河码头，西至海大道，南边是后来的德租界，英租界则位于其北。这里称得上是一块旺地。然而大大咧咧的美国佬一点儿正经没有，手里攥着掠夺而来的风水宝地却不思治理，往脖子后边一搁就是二十年。二十年之后的一天，美国的总领事找到天津海关道，说是要把天津的美租界退还中国。爷！天底下的染坊哪儿有往回退白布的？道台大人以为美国佬喝高了，没敢接这个话茬儿。事情一拖再拖，就到了一九〇〇年。

　　庚子事变。六月里大沽炮台硝烟再起，强盗成性的八国联军攻破天津城。义和团死伤无数。八国联军杀人如麻。说起这八国联军，顶数美国军队行动迟缓，慢慢吞吞抵达天津港的时候战火早已熄灭。下船登岸，美国大兵们手里拎着香槟，嘴里嚼着橡胶糖，集体吊儿郎当。大热的天气里他们端着洋枪扛着洋炮来到美租界迤西，指使中国苦力建起美国营盘。然后士兵们集中精力喝酒泡妞儿，成为战场之外一支最为繁忙的队伍。

八国联军是来了，屁股后边还紧跟着一群洋人冒险家。这群冒险家绝大多数是双手空空的穷鬼，不远万里来到中国就是为了发家致富。无人管理的美租界自然成了这群冒险家心中的乐园，他们立即"插队落户"驻扎下来，动手"淘金"。酒吧、餐馆、赌场、舞厅、妓院……洋人的娱乐场所宛若雨后春笋破土而出，也好生造就了几个暴发户。不出几年光景这里就变成洋楼林立道路纵横充满欧洲风情的"不夜城"。犹太人布朗夫曼开办的莎维饭店西侧有一个波兰人经营的酒吧，是一座二层白色小楼，远远望去非常醒目。久而久之，人们就将这块灯红酒绿纸醉金迷的地方统称"小白楼"。

一九〇二年，美英两国私相授受，天津的美租界划归英租界工部局托管。面对列强之间的肮脏交易，直隶总督兼北洋大臣袁世凯只能表示同意。

这就是天津小白楼地区的来历。

小白楼地区并入英租界之后愈发成为洋人的天下。首先是英国的先农公司垄断了房地产开发。餐饮业成了俄国人的天下，尤其是被称为"托考斯基"的俄式小吃，风靡一时。经营烟草业的是希腊人安斯利，外号"小胡子"，他用土耳其烟叶生产"王美人"和"海马"这两个品牌的烟卷儿，在华北地区拥有市场。法国人安娜开办女士商店成为"乳罩大亨"，丹麦人哈森则在建筑业称雄，四处承包工程。印度人巴厘兴建了放映默片的电影院。就连大街上卖艺的流浪汉也是茨冈人。

然而发财之心人皆有之，精明能干的中国人也悄悄伸进一只脚来。小白楼一带除了那一帮吃"营盘饭的"卫嘴子，就要数华商了。虽说华人善于经商，但在洋人的社会里寻找立足之地也不是容易的。俗话说人为财死鸟为食亡。民国二十四年华历二月初二，天津风俗"龙抬头"，坐落在英租界克森士道上的"老仁华鞋店"终于挂匾开张。

"老仁华"是小白楼一带首家华人经营的鞋店——仿佛是千顷地一棵苗，因此引起社会各界的关注。

"老仁华"的经理沈仁发，看模样不到三十岁。他细皮白肉瘦高身材，宛若一根洁净的竹竿儿。遇人说话，开口先笑，操持一口纯正的天津话，同时也能讲几句英语，使人觉得颇有几分来历。

沈仁发果然颇有几分来历。

他原先住在华界老城厢二道街，十四岁进入南门里的大华鞋铺学徒，身体发育时期严重营养不良，形如鸡灯。但他天资聪颖，十七岁即成为远近闻名的鞋匠，人称"金手"。金手沈仁发的"惊人之作"是十八岁那年为天津东门里大街的首富金府内眷制作新春绣鞋。话说金府的桂大管家送来鞋样儿那天已经是腊月二十七了，金口玉言说是大年初一金府太太们必须穿上新鞋，乘车进京给内务部总长的老娘亲拜年。沈仁发知道事关重大，接过鞋样儿一看就冒了汗。金府一妻四妾，哪一只"金莲"也不好伺候。尤其那位极具权威的正室关玉芳，旗人天足。最令鞋匠头疼的就是贵妇的大脚。站着不动吧显得蠹天蠹地，行走起来呢好似落叶满地，即使是能工巧匠也难以遮丑。

虽说是艺高人胆大，可沈仁发还是慌了。他拿着鞋样儿急急忙忙乘船赶到海河下游的军粮城，求见师傅翟大锥子。翟大锥子技艺精湛，当年候家后一带高等妓院里的花鞋，无不出自这位制鞋大师之手。沈仁发节骨眼儿上向师傅求援。告老还乡的翟大锥子听说是金府的绣鞋，接过鞋样儿眨着烂红果儿一样的眼睛看了看，嘿嘿乐了。他告诉沈仁发，鞋匠做鞋不光要懂得人的脚，还要懂得人的心。"脚心脚心"其实说的就是这个道理。

心明如镜的翟大锥子，如此这般对爱徒面授机宜。沈仁发听罢如同醍醐灌顶，连连磕头谢恩。

回到天津沈仁发一头扎进作坊里，独自一人干了起来。他三天三夜不曾合眼，依照师傅的指教，一气呵成做出五双绣鞋。腊月三十的清早儿，大功告成。他心中有数，喝了一碗面茶倒头便睡。呼呼睡到晌午，金府的桂大管家大步迈进作坊，伸手捏着沈仁发的耳朵，硬是把他从梦乡里拎了回来。

沈仁发揉着双眼说梦里正在金府给大奶奶试鞋呢。桂大管家沉着面孔说金府何止大奶奶，还有四位小奶奶哪。

小小鞋匠不敢怠慢，起身抱起盒子，跟随着桂大管家前往金府送鞋。沈仁发心里清楚，这座深宅大院里权力最大的就是那位风韵犹存的大太太关玉芳，而最受宠爱的则是五太太，人送外号"小红人儿"。

到了大年初一凌晨，东门里大街金府大门隆隆敞开，小轿车一辆接一辆开了出来。金府的五位太太以关玉芳为首倾巢而出，身穿新衣新鞋前往北京拜年。

沈仁发心怀忐忑，从初一到初三纹丝不动待在家里听候北京方面传来的音信。到了正月初五，天津风俗是"剁小人"包饺子的日子。金府的桂大管家手里托着一只木盘子，满面春风跑进门来，连声恭喜。沈仁发故作镇定，心中暗暗称赞师傅翟大锥子料事如神。桂大管家伸手撩起盖在木盘子上面的红绸儿，说大太太对绣鞋极其赞赏，赐银圆五十；五太太对绣鞋非常满意，也赐银圆五十。

沈仁发接过木盘子，看了看银光闪闪的百块大洋，鞠躬谢赏。身高体胖的桂大管家哼了一声，似乎言犹未尽。沈仁发鼓起勇气问桂大管家，其余那三房太太的绣鞋不知有何吩咐？桂大管家立即沉下脸色，说小小鞋匠你胆敢打听金府内宅的事情，放肆。

桂大管家走了。沈仁发扑到桌前把那盛满银圆的木盘子紧紧搂在怀里，激动得热泪滚滚。有钱真好啊。他从小到大也没见过这么多现洋。师傅的锦囊妙计果真令徒弟旗开得胜。

其实翟大锥子的锦囊妙计并非多么玄妙高深，只是世事通明人情练达罢了。那天为徒弟面授机宜他反复叮嘱沈仁发，金府既然是正室当家，小妾受宠，那么大太太和五太太的绣鞋，尺寸一定要"紧"，四舍五不入，毫厘不怠。这样的新鞋只为逢场作戏，穿在脚上要严严实实，走起路来要利利索索。其余那三位太太的绣鞋，尺寸一定要"松"。采用"紧锥子慢线"的手法。这种"外紧内松"的新鞋，乍穿在脚上觉得服服帖帖，没走几步便筋绵骨软，拖拖跋跋迈不开步子，必然落入窘境。

果然不出师傅所料。大年初一金府的五位太太穿戴整齐进京拜年。紧赶慢赶到达内务部总长官邸门前下车，天色刚刚发亮。五位太太仿佛孔雀开屏，拉开了争奇斗艳的序幕。走进大院更是争先恐后，人人都想率先跪到内务部长的老娘面前，头一个儿拜年。关玉芳是正室，当然不甘人后。她沿着游廊朝前走去。脚底下的新鞋就是争气，又快又轻。就这样大太太关玉芳率先走到正堂门前，甜甜叫了一声老娘亲。这时，五太太"小红人儿"居然也步履轻盈紧紧跟了上来，恰如其分地挽住正室关玉芳。两人扭儿扭儿走上前去，扑通一声双双跪在"老娘亲"面前，叩首拜年。

老娘亲呵呵笑着，说大年初一拜年你们拔了尊，远道而来是头一拨。这么一说，关玉芳和小红人儿更是身价倍增了。

等到那三位有苦难言的姨太太趿拉着松弛的绣鞋赶上前来，黄花菜都凉了。她们只得灰头土脸地站在旁边，成了尴尬的陪衬。

关玉芳和"小红人儿"进京拜年双双拔了头筹，讨得"老娘亲"的欢心。内务部总长喜笑颜开又给天津金家派了一项"官差"，这笔买卖坐地不动即可渔利三分。金府女眷此番进京拜年收获极大，关玉芳和"小红人儿"自然成了头号功臣。二人深知此番成功全凭脚底生风新鞋给劲，就同时决定重赏沈仁发。而那三位倒霉的姨太太，兵败北京虽然满腹怨气，可面对重权在握的正室以及备受老爷宠爱的"小红人儿"，也只落得一个敢怒不敢言而已。

翟大锥子的神机妙算令沈仁发佩服得五体投地。

接受百元的赏金之后，意气风发的沈仁发开了一次洋荤——趁机进了一趟英租界，堂而皇之把那散发着美好气息的百元银洋存入英国汇丰银行。沈仁发行走在英租界大街上，流连忘返。

英租界果真名不虚传，处处显出豪华的气派：花园洋房，长桥大厦，自来水，救火栓，小汽车，电话亭……甚至就连摆放在马路边上的洋垃圾箱也令年轻鞋匠感到惊奇万分。他终于眼界大开，方知山外有天，天外有山。他暗暗发誓这辈子一定要进入英租界做一个绅士，也就不枉此生了。

光阴不负有心人。年近而立的沈仁发终于迈步走进英租界小白楼地区，小心翼翼挂起老仁华鞋店的招牌。老仁华的体制是"前店后厂"。前边的门面由沈维华率领小伙计应承，后边的作坊里养着两盘机器和四位招之即来挥之即去的鞋匠。既然是在洋人的社会里做生意，沈仁发自然有备而来。他的鞋店既有西式皮靴，也有华式便鞋。尤其是中式布鞋，更是男女老少种类齐全。沈仁发心里明镜儿，英租界虽然是洋人天下，同时也是中国藏龙卧虎的地方：前清的军机大臣，北洋的海军总长，北京迁来的王府，湖广卸任的巡抚，大太监小格格，督军司令镇守使……这一个个来历不凡的人住在一座座豪华无比的洋楼里充当寓公，颐养天年。既然是中国人，总要着华服穿便鞋。沈仁发押的就是这个宝。选了一个黄道吉日开张营业，可沈仁发还是担忧门庭冷落，心中祈盼开市大吉。

一位五短身材的中年男子走了鞋店，身后紧跟着两个保镖。来者表情威严，目光炯炯，相中了一双黑呢子骆驼鞍式棉靴头儿。沈仁发满脸堆笑说开市大吉全凭贵人相助，打八折。

之后是风度雅致的两位女士。她们似乎是外出散步路经此处，走进店堂操着纯粹的北京话询问能不能定做满洲鞋。沈仁发知道旗人女鞋，天津俗称"云子"，就连忙回答能做。两位女士交了订金款款离去，给鞋店留下经久不衰的高级香水味道。老仁华鞋店的小伙计聪明伶俐，长得很像《封神榜》里的土行孙，就得了这么一个外号。土行孙从保镖嘴里探来情报，说刚才买黑呢子骆驼鞍式棉靴头儿那位先生就是当年大名鼎鼎的浙闽苏皖赣五省联军总司令孙传芳将军，如今下野在家，吃斋念佛。

沈仁发心头一惊。小白楼这地方真是"生旦净末丑"的人生大舞台。乱哄哄你方唱罢我登场。昨日里过五关斩六将，今天就走了麦城。此时虽南山归隐悠然采菊，彼时则重入廊庙主持朝纲。开市大吉之日沈仁发感慨颇多，这些王侯贵族、封疆大吏，吃了一辈子米饭也不知道锅里该搁多少水，今天进了我这草民小店，也得学着掏钱买东西啊。这就叫三十年河东三十年河西。当天晚上沈仁发住在店里，亲手制作旗人定做的"云子"。他环视着满屋子鞋楦子，心情很是复杂。

老仁华开业的第三天，一大早儿就来了两个白俄男子，操持一口流利的中国语，略带东北口音。一个身材粗壮，像熊。一个身材细高，像鹰。小伙计土行孙口齿伶俐起身相迎，点头哈腰满脸堆笑。中国人做生意，讲究和气生财。店堂里摆着一张硬木桌子、两张椅子。客人进门先坐下喝茶，从从容容颇有宾至如归之感。这两个大老俄进门落座，一人举着一颗大雪茄，死抽。没一会儿工夫店堂里就成了仙境。

沈仁发笑着问洋大人有何吩咐。"熊"哼了一声，满脸不屑的表情。"鹰"站起身来浏览着货架里各式各样的鞋子，目光之中流露出浓浓的敌意。"熊"与"鹰"并不理会沈仁发，彼此之间小声用俄语交谈着。小伙计土行孙低声告诉经理，这两个白俄八成是不怀好意。

沈仁发以前听人说过，这群居住在英租界小白楼一带的白俄，十有八九是被红军从俄国驱赶出来的。有的白俄男子富得流油，也有的白俄女人穷得依靠出卖皮肉度日。然而无论富老俄还是穷老俄，心里都瞧不起中国人。好像白俄再穷也是洋人，国人再富也是东亚病夫。白俄的傲慢令沈仁发感到愤怒。愤怒归愤怒，做生意最终讲究和气生财。因此，沈仁发面对傲慢无礼的走兽和飞禽，仍然笑脸相陪。

"鹰"说定做一双高靿皮靴。"熊"拿出一张白纸画了一个样子，还标明了尺码。土行孙似乎看出此事凶多吉少，求援似的看着自己的经理。沈仁发接过鞋样儿看了看，说先交十块银洋的订金。"熊"眯着眼睛笑了，伸手掏出一张美元拍在柜台上。沈仁发骑虎难下，说十五天才能交活儿。"鹰"说第十六天一大早儿就来领取皮靴。

俄国走兽俄国飞禽相视一笑，转身扬长而去。

土行孙神情慌张，呆呆望着经理。沈仁发呷了一口香茶，说原来本想拿大价钱把大老俄砍跑了，没承想他们不怕宰大头。既然接了人家的订金，就做吧。土行孙说大老俄八成没憋着好尿。

沈仁发不以为然。洋人也好土人也好，不就是一双高靿皮靴吗？半个月给他们做出来就是了。这也不失是一笔好买卖。

制作高靿皮靴的期间，沈仁发在英租界的狄更斯道上租了一间楼房，也算是有了住家的地方。他住在一楼的后院，一楼的前院里有两棵法国梧桐树，看着就让人觉得舒服。小白楼一带颇具异国情调，沈仁发认为与广栽梧桐不无关系。也就是在这个时候，白俄的高靿皮靴做好了。土行孙抱在怀里数了数，说这双靴子就是一部《水浒传》，总共结了一百零八个绳扣儿。

沈仁发对自己作坊里的师傅制作的这双高靿皮靴感到满意。这时候旗人定做的那两双"云子"也完活儿了。主家留下的地址是英租界怡丰道 28 号。沈仁发断定这是高台阶大宅院，就叮嘱土行孙送货的时候千万不要大意。

这期间老仁华鞋店的生意并不十分火爆。沈仁发只能在心底期待着。

"俄国鹰"端着肩膀取货来了，仔细看了看那双高靿皮靴，挑不出丝毫的毛病，只得不言不语走了。土行孙一蹦一跳跑了回来，手里举着赏金大声说醇王府醇王府。敢情英租界怡丰道 28 号是醇王府，而那两位定做"云子"的女士是醇王府里的内宅总管。沈仁发惊了，告诉土行孙醇王府就是醇亲王载沣在天津英租界的别墅。土行孙问载沣是谁。沈仁发拱手说载沣就是清朝末代皇帝溥仪的父亲。土行孙吓得伸了伸舌头，叫了一声老天爷。沈仁发搓着双手说我一介草民能为前清皇族做鞋，真是洪福齐天了。他暗暗告诫自己，我今年只有二十七岁，无论吃多少苦受多少罪也一定要在小白楼站稳脚跟，谋求更大的发展。

正是在这样的一个早晨，天津的大小报纸同时登出孙传芳在居士林讲经堂遇刺身亡的消息。开枪打死这位下野军阀的正是替父报仇的侠女施剑翘。沈仁发是从《卫报》上看到血案报道的。十年前孙传芳在蚌埠火车站处决了奉系师长施从滨，今朝却倒在施女枪下。看来人生就是一个定数。放下报纸，沈仁发仿佛觉得自己的一个熟人死了。他一下子变得心事重重的。

孙公馆的大管家来了，说馨远将军入殓之时将身着长袍马褂，这样就必须脚穿中式便鞋。将军生前对老仁华鞋店印象不错，因此恭请沈经理亲手为将军西行制作寿履。沈仁发连声承应，说愿效犬马之劳。

孙传芳的寿履鞋面儿是黑色礼服呢，黄缎衬里，鞋底儿上由精麻纳出"寿"字，做工精细，用料考究。沈仁发认为人死脚胀，寿履宽大为好。他一丝不苟连夜赶制，凌晨时分宣告竣工。他喝着酽茶，端详着这双即将载着五省联军总司令亡灵走向冥界的寿鞋,竟然爱不释手。他猛然发觉这双鞋自己做得实在是太好了,可圈可点堪称精品。他极其迷恋地将这双冥鞋穿在自己脚上,笑眯眯欣赏着,脸上的表情活像过年的孩子。不知过了多久他渐渐清醒过来,心头倏地泛起一阵惊恐。孙传芳的寿履穿在我脚上居然这样合适——不肥不瘦不大不小,分明就是我为自己定做的。这样想着他心里张皇起来,连忙脱掉鞋子坐到榻上,似乎是在躲避着遍地荆棘。就这个样子,他心乱如麻坐到天色大亮。

孙公馆距离小白楼不远。一大早儿沈仁发就起身前去送鞋。北洋的遗老遗少们纷纷送了花圈,治丧场面显出无声的浩大。鞋店经理总算是开了眼界,手里拿着孙公馆的赏金回到鞋店。小伙计土行孙迎上前来,说沈经理满脸浊气,八成是要生病。果然当天下午沈仁发就病了,高烧不止。

沈仁发嘴唇干裂躺在床上,心里胡思乱想。我的脚丫子怎么会跟五省联军总司令一模一样呢?他活着的时候穿的那双黑呢子骆驼鞍式棉靴头儿是我做的,死了又穿着我做的寿履孤魂西行,也真是缘分不浅啊。沈仁发成为著名鞋匠以来,亲手制鞋不计其数,不知为什么孙传芳的这双"死鞋"竟然鬼使神差地占据了他的心灵。

天地之间,矗着一只大鞋。

沈仁发的高烧一退,亚力山德拉鞋帽店就开张了。这家白俄股份的商店与老仁华鞋店一街之隔,对脸儿。开张纳客,进进出出的全是白种人,生意不错。土行孙人小鬼大,一眼就看出白俄是来唱对台戏的。他撒腿跑进亚力山德拉鞋帽店刺探军情,不一会儿工夫就被俄国人轰了出来。

土行孙气喘吁吁告诉沈经理,俄国人把咱们那双高勒皮靴挂在柜台上展览。沈仁发心里纳闷,俄国人这是耍的什么花招啊。他当即换上西服革履,横过马路前去探营。

走进一街之隔的亚力山德拉鞋帽店,充满欧洲风情的各式各样的鞋帽琳琅满目,非常洋气。沈仁发自叹弗如,一下就自卑起来。他抬头看见迎面柜台上挂着的被土行孙称为"水浒牌"的高勒皮靴,心中大吃一惊。这双结了一百零八个绳扣儿的高勒皮靴已经面目全非，仿佛一具僵尸。它原本乌黑锃亮的靴筒上泛起斑驳的白茧，显然经过碱液的浸泡；靴底咧开大嘴傻笑着，洋溢着糟腐的气息……这时沈仁发又看到皮靴旁边贴着一张纸条，上面写着一行英文。

"俄国鹰"嘿嘿笑着问他懂不懂纸条上英文是什么意思。他只能看懂"leather boots"这个单词是皮靴，就摇了摇头。

"俄国熊"走上前来，伸手指着纸条大声用中国话念道："女士们先生们，这就是华商老仁华鞋店制作的水边强盗牌高勒皮靴。只穿了七天就成了这个样子。因此我们敬请您选购亚力山德拉鞋帽店的商品，尤其是精制皮鞋。"

"俄国熊"念罢哈哈大笑说，你们中国男人根本就不会制作皮鞋，你们中国男人只会留着一根长辫子，梳来梳去的活像个娘儿们。

沈仁发是个明白人，知道此时必须花钱收尸才成，就指着惨遭蹂躏的高勒皮靴问多少银圆。俄国飞禽与俄国走兽相视一笑，异口同声开价银圆二百。这是一个杀人的价格。

沈仁发笑了笑，转身走出亚力山德拉鞋帽店。

在小白楼地区，华商确实处于劣势。白种人似乎天生就瞧不起黄种人。尤其是彼德斯担任英租界工部局董事长之后，俄国人就翻了身。穷老俄怎么翻了身呢？因为彼德斯先生娶了俄国太太。于是，一夜之间白俄汉子们都成了"国舅"，小白楼呢似乎也成了圣彼得堡。

沈仁发只得吃这个哑巴亏。小伙计土行孙心里也挺着急，一时又想不出什么高招儿。沈仁发回到作坊里对几位做鞋的师傅说，不吃馒头争口气，无论如何老仁华鞋店也要在小白楼站住脚跟。

几位做鞋的师傅伸锥子引线，不言不语做着手里的营生。

第三天上午，英租界狄更斯道上响起一阵"吱吱呀呀"声。这并不悦耳却也新鲜的声响立即引起人们的关注。只见沈仁发推着一辆木制轮椅车，不紧不慢走了过来。这辆突然出现的木制轮椅车本身也很奇特：一张太师椅安了两个大轱辘而已。远远望去，使人想起《三国演义》里诸葛亮六出祁山乘坐的木轮车。走近细看，这辆木轮车上坐的不是诸葛孔明，而是一位手持团扇的银发老太。这位银发老太身穿葛丝大褂，显得一尘不染，脸上永远挂着欣慰的笑容。她手持的团扇上绘着"松鹤图"。木轮车上花花绿绿写满"老仁华鞋店"的字样，煞是醒目。沈仁发推着木轮车拐入达文波道，从华商开办的"格恩永"门前经过。商店经理于恩听见吱吱呀呀的声响十分惊奇，大步迎将出来操着纯正的天津口音询问鞋店经理这是唱的哪一出戏。沈仁发笑了笑说，天气很好推着老娘散散心。于恩恍然大悟，连声称赞沈经理是大孝子。这时，坐在木轮车上的银发老太，颔首微笑，喃喃自语：我儿子是老仁华鞋店的经理啊，我儿子是小白楼第一大孝子啊。

沈仁发推着木轮车行走在董事道上，从犹太俱乐部前门经过。吱吱呀呀的声响同样引得沿途一座座小洋楼里的寓公们投出好奇的目光。他过了围墙道，朝着都柏林道的方向走去。沈仁发的归途是沿着海大道，一路向着小白楼方向吱呀而回。他行走一圈儿的路程不短，几乎走遍了大半个英租界。

没几天，人们就发现了这个规律。沈仁发一早儿一晚儿，每天两次推着坐在木轮车上的老娘，外出兜风。路线呢则是一成不变，环绕大半个英租界。就这样，无论清晨还是黄昏，母子二人以及吱吱呀呀的声音已经成为英租界大街上一道移动的风景。这颇具广而告之的效应。久而久之，尤其是落户英租界的中国居民，几乎无人不知老仁华鞋店的字号了。

不出半年时光，大孝子的鞋店就声名远播。也正是在这个时候，沈仁发决定从此不与亚力山德拉鞋店抗衡，而是实施战略重点转移，独占华人市场。无论是老太太的"粽子小脚儿"、小姐们的软底儿绣花拖鞋，还是老太爷们穿的"大舌头"、先生们休闲的"千层底儿"……总而言之，只要是中国人穿的各式布鞋，老仁华应有尽有。中国人赚中国人的钱，太容易啦。一花引来万花开，老仁华的名声逸出小白楼地区，成为英法租界里的著名商店。纷纷登门而来的顾客，也不单单是中国人。

冬景天儿，庆亲王的大福晋暴病归天。坐落在天津英租界的庆王府大办丧事。白事总管是魏小辫儿。深更半夜他砸开老仁华鞋店的大门，大声说庆王府的大福晋殁啦。沈仁发急忙披衣迎出，依照天津卫的规矩连声说烦恼烦恼。魏小辫儿递上单子，说孝鞋总共三百零八双，男式一百九十二，女式一百一十六。详细尺码都在单子上头写着呢。天亮之前一定送到庆王府。沈仁发知道这是个肥活儿，就低头给魏小辫儿鞠了一躬。这位白事总管眯起一双小眼睛告诉沈仁发，你天天推着老娘出来散心，已然成了英租界里无人不知的大孝子。今朝庆王府大办白事，指名点姓一定要穿老仁华制作的孝鞋。真是功夫不负有心人啊。

沈仁发听罢，只是傻傻地一笑。

第三年春天，沈仁发在法租界的梨栈附近，开设了老仁华分号，生意不错。秋天，沈仁发结婚，娶了个白俄太太。她的名字叫萨拉，隆乳丰臀的，看着活像一匹大洋马。这样一来，无论是"俄国熊"还是"俄国鹰"，广义上都成了沈仁发的小舅子。沈仁发笑了，认为自己是大赢家。

沈仁发推着那辆吱呀作响的木轮车，居然推出一代江山。

黄种男人终于娶了白种女人，效果不错。故事到此完全应当告一段落。然而"老仁华"的生意实在太火爆，难以戛然而止。这就使得沈仁发先生满面红光地进入了一九四九年。这年秋天他发明了一种神奇的童鞋。学步幼儿穿上这种神奇童鞋，虽然走得摇摇晃晃，但鞋底气囊却发出声声脆响："爸！爸！"为父者乐不可支，大声应承，尽享天伦。人们称之为"乖乖鞋"，可望风靡津城。可是天儿一冷解放军攻城的大炮就响了。兵荒马乱的沈仁发只能把"乖乖鞋"搁在一边。这玩意儿生不逢时，一搁也就馊了。解放初期的鞋店经理沈仁发，已经成了一个胖子。这形象其实很不好。不法资本家里绝大多数是肥贼，没有"里脊"。好在"老天津卫"尤其是小脚老太太们，只认老仁华这块金字招牌。这或多或少令沈仁发感到欣慰。一个鞋匠出身的人能够混到这种份儿上，足矣。

公私合营那年，萨拉病故。沈仁发心如死灰，亲手为妻子制作寿履。他已然脱产多年，手艺生疏，只得独自叹气。中国人死了，前往鬼城丰都。萨拉是俄国人，她的灵魂前往何处呢？

尽管命运多舛，公私合营之后的老仁华鞋店在小白楼乃至天津城仍然是一块响当当的招牌。据说天津市长的夫人出席中苏友好协会举办的大型舞会，脚上穿的就是老仁华出品的高跟皮鞋。

无产阶级"文化大革命"爆发了。是年沈仁发五十七岁。造反派开着大汽车抄家来了。沈仁发的罪名是"几十年如一日为小白楼地区的牛鬼蛇神做鞋，是彻头彻尾的封资修的孝子贤孙"。针对沈仁发的内查外调开始了。

很快，就从沈仁发身上发现一件怪事。从解放以后沈仁发历次填写的履历表上看，他是一个孤儿。可是当年他却天天推着木轮车陪老娘上街散心，这就矛盾了。造反派立即连夜批斗反动资本家沈仁发。鞋店经理如实招了。

原来，所谓的"老娘"其实是他从谦德庄窝棚区租来的穷老婆子。每日租金一毛，管吃。穷老婆子"临时转会"，一块肥皂咯吱咯吱洗个干净，换上一身儿体面衣裳往木轮车上一坐，摇身一变成为鞋店经理的母亲。这种独出心裁的广告战略，出奇制胜以"孝"字为先，老仁华鞋店终于赢得商业声誉，一下就打开了局面。

蒙蔽革命群众多年，真相终于大白。造反派们愤怒了，决定游街示众。造反派总司令发令，为惩罚反动资本家沈仁发，他必须连夜为自己赶制一双木鞋，穿着它游街以示历史罪恶。

沈仁华不敢怠慢，连夜为自己赶制木鞋。年近六旬的沈仁发从未做过什么木鞋，全然不得要领。他告诫自己少安勿躁，人间事物往往万变不离其宗。渐渐，他心气平和起来，开始着手绘制鞋样儿。

世界上怕就怕认真二字。沈仁发正是一个认认真真的鞋匠。他为了尺寸的精确，鞋样儿三易其稿。动手制作了，他便深深沉浸在劳动的喜悦之中，不能自拔。天色大亮，一双空前绝后的木鞋横空出世，摆在案上。

沈仁发围着案子转悠，忘情地欣赏着，极其陶醉的样子。试穿的时候，他完全忘记这双尺寸精确的木鞋乃是自己今生沉重的枷锁，却自言自语说此鞋甚好此鞋甚好。

第二天上午，沈仁发穿着木鞋前去游街了。一开始他的注意力便完全落在脚上，极力欣赏着自己的精品杰作，既忘了时代背景，更没看出这次游街走的正是当年他推着木轮车吱吱呀呀的那条路线。他甚至没有听到沿途革命群众高呼口号：

不许租用劳动人民冒充老娘！

宁要革命群众的大脚！不穿反动资本家的黑鞋！

沈仁发不投降，就叫他灭亡！

渐渐，他感到头晕眼花，举步维艰。脚越走越胀，木鞋就越显得小。木鞋越显得小，脚上血泡就越显得大。咎由自取的沈仁发暗暗叫苦，我一辈子做鞋讲究精益求精，这就是自作自受的报应啊。

晚上回到家里，沉重的木鞋果然与血肉紧紧粘连，仿佛成了他身体的附件儿，不可拆卸。沈仁发深深叹了一口气，蓦然想起三十年前亲手为孙传芳将军制作的寿履。此时不走，更待何时啊。半夜里，他穿着木鞋悄悄来到后院，将一根绳子挂在那棵法国梧桐树上。

天津小白楼一带的老人们至今还都记得那两只悬挂在半空中的精制的木鞋。

那手艺真好啊。

三不管的糖

天津这地方拥有很多古怪的地名，有的特别难听，暴露了天津文化底蕴的不雅。就说"三不管"吧，生在新社会长在红旗下的人们总要追问它的来历，仿佛这里藏着什么值钱的宝贝。从何说起呢？这二十年的改革开放，天津处变不惊显得异常稳重，步子慢了点儿。其实慢也慢不了多少。可是本埠涌现出一大批恨铁不成钢的热血人士，猛怀旧，集中精力追忆这座城市昔日的辉煌，以此激励后进。譬如天津是中国北方金融中心啊，天津是中国最早设立电报局的城市啊，天津的小站练兵创建了近代中国第一支新军啊，天津的北洋大学堂是中国第一所大学啊，

93

天津是京都门户水陆要冲国际港口啊，还有天津是京剧大码头什么的，不一而足，企图呼唤天津重现当年雄风。殊不知，人家京山铁路早就改线从丰润那边绕了过去，直奔东北根本就不走你天津卫啦。

朱砂没有，红土为贵。论起昔日辉煌，天津"三不管"当年在华界也堪称风云一时吧。尽管其中不乏青皮混混儿们的业绩，譬如说倒卖华工的青帮头子袁文会。

那就说一说天津"三不管"的来历吧。

一九〇〇年华历六月十八，八国联军侵入天津，其中日本军队最为凶猛，率先攻破南关瓮城，拔了血流成河的头筹。杀人有理，侵略有功。弹丸之国日本政府得寸进尺，擅自扩展天津租界，公然将"城南洼"划入日租界新界。其时城南洼一派积水，荒芜不堪。到了一九〇三年，清政府派员与日本方面谈判，正式划定天津日租界。这次谈判的结果是日方将芦庄子至闸口的四百亩土地扩展为日租界新界，而将污水漫溢杂草丛生的城南洼退还中国。与此同时，法国总领事也大言不惭地宣布扩展租界，但是法国扩展租界新界的目标是天津的老西开地区，无意城南洼。

就这样，天津的城南洼变得暧昧起来。

一九一二年杨以德出任天津警察厅厅长。杨厅长外号"杨梆子"，著名的杨三姐告状，就是他下令枪毙奸夫高占英的，因此又得了一个"杨青天"的绰号。面对城南洼这块明明属于华界的土地，杨以德可就不是杨青天了。他唯恐招惹日本人，不敢过问；日本人虽然声称城南洼属于"预备居留地"但也佯称不予管理；法国佬虽然浪漫但对城南洼更是不加理会。中国不管日本不管法国也不管，于是城南洼成为一块"三不管"的地方。久而久之，"三不管"也就替代"城南洼"而成了地名。

由于毗邻日租界，"三不管"的地价渐渐热了起来，居然升值成为旺地。身在南京的江苏督军李纯是天津人，他的东兴房地产公司捷足先登，排水填坑，大量建房，首先形成东兴大街。宣统皇帝的老丈人荣源与盐业银行董事长岳乾斋合资注册荣业房地产公司，手握批文，廉价购买地皮，建成了荣业大街。还有日本建物株式会社投资开发的建物大街。历朝历代都是一个毛病，地价越涨，人们就越追高儿。进入二十年代初期，"三不管"四平方公里的土地上已经出现了二十五条大街。大街两旁楼房林立：饭庄旅馆、澡堂戏院、茶园书场、当铺烟馆、娼寮赌场、锅伙会所、报馆书局、粥厂车行……一派繁华浮靡景象。说起天津"三不管"的开发速度，堪称华界第一。

既然成了旺地热点，天津卫的三教九流、五行八作也就蜂拥而至，为了谋生纷纷抢占立锥之地。就说东兴大街上卖药糖的邱傻子吧，便是这样一个人物。

所谓药糖，其实就是加了食色和调料熬制而成的糖块儿而已。为吗说是药糖呢？是药就能治病，所以药糖好卖。天津卫的药糖，还是颇有名气的。三不管邱傻子的药糖，那就更是极品。有邱傻子当街的吆喝为证：

卖药糖，哪位吃药糖，山楂薄荷通两气，清痰镇咳的烟台梨，爽神去火的蜜柑橘，还有枸杞红枣麦冬菊花百病去……我邱傻子的药糖啊，最出奇！

身材高大的邱傻子当过几年大兵，是奉军。他单身一人过日子。他的成名当然与药糖有关。邱傻子的药糖在三不管一带，据说救过"金嗓"的场，也救过"铁腿"的命，传为一时佳话。

永和茶园唱京韵大鼓的小黑姑娘，绰号金嗓儿。她苦熬五年渐渐走红，新近又有金店大少爷齐鹤轩迷上了她，眼看就有了出头之日。端午节那天，小黑姑娘在家吃了两个粽子，然后来到永和茶园赶场。齐大少爷为了捧场，早早就坐在台前等候。这时，小黑姑娘的嗓子突然哑了，急得哭了起来。这可如何是好啊。拉弦儿的韩师傅急中生智，大声说邱傻子药糖。小黑姑娘想不出别的办法，只得推开永和茶园二楼的窗户朝着东兴大街上的邱傻子糖摊大喊起来。她的声音沙哑，楼下根本听不见。她急了，脱下一只花鞋扔了下去。大街上的人们以为这是抛彩球招女婿呢，纷纷驻足观看。膀大腰圆的邱傻子抬头看见二楼的小黑姑娘，咧开大嘴乐了。

邱傻子的肩膀上落着一只"辣子"，这是一只训练有素的好鸟儿，据说价值一袋风车牌面粉。邱傻子嘿嘿笑着，拿起一块"凉薄荷"药糖递给好鸟儿辣子，辣子衔着药糖振翅高飞，落到永和茶园二楼窗户上。小黑姑娘接过凉薄荷放在嘴里含着。这时候唱奉天大鼓的小翠环正在谢场，该她的京韵大鼓了。

凉薄荷在京韵大鼓的嘴里渐渐溶化了，蓦地打通七窍，眉宇之间一派清凉。小黑姑娘试探着放开嗓子，声音果然有了脆响。她大着胆子使劲儿一唱，嗓子居然恢复啦！这时候台下的齐鹤轩带头鼓起掌来，欢迎金嗓儿上场。这就叫捧角儿的碰头彩。小黑姑娘满怀信心走上台来，深深鞠了一躬。她唱的是拿手的段子《关黄对刀》，嗓音清脆声色优美，一句一个好儿。

适逢黄道吉日，齐鹤轩派人送来彩礼，金屋藏娇迎娶小黑姑娘为妻。就这样，邱傻子的药糖拯救了一个唱大鼓的女艺人。自幼坐科的金嗓儿终于苦尽甘来，修成正果告别梨园。蜜月里，已经成为齐大少奶奶的小黑姑娘派人给邱傻子送来一块大匾，上面是金光闪闪四个大字：润我金嗓。

邱傻子的药糖成为三不管的"不二法门"。不过事后也有人持不同见解，认为不是邱傻子的药糖而是小鸟儿救了小黑姑娘的嗓子。邱傻子的药糖屁事儿不管，但是他的药糖上沾了小鸟儿嘴里的涎水。谁都知道小鸟儿的涎水也称"天液"。分明是"天液"滋润了京韵大鼓的金嗓儿。

邱傻子也不争辩，嘿嘿嘿一个劲儿傻笑。

至于邱傻子的药糖在摔跤场上救了三不管"铁腿"一命的事迹，就更是家喻户晓了。"铁腿"是人们送给朱洪胜的美誉。这个朱洪胜年轻的时候在镖局里充当趟子手，喊起镖来嗓音洪亮。人届中年他来到三不管打场子撂跤，竟然报出天津跤王的字号。二百里地之外的保定跤王听到这个消息，不干了，当即起程赶往天津卫拜会三不管的铁腿跤王。

据目击者说比赛气氛很不友好，双方都伸了黑腿。最后一跤，保定客人使出最为常见的"大别子"，横身腾空居然将天津跤王重重砸在身

96

下。只听嘭的一声落地，势大力沉。保定跤王大获全胜。可是三不管的铁腿先生却躺在地上一动也不动，仿佛死人一般。观众们大惊失色，惊呼不止，以为出了人命。这时候邱傻子蹿入场子，嘿嘿笑着将一块黑色药糖塞进人事不知的铁腿的嘴里，说是通窍醒脑丹。之后邱傻子狠狠掐着天津跤王的"人中"穴，高喊朱洪胜醒来。果然，跤场落败的铁腿翻身坐起，朝着观众们抱拳行礼，然后满面羞惭大步离去。

保定跤王走上前来，大声说愿出重金购买邱傻子的通窍醒脑丹的配方。邱傻子连忙声明说祖传配方如同受之父母的肤发，金山银山也不卖。

这事儿轰动了三不管。后来就连南开中学的体育教习也前来问询通窍醒脑丹的详细情况。

事后仍有不同观点，说天津铁腿根本就没被对方摔晕，他惨遭败绩无颜见江东父老，只得躺在地上装死。邱傻子送来的药糖恰恰给败军之将下了台阶。于是"铁腿"就被"药糖"给救活了。

邱傻子也不争辩，还是嘿嘿嘿一个劲儿傻笑。

邱傻子的药糖，当然就成了三不管的国货精品。

正当邱傻子药糖如日中天之时，瘦小枯干的杜傻子从菲律宾回来了，还带了一个黑地梨儿似的热带媳妇。

杜傻子者何人？姓杜的傻子是也。三不管这地方怎么人人皆称傻子呢？以傻自谓，似乎是出于自我爱护意识。个中狡诈，则不得而知。反正杜傻子领着小媳妇从菲律宾回来了。

人们清楚地记得，杜傻子是在北伐军开进天津那年跟着师傅去了马尼拉。杜傻子走的时候，是个耍猴儿的。这个耍猴儿的艺人留给人们的深刻印象就是嬉皮笑脸，没正文儿。八年一晃过去了，杜傻子回到故乡三不管，似乎变了一个人。他满脸严肃的表情，逢人说话有板有眼一丝不苟，颇有狗熊穿大褂儿的感觉。人们看到他道貌岸然的样子，回想当年的猴样儿，禁不住偷偷地发笑。

杜傻子一定是在南洋喝了换魂丹，就连说话他也沾了几分南国口音，好似鸟语。

华历七月十五是盂兰节，天津俗称"鬼节"。这天是民间百姓祭祀亡灵焚烧纸钱的日子。谁也不会想到，这种日子里杜傻子的糖摊居然开市大吉，打出"正宗南洋药糖"的招牌。这可是新生事物，立即有人掏钱买了两块放在嘴里尝了尝，味道果然特别，非同一般。

消息随即传开了。杜傻子从南洋回来了。杜傻子不耍猴儿了。杜傻子改卖药糖了。更加出人意料的是杜傻子的摊位与邱傻子的摊位相对而立，只有一街之隔。这情形使人想起英租界小白楼地区的华商老仁华鞋店与俄商亚力山德拉鞋帽店的当街对擂。不可同日而语的是邱傻子与杜傻子同为中国人，竞争的也只不过是小本生意罢了。

小本生意也是生意。

邱傻子没有想到杜傻子的糖摊从天而降，因此显得毫无思想准备。两个傻子隔街相望，立即引起人们的围观。

天津人最爱看热闹。围观者耐心等待着事态的扩大。

杜傻子朝着邱傻子傻傻地一笑，不言不语。

邱傻子想了想，也朝着杜傻子傻傻地一笑，不言不语。

不知是谁把巡警叫来了。麻脸巡警看了看身材高大的邱傻子，伸手从他摊上拿了一包药糖。转身又看了看瘦小枯干的杜傻子，又伸手从他摊上拿了一包药糖。

巡警嘻嘻笑着将两包药糖揣在怀里，骑着自行车走了。

烟不起，火不着。一天的大好时光懵懵懂懂过去了。人们全神贯注地期待着邱傻子与杜傻子"掐架"，也就忘记了花钱消费。邱傻子一天没卖出几块药糖，杜傻子一天也没卖出几块药糖。

药糖市场出人意料地疲软了。

第二天，东兴大街上不见药糖踪影：邱傻子没出摊儿，杜傻子也没出摊儿。

到了第三天正午时分，三不管大恶霸袁文会手下的小地痞梗着脖子沿街勒索，挨门挨户收缴"保护费"。邱傻子和杜傻子面面相觑，既不敢怒也不敢言，只得乖乖掏钱。临近黄昏时分，尽管生意清淡两家糖摊依然风平浪静。这时庸俗小报《半夜报》著名记者姚壮阳满肚子坏水儿匆匆赶来。他阴阳怪气地围着两家糖摊转悠了一圈儿，摇头晃脑说，我大笔一横，天下太平；我大笔一竖，天翻地覆。

邱傻子与杜傻子听罢这番咒语不知所云，隔街相觑。

姚壮阳继续大声说，这东兴大街明明就是楚河汉界，大敌当前两军阵前怎么不见刀光剑影啊？古语云，狭路相逢，勇者胜。今语云，同行是冤家。大伙眼巴巴等了两天，你们堂堂两个大老爷儿们为了争夺一只饭碗，也得赶紧掐架呀！

邱傻子终于被小报记者姚壮阳给煽动起来。他目光紧盯着一街之隔的对手，突然咧开大嘴说，你姓杜的就是狗肚子里的蛔虫——没有多大分量！

杜傻子也有了脾气，猛然抬起头来与大街对面儿的冤家对视着，说你姓邱呢就是晚秋里的蚂蚱——没有几天蹦跶啦！

姚壮阳奸笑着掏出自来水笔飞快地往小本子上写着：三不管同室操戈，卖药糖相煎何急。

围观的人们终于嗅到战争硝烟的味道，顿时兴奋起来。

天色一下子就黑了。三不管大街上的小商小贩纷纷收摊回家。邱与杜的擂台赛也落下了帷幕。

坐落在三不管地界的低级庸俗的小报，足有二三十家，共同之处就是唯恐天下不乱。双日出版的《半夜报》也是如此，翌日它在登载"豫产妓女"广告的第三版右上角刊出"三不管风云"。姚壮阳的生花妙笔大肆渲染邱傻子与杜傻子的当街竞争，称为"药糖擂台"。文章借齐鹤轩太太（小黑姑娘）之口极力夸赞邱傻子药糖具备滋阴润肺通气开胃之功效，同时也认为杜傻子的药糖清瘟解毒散热祛湿，拥有令人振奋的南洋风味。很显然，《半夜报》这种貌似公允的态度是在挑动群众斗群众。

《半夜报》是一张少儿不宜的报纸，主要读者是妓院嫖客和浴池"塘腻"。可不知为什么这期报纸突然加大印数。走在三不管大街上，高声叫卖《半夜报》的小报童处处可见。据说邱杜双方早已摩拳擦掌。随着《半夜报》舆论导向的诱引，一街之隔的两座糖摊之间的战争终于正式爆发。

然而三不管这地方的主要交战方式不是大打出手。遇事大打出手那是粗人。天津卫男子汉的榜样不是项羽，而是张子房，本埠爷儿们追求"一句话攻破一座城，一颗唾沫星子淹死一个人"的境界。用一句歇后语来形容，那就是"夜壶口镶金边儿——能耐都搁在嘴上啦"。

有道是君子动口不动手。这两座糖摊的当街对垒，正在实践着这句千古名言。邱傻子与杜傻子之间的战争，不是大打出手而是大骂出口。动口比动手可文明多啦。最为疲劳的不是两只胳膊，而是一条舌头。

只有亲临现场洗耳恭听邱杜之间此起彼伏的对骂，才能真正懂得区区"国骂"乃是堂堂"国语"之中野火烧不尽的重要组分。汉语的修辞，居然在三不管的声声国骂之中被发挥得淋漓尽致：排比啊对偶啊顶真啊回环啊……绝对抵达了语不惊人死不休的境地。杜工部倘若在世，一定会被他们活活气死。

两座糖摊之间是宽敞的东兴大街，前来观阵的人们挤挤嚷嚷形成了庙会的规模。尤其是外埠来津的短打扮游客，走进三不管怀着强烈的好奇心理，兴味盎然地倾听着邱杜之间对仗工稳的"国骂"绝学，流连忘返。聚在这里的人多了，热气就高，掏钱买药糖者遽然增加。人们品味着药糖，欣赏着国骂，觉得心里特别舒坦。人来人往的，邱与杜的药糖市场也一下子坚挺起来。

《半夜报》继续炒作，居然开辟采风专栏，将邱杜对骂的精彩段落加以选载，称之为"三不管佳句"。

有以内容低级下流见长的污秽型的句子：

邱傻子：姓杜的你是裤裆里的胡萝卜——愣充大棒槌！

杜傻子：姓邱的你是穿着大棉裤守寡——愣充热屁股！

也有以抢占辈分而取胜的智慧型的句子：

邱傻子：姓杜的，我是你表姐的姨父！（暗喻邱是杜的父亲）

杜傻子：姓邱的，我是你外甥的姥爷！（暗喻杜是邱的父亲）

更多的是肮脏不堪的灭绝性辱骂，朗朗上口，杀伤力极强。

天津卫的老爷儿们骂街，一绝。邱傻子药糖与杜傻子药糖正是在这样的环境里，活了。

临近八月十五中秋节的一天，艳阳高照金风送爽，一辆黑色小轿车顺着东兴大街由北向南缓缓开了过来。天津卫的明眼人只要看到TG333的牌照，就知道小汽车里坐着哪位爷。

邱傻子与杜傻子一街之隔却同时出摊，手里举着鸡毛掸子吆吆喝喝挂上自家的招牌。邱傻子端起茶缸子润润嗓子，使劲咳了一声，拉开今日对骂的序幕。

邱傻子的"骂风"平实无华，往往直陈其事。他哈哈大笑率先发难：姓杜的，这一大早儿我看你就是狗熊包饺子——不是人揍的！

杜傻子立即反唇相讥，他的骂风飘逸洒脱，骨子里透着机巧：我看你是半夜里打哆嗦——浑身浪得难受啊！

挂着TG333牌照的黑色小轿车吱的一声停在大街中央。一阵尘土飞扬，淹没了双方的骂声。

三不管的大恶霸袁文会，人称袁三爷。他身穿靠纱的褂子一步三摇从小轿车里钻了出来。

一鸟入林，百鸟哑音。东兴大街上蓦然寂静下来。

袁文会嘿嘿笑着，走到邱傻子摊前，看了看玻璃盒子里五光十色的药糖，问有没有治疗杨梅大疮的药糖。邱傻子连连摆手，说袁三爷我是小本生意不敢随便吹牛。

袁文会扭身来到杜傻子摊前，说你怎么放着猴儿不耍改卖药糖啦。杜傻子说耍猴儿填不饱肚子。袁文会问他有没有治疗女人不孕的药糖。杜傻子摇了摇头，说袁三爷没有。

袁文会沉下脸色，猛地一挥手。手下的小地痞蜂拥而上，掀翻了邱傻子和杜傻子的糖摊。邱傻子犯了大兵脾气，低头看着撒在地上的药糖大声说，袁三爷袁三爷我可没惹您生气啊。

杜傻子闯南洋也属于见过世面的人，嘿嘿笑着从地上捡起一块黄芒果药糖随手扔进嘴里，然后给袁文会深深鞠了一躬，说袁三爷您就是打孩子也得让孩子心里落个明白吧。

袁文会极其阴险地笑了。你们跟我说卖药糖的是小本生意？小本生意就敢天天站在马路上骂街呀？三不管是你们的天下还是我的天下？你们这俩傻×一定是吃了豹子胆啦。来啊，一人赏他二十个嘴巴子！看他们明天还敢不敢接茬儿骂街。这下你们明白了吧？

东兴大街上，邱傻子与杜傻子平分秋色，各挨了二十个清脆的耳光。这两位傻子增加了营养，脸当时就胖了。

翌日，一高一矮的两位傻子各自在家养伤，谁也没出摊儿。姚壮阳匆匆赶来采访"三不管佳句"。一打听才知道是袁文会发了火，姚壮阳撩起大褂，立即溜号儿。

三不管的人们耳朵里没了邱与杜的叫骂声，一时很不适应，总是东张西望的，仿佛等待着神仙下凡。看来邱与杜的声声叫骂已经成为天津华界一道不可缺少的景致。

一连好几天，这两位傻子还是没有出摊儿。袁三爷在三不管是一只大猫，别人都是小鼠儿。

说着，中秋节到了。

八月十五这天，天儿不错。一大早儿人们走出家门一看，邱傻子和杜傻子的糖摊赫然出现在东兴大街上。令人感到惊喜的是双方经过短暂的休整，照骂不误，一派精力充沛的景象。

人们不禁为这两位傻子担忧：三不管这地方是袁三爷的天下，这俩卖药糖的莫非吃了豹子胆，居然敢于重新开骂。

就这样，邱傻子与杜傻子日复一日出摊儿，日复一日当街对骂而且佳句迭出，日复一日引来围观者的阵阵喝彩，日复一日活得有滋有味……

真是不知什么原因，邱与杜的"敢冒袁三爷之大不韪"，竟然迟迟不见袁文会派人前来干预。有人说，袁文会整天忙着往日本倒卖华工，根本没工夫过问这两个卖药糖的烂事儿。三不管邱杜两姓的药糖，也就这样卖了下去。

话说天津华界的《新报》，多年以宣扬科学文明为己任，主笔名叫卢隐公，为人清正刚直。一天下午他陪同北京客人来到三不管听鼓曲，路过东兴大街看到两条汉子极具表演性质的对骂场面，不禁气得浑身发抖。回到报馆立即命笔，一篇题为"请明白人站出来说句明白话"的社论翌日见报，卢隐公痛心疾首指出，国民的文明素质之低劣，已然达到令人震惊的地步。光天化日之下，国民不以"国骂"为耻反以"国骂"为荣，围观者日众一日，居然喜闻乐见。这种低劣恶俗的文化景观，讨得无聊观众的声声喝彩，实为天津之奇耻大辱。卢隐公大声疾呼"文明之光早日照亮天津的四面八方，无论男女老少皆应去旧图新，争做体格健康心理文明之全新国民"。

《新报》在天津华界是一张颇具影响的报纸。卢隐公的激情文字，自然引来强烈反响。西门里的中营小学为严范孙先生创办，具有走向社会的光荣传统。当晚该校的八十名小学生，人人手持写有"寻找明白人"五字的灯笼，上街宣传《新报》社论，高喊"讲文明，不骂街"的口号，呼吁"明白人站出来说句明白话"。

《半夜报》随即著文反击，姚壮阳认为卢隐公少见多怪小题大做，并挖苦《新报》主笔为"一介迂腐书生"。

日文报纸《天津读卖新闻》发表《野蛮的支那人》文章，对发生在华界三不管的两个商贩之间的日复一日的引起众人围观的"国骂大战"持冷嘲热讽的态度，认为在"礼仪之邦"发生这种斯文扫地的事情并不令人感到意外。

《新报》社论与小学生打着灯笼上街，使得形势紧张起来。邱傻子与杜傻子聪明绝顶，立即宣告歇业。三天之后，原本销声匿迹的两位傻子突然同时出现，将两座糖摊摆在上大仙戏园门前，一左一右，对台戏接着唱。邱傻子与杜傻子，还是一来一往对骂着，但显得慢条斯理，平添几分文气。

恶风难抑。消息传到《新报》报馆，卢隐公气得当场口吐鲜血，被送进天和医院，从此一病不起。继任主笔罗笨夫含泪著文，声称如果"鲜血依然不足以唤醒国人，则孔孟不存矣"。

为了抑制恶劣风气，参议员史唯正先生率领社会贤达十二人组成劝诚团，徒步来到三不管宣扬文明，唤起民众共同抵御粗鄙恶俗之风。报载，邱贩杜贩虚心聆听社会贤达们的谆谆教诲，如鸡啄碎米点头称是。

劝诫团离去之后，东兴大街依然故我，叫骂再起，声声不绝。史唯正参议员惊呼：果然孔孟不存矣。

孔孟不存，邱杜还活着，一日三餐。活着的邱与杜一边乐呵呵卖着药糖，一边乐呵呵互相辱骂着。日子就这样过下去，东兴大街上似乎形成了一个"大药糖共荣圈"。

既然如此，华界三不管当局也采取现实主义态度。既然你们非要隔街对骂，那就骂吧。税务所收税的时候就剿肥——找邱与杜多收一份"骂街税"，警察局缴捐的时候就刮骨——找邱与杜多缴一份"骂街捐"。邱傻子与杜傻子从不反抗，每每欣然缴纳。既然缴了捐纳了税，他俩的当街叫骂也就成了合法的声音。挺好。

"七七事变"之后，大恶霸袁文会成立"袁部队"，公然投靠日本人当了汉奸。根据三不管的老人们回忆，日伪时期的东兴大街上，有时仍然听见邱傻子与杜傻子的精彩对骂。两个摊子的药糖呢就在这骂声之中不紧不慢销售着，从未断流儿。

小报记者姚壮阳呢，则将"三不管佳句"汇编成册，总计六万字（虽然没有书号儿），公然在三不管大街上出售。这种低俗无聊的读物竟然真有人买。天下之大，看来处处都是财路。

天津解放以后，掀起镇压反革命的高潮。大汉奸大流氓袁文会罪大恶极，当属在劫难逃之列。他在狱中交代罪行时避重就轻避大就小，招认的尽是鸡毛蒜皮的小事儿。

袁文会在自供状里写道：当年三不管有两位卖药糖的小贩儿，一个姓邱，一个姓杜。邱高杜矮，天天对骂不止。记得是民国二十四年秋天，一天我乘车路经东兴大街，就派保镖砸了他们的两个摊子，并且警告他们从今往后不许一边骂街一边做生意。邱和杜，都点头认错。第二天晚上我躺在妓院里抽鸦片烟，没想到姓邱的姓杜的两个小贩突然进门跪在地上，邱怀里抱着个瓷瓶，杜怀里抱着轴儿字画，连声说请袁三爷笑纳。我不睬，他俩就长跪不起不停地央告："我俩都是臭嘴，一天不骂街舌头难受，两天不骂街喉头难受，三天不骂街心头难受，四天不骂街就能憋出毛病来。您老人家就饶了我们吧。"

袁文会在自供状里继续写道：我知道这里有事儿，就大声说："你们这两个卖药糖的心里有什么鬼招儿，就跟三爷我实话实说。我要是听着在理，就放你们一马！"他俩跪在地上嘀咕了几句，就跟我实话实说了。原来邱与杜订了密约，以同行是冤家为幌子，一街之隔，摆摊设阵，天天大声对骂，招徕顾客，扩大药糖销量。所以，邱与杜请求我允许他俩在东兴大街上继续骂街赚钱。我问他俩，骂街到底能赚多少钱啊？姓邱的小贩说，不骂街的时候，一天两个摊子总共只能卖出八九十块药糖。姓杜的小贩补充说，两边一骂街看热闹的就多了，一天两个摊子至少也能卖出四五百块药糖。我俩对骂越精彩，药糖卖的就越多。这样下去不出几年就能发财致富。我听罢他们的诡计觉得非常可乐，就答应了。俗话说猫有猫道鼠有鼠道，没想到后来邱贩与杜贩依靠骂街卖糖，真的发了家。

袁文会的供罪材料，保密。也不知通过什么渠道，这段"骂街发财"的故事竟然从卷宗里流出，由当时的《天津新晚报》披露报端，一时成为读者笑谈。卧病在床的报人卢隐公看到这则使他大白真相的消息，反应极其强烈，连连高呼"人间悲剧"。当夜卢隐公吐血旧疾复发，死在送往医院的路上。卢隐公先生是这个故事里的唯一死者。

邱傻子和杜傻子这两个"人精"，解放之后下落不明。这哥儿俩志同道合一块儿骂了大半辈子街，也不知道跑到什么地方发财去了。八成又是菲律宾。不过邱氏药糖的配方与杜氏药糖的配方，均在天津流传下来。如今在南市食品街一带经常见到游走的小贩高声叫卖"天津药糖"，据说用的就是邱氏与杜氏的混合配方。

这药糖的味道怪怪的。

天津往事（二题）

　　我在小说《赌者》里以二十世纪三十年代初期赌风甚盛的天津为背景，写出了一代赌王汤公雨最终死于日寇枪下的悲剧命运。其中涉及"赌九"与"赌红门"，只是一笔带过，不敢枝蔓。小说发表之后，素常对天津地方史志颇有兴趣的朋友打来电话，认为我小说中对"赌九"与"赌红门"的描写实在单薄，理应增添笔墨，使之厚重起来。关于当年炽烈的天津赌风，我略知一二，譬如由上海传入天津的"花会"，九一八事变之后曾经风行于天津的大街小巷。"花会"有三十六门，分上十八门和下十八门，只要押中一门，即可赢得赌金的三十六倍。参加这种赌博的人员主要是家庭妇女，"花会"的从业者也均为上海人，可见其雄性色彩不强。天津底层社会的老少爷儿们，性格生硬而粗放，讲究"暴赌"。暴赌好比烈性白酒，看着没有颜色，喝到肚里立即晕头涨脑热血沸腾，极其刺激。"赌九"与"赌红门"，正是如此。

　　那么我就给大家讲讲这两个故事吧。

赌　九

　　海河流经天津市区，河曲而多弯道。李鸿章大人出任直隶总督期间，曾经加大投资力度将河道改弯裁直。后来袁世凯督直，也曾这样治河。天津最为繁华的三岔河口也称小直沽，地势就是这样形成的。关于赌九的故事，发生在民国年间天津的三岔河口上游，一个名叫老北开的地方。"开"字在天津方言里本为开阔之义。南开，就是指城南之外的开阔地带。南开大学坐落在这个语义的位置上，就是明证。天津有"西开""南开""北开"的地名，唯独没有"东开"。出了东门二百二十步就是海河，因此城东之外没有开阔地带。我要讲的赌九的故事发生在北开。也就是城北之外的开阔地带。故事为什么发生在北开呢？因为这里属于临近城外的偏僻地区。俗话说天高皇帝远。俗话又说野外好放火。因此北开地区实为胆大妄为者聚众赌博的理想场合。赌九也是这样。

赌九到底是怎么一回事呢？俗话说：一九二九不出手，三九四九冰上走，五九六九沿河看柳，七九河开，八九雁来，九九加一九，耕牛遍地走。赌九就是在"二九不出手"和"七九河开"的节气里，众人河边设赌。为吗选择"二九"和"七九"呢？此时适逢冷暖相交，冰层不薄不厚，充满悬念，撩人赌兴大发。于是，好事之徒从大街上找来一个傻子，告诉他对河儿有一锅热气腾腾的猪肉包子，白吃。傻子饿得难受，听说肉包子白吃不要钱，立即涉冰过河奔向对岸。赌徒们押宝，有押"死"的也有押"生"的，赌金不限，押一赔二。然而无论"二九"还是"七九"，众目睽睽，傻子涉冰过河，生死之间，命若悬弦。因此，"赌九"极其刺激，远非等闲之辈所能承受。这是人命关天的赌局，赌徒无论押"生"押"死"，输与赢同样残酷。这就是"赌九"的巨大魔力。

赌九的最初发起者是北开人力车行的经理，名叫阎二敢。此公四十郎当岁，性情阴狠而嗜赌。海河岸边有他的停车场，因此他时常光顾此地，望着滔滔东去的河水，不禁感慨良多。一天，坐在茶馆里的阎二敢从《天津卫报》的"本埠新闻"栏目里看到一件新鲜事儿，觉得很有意思，嘿嘿笑了起来。

其实这也不是什么新闻，谁都知道南市唱落子的女艺人金小翠当年被逼无奈嫁给褚督军当了四姨太。其实金小翠在戏班子里有个相好的青年琴师，人称高弦儿。高弦儿与金小翠心心相印暗定终身，发誓海枯石烂心不变。不料天有不测风云，褚督军这个老不正经的军阀横里插了一腿，硬是把金小翠卡了过去。金小翠终日以泪洗面，生不如死。高弦儿

107

疯了，整天在大街上乱跑，嘴里不停地喊着金小翠名字。路人无不同情。

其实引起阎二敢发笑的是褚督军。直系下野奉系进关主政，褚督军避入英租界定居，瘫痪不起，亲信四散，他起居全凭金小翠照料。这位四姨太出于报复心理，每天都用毛笔给老头子打脸儿，笑嘻嘻说这是一天唱一出戏。昨天司马懿，今天赵高，明天高登……反正没有好人。褚督军急不得恼不得怒不得——四肢根本动不得，于是只得乖乖接受四姨太的折腾。堂堂一员武将落入小女子手里，一点儿辙也没有。

阎二敢读罢《天津卫报》觉得金小翠很有一股子艮劲儿。毕竟戏子出身，节骨眼儿上颇有胆量，天天拿褚督军找乐儿。阎二敢最佩服敢作敢为的人。金小翠颇得阎二敢赏识。

阎二敢也是一个敢作敢为的男人。天气乍冷那天，黄昏时分他喝了半瓶老白干儿，不觉赌性发作，东摇西晃过了摆渡，竟然前往河北堤头，赌大钱去了。谁都知道，一条海河分出两岸，堤头在河北，北开在河南，光绪年间两岸土著结了疙瘩，酿成世仇，几辈不绝。素常河南河北隔着一条大河叉腰对骂，就连春节期间也互相投掷石块儿，算是拜年。因此，多年以来两岸冤家从无正常交往。今天阎二敢竟然过河要钱，恐怕不会有好果子吃。

堤头摆渡的东家，人称"螃蟹李"，他是堤头一带的著名赌棍。阎二敢前来要钱，好比天降大任，螃蟹李自然挺身迎战。他叫摆渡的船家收工，就近在河边的小木屋里摆开赌场。这是一场毫无技巧的暴赌。破桌子上摆着一只大海碗，配以两只大骰子。参赌双方轮流坐庄，骰子掷入大海碗，谁的点儿大，谁赢。就这样你来我往，从傍晚赌到子夜，又从子夜赌到凌晨。阎二敢身上的钞票输得精光，最后欠了螃蟹李二十块钱。螃蟹李要求阎二敢当场立下字据，作为欠账凭证。阎二敢维护尊严坚决不写，说马上过河回家取来现银结账。螃蟹李哈哈大笑，告诉他摆渡已然封闭，夜里河上结冰，有船难行。

阎二敢瞪着充满血丝的眼睛说，老子就是从冰上滚过去，也要回家取来现银跟你结账。

正值"一九二九不出手"的节气，河上冰层薄如瓜皮，壮汉岂能行走。螃蟹李伸手却拦不住阎二敢，心里知道今日要出人命官司。

阎二敢无所畏惧，大步流星踏着冰河朝着对岸疾走而去。螃蟹李身为常见鲜血的混混儿，站在凌晨的河边上也禁不住大惊失色。阎二敢这家伙真是玩儿命啊。螃蟹李在晨曦的朦胧里，瞪大眼睛依稀看到阎二敢的身影渐渐抵达对岸，不由透了一口气。二九的薄冰竟然托着赌徒大步走过海河。真是天不灭阎啊。天色渐渐明亮起来。又过了一袋烟的工夫，螃蟹李远远看到阎二敢的身影重新出现在对岸河边。妈的，这小子给我送钱来啦。螃蟹李的心理战场一瞬之间就被赌命汉子摧毁了。

阎二敢赢了。他叼着烟卷儿大摇大摆涉过冰河，一步步走到螃蟹李面前，哗哗啦啦递上来二十块银洋。螃蟹李面无血色，伸手去接。阎二敢突然缩手回去，咬牙切齿看着螃蟹李，一板一眼说，咱们赌一赌这冰河吧。你要是胆敢迈腿过河跑到对岸，我输你大洋八百块。面对挑衅，摆船多年的螃蟹李深知二九冰河的脾气，不敢应战。阎二敢得势不饶人，声称单人匹马还敢再跑上两趟。

螃蟹李彻底怵了，抱拳行礼说，阎老板今天晚上我在聚合楼摆酒赔罪，这一页咱们就算掀过去啦。

阎二敢见对方怂了，无声地笑了。

就这样，阎二敢开了赌九的先河。赌九的据点从此设在北开附近的码头上。正是因为赌九的残酷与刺激，很快就兴盛起来，参与者日众一日，成为冬日河边一景。由于每年只有"二儿"和"七儿"最为适合赌九，于是人们就像过年一样盼望着节气的来临。

冬天的大街上，用于"赌九"的傻子越来越少了。这种滥砍滥伐滥捕滥杀，傻子成为濒临灭绝的物种。市场上傻子愈发成为紧俏的货物。"赌九"的总舵主阎二敢明码标价，说无论是谁只要弄来一个合格的傻子，就一手交款一手交货，五块钱收购。于是，满世界寻找傻子又成为一门新兴产业。

民国二十四年华历"七九"，虽然到了开河的节气，但是天津有"七九河开，河不开；八九雁来，雁不来"的民间谚语，因此正是"赌九"大好时节。码头上已经设立了赌局，可惜找不到傻子。没有傻子，就等于没有赌博的码子，好比瞎子点灯白费蜡。阎二敢急了，派出几拨人马，四处寻找合格的傻子。所谓合格的傻子必须没家没业没亲属，死于冰河也没人前往官府喊冤告状。

第二天临近中午，终于找来一个合格的傻子。阎二敢亲自验货，发现这不是个傻子。送货的小混混儿立即解释，说这是个文疯子。疯子分成文武两种。文疯子不打人，你说什么他听什么，特别老实。所以文疯子这就等于是傻子。武疯子则不同，武疯子动不动就打人。

看来傻子真的要被斩尽杀绝了，只能以文疯子顶替。

朱砂没有，红土为贵。阎二敢只得认可这个面色苍白头发蓬乱的文疯子，给了小混混儿五块钱。小混混儿转身到落马湖逛窑子去了。

终于有了赌博的码子。赌徒们闻讯纷纷赶来，欢欢喜喜像过年。一时间设在码头上的赌局忙碌起来。大喊小叫长呼短喝，开始押注。有押"生"的，也有押"死"的，生生死死场面煞是热闹。

阎二敢看了看"七九"的河面，表情很是阴沉。天暖，冰发糠。他操纵赌局多年，对这种游戏的悬念，已经失去兴趣。全中国他只认识一个人——银圆上的袁世凯。

大步走到台子上，阎二敢扯开嗓子问道：我说老少爷儿们，全都押上码子啦？

赌徒们模仿着旗人面圣的样子，异口同声众口一词：喳——

是时候了。阎二敢命令手下的两个小伙计将目光呆滞的文疯子领到河畔。文疯子果然听话。这时他心里想，其实文疯子跟傻子一样，使用起来挺方便的。他突然挥手高喊：送活物儿上路啦！

河畔的小伙计遵命，立即大声对文疯子说：对河儿有锅热包子，白吃不要钱！你快去啊你快去啊！

文疯子无动于衷。

另一个小伙计也大声喊道：热气腾腾的猪肉包子，你快到对河儿去吃吧！去吃吧！

文疯子仍然无动于衷。赌徒们骚动起来。这种包子失效的场面实在

110

少见。阎二敢急了眼，快步蹿到文疯子面前。你不饿啊？对河儿有热气腾腾的猪肉包子，你他妈的到底吃不吃啊？

文疯子纹丝不动，仿佛变成一个石头人儿。阎二敢伸拳要打，又止住了。他知道，这家伙既然不吃包子，更不吃拳头。

赌徒们等得不耐烦了，乱嚷乱叫着，要砸赌闹事儿。

螃蟹李领着一伙喽啰站在海河对岸，看乐儿。

阎二敢从来没遇到这种不为猪肉包子所动的货色，面对空前盛大的赌局他一时不知所措。

这时候，一个身穿棉袍的中年男人气喘吁吁跑到河畔。赌徒们呼啦一声拥上前去，有人认出他是小报记者姚壮阳。

阎二敢大声询问姚壮阳有没有办法搬动这个文疯子。姚壮阳点了点头，似乎很有把握。押注已久的赌徒们顿时兴奋起来。

姚壮阳走近文疯子，先是嘿嘿笑着，突然大声喊道：金小翠在对河儿等着你呢，你快去找金小翠吧！有情人终成眷属啊⋯⋯

文疯子听到金小翠的名字，怔了怔，突然变成一支离弦利箭，嗖地射了出去——踏着薄冰朝着对岸的心上人，狂奔而去。

冰河上嘎啦发出一声脆响。

死者正是琴师高弦儿。

赌 红 门

家住天津城里石桥胡同的郝姥姥，是个远近闻名的接生婆，眼尖手巧，经验丰富，成活率高。在三姑六婆的行当里，接生婆被称为"稳婆"。稳婆门前聚赌，可谓有条不紊。蒋介石总司令的北伐军开进天津城是一九二七年，当时并不强调移风易俗。然而毕竟民国了，天津当局也曾在整饬纲纪端正风气方面做出种种努力。禁赌就在其中。其实赌是很难禁止的，除非人类不再吃饭。闻名天津的"赌红门"活动的根据地，就在接生婆郝姥姥家的大门口，十几年来一成不变。

说起郝姥姥的大门口，那是个热闹地方。每天早上十点钟开始，赌

111

徒们渐渐多了起来。尤其是冬日，穷身豁业的汉子们沿着墙根儿蹲下，长长的一溜儿，懒洋洋晒着太阳，使人产生错觉认为这里是牲口市场。说起这一群赌徒，工农商学兵也是各有来历，其共同之处就是一个"懒"字。除了吃香的喝辣的，他们远离社会主流，什么事情都懒得去做，最大的心愿就是聚集在郝姥姥大门口，随时准备押赌。他们对赌局的期待，远远胜过对大同社会的向往。人类存在的意义，面对一个"赌"字统统遭到消解，弄得片甲不留。

朱三韭这个人只是赌徒阵营里的普通赌徒。从前他是一家纸局的店员，属于良家子弟。自从沾染赌瘾，人就变了。朱三韭是红门聚赌的忠实参与者，可谓持之以恒，妻子哭求，他痴心不悔。相比之下，杨白楹的赌博生涯就显得一曝十寒。而立之年的杨白楹从父亲手里继承了一间广货铺，为了照料生意他难以全心全意投身于赌博事业，属于业余性质。朱三韭则是专业赌徒。他既不嗜烟酒也不进娼寮，一心一意钻研赌博，毫无杂念。倘若不去赌博他的生活将毫无内容而言，宛若秋割之后的田野，空空如也。可以想象如果朱三韭不为赌徒，他该是一个多么清静洁白的男人啊。

既然红门聚赌，那么什么是红门呢？孕妇临盆生产，俗话称为红门大开。这话虽然不雅，但极其形象。天津的词语就是这样，有失大雅的同时又显得生动活泼。不过关于红门聚赌也有不同版本的解释，说郝姥姥住的院子是两扇红色大门，邻居称之为"大红门"，赌红门因此而得名。无论有多少版本，反正红门聚赌都与郝姥姥有关。没有郝姥姥就没有红门聚赌。说起红门聚赌的赌金，也是非常平民化的，一年三百六十五天风雨不变，输赢都是二斤面粉的价钱。赌金的平民化，也是红门聚赌的参与者与日俱增的主要原因。

郝姥姥是天津城里的著名接生婆，活儿挺多。不但活儿多，请她老人家接生的也往往是大户人家。因此，郝姥姥的院子门前总是人来车往的，并不亚于今日的股票交易大厅。最为独特的景观就是郝姥姥院子门口摆放着两只竹筐，一左一右。大门左边的竹筐里装着一大堆竹牌儿，每个竹牌儿上都烙着一个字：男。大门右边的竹筐里也装着一大堆竹牌儿，每个竹牌儿上也都烙着一个字：女。这两筐竹牌儿究竟是干什么用的呢？很显然这是聚赌的码子。

话说冬至这天，破落子弟朱三韭蹲在墙根儿，一边晒太阳一边注视着远处的街口。此时说他守株待兔并不确切，因为郝姥姥的大门口从来就是人来车往的地方。果然，不出一袋烟的工夫，一辆马拉轿车急速拐进街口，转眼之间驶近郝姥姥的大门口。萎靡不振的赌徒们立即还阳，呼啦一声站起身来，赛过一支训练有素的军队。

马拉轿车停稳，撩开门帘车里溜出一个仆人模样的中年妇女，气喘吁吁表情焦急。朱三韭看出这是老妈子，立即迎上前去大声问道，你家大少奶奶怀孕的时候，是想吃酸的还是想吃辣的啊？

老妈子根本不睬朱三韭，满头大汗径直跑进了郝姥姥的院子。看来产妇临盆在即，已成燃眉之势。

为什么朱三韭关心产妇爱吃酸还是爱吃辣呢？天津民间俗语有"酸儿辣女"之说。孕妇妊娠反应，凡想吃酸的，多生男孩儿；凡想吃辣的，多生女孩儿。其实这只是民间说法而已，并非屡试不爽。朱三韭向老妈子打听吃酸吃辣，无非是想摸一摸产妇的底细，以便押赌。

朱三韭这几天很缺钱花，全家营养不良。他非常需要赢得一场胜利来鼓舞自己日见低落的士气，因此，他格外看重今天的赌局。只能成功，不能失败。

那么究竟是押男还是押女呢？朱三韭心里思忖着，踟蹰不前。这时候郝姥姥雄赳赳走出大门。虽然人称郝姥姥，其实只有四十多岁。她大声问老妈子去什么地方。老妈子连声说南关老街宁家大院。郝姥姥被老妈子搀扶着上了马拉轿车。赌徒们拥到大门口，有的猫腰去拿左边筐里的"男"字竹牌儿，有的躬身去拿右边筐里的"女"字竹牌儿。这种押注，毫无技巧可言，凭着手气撞大运，玩的就是瞎猫碰着死耗子的游戏。赌徒们手里拿着竹牌儿，紧紧跟在郝姥姥车子后边，一路小跑儿，前往南关老街的宁家大院。一路上，朱三韭气喘吁吁问并肩奔跑的杨白榄手里拿的是什么竹牌儿，杨白榄说了一声男。朱三韭自信地笑了笑，认为杨白榄必败无疑。

朱三韭手里拿的是"女"字竹牌儿。不知道为什么，他认为宁家的大少奶奶今天生的必然是女孩儿，自己定将获胜。

宁家大院高台阶，两座石狮把门，说明宁氏祖上曾经获得功名。

郝姥姥下了轿车进了宁家大院，慌忙之中却把傻姐儿留在大门之外。这个傻姐儿是郝姥姥的贴身丫头，或出或入如影随形。孕妇生产，出来向赌徒们报信儿的也是她。这时傻姐儿急了，咚咚叩着宁家大门。赌徒们纷纷趁机叮嘱着她，说只要产妇生了，就赶紧出来报告男女。傻姐儿并不应声，一个劲儿叩门。

傻姐儿虽然被称为傻姐儿，从未误过大事。每当婴儿呱呱坠地，她必然跑出来报告，或生男或生女，红唇白齿准确无误。值得称道的是聚赌红门从无滚赌恶习，多年秩序井然。只要傻姐儿报出结局，输者立即掏钱，赢者欣然受之。

傻姐儿终于进去了。朱三韭站在寒风里等待着傻姐儿的复出。赌徒们对傻姐儿的期待，远远胜过阴天盼太阳。久而久之傻姐儿的脸蛋也就成了众人心目之中的景致。

朱三韭身材瘦高，衣服也显单薄，冬天里就露出几分可怜相。然而他并不认为自己可怜。有钱不赌的男人才是真正的可怜虫呢。这时候他突然问身边的杨白榅，你开着一间广货铺子，有吃有穿的还跑出来押哪家子赌啊。杨白榅还是笑了笑，说赌徒是不论穷与富的，只图一个痛快淋漓。朱三韭听了，觉得杨白榅说得挺好，并不是守财奴。

大院深处似乎传出一阵婴孩儿的啼哭。朱三韭警觉起来。他认为这是女婴发出的声音，心中祈祷着自己获胜。

傻姐儿终于露面了，赌徒们拥上前去，宁家大院门前倏地寂静下来。傻姐儿眨了眨眼睛说：男孩儿。

朱三韭眼前一黑。妈的，家里的老婆孩子已经三天没吃粮食了，肚子里都是野菜。

赌徒们当场会账。手里攥着"女"字竹牌儿的输了，交钱走人。赢者呢则乐乐呵呵走在街上，挺美的。杨白榅就是这样，手里悠悠托着二斤面条儿，回家炸酱去了。这炸酱捞面在当时天津穷人家里，已然是神仙的日子了。

朱三韭输了。他在回家的路上进了当铺，把贴身的小棉袄换成了当票和钱。然后他走进一家小酒馆，喝着闷酒。

红门聚赌的日子，真是有哭有笑、有苦有甜、有分有合啊。朱三韭一饮而尽。他希望自己明天能够成为赢家。

冬去春来。入夏之后天津闹了大水。九河洪水奔入天津，大街上漂着浮尸，惨不忍睹。郝姥姥有钱，带着傻姐儿租船逃走了。一个多月之后大水退了，朱三韭的媳妇和怀里吃奶的孩子一起染上瘟病，死了。朱三韭身边剩下两个孩子。

他又来到郝姥姥家的大红门前。赌徒们明显见稀，据说大水冲走不少。朱三韭劫后重逢杨白榀，双方默默无语。大水之后，杨白榀的广货铺泡汤蚀本，几乎沦为两手空空的穷人。郝姥姥满面红光班师回朝，继续接生。傻姐儿继续充当随身丫头。女人们继续生孩子，男人们继续赌博。朱三韭继续蹲在墙根儿下等待时机。一切都随着滔滔洪水而逝去，偌大天津城仿佛什么事情也没发生。只是赌风更炽。尤其是英租界的赛马场和意大利租界的回力球场，金山银山堪称豪赌。朱三韭这样的平头百姓，当然与豪赌无缘，他只能红门聚赌，赌金还是物美价廉的二斤面粉。不过面粉的价格已经暴涨。

大水退去之后，红门聚赌也出现了变化。一个外号"饭汤"的青年赌徒挺身站了出来，宣称红门聚赌章程必须改良。赌徒们不知底细就让"饭汤"说个清楚。"饭汤"认为，其一呢郝姥姥大门口的两筐竹牌儿应当立即取消，这样警察抓赌也利于逃脱；其二呢每位赌徒必须自备两个竹牌儿，一"男"一"女"，竹牌儿上必须刻有赌徒的姓名，红门聚赌之时现场分别投牌押注，谁也无法作假；其三呢民宅门口聚赌时，傻姐儿报出男女之后，中人根据竹牌儿上的赌徒姓名分出谁输谁赢，当场清账，心明眼亮。

面对这位改良家的改良方案，赌徒们十分佩服，一致同意。没承想一场大水造就出来这么一位赌场改良家。天降大任于斯人。外号"饭汤"的小伙子因此而成名。

当天下午，赌徒们又随着郝姥姥的车子跑到北大关的竹竿巷。产妇是山东皮货商的二房太太，难产。经过漫长的嘶叫，婴孩儿终于落草儿。傻姐儿走出宅门，赌徒们目不转睛注视着这张圆圆的小脸儿，迅速押注。押注后傻姐儿报出"女"字，朱三韭知道自己旗开得胜。这时他猛然发现傻姐儿的模样长得并不难看。同时他还认为"饭汤"的改良方案非常合理，既方便了赌徒们，也使得赌博方式简单易行。他心里认为"饭汤"是一个出色改良家。譬如康有为或者谭嗣同。

此后，在短短不到半个月的时间里朱三韭连遭败绩。尽管如此，他仍然举两手拥护"饭汤"的改良方案，口中从无怨言。他认为该改良的就得改良。不过朱三韭的连遭败绩似乎引起了傻姐儿的同情，这是他从她的目光里渐渐发现的。如此看来傻姐儿并不太傻。尤其是那天上午丁家大院门前，他与傻姐儿的目光蓦然对视，一瞬之间朱三韭颇有醍醐灌顶之感。他发现傻姐儿有着一双明亮的眼睛。因此他再次押了"女"，果然获胜。

此后，朱三韭时来运转，居然连战连胜，财神高照。"饭汤"暗暗统计，朱三韭十战九胜之中的唯一败绩还是由于精神涣散所致。吉人自有天相，这骄人的战绩使得朱三韭斗志旺盛，仿佛一个杀红双眼的兵士，疯狂投入红门聚赌的战争之中。

朱三韭胖了，脸上渐渐有了血色。红门聚赌他虽然胜率很高，但是由于赌金甚低，发财不易，只是平日家里多吃几顿炸酱面而已。

此后，"饭汤"发现朱三韭心事重重的样子，押注的时候甚至神色怅然。真正的赌徒押注的时候，目光炯炯如临大敌。

这种种迹象令赌场改良家"饭汤"百思不得其解。同时，赌徒们也对朱三韭的胜率提出怀疑，总觉得这里有事儿。

对此朱三韭保持沉默。

立冬那天天津风俗吃饺子。朱三韭出人意料地跟傻姐儿结了婚。朱三韭年长傻姐儿十二岁。谁也没有料到人间存在这门婚事。令人欣慰的是朱三韭前妻遗下那两个可怜的孩子，终于有了人照管。

朱三韭旋即金盆洗手，彻底退出赌场，重新成为本分男人。"饭汤"认为朱三韭戒赌绝对是个奇迹。因为在此之前，红门聚赌的人群里，尚无洗手成功的先例。赌徒们发出哄堂大笑，对朱三韭的退出拭目以待。

杨白楹更是惑然不解，不断跑来追问朱三韭为何财运亨通之时突然退出赌场。朱三韭无奈，只得将自己退出赌场的实情和盘托出。

朱三韭说他再也不愿意通过傻姐儿来赢钱了。尤其是当他决定娶傻姐儿为妻的时候，更加坚定了退出赌场的决心。

杨白楹打破砂锅问到底：你怎么就能从傻姐儿的眼神里看出是押男还是押女呢？其实杨白楹的本意是追问朱三韭，傻姐儿究竟是怎样向他传递押男或押女的暗号。譬如说挤眉弄眼噘嘴皱眉什么的。

朱三韭摇了摇头，说完全依靠自己的感觉。杨白楹大声问道，那我怎么从傻姐儿的目光里就找不着这种感觉呢？

朱三韭郑重说道，这就是缘啊。所以只有我娶了傻姐儿，而你才不娶她呢。听了朱三韭的肺腑之言，杨白楹无话可说了。

朱三韭毕竟成为红门戒赌成功第一人。傻姐儿呢再接再厉给他生了两个孩子，一男一女。临盆之前夫妻之间玩了是"男"是"女"的押宝游戏，赌金仍是二斤面条儿。看来无论社会如何动乱，货币如何贬值，夫妻之间的赌金价位还是极其稳定的。

傻姐儿很会操持家务，朱三韭的生活渐渐走上正轨。傻姐儿认为朱三韭根本就不是真正的赌徒。一个真正的赌徒是永远不会离开赌场的。

科学昌明，天津出现了新式产科诊所。红门聚赌随着郝姥姥的年迈力衰而门庭冷落，渐渐消散。赌徒们纷纷离去，投向更为激烈的赌博场所。这时候，朱三韭在街头摆了一个鲜货摊，已经惯于吆喝了。赌友杨白楹是日本投降那年死的，病因不详。"饭汤"呢为了戒掉可怕的赌瘾据说投奔解放区谋求新生，一直下落不明。真是可惜。

朱三韭六十六岁那年瘫痪在床，吃喝拉撒正经受了几年罪。据说弥留之际他手里紧紧攥着两个竹牌儿，一个"男"，一个"女"。傻姐儿笑着送他上路，说你去跟阎王爷赌吧。朱三韭享年七十三。作为平民百姓也算善终了。因为他跟孔子同样年岁。

天津风味

卖茶鸡蛋的下街了，卖煮玉米的下街了，卖大果仁的也下街了⋯⋯十字路口这块使人发财的宝地，顿时冷清下来。夜幕下，只有一辆卖煎饼馃子的摊车还在"坚守阵地"——等待着顾客的到来。

有点儿冷。卖煎饼馃子的矬老头儿掏出怀表看钟点儿，把个汽灯拧得雪亮，"哎哟，都快十二点啦？该下街喽——"说罢，他又重复着一个习惯性动作：伸出食指轻轻挠挠鼻尖上那颗黄豆般大小的红痣，不停地眨巴着一双又细又小、干涩无光的眼睛。好像是眼窝里能够挤出含有黄金的泪珠。

挺起脖颈儿拱拱着腰，老头儿不紧不慢收拾着家什：馃子装进小箩筐里，粉浆倒入半大筲⋯⋯其实这些活计回家去做也不迟，可是他自有一番道理：能在外面干的活儿，绝不带到家里去消受。你在马路上多待一会儿，就兴许等上一大帮"吃主儿"。这是经验之谈。做小买卖的不用心动脑，一辈子也挣不上大钱。

老头儿开始把"小银行"搂到怀里了，查点着钱币。他那混浊的目光沿着鼻梁注视着怀中的木头钱匣子，倾泻到一张张票子上。此时，他神情专注，鼻尖上的红痣活像是他目光瞄向钞票时的准星。

"唉，掌柜的，我，我摊煎饼馃子。"老头儿正在翻弄着一张十元大票儿，被这骤然而至的声音吓了一跳。抬眼审视来者：一个穿米黄色风衣的小伙子，眼无邪光，面无恶色。老头儿这才呼出一口长气。

要是刚才推车走了，哪儿还有这份生意。老头儿心里很惬意，重新摆开"战场"，低声急语地问道："摊几套？"

一只漂亮的圆形搪瓷饭盒递到老头儿面前："这里头能装几套，就摊几套吧。"小伙子浓眉大眼通鼻梁，风度翩翩，不纯的普通话里夹杂几分天津语音。

　　"年轻力壮大肚子汉，吃上三套五套的还算个事儿?"老头儿做了一辈子小本生意，深谙世故——见吗人说吗话。

　　"我从来不吃这种东西。"小伙子不买老头儿的账，口气冷冷的。

　　尽管碰了个橡皮钉子，老头儿情绪依旧稳定。只要车上的"小银行"和家中的"大银行"不丢不失，他的情绪是不会大起大落的。掀起铁铛探了探火，他心说，"不好。"可脸上还是不露声色："请候一候，火势这就壮上来。"

　　"不急，既然已经大半夜的啦……"小伙子突然变得豁然大度起来，然后是自言自语，"忙了一天，就等着明儿个上飞机喽。"

　　上飞机? 老头儿瞅了瞅搪瓷饭盒上的外国字母，用余光斜了下小伙子手中正在摆弄的烟盒，上边印着三个"5"。这小伙子的打扮倒像是个有来历的人物：身上穿的、手上拿的都是外路货——舶来品。

　　"要么摊四套吧? 带鸡蛋的有营养……"老头儿眨巴着眼睛问主顾。

　　"不用，不用! 鸡蛋的腥气遮了素净味。"小伙子连连摆手。

　　"吃鸡蛋有营养呀……"

　　"营养? 人家香港讲究真正的高蛋白。"小伙子有意显山露水，以此表示自己对鸡蛋的轻蔑。

　　"香——港!"老头儿抄起煎饼挠子准备操作，"香港"二字吸引了他。

　　"嗯，我舅爷在香港，有产业。我明天动身南飞就是去看他。"小伙子谈兴萌动，撩起眉毛，伸出舌尖儿舔舔上下嘴唇——权作润滑。

　　哧——第一张煎饼摊在热铛上，椭圆形。袅袅地升腾起热气。

　　"这可是一门趁洋落儿的阔亲戚呀。"

　　"我奶奶说，不能图喜人家的钱币和洋货，亲戚里道儿嘛。"小伙子说话露了怯。

老头儿瞟一眼正在吸烟的年轻人，心中暗暗笑道：这是个小雏儿，本来是个喜说好讲的人，只因要出洋，才拿捏着个架子充大样儿，其实差着火候呢。

"你说这种东西有吗吃头儿？天天早晨总有好多人排队⋯⋯"小伙子燃起第二支烟，耸肩摇头，发表关于煎饼馃子的宏论。

"有吗吃头儿？"老头儿听出这话有些张狂，心中顿生不快，硬声硬气道，"是啊，你应该到香港去买洋牌煎饼馃子！何必在天津卫这地方⋯⋯"

果然不出老头儿之所料，小伙子是个涉世未深的雏儿。他见老头儿由软变硬，顿时缓和口气："香港那地方未必有卖煎饼馃子的。"

"嘿嘿，走遍全中国，只有天津卫才有卖煎饼馃子的！独——一——份。"老头儿亮开嗓门儿，干涩的眼窝里光泽闪闪。只有在这种时候，老头儿才一扫委琐之态，感受到一种职业的骄傲。

哧——第二张煎饼摊在热铛上。

"为什么只有天津才吃煎饼馃子，这里头还有一段典故呢⋯⋯"

小伙子似乎没有听到老头儿的滔滔话语，只顾拧开自家的"话匣子"开始"播音"："我舅爷来信⋯⋯"

道地的天津人是非常喜欢聊天的。见面熟，哪儿说哪儿了。但必须站在同一平面上。

"我舅爷今年八十一。他来信专门提到天津卫的煎饼馃子，嘱咐我一定给他捎几套到香港去。"

老头儿正摊出第三张煎饼，听到此处，微微一惊，紧紧问道："这煎饼馃子，你要捎到香港去？"

"天凉，坏不了。明早六点半张贵庄机场上飞机，两三个钟点就能到广州。"小伙子说到得意之处，喜形于色。

"你舅爷是老天津卫人？"老头儿分明在关心着香港那边的人和事。

"大直沽街里。早先是船上的大副。"

一根炸得焦黄的棒槌馃子让一张煎饼包了个严。老头儿的手有几分颤抖了。他想着自己制作的食品竟能飞往香港，他激动了。

小伙子打开了"话匣子"便关不上了，滔滔不绝："俗话说'老小孩，老小孩'，一点儿不假。咱们天津卫是九河下梢，吃尽穿绝的地方，千百种吃食。他老人家一不点狗不理包子，二不点桂发祥麻花，三不点耳朵眼炸糕，单点这种没滋没味的……"

"八十一岁的牙口儿，还能点桂发祥的大麻花？你说话真是不知东南西北。"老头儿拦住小伙子的话头，拿出了长者尊严，说，"出了门你就知道啦，旅食思乡味。你舅爷这是年老思乡哪。"

小伙子接过话茬儿，说："我舅爷还在信里专门嘱咐说，到升平戏园子斜对过，找白傻子水磨煎饼馃子。"

老头儿猛然仰起脸，片刻才缓缓地问道："四十来年了，你上哪给他找那号去？"

"说的是呀，根本没处找号去。"

四套煎饼馃子已经摊得，老头儿慢慢打开饭盒，若有所思的："找不到白傻子的老字号，到了香港你怎么向你舅爷交差呀？"

"嘻，这好办！我就说这是从白傻子摊上买来的……"

"不行！"老头儿突然一声断喝，冲着小伙子瞪大了眼睛。小伙子吓得愣了神儿，片刻才大惑不解地问："您老人家这是怎么啦？"

老头儿自知失口，很快恢复了平静。只是变得口讷了："这、这怎么行呢？糊弄老人可算是大、大罪过呀。"

"这也不至于五官挪位呀！吓人呼啦的。"小伙子惊魂初定，愤愤道。

老头儿十分友善地望了小伙子一眼，算是对受惊者表示歉意，然后和气地问："这一宿睡在哪儿？"

"大华饭店。"小伙子手捧饭盒，打了个哈欠，"明早五点就得起……"

"升平戏园子现在叫黄河剧场。"老头儿愣头愣脑迸出这么一句。小伙子困意十足地点着头，咧嘴说道："我舅爷在信中夸奖这个白——傻子，说他的东西干净味道正，买卖仁义……"

望着小伙子的背影，老头儿伸手挠挠红痣，十分古怪地笑了……

大清早儿，启程赴港的小伙子走出大华饭店的门厅，一眼看到一辆白色摊车停在路边。昨夜里老头儿的面目全新：白帽白褂子白围裙，乐呵呵地望着他。

四套刚刚摊好的煎饼馃子并排摆在热铛上：颜色焦黄，吱吱作响，香味四溢。

小伙子心中惊叹：姜，还是老的辣！昨夜问了地点，今儿个一早追上门来做生意。于是，他目光冷冷，如视路人："我不买。我到机场餐厅去吃早点。"

老头儿并不介意，只是笑脸相迎："快把饭盒掏出来，换上这四套……"

"什么意思?!"小伙子读过日本星新一的小说，顿时警觉起来。

"这四套才是最能代表天津卫特色的煎饼馃子。"老头儿执着地介绍着"产品"。

"你到底想干什么?!"小伙子眉宇之间的疑色愈发浓重，心中揣测着：莫非是想敲我的竹杠？他看到老头儿双眼布满了红丝。

"你非挤对我把实话说出来呀?"老头儿急了，"那四套……不是真材实料做的，临下街我又掺了水。"老头儿的面孔涨得通红，终于自动道出了实情。

"你这是……"小伙子解除了戒备，态度缓和了。

"水泡纯绿豆，搓去皮子上磨拐！真正的老天津卫味道！"

小伙子终于明白了一点点，嘴角挂上一丝淡笑，暗想：呵，香港的魅力，能让一个老头儿说出实话来。

老头儿似乎感慨颇多，把那四套煎饼馃子翻了个个儿，说："昨晚上回到家，一想到那四套煎饼馃子要去香港，我这心一夜不安生，你舅爷思乡心切，可一吃这种味道他能不堵心？天津卫在香港那块儿可就倒了牌子！"

"您身在街头，胸怀全市，真是模范市民呀。"小伙子含蓄地说毕，话锋猛转，"真材实料，要多少钱吧？快说价，我时间有限！"

晨曦之中，老头儿瞪圆了眼睛，仰脸直视小伙子的小白脸——目光如锥似刀："钱？我不要钱，你把那四套煎饼馃子还给我就行啦，小伯伯。"

"大清早你为何而来呢，自找亏吃？"小伙子惑意浓浓，"仅仅为了天津卫的名声？"

老头儿嘿嘿一笑，挠挠鼻尖上的红痣，正色道："我这个老绝户，如今已有几千块钱存款。太平盛世，人老了要这么多钱作甚？就说你舅爷吧，出门在外这么多年，愣忘不了白傻子——一个做小买卖的平常之人。我听了以后心里特别热乎！半宿睡不着觉。人活着图个什么？好名声！老来咽气的时候心里也踏实！"

"您——是？"小伙子此时疑惑全消，听出老头儿话里有音。

"别问。反正我寻思好了：以后做生意不能忘了良心——兑假料、掺次货。"

"那您就重挂牌匾——恢复老字号！"小伙子已经明白了八九，径直点题。

"难！"老头儿神色庄重，绷着国字脸，缓缓道，"不是挂上牌匾就算恢复了老字号。全靠人的心眼好、心眼诚，随着大溜糊弄人，挂上老字号也是枉然！更丢人现眼……"

这一番话，大出小伙子的意料。他很受感动，毕恭毕敬地说："我一定告诉舅爷，这四套煎饼馃子是道地的白……"

"别！"老头儿拦住话头，很实在地说，"真正的白傻子风味还隐着呢，没脸露头儿。你就说这是天津风味，人家褒扬了天津卫，也就褒扬了我。"说罢长叹一声，"等你老了，也就明白了老头儿们的心啦……"

小伙子接过真正的天津风味——四套色正味美的煎饼馃子，用天津口音说了声："谢谢您哪。"

望着小伙子的背影，老头儿咧嘴乐了，伸出食指去挠鼻尖上那颗红痣。

晨光之下，小伙子望着大街上的人群车流。人人都操着纯正的天津口音，说这儿论那儿。他觉得这种豪爽、直率的音韵之中，饱含着一股民风民俗的精华，令人久久回味不已……

123

水铺龙二

夜市大街的老人儿们如今回忆起来，还都记得当年龙二他爸给龙二起名字的时候，吭哧憋肚的样子。他老人家一连三天捧着那本《康熙字典》，又嘬牙花子又吧嗒嘴，差一点儿没要了亲命。第四天头上，老人家迷盹了一觉，梦见一派无边无际的大水。醒来，龙二终于得到了一个大富大贵的名字：龙得水。

龙二有了龙得水这个大号，谁听了都说这是一个千金难求的好名字。单说那龙，本来就大福大贵了，龙又得了水，这辈子可就洪福齐天了。龙得水这名字，就好比麻将桌上的会儿调，摸吗和吗。

龙二他爸给龙二起了这么一个好名字，没出年儿，嘎嘣一声就死了。人们有了议论，说给儿子起了这么一个亚赛真命天子的名字，还能不折寿数？一介草民，敢叫龙得水这样的名字，降不住啊。

于是龙二从小就成了一个颇有来历的人物。

好在天津卫这地界有个毛病，喜欢数目字儿。背地里称呼别人，都是张大李二赵三刘四的，通常不叫大号。于是龙二依然是龙二。他那大福大贵的名字龙得水，就给搁在一边了。

有龙二就得有龙大。龙大不是别人，正是蹲在他家被阁子上的那位娃娃大哥。打从娘娘宫拴娃娃回来，一年一洗，没出三年就招来了龙二。龙二是腊月里来的。接生的婆子说，龙大龙二这哥俩，一看就知道是一个模子里刻出来的，都是那路五短的身材，矬子。

这么多年，龙大不言不语蹲在家里被阁子上，透着天津卫爷们儿少有的厚道。年年洗娃娃，龙大脸上自然有了胡子，渐老。光阴似箭，龙二也就随着娃娃大哥长成一条汉子。只可惜他还是那种天生的矬身坯子紫脸膛，走在南市地面上，远看就好比从地上滚过来一只大个儿旱萝卜。天津卫这地方认旱萝卜，是缘为它能跟大马哈鱼熬在一个锅里。于是龙二的这路体形，总让人们想起腥伙儿。天津人嘴馋，在中国那是没比。

十九岁那年，龙二心里有了事情。他知道，天津卫这地界最养闲人，你就是每天没事由儿，也能混个一身囫囵。龙二不乐意过那种活一天算一天的日子，糗了底子。他打算让自己的生活有个头绪。该往东了，绝不往西。该追狗了，绝不去撵鸡。年轻时候干出一个头绪来，到老了也能稳稳当当图个冷静。

龙二是个过日子的本分人。

龙二打算开一个水铺。卖凉水卖热水，也卖麻秆儿和苇子。地点他在头年伏心儿里已然看在眼里了，就是傍着杂货铺的那间闲房。临街，里间还能有个退身步儿，搭上个暗楼能睡一家人。龙二是个蔫土匪，无论什么事情，他都先隐含在肚子里寻思着，不露。于是那水铺在他梦里，早就开了张。只是早起一睁眼，就光剩下自己一个人了。龙二知道不能再渗下去了，得赶紧。于是他就到吉祥胡同去找大用子。大用子是个拉水车的小伙子，是一头两条腿走路的牛。

拥有旱萝卜体形的龙二走进吉祥胡同，远远就看见大用子正蹲在院子门口套炉子呢。龙二来找他，是想问问这开水铺的门道。

大用子往青灰里擂着麻刀说，你想开水铺啊，开那玩意儿干吗？别开！

龙二呵呵乐着说，开水铺多哏啊！水里捞财的买卖，烧一把柴火就赚钱。这水铺，我开定了。

大用子是个没主意的人。你往他脑袋上撒一把糖，他就是甜蒜；你把他搁到盐篓里，他就是咸蒜。大用子听龙二说开水铺好，也就跟着改了主意，说开水铺是个好买卖，整天人来人往，热热闹闹就赛拉洋片的。

龙二心里有了底牌。大用子说，你要想拿下那间闲房来，可不是一件容易的事情。龙二心里有数。在天津卫这地方，有能耐的，能上天揪星摘月，没能耐的，兴许就得让一泡尿给活活憋死。

他没把找杂货铺掌柜的赁房看成多么为难的事情。

杂货铺掌柜的姓吉，火暴脾气碎嘴子，人称急四爷。急四爷杨柳青口音，爱吃酸熘白菜。

龙二拎着二斤小八件儿，走进急四爷的杂货铺。

急四爷果然不是一般人物。他看着那二斤小八件儿，眉头拧成一个肉疙瘩说，天津卫这地界，真正讲究的主儿，从来不吃带馅的东西。你知道槽子糕多少钱一斤吗？东西不在贵贱。馅是吗玩意儿？那都是点心渣子做的，吗东西都有，杂八凑！

龙二说，那我去玉生香给您换二斤江米条？那东西没馅。

别价，点心你先搁一边儿，到底有吗事你就说吧。急四爷稳住了心气儿，问着龙二。

龙二说出想赁房开水铺的事儿。急四爷没料到龙二说的是正文儿，一时不知该如何回答这二斤小八件儿。

龙二缓了缓说，要不您先跟家里人合计合计，我三天以后听您老的信儿。行吧？

急四爷答应三天以后准给回信儿。龙二撂下点心就走了。急四爷果然是急四爷，打开包儿就先尝了一块甜咸儿。他吧嗒着嘴心里说，根本就不是香油做的，跟祥德斋的比可差大发啦。

接着，急四爷就又吃了一块枣泥儿的。

没等到三天头儿上，急四爷上赶着找龙二来了。龙大蹲在被阁子上看着急四爷，不言不语的。龙二呢没起，正在回笼觉里做美梦呢。急四爷伸出烟袋敲了敲炕沿，龙二就从外国回来了。

他呹呹怔怔看着急四爷。您没闹肚子吧那二斤小八件儿？

急四爷脸色一沉说，快起吧有正事儿跟你说呢。

龙二穿上衣裳先奔了茅房。急四爷急性子，只得跟着他进了茅房，两人蹲着说话。

急四爷说，你赁我的闲房开水铺，烟熏火燎的，我那房子不出两月还不就得成了拔火罐儿？

龙二说，没事儿！我在外边压出一个厦子，安锅垒灶，只拿您那间屋子当退身步儿。

急四爷说，你要想赁我的房，得娶了媳妇才行。没家没室的男人不稳当。我不赁！

开水铺还得先娶媳妇？这是哪对哪啊！龙二看着急四爷的瘦脸，大惑不解地说。

急四爷大义凛然说，要不把我外甥女说给你吧。你知道独流吗？

龙二知道那地方出老白干和陈醋，还有黄锅巴。

想赁房开水铺，没承想撞上一个提亲的。龙二觉着这世道是有些邪性。你想往东，却奔了西；你想追狗，却撵了鸡。

急四爷告诉龙二，这几天听信儿。

龙二一下子又成了一个大闲人。他到杨六的院子里去练举石锁。他的这种旱萝卜体形，跟石锁凑到一块儿，就齐了。无论有没有人喝彩，龙二都练得十分认真。要到出神入化之时，人们也就分不出谁是石锁谁是旱萝卜了。杨六说，龙二！待到正月里出会，高跷队里你得去扮那个傻公子吧？

龙二心里说，我眼下是一门心思要开水铺，吗傻公子呀！回见吧您哪。石锁应声落在地上。

闲着没事儿遛穷腿。东兴市场西边的一条马路上，龙二被一个瞎子给叫住了。他不知道这位瞎眼先生是在喊谁，就随口应了一声。对方朗声说，有缘分！真是有缘分！喊的就是您，您就应了声。请借一步说话吧。

龙二跟着这位瞎眼先生到了一边儿。抽根签儿吧，我可是不找您要钱。龙二听了这话，跟手就从筒子里抽了一根竹签。

瞎眼先生接在手里立即大声说，大吉大利啊！

龙二说，听您这嗓门儿我还以为是到了牲口市呢。

瞎眼先生说，你要交桃花运啦。你要是已经有了媳妇，那不出三个月就得纳一房妾。你要是还没结婚，三个月之内你就得洞房花烛夜。你等着就瞧好吧！有道是人在花下眠，做鬼也风流啊。

龙二心里说，要依着这位瞎眼先生的意思，急四爷的外甥女是非我莫娶啦。这就是说评书的经常讲到的天意？要说我也是老大不小了，娶个媳妇也是应该应分的事情。

第二天，急四爷跑来了，说是坐火车坐船都行，这几天就往独流相亲去。龙二看着急四爷，总觉得这事儿有些蹊跷。水铺还没头绪，先来了一门亲事。好没影儿的就从天上掉下一个大馅饼来。

便宜没好货，好货不便宜。急四爷的这位外甥女指不定吗奶奶模样呢！也兴许神头鬼脸的，看一眼能把活人吓死，看两眼能把死人吓活了。

急四爷诈唬着说，过了这个村，可就没这个店啦！

这么说您那外甥女是急着出门子啊？龙二一咬牙，就应了下来。

转天他随急四爷出门去相亲。穿过南市往西，路过菜桥子，只见从锅伙里走出来一群"来人儿的"的混星子。龙二低头随着急四爷，属黄瓜鱼的，溜边儿走。急四爷小声说，你知道这地界又新起来一个大混混名叫嘎头吗？

龙二知道，嘎头是菜桥子码头上的霸王。从静海独流一带来的菜船，都得打他这码头上过关，才能上岸。没有人敢惹嘎头。

他跟着急四爷到了减河边上的独流镇。进门刚刚落座，就见一个大闺女送上一壶茶来。龙二瞄了一眼这闺女，模样倒还周正。之后他就认真喝茶，幻想着将来水铺开张的情形。

吃晚饭的时候，急四爷捋了捋胡子问龙二说，你吗心气儿？

龙二说得先问问人家女方吗心气儿。急四爷说，现时全听你龙二的一句话啦！

是一进门就给咱们端茶倒水的那个闺女吗？龙二问。

没错！龙二你好眼力呀。缘分，真是缘分！这两下都有心气儿，齐啦！急四爷乐得满脸都是褶子。

于是天上掉下来的这个馅饼，吧唧一声就落在龙二嘴里了。

回到天津卫家里，龙二躺在炕上对蹲在被阁子上的娃娃大哥说，我这就快娶媳妇了，人家一不要彩礼，二不要摆局，好体面一个大馅饼就掉到咱家炕上啦！就跟做梦似的。结了婚，我也就能从急四爷手里赁出那间闲房，开个水铺。您说这是不是飞来凤？

娃娃大哥看着龙二，好像是有一肚子话，又土唇土嘴地说不出来。龙二穿上鞋出门去找大用子，想吆喝上几个闲人帮着拾掇拾掇新房。大用子听说龙二要娶媳妇了，还以为龙二没睡醒，跑出来撒吆挣。龙二说，我真的要娶媳妇了，谁糊弄你谁是那个。说着就伸出手指，做了一个王八的手势。

大用子一听，就紧锁起了眉头。龙二哥，这事儿我听着怎么就赛陈士和说的《聊斋》呢？弄不好这里头准得有故故扭儿。长虫兔子大眼贼儿吗的，说不准哪一样就成了精。

没有你说得这么邪乎吧？这是明媒正娶啊，又不是从窑子里往外赎人。龙二若有所思说道。

大用子又十分大度地说，好歹有个媳妇，就比打一辈子光棍强！像我似的。发昏也挡不了死，娶吧娶吧，既然天上掉下来的馅饼，你还非得问它是不是三鲜馅的？胡吃海塞吧。

龙二觉得大用子这几句话说得实在。

选了一个黄道吉日，吃了一顿喜面，龙二就把新娘子娶进家了。他指着被阁子上的娃娃大哥对新媳妇说，咱家三亲六故全没有，就这么一位大哥，算是亲的热的。

新娘子在娘家当闺女的时候，名叫秀糜。嫁到龙家，急四爷对外甥女还是不改嘴，一口一个秀糜叫着。人们也就随着急四爷，叫她秀糜。龙二觉得秀糜这个名字叫着倒还受听。

于是秀糜就依然还是秀糜。

秀糜是个麻利人，上炕一把剪子，下地一把铲子。里里外外一把好手。龙二美了。出了蜜月，急四爷同意赁房，龙二的水铺稳稳当当开了张。

人们都说，龙二这一回是鞋帮子改成帽檐儿——那叫一步登天啦。龙二也觉着自己这阵子长了精。

水铺的生意不错。时下无论是卖菜还是卖水，都吆喝是御河水的。御河水好，南通钱塘，北流京师，又干净又甜。龙二的水铺开张，大用子的水车就入了伙。除了水车，他还献上一计。买一小包儿日本人做的名叫糖精的东西，撒在大锅里几粒，人们就都闹着说龙二水铺的水比别处的甜。这下子龙二没动地界就响了名。龙二想起自己的名字叫龙得水，知道逢水就行大运这个道理。于是龙二开着水铺就好比开着酒坊，心里早就醉透了。

龙二天生降不住事情。心里一高兴，就五脊六兽的不知怎么消受。只要一有闲工夫，他就到杨六院子里去，跟那几个吃饱了没事干的老爷儿们在一块儿练走高跷。人逢得意精力旺，龙二扮的傻公子，在城南这一带的老会里那是没比了。龙二名气渐大。

美中总有不足。每当龙二脱下高跷走在当街上的时候，紫脸膛矮身子，就又成了一只滚来滚去的旱萝卜。他心里明镜儿，自己天生就是这种形儿，没辙。

日子一长，龙二也就有了偷手。赶上锅里的水不太开，人们又都拎着茶壶急着沏茶。龙二早班儿就在锅里扣上一只大海碗，咕嘟咕嘟那水就好像真的开了。人们就忙着沏茶。

那天一早龙二正蹲在灶前生火，秀糜凑到近前小声对他说，告诉你一件事儿，我有啦。

龙二的心里一下子就开了锅。他擦了一把汗水，目光定定注视着媳妇，跟傻子似的。秀糜被他看得心里发毛，以为他小时候得过大脑炎，落下了毛病。

日子一下子就像浸在蜜里了，龙二美得都不知道走路该先迈哪条腿了。急四爷捋着胡子笑呵呵对他说，这人要是走了运啊，买一包儿锅巴鱼都是活的。这个媳妇你娶对了吧？我看这辈子你没别的灾病，到老了得美死。

天有不测风云，大用子一瘸一拐回来了。旁边跟着一群闲人，七嘴八舌朝龙二报告着消息。敢情大用子让嘎头手下的小混混给打了。水车也给踹散了架，碎木头板子扔得当街四处都是。

龙二气得双手攥拳跳到门口，定定站着，两眼好像往外蹿火苗子。那一群闲人觉得龙二这架势活像台上叫板的花脸，就都静下心来，等待着龙二的下文儿。

龙二自己跟自己较了一阵子劲，扭身进了水铺。人们以为他进屋去拿家伙，都屏住呼吸等待好戏上演。过了半个时辰还是不见龙二出来，人们才大失所望围在水铺门口嚷嚷起来。

天津卫这地界，论到起哄架秧子，能得巴拿马博览会的金奖。

龙二，你怎么怂啦？出来，找他们玩命去！

你爸白给你起了龙得水这么个好名字啦！让别人骑到脖子上拉屎？龙二你是不是个站着撒尿的老爷儿们？拿着斧把找人去呀！

屋里，秀糜给挨了一顿臭打的大用子往伤口上敷着祖传的药面儿。又过了半个时辰，龙二好像吗事没有一样从水铺走了出来。

他沿着大街，一块一块捡起散落四处的水车木板。捡得多了，就捆在一起，扛在肩上。那群闲人跟在身后，骂他是个怂货。

龙二硬是将那一辆被人家端散了的水车，从大街上一块一块捡了回来。急四爷看在眼里，惊了。他万万没能想到，龙二这个身形好似旱萝卜的小伙子，竟然能有这么深广的城府。

嘎头领着他的一群徒弟昂首挺胸从龙二的水铺门前走了过去。这嘎头，毛六尺的个头儿，一身又黑又硬的疙瘩肉，远看亚赛一座铁塔。龙二蹲在门口一门心思修理着那辆散了架的水车。

秀糜走出水铺，看到嘎头的背影，怔了怔。可巧那嘎头回身张望，就一眼打上了秀糜。

秀糜急忙转身走进屋去。一个早晌，也没见秀糜出来。龙二心里猜测，这就是猫避鼠吧。

流水一般的日子过去了。龙二终于修好了那辆水车。大用子的身子也慢慢缓起来了。龙二的水铺悄无声儿开张卖水，就好像吗事也没发生过一样。只是秀糜的肚子，已然出了怀。龙二根本不懂老娘儿们的事情，也就弄不清楚秀糜到底几个月了。

一大早说是去拉水，可是大用子却赤手空拳回来了。龙二连忙迎上去问道，咱那水车呢？

大用子哭丧着脸说，咱那水车让嘎头手下的人给弄走了。我去找嘎头，嘎头说得让你亲自跑一趟。他还说早就想见一见你这个开水铺的地丁。

急四爷闻讯赶来，只是一个劲儿叹气。龙二说，您老见多识广，能不能告诉我，这位嘎头大爷他干吗总跟我过不去啊？

急四爷慌忙摇着双手说，我可不知道这到底是怎么一档子事儿。

龙二没辙，硬着头皮往德美后，去拜见那位嘎头大爷了。

德美后在南市，乃是娼寮集中的地方。禁不住鼻子底下有嘴，龙二一步一打听，终于找到了嘎头常年包租的房子。

一个小混混进去通禀了一声。龙二等了一会儿，获准走了进去。

倒是一个十分讲究的地方。龙二长这么大，头一回走进这种地界，心中不免打鼓。又一个小混混迎上来小声说，你他妈的来求嘎头大爷办事，怎么拎着十个手指头就进来啦？小时候得过大脑炎吧？

龙二这才想起自己是空着手走进来的。已就已就吧，他硬着头皮进了一间屋子。

烟榻上躺着一个男子，活像一截子放倒了的大树。龙二知道这位爷就是嘎头了。

你就是开水铺的龙二吧？你有大号吗？嘎头一动不动躺在榻上，审着他。

我大号龙得水。

水？你知道水里有一种东西，名字叫王八吗？

龙二不知道嘎头说这句话是什么意思，就没应声。这时候，嘎头突然哈哈大笑起来。龙二，你媳妇是叫秀縻吧？

我媳妇是叫秀縻。嘎头大爷，您老把那辆水车还给我吧。我全指着它养家糊口过日子呢。龙二一板一眼说着。

嘎头从榻上坐了起来。这时龙二看见嘎头脸上有一道疤痕。这疤痕，从嘴角一直爬上额头，看上去活像一条地蚕。

你把水车还给我吧。龙二壮起胆子，却不敢与嘎头对视。

132

水车还你其实不难。我每天都从你那水铺门口经过，无论吗时候，只要你这个地丁有胆子跟我走个碰头，擦肩而过敢瞟我嘎头一眼，那水车我立马儿归还。听明白了吗？

龙二知道那辆水车很快就要变成一堆柴火了。

回到水铺，一个婆子将龙二挡在门外。她抖着一脸褶子说，二十年前就是我给你接的生！今儿又来帮你媳妇较劲。你说我能不老吗？这一茬又一茬的人啊，比韭菜都长得快！

龙二听说自己媳妇要养活孩子，这才在心里算计起来。猫三狗四猪五羊六驴七马八……人呢？人是九个月还是十个月？反正不能是八个月吧，跟马一样。

屋里哇哇哭了起来。婆子端着一盆红水出来倒在地沟里，大声对龙二说，添啦！是个大胖小子。

龙二听了这话，径直走进杂货铺。他看见急四爷满脸煞白站在柜台里。急四爷，秀糜她刚添了一个大胖小子。您老是不是有吗事情，也得跟我说一说啦？嘿嘿……

听了这话，急四爷脸上的汗就下来了。龙二龙二，这事儿其实我也是新近才听说的。我跟你说，别的我不敢保，这秀糜我可敢保！无论怎么说，她都是个刚烈女子，要不她也不能用剪子去划人家的脸啊……你说是不是？

龙二转身走出杂货铺。急四爷不知如何是好。

大用子说，龙二哥，咱那水车得吗时候才能要回来呀？

龙二说，不急，累巴巴的，你正好歇两天。

接生的婆子从屋里尖号着冲了出来。天呀！那么一个大胖小子，生生让秀糜给掐死啦！这产妇八成是疯啦，你们快进去看一看吧！她口口声声说这孩子是个坏种。莫非这孩子另有来历？

龙二听了这一通尖号，脸色铁青。他蹲在地上足有半个时辰，突然抬手狠狠抽了自己两个嘴巴子。之后，他起身走到门口，冲屋里大声说，秀糜，你真是铁石心肠啊！女人天生爱犯糊涂！

急四爷躲在杂货铺里，放声大哭起来。他老人家活了这么大岁数，

133

在天津卫还是头一回见到这种事情。

虽说孩子没了，可是还得当成月子来坐，要不就得落下毛病。秀糜闷在屋里，不言不语。水铺没了水车，龙二见天坐在门口，发呆。嘎头天天都到老城里走一趟，必然从龙二的水铺门前经过。

龙二从不抬头，好像这个世界上除了他再也没有第二个人了。

秀糜在屋里招唤龙二。在这个世界上，只有秀糜叫他的大号：得水。听着自己的媳妇一声一声叫着"得水"，龙二心头一热。他抬腿进了屋子。秀糜说，得水，咱这水铺还开不开呀？要不你就赶紧把我给休啦！总这样下去，算是怎么一档子事儿呢？

龙二大声说，这水铺我开定啦！水铺是我的命根子你知道吗？

秀糜不动声色看着自己的爷儿们。

第二天，临近吃晌午饭的时候，嘎头领着几个随从，从龙二水铺门口经过。这些天嘎头有几笔大进项，忙着收账，水车的事情他早就忘在脖子后头了。

只见一个大汉迎面走来。这大汉好身量，高出嘎头足有半尺。嘎头在南市地面上从没见过这路人物，抬头细看，原来是龙二穿着木跷大步走了上来。嘎头刚要哈哈大笑，只觉得脸上发僵，硬是笑不出来。龙二迎面走了上来，目光朝嘎头直直地投了过来，毫不示弱。

嘎头不由一惊。这时候，高出一头的龙二已然与这个大混混擦肩而过。嘎头停下脚步回头望去，只见龙二也停下身子回头朝他望来。那目光，很是冷硬。

嘎头觉得这事儿挺没味的，就转身匆匆走了。

下晚儿，大用子就把那辆水车从菜桥子那边拉回来了。

龙二的水铺照样开张。只是那一双木跷，龙二打磨干净收了起来。从此他也不去踩高跷赶会了。人们都为高跷老会少了一个傻公子而感到缺了滋味。

后来，龙二的生意做大了，添了牲口。那是两头滚肥泛亮的黑驴。水铺添了驴，门口就得有拴驴的桩子。龙二想了想，就将那两条早已收山的木跷拿出来，砸进地里去了。

两条木跷拴两头驴，挺合适的。也没人去考证这两根拴驴桩子的来历。只有龙二知道，那是自己的两条腿。

第二年秋上，嘎头的死尸从御河里漂了上来。他手下的小混混们，树倒猢狲散了。于是嘎头的死也就成了一桩无头案。

龙二还是那种旱萝卜体形。他照常卖水，照常吆喝御河水的。

其实那时候人们已然不喝御河水了。

日本降服那年，龙二水铺门口那两根拴驴的桩子依然健在。秀糜已经给龙得水生了六个孩子，四男二女。跑来跑去活像养了一群小猫儿小狗儿。

只有那尊娃娃大哥依然蹲在被阁子上，不言不语显得特别厚道。

天堂来客

没人说得清大白猫属于这座大杂院里谁家的宠物，城市那时并未流行"宠物"之说，连自家孩子都是野生散养的，没得可宠。

这座大杂院坐落天津东南城角的天堂巷，毗邻旧日租界闸口，也算是有历史的地方。

这只大白猫不属于哪家哪户，前天吃张家食，昨天钻李家屋，今天赵家吵架，它自然成了"出气筒"，被老赵媳妇撵得满院乱窜，好像她的私房钱是大白猫给偷去喝酒了。

那时连人都不许流浪，被称为"盲流"，当然没有"流浪猫"之说了，就这样，大白猫成为这座大杂院的"公众动物"。

天堂巷里的大白猫没有归属感，依然心仪此地，极少外出。它的耿耿忠心，并未引起大杂院居民的看重，反而认为它赖着不走。

当然，这座大杂院里还有株香椿树，也不知当年何人栽种。如今高过房脊，碗口粗，它孤儿似的站着，好似怀念着主公。

铁打的大杂院，流水的人家。随着住户们迁进搬出，大杂院面目模糊了。好像每家每户都是断代史，五代十国南北朝，两汉唐宋元，谁跟谁也连接不起来。这里既没有历史亲历者也没有后辈见证人。仿佛一堆时光碎片，令人难以归拢。

跟大白猫身份极其相近，也没人说得清老许属于大杂院里谁家的朋友。然而这不妨碍此人光顾，而且成了常客。

既然常来常往又不是谁家的访客，老许显得有些笼统，令人联想那只没有归属的大白猫。

136

最为出彩的季节是夏天，而且是夏天的傍晚时分。老许推着那辆荷兰产"鹿头牌"自行车来了，未见其人先闻其声，"开——山！"一声长长的吆喝，只待"山"字落地，他迈步走进院子。这情景很像京戏名角出场，这座大杂院自然成了大舞台。

　　操着地道天津口音的老许，乐观开朗，表情生动。他大背头，梳得光光亮亮。花格子衬衣，要么黑红格子，要么蓝黄格子，要么紫白格子，多种多样的格子。

　　常年西裤。黑色的，蓝色的，灰色的，驼色的，米色的，多种多样的颜色。当然，就在西裤与衬衣衔接处，永远系着那条棕色皮带，从来不见更换。他经常指着这条皮带说："挠赛的！挠赛的！"

　　这应当是句外来语，要么英语，要么日语，要么蒙古语，要么满语，反正不是汉语。这究竟是什么意思呢？这家伙不给解释，久而久之，人们也不追问了，普遍认为他在称赞自己的皮带。

　　他的皮鞋也不更换，常年古铜色三接头，擦得极亮。这使人觉得他的钱全都花在衬衣和西裤上，皮带和皮鞋的银根吃紧，受委屈了。

　　老许五官端正，方脸膛，鼻直口阔，目光有神，只是身材不高。举凡高个子男人，往往容易驼背。老许身材偏矮却有些驼背，明显违背规律。当他微微驼背稍稍端肩地走进大杂院时，这身形反而显出适度的谦逊，不但不讨人厌烦，还意外地满足了不少人的自尊——你看，这家伙衣着光鲜推着进口自行车，却丝毫没有炫耀的迹象。因此，老许起初并未受到大杂院的明显抵触。

　　住在大杂院里的男人们，五行八作，神仙老虎狗，往往互相瞧不起——你看我眼眶子泛青，我看你满眼眵目糊。大杂院十二户人家，远远超过魏蜀吴的《三国演义》。

　　一个归属不明的男人经常光顾这样的大杂院，毕竟让人起疑。天津有俗语：无利不早起。尽管老许经常傍晚时分光顾这里，仍然逃不出"无利不早起"这句俗语的猜疑。

　　老许的手表是山度士牌的，名气不比大英格，毕竟大三针瑞士产。别人左手戴表，老许戴右手。

夏天里，一声吆喝落地，黑红格衬衣米色西裤的老许走进院子，啪地立稳自行车，然后掏出手绢抽打抽打裤角。与乱七八糟的大杂院相比，这人是很爱干净的。

大杂院孩子们便围观擦这辆擦得明光锃亮的自行车，那只黄铜的"鹿头"标牌，远远盖过"飞鸽"和"永久"。

老许不是哪家哪户的客人，也就没有哪家哪户出面接待。他便将大杂院当作小广场，做出访问大众的姿态，从衣兜里掏出烟卷。

他的烟卷是精装"大前门"，包装有锡纸内衬，比简装的贵三分钱。这座大杂院里没人吸得起"大前门"，何况是精装的，这体现了老许的分量。

只要有男人走出家门，老许往往递烟给对方："淡巴勾！淡巴勾！"嘴里说的又是外来语，要么英语，要么日语，要么蒙古语，要么满语，反正不是汉语。

"你是中国人怎么说外国话呢？"住在南屋的老关满嘴河南口音，他不懂得天津男人讲几句舶来语属于码头幽默，因此拒绝接受老许的"淡巴勾"，坚持吸自家旱烟。老关贫农出身，是天津麻纺厂的保全工，他不光爱喝酒，还有很高的思想觉悟。

"你总往我们大杂院里跑，请问到底来谁家啊？"老关道出广大群众的疑问。

"我不来谁家，我来看看你们大伙。"老许使用捻轮式打火机，烧汽油。啪地点燃"大前门"然后甩手关闭打火机，动作很帅，让人想起电影演员蓝玛。

"你来看看我们大伙？这可成建制啦！你是要搞军训吧。"世界上没有无缘无故的爱，也没有无缘无故的恨。麻纺厂保全工老关坚决认为，像老许这样的男人，要么图财，要么贪色。这座又穷又破的大杂院必定有吸引老许的地方。

老关坐在家里揣度说："老许啊，你是半夜喝面汤——不知道是烫的还是浪的？"天津人的歇后语，内容很损的。

这就是夏天傍晚的老许。他轻轻松松吸着"大前门"，跟邻居们漫不经心地聊天。他说"正阳春"卖鸭肝两毛钱一大碗，生的；他说"祥德斋"卖点心渣子，免收粮票；他说西马路卖光荣牌酱油瓶子，不用街道开证明……这种消息当然引起女人们的兴趣。

他还说评书演员张连仲转回东兴市场了，要听就去听夜场；他还说散装白酒不凭票供应了，必须起大早排队……这类消息当然受到男人们的关注。

有时他也讲讲国际大事，比如美国总统肯尼迪遇刺身亡至今是个谜，比如中国原子弹爆炸吓坏苏修美帝外加印度尼西亚排华势力……

就这样，大杂院仿佛水塘，老许好似浮萍，四处飘荡，说说话，聊聊天，风吹而动，风止而安。一旦天色晚了，也有邻居真心挽留晚饭，不论烙馅饼还是杂杂汤，他一律哈腰谢绝，推着"鹿头"走出大杂院，沿着宽宽的天堂巷骑走了。

老关坚信"无利不早起"的津门俗语，抓住机会还要追问。"老许，如今你说来大杂院是看看我们大伙，那么起初你来这里是找谁家啊？起初就是当初。"

老许想了想说："那时候我还年轻呢……"

"现在你也不老，没四十吧？也就三十七八。"

"起初，我是来找养鸽子的大忠，认识了住东屋练摔跤的小勇，大忠、小勇先后搬走了，我已然认识了住北房的三皮，就是会做木匠活儿的二皮的弟弟，后来三皮也搬走了……"

老关性子很急："你这故事正月十五之前能讲完吗？我怕我活不到那天。"

老许表情郑重地说："老关你不要悲观，社会主义是桥梁，共产主义是天堂，你只要活着就能赶上。"

从大忠到小勇到三皮，尽管这过程比较曲折，老许毕竟道出自己的来历。老关仍然不释疑心："如今大杂院里哪家是你朋友？就像当初大忠、小勇、三皮那样的。"

"你们都是啊，你们都是啊。"老许笑了。

老关也笑了："我在老家打猎，没见过你这样的花脸熊。我来天津摸鱼，没见过你这样的三条腿蛤蟆。你让我大开眼界啊。"

老许知道对方损他，依然不急不恼，眯起眼睛回忆往事，"唉，大忠太可惜了，他不该走那条路的。小勇练得太苦，你进不去专业队就算了，三百六十行，行行出状元。三皮要是不参军的话，兴许也做了木工……"

初步掌握了老许的来历，老关决定暗访大忠和小勇以及三皮的线索，从而精细掌握老许此人的来龙去脉。然而，有时访人就像寻找沉入湖底的石子，你变成潜水员也不管用。

老许依然经常光顾这座大杂院。只要他进院站定，那只大白猫便围绕他裤角蹭来蹭去。老许任它蹭来蹭去从不驱赶。老关认为老许是来看望人的，不是猫。

那么这人是谁呢？老关难以发现蛛丝马迹，便绞尽脑汁思考着。图财？老许走进院子就发烟卷，不出不进，不像图财。贪色，大杂院里只有祁玉是个老姑娘，身材高挑，皮肤白皙，可是也没见老许跟她过多搭讪。老关思考得头都疼了，就差吃止疼片了。

功夫不负有心人。几经走访老关初步掌握老许的基本情况。

人们叫他老许，其实他不老，三十六岁的单身汉，名叫许正才。他是南开区房屋修缮公司的四级瓦工，工资五十七元八角五分。这月薪足够养活一个五口之家。老许单身汉没负担，生活比较富裕。

老关的行为被祁玉看在眼里，略含贬义地笑了，"老许又不是特务，你整天盯着他干吗？"

"他是不是看上你啦？没事儿就往这儿跑。"老关立即追问。

祁玉红了脸："你既能胡思乱想，也能胡说八道。"

老关绝不放弃，坚持将老许的点点滴滴记录在小本子里，因此他写字水平显著提高，显得有文化了。天津麻纺厂清整车间领导及时发现人才，将他选拔为甲班小组长，提干了。这意外收获令老关惊喜不已，一时难以认定老许究竟是自己的命中贵人还是命中冤家。

事实也是如此。只要老许到来便会改善大杂院的紧张气氛，因此黄昏时分成为良辰吉时。

夏末傍晚，小雨初歇。喝了四两老白干的老关无名火起没处发泄，抄起扫帚追打儿子小刚。天津歇后语这叫"阴天打孩子——闲着也是闲着"。

这时一声"马——来"，谁都知道老许来了。老许有时吆喝"开——山！"有时吆喝"马——来！"这都是京戏里孙悟空出场的拖腔。他说杨小楼的最好，李万春也不错，都是从黑胶唱片里听来了。

老关听到老许的吆喝"马——来"，随即扔下打人的扫帚，倒背双手回屋了。他似乎不愿在老许面前失态，这是麻纺厂清整车间甲班小组长的尊严。

老许的到来，无形中缴了老关的械，也无意间救了小刚的屁股。老关视老许为对手，小刚念老许为恩人，大杂院邻居们则把老许当作风景看待。这在闷热的夏天里，乐乐呵呵的老许好似薄荷糖，给大杂院带来几丝清凉。

初秋的早晨，老关夫妇上班去了，这种家庭叫"双职工"。老关的儿子小刚高烧不退，背着书包歪坐屋外，没了声息。那只大白猫不停地叫唤，却不是闹春。邻居祁玉是国棉二厂工人，这个大龄女青年下夜班回家走进大杂院发现了小刚，抱起他跑到第六医院。第六医院让送到甘肃路传染病医院，确诊为脑膜炎。

小刚保了命，可惜烧坏脑子，见人眨着大眼睛不说话，成了呆傻的孩子。小刚妈哭得昏天黑地，反复抽自己嘴巴，骂自己只顾大家不管小家。老关首先想到祖国江山革命大业，说小刚接不了工人阶级的班，今后反而给国家增添负担。

下晚儿时分，多日不见的老许终于露面了，他的"鹿头"后架捆着硬壳大纸箱，立稳自行车不慌不忙解开硬壳大纸箱，伸手从里面抱出那台高龄老式日本收音机，颇为满意地说："总算修理好啦，现在能收到三个台了。"

祁玉闻声迎出门来，连声说谢谢，伸手接过这台收音机，小声告诉他小刚的脑膜炎后遗症。老许听罢急声急语说："只能看中医！只能看中医！"

141

祁玉小声说："可惜晚了……"

"人间万物没早没晚，咱们争取奇迹发生吧……"老许鼓足信心说。

老关不买老许的账，从屋里走出说："西医保命就不错了，中医屁用不管！"

"先这样吧，我每月拿出五块钱，给小刚吃好喝好的，改善伙食。"

每月五块钱？这接近一个人全月的伙食费，大杂院邻居们惊了。

"这孩子已然傻了，吃好吃歹他不觉知啊。"祁玉大声说。棉纺厂噪声很大，这挡车女工养成大嗓门了。

老许低调地说："那就给小刚买玩具，月月换新的，不重样儿。"

祁玉继续发表见解："这孩子傻了，玩好玩歹也没有差别的。"

"你这是存心跟我抬杠吧？那我就把钱给他爸他妈解心宽！"老许忍无可忍了。

老许的慷慨显然伤害了老关自尊心，麻纺厂清整车间甲班小组长从屋里走出说："你以为你是党和政府？救济困难群众也轮不到你头上啊。"

老关媳妇拉住丈夫说："人家没有损你，你别拿好心当驴肝肺。"

"你闭嘴！"老关推开媳妇说，"除非毛主席他老人家下令救济我家，别人的我一律不接受！"

祁玉仗义执言道："老关你这话说得太大了，毛主席他老人家多忙啊，我看你是屎壳郎打哈欠——怎么张得开臭口呢？"

"是啊，你就别给全国大好形势添乱了……"老关媳妇拉着丈夫进了家。

老许跟了过去，站在老关家门前说："老关你要乐观，俗话说坏事变好事嘛，以前治好我大脑炎的中医，打成右派下放山西了，我打听打听吧……"

这时从屋里传出老关的声音："我不会要你那五块钱的，每月！"

"五块钱你不要，我就给四块九吧。"老许以天津男人的幽默方式，努力改善着敌对的气氛。

屋里没再传出什么响动。老关不是天津人,不知他能否理解老许这种逆向思维的幽默方式。

老许站在老关家门外,使劲儿清了清喉咙,开始讲述他的故事。

"这事儿有十年了,那时脑膜炎叫大脑炎,我被这病毒给逮着了,浑身红疹,脖颈僵硬,高烧不止。我朋友大忠送我去第二医院,西医大夫说即便保了命,人也成了傻子。我让大忠送我去金刚桥医院看中医。好哇,老郎中开出大药方,一剂药煮一脸盆!"

大杂院人们饶有兴趣地听着,认为不用去"三不管"花钱听张连仲的评书了。就连老关也走出家门,假装低头抽旱烟,其实竖起耳朵听着。

老许啪地点燃烟卷继续说:"我一连喝了三十天汤药,一天一脸盆。那煎药剩余的药渣子呢?我是坚决不扔!白砂糖拌药渣子,咔嚓咔嚓吃到肚子里。一连吃了三十天白砂糖拌药渣子,我获得百分之百药性。你们看!我大脑炎没落后遗症,不呆不傻不痴不茶,现在是房屋修缮四级瓦工,中医中药救了我。"

"你那叫恨病吃药。别说白糖拌药渣子,现在把小刚泡在汤药里也没用了。"祁玉发表评论。

老关哼了一声,转身回屋对媳妇说:"老许说咔嚓咔嚓把药渣子都吃了,我还以为是羊吃草呢。"

"你说得对呀,老许就是属羊的,现今三十六了,本命年。"老关媳妇迎合着说。

"老许他属什么,你咋这么清楚?"老关从河南人变成山西人了。

老关媳妇连忙解释:"前些天有人要给他介绍对象,所以……"

"不会是把祁玉介绍给他吧?"老关突然嘿嘿笑了,"我听说祁玉当初跟一个叫大忠的小伙子搞对象,两人都谈成了,那个大忠突然给送进青泊洼农场劳教了……"

"那大忠是谁呀?"不知老关媳妇是关心祁玉还是关心老许。

"你也要半夜喝面汤啊?"老关没好气儿地说,"我哪知道大忠是什么人!反正后来听说转到宁夏农场去了,连祁玉也没有他的音信。"

天气转冷了。大杂院的人们缩回屋里，只有大白猫是室外动物，继续挨家流浪，磨损着残存无几的自尊。

越来越冷的星期天。下晚儿老许穿了件墨绿色皮猴，不慌不忙走进大杂院。些时老许穿的是著名的"美国皮猴"。一九四五年秋天美国海军陆战队在天津塘沽登陆，这些盟军被老百姓称为"美国兵鬼儿"，他们喝酒嫖娼大肆消费，没钱了就脱掉军用皮猴抵账。于是留给天津不少美军用品。二十年过去了，当年的美国兵鬼儿可能死光了，美国皮猴依然健在，风风光光穿在老许身上。

"你的鹿头呢？你的鹿头呢？"大杂院的孩子们眼尖，首先发现老许没了自行车。

"鹿头犯了错误，我给关禁闭了。"老许乐观开朗，跟孩子们相处融洽。他笑着露出门牙走到老关家门前，响声咳嗽着，表示自己到达了。

老关媳妇迎出家门。老许当即问道："老关呢？我有事儿找他。"

老关媳妇连忙说："今天厂里加班，老关没歇。你有事儿啊？"然后打量着老许的"美国皮猴"。

老许被对方打量得发窘："总算打听到右派老中医的下落了……"说着从"美国皮猴"衣兜里掏出一沓钞票，"这是盘缠钱，你们带小刚去山西阳城治疗大脑炎后遗症吧。"

"啊……"老关媳妇惊得瞪大眼睛，呆呆地望着老许。

小刚走出屋来，面无表情。老许上前摸了摸小刚头顶，随手将这沓钞票塞进他的衣兜，说了声"救孩子要紧"转身走了。

老关媳妇一屁股坐在地上，哇地放声哭起来。"老许，你是我家今生今世的大恩人啊……"

没人知道老许去天津南市华楼附近的委托店，当场典了鹿头牌自行车，抵回二百八十元人民币。

二百八十块人民币对天津百姓人家来说，无疑是笔巨款。一传十，十传百，从天堂巷传到南斜街，从南斜街传到南马路，纷纷传说"雷锋回来了"。

老关在工厂加班抢修机器，转天中午才回家。小刚妈妈主动让他喝酒，竟然还炒了鸡蛋下酒。

老关疑惑地喝了二两"直沽高粱"，不相信懒妇变成贤妻。

"你不是做了心虚的事儿吧？我八年没吃炒鸡蛋了……"

"我跟你说你可不要激动。"老关媳妇比较甜蜜地说，"老许给了二百八十块钱……"

老关听了忽地站起，噗地吐出嘴里的炒鸡蛋，伸出筷子直指老婆审道："怪不得这几天我右眼总跳呢，老许给了这么多钱！你跟他到底什么关系？"

"你放屁！人家老许怎么会看上我……"她眯起小眼睛咧开大嘴巴，再次哭号起来。

晚间时分，老关弄清了事情真相，反而疯狂起来。他冲出家门抬脚猛踹当院那株香椿树，大喊大叫。

"我是工人阶级不用你怜悯！我一连三年先进生产者，我家生活有困难依靠组织，党委江书记、工会曾主席，还有车间郭主任，麻纺厂领导永远是我靠山，你老许算哪棵葱哪头蒜？我不要你的臭钱……"

老关肺活量极大，时断时续骂到半夜，勒令媳妇天亮还钱。

南大道大酒缸胡同。这是刘云若小说《小扬州志》描写过的地方。老许正在民房工地修缮房屋，满头大汗给墙壁抹白灰。

大冷的天气里，老关媳妇惊异地看到，老许依然蓝黄格子衬衣、灰色西裤、古铜色皮鞋，浑身上下，不溅灰点，脚穿那双古铜色皮鞋，锃光明亮。明明是个泥瓦匠，却干干净净，一尘不染，好像站在真空里干活儿。

这真是个技术能手啊。老关媳妇颇为感慨，"我原本以为你下了班把自己倒饬得油光水滑，敢情你上班也是这身打扮？"

老许平淡地说："是啊，我干活儿从来不穿工作服，上班下班一个样子。"

"我头一遭见到你这样的工人……"老关媳妇大开眼界。

工友们看见女子来访，小声起哄说老许终于搞了对象，弄得老许满脸通红，连连作揖请求他们闭嘴。

老关媳妇把手绢包裹着的钞票塞给老许，一五一十道出实情："这钱老关坚决不要，他说不能丢工人阶级的脸。"

"老关是工人阶级，我也是工人阶级啊！"老许不解地说，"工人帮助工人，这怎么会丢脸呢。"

老关媳妇感慨道："你这个工人跟他那个工人，大不一样。"

"我又不是阶级敌人。"老许执意不收对方退还的钞票。

"你就别说了，谁让我家小刚有个浑蛋透顶的爹呢。"老关媳妇掉眼泪了，"你要是不收回这笔钱，老关就认为咱俩有不正当男女关系！他说有谁会白送二百八十块钱？合着半年的工资呢。"

"什么——"老许惊诧得瞪大眼睛，"老关这是什么思想呀！他还算是工人阶级……"

老关媳妇再次把包裹着钞票的手绢塞给他，突然压低嗓音说："我管秀英没见过你这样的大好人！如果真有来世，下辈子我坚决做你媳妇，好好伺候你！"

老许听罢愣住了，呆呆望着她越走越远的身影。

工友们好奇心盛，围拢过来发表评论，有的说这女人腰粗，有的说这女人屁股大。老许摇了摇头说："你们这是折自己的寿呢。"

工友们被震住了，呼地散开干活儿去了。老许找到没人的墙角，一声不吭蹲下了。他渐渐缓过神来，抄起抹子继续干活儿。工友们吃惊地发现，历来干干净净的老许，肩头竟然落满白灰斑点。看来他走了心思。

老许下班去了鼓楼西小酒馆，独自喝着"直沽高粱"。"如果真有来世，你管秀英下辈子还是做老关的媳妇吧，你俩挺合适的……"他自言自语说，"我没结过婚，不懂夫妻的事情，但是我从大忠身上看到了真感情……"

大杂院的傍晚。纺织女工祁玉下班回家，她快步进家想听天津人民广播电台长篇小说连续播讲《火种》，里头有个人物很像大忠。邻居们拦住她介绍老许捐款助人的事迹，还说他的鹿头自行车不见了。

146

祁玉认真听着，连连点头，"好啊好啊，大忠当年没有看错人……"

"大忠是谁呀？"人们好奇地追问。祁玉想了想答道："一个在这里住过的人……"

邻居们私下议论，说老许跟祁玉挺般配的，可是两人从来不靠近，就这么隔着。

很快就要过年了。人们忙里忙外，擦玻璃、扫房、做新衣裳、添置新碗筷、筹办籼米白面……无形中分散了注意力。到了腊月二十八，终于有人想起老许很久没露面了。

老关媳妇小声说："有三个多月了……"

然而大白猫还在，只是明显瘦了。人们说猫的习性是活着在你面前，死期将至便消失了，它必须死在没人的地方。是猫就闹春。可是大杂院人们从来没听到这只大白猫发情的嚎叫。它好像为了生存磨灭了动物本性，坚忍地成为这座大杂院的顺民。

这天可巧公休在家，老关找邻居借来笔墨，挺身站立香椿树下说："你别看咱没文化，革命春联自己写！"说完钻到屋里了。邻居们说他在屋里憋宝呢。

一袋旱烟的工夫，老关双手拎着两条红纸对联走出家门。上联"工人阶级干劲大"，下联"祖国建设跨骏马"，横批"破旧立新"。

大杂院里响起言不由衷的掌声。老关大声说道："我知道我的字儿不行！可是我们厂江书记说，不怕不行，就怕不敢。你胆怯，就现眼。你胆壮，就露脸。"

说罢这套话，老关扭身进屋去了，不消片刻又拎出一副对联。上联"自力更生艰苦奋斗"，下联"下定决心不怕牺牲"，横批"革命到底"。

邻居老赵走过来说："我出词儿，你写！上联是'大杂院处处破四旧'，下联是'小家庭人人立四新'，横批'移风易俗'。"

这时候，老关媳妇左手拎着包袱右手牵着小刚，不慌不忙走出家门，她满脸堆笑跟邻居们致意："我带小刚回娘家过春节，就提前给大家拜年啦！"

老关沉浸在创作革命春联的热情里，全然不顾及母子的去向。

祁玉追到大杂院门外，关心地询问娘儿俩为吗不在家里过年。

"从前我是井底的蛤蟆，没见过天。打从结婚我就拿老关当男子汉看待。"她大发感慨说，"经过这次对比让我开了眼界，敢情老关小心眼儿是个假爷儿们！我这辈子呀……"

"是啊，你不知道大忠吧？他从前住在这里……"祁玉深有同感说，"天底下男人很多，可是真爷儿们少啊！"

"所以你至今单身不结婚？妹子我告诉你，你这样做就对啦！男怕入错行，女怕嫁错郎。"老关媳妇说罢领着儿子小刚走了。

祁玉望着母子背影说："你还有娘家可回，我呢？"

老关脚步噔噔跑到大杂院门口，抬手挥动毛刷给门框两侧涂满糨糊，兴冲冲贴对联。

上联"四海翻腾云水怒"，下联"五洲震荡风雷激"，横批"兴无灭资"。

祁玉小声说："老关，你把过年包饺子的白面全打了糨糊啊。"

"我们厂春节加班，江书记送饺子到班组！宁让汗水漂起船，也要任务提前完！"

春节期间，老关果然连续加班没回家，汗水肯定漂起了船。过了年又过了元宵节，还是不见老关媳妇带着小刚回来。老关公休日在家喝闷酒了。

大杂院的邻居们暗暗猜测，认为老关媳妇要跟老关离婚而不是老关要跟老关媳妇离婚，这次是女方站在高处了。消息很快得到证实：老关媳妇要求大家不要叫她老关媳妇了，叫她管秀英。

莫非管秀英外边有人啦？有的女人就是骑着老马找新马，到时候抬屁股换坐骑。但是人们普遍认为管秀英不是这种人。

老关抽烟喝酒眉头紧锁，苦苦思索妻离子散的原因……夜深人静，他自言自语踱出家门，好像梦游者。

"老许，你二百八十块钱换得好名誉，我不接受反倒落得坏名声，你噼里啪啦就把我比下去了，你让我媳妇开了天目，我在她眼里成了臭肉，我臭了你也不露面了，你这是存心毁我呀……"

老关围绕香椿树转圈儿，"我是大国营企业的技工，你是小集体企业的瓦匠，我怎么会让你给比下去呢？你不就是比我乐观开朗嘛，可是乐观开朗也不当饭吃啊！我要是查出是你勾走了管秀英，我让你百世不得翻身！"

一个身影来到香椿树下，轻轻叫着老关。"你不要毫无根据就猜疑别人，当初大忠栽下这棵香椿树苗时说过，既然彼此相信就不要相互猜忌，大忠领养小白猫时还说过，既然自己做得不好就不要抱怨别人……"

平时大声说话的纺织女工突然变得低声细语，这令老关极其意外，"你说大忠是什么人？他还跟你说过什么？"

"他去青泊洼农场前说过，只要这座大杂院还在，我们就都是过客。"祁玉轻轻说罢，轻轻走开了。

噢，只要说起大忠祁玉便回到过去年代，那时节她还没有变得大声说话，自然轻声轻语了。

然而，老关并不服输。第二天邻居们发现，他放弃旱烟改吸烟卷，天津产"大婴孩"牌的，一盒两毛二分钱，简装的。

天气渐渐热了。大街上也火热起来。有的地方贴了"大字报"，有的地方刷了大标语。革命形势风起云涌。学校成立"红卫兵"组织，必须是革命家庭出身的学生参加。工厂企业成立"赤卫队"，必须是"红五类"入选。天津麻纺厂工人"赤卫队"，有老关。他佩戴"赤卫队"红袖章走进大杂院，满脸严肃表情说："这是两个阶级的大决战，我们誓死捍卫无产阶级革命司令部。"

大杂院邻居跑去给管秀英报信，说你赶快变回老关媳妇吧，人家已经是赤卫队啦！

这个曾经自称管秀英的女人，突然紧紧搂住痴呆的儿子说："小刚小刚，你说咱们回去吗？"

小刚眨着无谓的大眼睛，一声不吭。

终于，老关彻底迎来逆转。南开区房屋修缮公司公布赤卫队名单，竟然没有老许。这简直就是晴天霹雳在头顶炸响。

乐观开朗的老许彻夜难眠，他脱掉花格衬衣换成圆领汗衫，忧心忡忡找到公司领导说，我父亲是小王庄育婴堂长大的孤儿，没有共产党就没有我们许家，我从瓤到皮都是红的，工人赤卫队怎么会没有我呢？

老许曾以白砂糖拌药渣神奇治愈自己的"大脑炎"，成为左邻右舍啧啧称奇的人物，此时他却无法医治自己的心病。

"许正才同志，你父亲确实是小王庄育婴堂长大的孤儿，可是倘若组织上深查细究，你爹究竟是谁家的弃婴呢？假如你爹是资本家大少爷跟女用人所生，然后悄悄丢弃给育婴堂，那样性质就变了。"

老许不能接受这种假设："你说的是话剧《雷雨》吧？我爹肯定不是周朴园，我妈肯定也不是侍萍啊！"

"当然当然，组织上还是认为你属于'红五类'的，只是你平时穿装打扮不太像工人阶级，有点像是上海小开、天津少爷、北京八旗子弟，所以第一批赤卫队没你……"

"你是说还有第二批？"老许极其沮丧地说，"那样我许正才不就成了残次品吗……"

老许请了病假，一连三天把自己闷在家里，无声无息抽得满地都是烟头儿。半夜里，他不断地自言自语："我不是正品，我成了残次品。我不是正品，我成了残次品……"

一贯乐观开朗的老许，就这样成了"祥林嫂"。

据说是黄昏时分，老许用那条从不更换的棕色皮带把自己吊死在引河桥小树林里。引河桥是天津通往首都北京的必经之路。

人们在小树林里发现了上吊的老许，红蓝格子衬衫，驼色西裤，棕色三接头皮鞋。这家伙至死没改装束。

一个人用皮带吊死自己，这颇有几分操作难度的。老许临死还干了件细活儿，这如同老边媳妇所说，他真是个技术尖子啊。

祁玉赶往停尸房，确认这条棕色皮带正是当年大忠留给老许的纪念物，然后转到宁夏农场去了。

祁玉终于放声大哭："许正才！你有话装在心里，就是不说出来啊!"

工人赤卫队领导在他衬衣兜里找到遗书,共有两条留言。

一、当年大忠代我受过,让我保住工人的身份。我俩迟早会在天堂相会的,我要加倍偿还他。

二、大白猫是大忠遗留的动物,香椿是大忠遗留的树木,祁玉是大忠谈过的女朋友,我当然要经常来到这座大杂院……

自杀前两天,老许曾到大杂院找过老关,仍然吸着精装"大前门"。他可能要当面向老关解释自己没有入选工人赤卫队的原因吧。不巧老关不在家,错过两人最后见面的机会。

老许还带来了老关媳妇退还捐款时包裹钞票的手绢,当场请邻居老赵替他交还给她。

大杂院居民得知老许死讯,人人害怕说错话,一片哑音。佩戴工人"赤卫队"袖章的老关站在香椿树下说:"哎呀,当时我要是做做老许思想工作,他就不会走向绝路了,可惜可惜,一个多好的四级泥瓦匠啊。"

老关不遗余力将老许身份最终定格为小集体企业的瓦工,以此表明自己跟老许的截然不同。之后,老关大义凛然前往丈母娘家,展示胜利者胸襟说:"惩前毖后,治病救人,你们娘儿俩跟我回家吧!"

"那条应当系在腰间的皮带,老许怎么系在脖颈上啦。"这个名叫管秀英的已婚女人发了句感慨,领着儿子小刚跟随丈夫回家来了。走进大杂院有人告诉她,很久没见大白猫的身影了。

老关媳妇毫无犹豫地说:"它肯定死在外边了呗。"

那只无所归属的大白猫,终于成了这座大杂院的过客,就像老许一样。

老关媳妇似乎想起了什么,连忙问道:"你们说猫有来世吗?"她表情好像求知欲挺强的。

祁玉低声说:"猫比人强,它有九条魂呢。"

邻居老赵把老许归还的手绢交给老关媳妇,说这是老许特意叮嘱的。老关媳妇接过这只洗得干干净净的手绢,一时不知说什么好。

祁玉望着这只印有牡丹图案的手绢说:"老许就是这么认真啊。"

老关手里拎着酒瓶子大步走过来对自家媳妇说:"咱家中午吃面!打三鲜卤,豆芽菜面码……"

大杂院里人们说东道西,谈论着与天气有关的话题。不知他们是否记住了曾经乐观开朗的老许留下的"挠赛的"和"淡巴勾"这两句外来语。反正这座大杂院再也没有老许这样的访客了。

纺织女工祁玉仍然单身住在天津东南城角天堂巷的这座大杂院里,直至一九七六年七月二十八日唐山大地震,严重波及天津这座城市,天堂巷房倒屋塌,她也成了这里的过客。

一条大河

赵沽里是河南彰德人，跟赵匡胤没有任何关系。清朝末年河南出了袁世凯，也跟赵沽里没有任何关系。袁宫保曾经归隐河南彰德，说是水旁垂钓，其实伺机而动，后来此公果然东山再起重返京师，还当了八十三天的洪宪皇帝。可惜命不久矣一命呜呼，他在天津留下几座公馆，葬在了河南安阳。赵沽里只是一名穷苦水手，他跟袁世凯共饮一河之水，却是一龙一虫。光绪年间操着一口乡音的赵沽里跟随商贾船队抵达九河下梢的天津卫，立即被称为"河南侉子"。

那时候的天津卫云集九河，有着很多的水。正是由于有着很多的水，河南船队浩浩荡荡驶入天津才不是什么新奇事情。如今，在中国地图上肯定寻找不到那条大河的踪迹了。人间不过百年，一条千帆竞发、百舸争流的大河竟然蒸发得无影无踪，这里还包括丁玲女士的桑干河以及朱老忠同志拎着铡刀跟冯兰池拼命的千里堤畔滹沱河。没水了，码头成了河流的弃妇。没水了，河床成了河流的僵尸。没水了，人都跟傻子似的，干瘪而木讷。

不光天津，那时北方中国都有很多的水，水手赵沽里跟随船队出豫过鲁入直隶，连日行驶在白浪滔滔的南运河上。有时困乏了，他就眨着一双小眼睛观看着两岸风光。由于官方出资疏浚，无论被称为卫河的南运河还是被称为潞河的北运河，天津方言里统统称为"御河"。多年之后没了皇家，御河也被称为"大运河"了，却没了水。

很显然，"御河"是皇家的河。皇家的河里行驶着挂有大清龙旗的船队，民间称之为"龙船"。被天津人称为"侉子"的河南水手赵沽里沿着鲁运河进入"御河"，抵达九河下梢天津卫。九河下梢，吃尽穿绝，花花世界。赵沽里肚子里有主意，他没有返回老家河南，而是留在出产老醋的独流镇。光绪二十二年这位河南侉子娶独流镇"锅巴杜"的二闺女彩凤为妻，落户运河古镇。

杜记锅巴铺在独流镇颇有几分名声。娶了媳妇的赵沽里很知足，人也胖了几斤。他有时候还跑船，但不是长途，最远山东临清一带，西门庆家乡附近。

那一年他泊在临清。其时山东东昌府的朱红灯已经起事，率领一帮人专门跟朝廷对着干。河面上因此空气紧张，总有官船四处搜巡，绝不是逮鱼。赵沽里从来不掺和这种闲事儿，况且他已经成家立业。他认为朱红灯起事那是闲得没事儿心里痒痒。后来山东冠县又冒出一个穷人赵三多，先在威县梨园屯一带传授梅花拳，后来演变成为义和拳。义和拳子弟不少，还经常"亮拳"，以扩大规模。

卸了船，赵沽里坐在临清码头茶馆里喝茶，向邻座一水手打听义和拳的事情。可巧这水手没钱喝茶，找赵沽里借了二十文，沏了一壶香片。都是河里走船的水手，彼此却不熟悉。这好比大河里的两条小鱼儿，一辈子不见面，最后却在一锅鱼汤里相会了。这也算是缘分。

那水手喝着热得烫嘴的香片，告诉赵沽里他的名字叫张德成，家住直隶白沟。这二十文钱，他日后是一定奉还的。赵沽里听罢笑了笑说，好借好还，再借不难。

张德成告诉赵沽里说，义和二字，就是义气和合的意思。义和拳从梅花拳里化出，梅花拳一代宗师是张和纯。张和纯的徒弟赵三多从梅花拳里化出义和拳，成了大气候。

赵沽里听得入神，好像是在倾听一出热热闹闹的大戏。张德成喝了茶，起身抱拳告辞了。

从此，赵沽里在运河上再没有见到直隶白沟的水手张德成。他借出的二十文钱成了"呆账"。多年之后中国改革开放实行社会主义市场经济，白沟名噪一时成为中国北方的小商品批发市场，真货假货争奇斗艳。可是没人知道张德成。

赵沽里落户独流镇属于外埠移民，他的河南乡音，很难改变。为了融入当地主流社会生活，他努力学习本地口音，但收效甚微，只是嘴里增添了几个词语而已，譬如"二哥吃菜瓜"或者"羊肉汆丸子"什么的。赵沽里乡音难改，媳妇彩凤反而受他影响，说话有了河南方言，将"骂街"说成"卷街"，将"你干吗"说成"你干啥"，而且爱喝"胡辣汤"。这真是嫁鸡随鸡嫁狗随狗了。

　　独流镇坐落在南运河畔，两条水道从镇中穿过，水势大，财路通达，消息更灵通。光绪二十六年即庚子年，一开春人们就觉得跟往年大不一样，运河上船来船往，煞是热闹。说是山东那边闹起了义和拳。山东巡抚袁世凯对义和拳态度暧昧，一会儿强硬一会儿宽松，阴阳不定。于是山东义和拳纷纷涌入直隶，不知什么时候义和拳改称义和团。不出几日，义和团的揭帖便传了过来：

　　　　神助拳，义和团，只因鬼子闹中原。劝奉教，自信天，不信神，忘祖先。……天无雨，地焦干，全是教堂止住天。神发怒，仙发怒，一同下山把道传。

　　赵沽里不识字，这朗朗上口的乩语他还是听得懂的。外国洋人触怒了中国神仙，中国神仙下山传道，弟子就是义和团。义和团起事就是替天行道。没几天，直鲁两省好似热锅沸腾，终于把一场闲事闹成了一场正事。

　　果然，直隶境内也兴起义和团。静海人氏曹福田揭竿而起，一夜之间成了义和团乾字营的大师兄。赵沽里以前见过曹福田，只记得这人烟瘾极大，无论什么时候手里都端着一杆青烟袅袅的大烟袋，吧嗒吧嗒抽着。起事之后，曹福田大师兄放下烟袋改抽纸烟。他的玻璃烟嘴儿足有半尺多长。

　　义和团乾字营从静海开往天津去了，说是攻打外国租界。乾字营前脚走，后脚来了坎字营。义和团坎字营的大师兄身穿一件黄色道袍在独流镇当街坐坛，势力日增一日。那几天赵沽里偶染风寒躺在家里，媳妇

155

彩凤从街上抓药回来告诉他独流镇来了义和团的坎字营，大师兄名叫张德成。

听到张德成的名字，赵沽里首先想到那二十文茶钱，立即起身穿鞋下了炕，说是讨债去。彩凤一把拉住他，说喝了药讨债不迟。说罢她就扭着屁股煎药去了。

这药方是坐堂先生刘一丹开的，果然很有药效。他喝了一碗汤汁子便觉得高烧退去胃口大开，催促彩凤炒了一盘"黄锅巴"，恶狼似的吃光了。

彩凤笑了，说看你这饭量要是加入义和团，一定刀枪不入呢。

说起义和团，赵沽里又想起张德成。他一步迈出家门两步蹿上大街，一路打听着坎字营。迎面走来一群红裤红袄的小女子，说是红灯照。走在前面的正是大师姐林黑儿，人称黄莲圣母。赵沽里站在大街边呆呆看着这一群红色女子呼啸而去，觉得林黑儿身段匀称模样俊俏，只是满脸煞气咄咄逼人，显得不太厚道。

男的参加义和团，女的参加红灯照。开炒锅的丁四儿告诉赵沽里，加入红灯照必须是没出阁的大姑娘，媳妇一个不要。丁四儿还告诉他说，义和团坎字营已然去了后街。赵沽里听罢朝着后街跑去。丁四儿以为赵沽里急急忙忙去后街参加义和团，就把这消息传开了。

彩凤听说丈夫参加义和团去了，一跺脚就急了。她哭号着从家里冲出来，孟姜女寻夫似的奔向独流镇后街码头。

赵沽里到了后街，只见码头上没船没人，只有一河水。一打听才知道义和团坎字营已然登船开拔，就连坐堂先生刘一丹也跟着走了，说是去天津攻打老龙头火车站。赵沽里听人说过，火车可不是好东西，两条铁轨一下压住了千年龙脉，弄得外国人不远万里跑来欺负中国人。

这坎字营大师兄是不是欠我二十文钱的白沟水手呢？赵沽里去问码头拴船的腊八儿。腊八儿是腊月初八生的，三伏天看上去也是冻手冻脚的模样。他问腊八儿张德成是白沟口音吗。腊八儿寻思着说，反正不是天津卫口音。

没错。这御河行船的水手里能有几个张德成啊。赵沽里认准了，想起那二十文钱借出去好几年了，利滚利也应当变成四十文了。既然人家做了义和团大师兄，利息就免了吧。

彩凤哭喊着跑来了。赵沽里一看媳妇哭成这样子，以为岳父死了，连忙离开码头往家里跑。他跑出十几步才知道岳父还活着，媳妇哭成泪人儿是怕他跟义和团走了。

他被彩凤感动了。两口子抱头痛哭，大街上就跟生离死别似的。人们围着看热闹，夸赞这是恩爱夫妻。丁四儿跑来了，以为赵沽里进了义和团，就撺掇彩凤参加蓝灯照。

蓝灯照？人们不懂。丁四儿连忙解释说，红灯照只收大闺女。因此媳妇们成立蓝灯照，昨天是光让寡妇参加，今天无论寡妇不寡妇都收了。独流镇布铺里除了红布就是蓝布，没了别的颜色。

彩凤听了，态度竟然出现转变。她小声跟赵沽里说，你要是参加义和团，我就去参加蓝灯照，咱俩坐船去天津卫逛一逛。

赵沽里慌了，拉着彩凤回了家。他小声告诉媳妇说，只要御河里有水，一南一北咱们哪里都不去。

后来，义和团果然攻打天津英法租界，还在老龙头火车站跟俄国兵交了火，打得昏天黑地。朝廷好像暗暗赞赏义和团，还派兵协助他们。赵沽里动了心，不言不语从后街上船去了天津卫。

天津卫好热闹。赵沽里在北门外的南运河畔看到红灯照大师姐林黑儿的大船上挂着"黄莲圣母"的长幅子，上连天，下接地。一打听，说林黑儿去天后宫进香了。有人说西北城角之外的吕祖堂有坎字营大师兄坐坛，赵沽里就赶去了。果然不假，他远远看见坎字营大师兄正是当年欠他二十文茶钱的白沟水手。人太多，赵沽里难以靠前。他真想告诉张德成，那二十文钱他是不会收取利息的。

张德成开坛作法了，火烧三道黄符，高呼刀枪不入。赵沽里心里挺佩服张德成的。一个白沟水手，几年不见长了这么大能耐。

日子好比御河里流水，哗啦哗啦过去了。

庚子年六月十八，天津城陷落。日本敢死队抱着炸药包冲到南城墙根儿，炸开了瓮城。八国联军冲进天津城去，烧杀抢掠。沿途义和团和官兵的尸体，堆积如山。京师随即不保，西太后和光绪皇上，一道往陕西跑了。

死的死，逃的逃，义和团四散了。张德成下落不明。有人说他战死了，也有人说他逃跑了，还有人说他得道成仙了。

天津陷落之后，赵沽里倒是见了曹福田一面。正是由于这次见面，赵沽里多年之后被写进《静海县志》，不明不白成了反面人物。

那天曹福田从天津溃退下来，仍然披着黑色斗篷骑着高头大马叼着玻璃烟嘴儿，沿着御河大堤一路狂奔而来。赵沽里背着鱼篓儿站在大堤上。曹福田勒住缰绳问他这里有没有官兵和乡丁。赵沽里说有，曹福田立即掉转马头。这时赵沽里大声向他打听坎字营大师兄的下落，说张德成还欠着二十文钱没还。

曹福田放松缰绳哈哈大笑说，国破家亡百姓遭殃，你二十文钱算得什么？亏你还是走南闯北的行船水手呢！

二十文钱无论哪朝哪代都是二十文钱啊！赵沽里不同意曹福田的说法，据理力争。就这样，赵沽里无意之间拖住了曹福田。

丁四儿领着官兵们包抄上来。曹福田骑着大马发现处境不妙，已经晚了。他知道唯一生路就是跳进御河逃走。赵沽里好像一个木头人儿，还扯着脖子跟曹福田争论呢。

曹福田挥手给他一鞭子说，你假装讨债拖住我，真是无耻小人！说罢纵身下马，朝着河滩跑去了。

赵沽里低头抱怨着说，张德成欠我二十文钱不还，我倒成了无耻小人。我假装讨债拖住你，我拖住你干啥，你又不会替张德成还那二十文钱。他嘟嘟哝哝地走下御河大堤，背着鱼篓径直朝家里走去。

这时候，十几个官兵带领一群乡丁悄悄登上御河大堤，一窝蜂冲进河滩。赵沽里似乎听到身后传来一声惨叫，可他还是匆匆回家喝胡辣汤去了。

光阴似水，御河里没了龙船龙旗的踪影，大清国亡了。赵沽里操着河南口音仍然称它为"御河"，颇有几分天津保皇党的味道。

天津发生壬子兵变是一九一二年。袁世凯指使张怀芝率领北洋军队

158

制造兵乱，以此借口拒绝南下就任大总统。这一年农历四月二十八是药王爷诞辰，民间习俗吃捞面。一大早儿赵沽里出了家门走在御河大堤上。此时他有了两个男孩儿，大的九岁，小的三岁。站在河堤上他一声声咳嗽着，使劲儿清理着喉咙。他突然看见御河里一条大船上有两个中年男人扭打起来，一个圆脸胖墩墩的，一个瘦脸细高个儿。只听见扑通一声那细高个儿男人将那胖墩墩男人推进河里。胖子落水之后拼命挣扎着，看样子不会洑水。

之后，那只满载货物的大船顺流而下，远远驶去了。赵沽里站在御河岸边大喊救人，没想到这一声呼喊诱发了剧烈咳嗽，他几乎喘不过气来。滔滔河水裹挟着那位不知名姓的落水亡魂奔腾而去——流向百里之外天津大码头。

苍天在上。赵沽里无意之间成为这次神秘落水事件的目击者。他当然不知其中隐情，于是解开裤子站在河滩上撒了一泡尿，说了一句"死生有命"转身回家了。

他解开裤子撒尿的地方，正是义和团乾字营大师兄曹福田遇难处。当时曹福田弃马而逃，跑进河滩便被官兵们追上，一刀砍倒了。一路举刀追杀而来的乡丁们（其中就有腊八儿）冲上前来，一刀刀竟然活活将他剁成一摊肉泥。冷眼看去仿佛是谁家丢失的一大团过年包饺子的肉馅儿。

水手出身的赵沽里竟然对发生在咫尺之间的如此重大的历史事件浑然不觉。恰恰这种浑然不觉，使得赵沽里生存下来。后来民国了。

民国了，大河里仍然有水。有水即能行船，人也鲜亮。秋天里，赵沽里离开独流镇，举家迁往天津卫。他在天津北门外的盛兴商行谋了一份差事，站门房儿。这份差事足以养家过日子，赵沽里挺珍惜的。

一天，盛兴商行大门外来了一群人，为首者身穿春绸大褂儿，自称姓郑，一副大少爷派头。这位郑大少爷身后跟随一群打手，声称讨还一笔陈年血债。听到血债二字，赵沽里心里一惊，猜测一定有人命官司。他转身跑进账房向经理禀报说，有人自称郑大少爷前来寻事。盛兴商行的经理听罢大步来到商行大门外。他表情镇定，额头却沁出一层汗珠儿。

郑大少爷伸手指着盛兴商行经理，其声朗朗说，你是盛兴商行经理吧？十八年前也就是一九一二年四月二十八的早晨，一艘商船行驶到静海县独流镇，你一把将我父亲推进御河里，活活给淹死啦！今天我是来跟你讨还这笔血债的。

盛兴商行的经理五十多岁，身材瘦高，脸色苍白，身穿蓝布长衫，一派儒雅气质。他遭到郑大少爷的激烈指责，竟然毫无恼怒地说，这位先生，此事人命关天，你可不要诬赖好人啊。

双方争吵起来。赵沽里站在一旁注视着这场一触即发的大战序幕，心情倏地紧张起来。一九一二年的四月二十八？那一天是药王爷诞辰啊。没错！他蓦然想起十八年前发生在御河上的落水死亡事件，记忆复苏了。御河的哗哗流水灌溉着赵沽里的心田，因此他的记忆世界没有彻底干涸。他挺身而出大声说，对，我亲眼看见那胖子落水啦！

现场鸦雀无声。盛兴商行的经理愣住了，无奈地朝赵沽里投来一瞥。赵沽里精神抖擞仿佛变成另外一个人。他大步走到郑大少爷面前，满怀正义高声说道，那年四月二十八一大早儿，我亲眼看见那胖子被那瘦子推到河里去啦！

郑大少爷突然古怪地笑了，伸手指着赵沽里鼻子说，你到底是干什么的？我爸爸根本就不是胖子！你给我一边站着去吧。

盛兴商行的经理环视着左右，似乎是在寻找着什么秘密机关。围观的人们一个个捂着嘴巴，就是不敢笑出声来。郑大少爷一时不知所措。

轰的一声犹如大河决堤，现场终于爆出一阵难以抑制的大笑。

赵沽里嘴唇干裂，莫名其妙地注视着笑得前仰后合的围观者，以为他们吃错了药。

两个职员模样的小伙子将赵沽里拉到一旁。其中一小伙子强忍着笑声说，你快走吧你快走吧，这儿没你事儿啦！

第二天，赵沽里被盛兴商行除名。他糊里糊涂失去了这份养家活命的好差事，很是惆怅。这位河南侉子坐在家里一碗一碗喝水，还是觉得干渴。他弄不明白自己为什么遭受如此厄运。明明没到河边去，却湿了两只鞋。

彩凤给赵沽里生了第三个儿子。他干脆给这小儿子取了乳名叫"明白"。他三个儿子的乳名依次叫：大水、欠着、明白。

赵沽里晚年卧床不起。长子"大水"和次子"欠着"均在外埠工作。只有小儿子"明白"日夜陪伴，端水喂饭，擦屎倒尿，毫无怨言。这时已经中华人民共和国了。

盛世修志。静海修订新版县志，大量增加近代史内容。义和团运动是《静海县志》的光辉一页，设有曹福田条目。关于曹福田死因是这样记录的："义和团运动失败，曹福田只身潜回静海以图再起。行至独流大堤遇船工赵某，赵某故意与曹福田争论，以拖延时间。官兵与乡丁形成合围之势，曹福田突围不成，于河滩处遇害。

被写入县志的船工赵某，无疑就是河南侉子赵沽里。为县志提供这段史实的，是腊八儿。

赵沽里不识字，他根本不知道县志里究竟写了什么。

您知道当年您为什么被盛兴商行除名吗？"明白"伏身床前问父亲。儿子的呼吸湿润了老人家耳畔，挺舒服的。于是他摇摇头，连声说不知道。

"明白"告诉爸爸说，从前天津北门外商界有一开心找乐的民间组织，叫"上一当"。这个组织不定期开展活动，突然制造各式各样的恶作剧，让人上当受骗，得逞之后大家哈哈一笑，上当者请大家吃一顿饭，开心解闷儿而已。

听到这里赵沽里苦笑着说，我明白了，敢情那位郑大少爷是假装的，我上了当，怪不得他们当时憋不住就哄堂大笑呢。全场就我没笑跟傻子似的。

"明白"继续说，盛兴商行经理起初没想开除您，半夜睡不着觉他终于明白了，这虽然是开心解闷儿闹着玩儿，可一旦成真您就是第一个陷害他的人啊。这种内奸不能留，第二天您就被他除名了。

唉，我一辈子跟水打交道总是乌乌涂涂的，没承想就透亮了那么一回，还赶上人家开心解闷儿闹着玩儿，我上了当。命苦啊。

赵沽里七十四岁去世。弥留之际他念念不忘"义和团大师兄张德成还欠我二十文钱呢"。

没人认为这是一笔应当写进中国近代史的著名债务。于是耿耿于怀的"船工赵某"撒手西去了。

清朝中叶,沟通南北五大水系的大运河即在鲁南地区淤死。从此大运河分为南北两段,各行各的船,谁也不理谁了。黄河以北的大运河段,尚可通航。北方大运河彻底废航则是在一九七〇年。干涸了。沿岸有的城市甚至没水可喝了。

那时候,赵沽里早就死了。然而"船工赵某"却长久留在县志里,万劫不复了。

棉　　袍

　　韩泉儿离开家乡码头的时候，太阳还在大海里洗澡呢。他乘坐小火轮"吕祖号"航行在子牙河上，感觉不冷。他感觉不冷是对的，因为他穿了棉袍。这种季节穿棉袍，有些早。可他认为到大地方去是必须穿棉袍的。大地方是天津卫。天津卫是水陆大码头，不穿棉袍怕人家瞧不起。他听说大地方有跑马场，他听说大地方有电车道，他听说大地方有跳舞厅，他听说大地方有鸳鸯浴。他听说了很多关于大地方的故事，譬如日本租界，譬如白俄婊子，譬如美国兵营。总而言之大地方挺特别的，他梦里已经去过天津卫很多次。

　　二十岁的韩泉儿是霸州胜芳镇大财主韩万顷的独苗儿，人称韩大少爷。他细高个儿瓜子脸，再戴上金丝眼镜，天生一副少爷羔子的模样。韩大少爷乘坐小火轮前往大地方，主要是想花钱买个高中毕业文凭，肄业的也行。他为何如此重视高中文凭，就连自己也说不清楚。家里有钱嘛，花呗。花钱买文凭总比花钱买鸦片要好吧。因此韩泉儿走出家门时自我感觉良好，内心颇有几分耀祖光宗的味道。

　　出了胜芳街里，小火轮顺流而下，因此"吕祖号"航速不慢。吕祖就是吕洞宾。韩泉儿站在"吕祖号"的船尾观赏着两岸光秃秃的初冬景色，发现河边的浅水已经结成薄冰。小火轮驶过掀起的层层白浪冲击着岸边，那原本脆弱的薄冰便发生融化。这种微妙变化使得韩泉儿产生幻觉，以为这是初春河冰消融。说起幻觉，韩泉儿还是很有体会的。他经常在幻觉世界里游走。前几天他骑着一匹白马去赶集，恍然之间以为自己就是西天取经路上的唐僧。走进集市看到耍猴儿的艺人，就认为这是徒弟孙悟空来了。一言以蔽之，韩泉儿的幻觉世界里充满阳春白雪，不俗。

正午了，依然航行在宽阔的子牙河上，子牙就是姜子牙。"吕祖号"小火轮的烟囱突突冒着黑烟，好像来了西天取经路上的妖魔鬼怪。水手喊着开饭了。

是玉米饼子炖小鱼儿。碗呢，就是当年朱元璋讨饭使用的那种钵子，筷子则是两根泛着青色的芦苇。韩泉儿回到船舱吃饭，食欲极佳。粗瓷钵子芦苇筷子，他感觉古风浩荡扑面而来，前面兴许就要遇到麒麟或者白鹿了。

小火轮的头等舱，只一间。其余是散座。韩泉儿不是坐不起头等舱。他喜欢散座。头等舱一人太孤单，好像寡妇守空房。散座里多热闹啊，就跟水泊梁山似的。韩泉儿有时害怕寂寞，一旦热闹过头他又心烦。他也觉得自己挺矛盾的。

吃过小火轮午饭，他从船舱里溜达出来，消化着胃里的食物。无意之间经过头等舱，目光透过门缝儿看见章晓琴坐在里面。章晓琴是谁？她是胜芳镇同兴货栈的大小姐，很有几分名气。韩大少爷跟章大小姐并不熟识，只是有几次看戏，可巧包厢挨着。韩泉儿知道章晓琴待嫁闺中多年，就是没人慧眼识珠。如此才女沦为剩余物资，他认为世道挺不公平的。章晓琴这次乘坐小火轮去大地方如果能够找到如意郎君就好了。女人总是要嫁出去的。

过午时分，小火轮呜呜叫了两声，终于抵达天津大红桥码头。"吕祖号"的乘客们着急下船，拎包儿的提篮儿的，拥挤得很。韩泉儿毕竟是少爷，不肯加入这种嘈杂落俗的人流。他心平气和坐在船舱里，注视着码头风景。大红桥这一带挺乱的，看上去很像一篇反复涂抹的账本儿。这样想着，他看到章晓琴身穿裘皮大衣的背影——步履款款登上码头。一辆人力车迎上前来。车夫满脸堆笑接过她的小皮箱。这时候章晓琴转身，投出目光望着小火轮。

韩泉儿惊了。天啊，这女子根本就不是章晓琴。他不由自主快步跑出船舱，站在"吕祖号"甲板上朝着码头上望去。

身穿裘皮大衣的女子已经坐在人力车上，表情很是从容。韩泉儿目瞪口呆。章晓琴明明坐在小火轮头等舱里嘛，怎么一踏上大红桥码头就变成陌生女子啦？这真成了《聊斋志异》的狐仙世界，令人顿生疑窦。

　　他思忖着。难道是我在船上看花了眼？是啊，这朗朗乾坤岂容狐仙任意行走。这一定是我在船上看花了眼，错认了旁人。

　　大红桥码头上的人力车渐渐远去了。韩泉儿心说，既然萍水相逢而且错认了旁人，那我就姑且称她为章晓琴吧。

　　心情平复了，他身穿蓝色葛丝棉袍走过船舷，优哉游哉跨上大红桥码头。有生以来首次踏进大天津卫，他心里全然没有什么新奇的感觉。大地方只是人多车多而已。一个人力车夫凑上来，点头哈腰问他去什么地方。他摆了摆手，缓步沿着河岸朝前走去。

　　沿河的散货码头戒严了。大兵们荷枪实弹，表情麻木。使人想起《水浒传》里的喽啰们。韩泉儿懂得常识，立即绕道而行。他离开河沿拐进一条小街，不慌不忙朝前走着。小街很清静，韩泉儿感觉很好。堂堂大地方嘛，皇天后土应当就是这个样子。

　　小街石板路面，不宽，很长，好像走进一条管道。一个衣衫褴褛的男子迎面走来，操着本埠口音朝着韩泉儿叫了一声爷。二十岁的韩泉儿对这种称谓不太适应，愣住了。这男子面孔清瘦脸色苍白，顿时令人想起京戏里的落魄书生。韩泉儿自幼喜欢听戏，对这种穷苦书生形象不陌生。于是他主动询问对方有什么事情。

　　落魄书生很窘的样子，说前面十字路口设有赈灾处，为穷人施发过冬棉衣。我想劳您大驾为我领取一件。

　　韩泉儿内心起疑，反问对方为什么不亲自去领取。

　　落魄书生做了一个吸食白粉的手势，承认自己染有不良嗜好，名声不好，人家是不会为吸毒者施发过冬棉衣的。

　　韩泉儿想了想，认为很有道理。他抬头朝着远处望去，寻找着赈灾处。落魄书生拦住去路，伸手指着他身穿的蓝色棉袍，告诉他这种样子是领取不到过冬棉衣的。

　　那我怎么办呢？韩泉儿没了主张。

这样吧。落魄书生思索着说，您现在脱掉身上棉袍，我替您拿着。您光穿着夹袄前去领取赈灾棉衣，人家是不会不给的。我呢在这里候着您。您看这样好吗？

韩泉儿毫不犹豫地脱了蓝色棉袍，只穿着贴身的白布夹袄，转身大步走向远处的十字路口。

这是初冬时分，韩泉儿迎着冷风朝前走去。前面的十字街口突然热闹起来，熙熙攘攘仿佛进入幻觉世界。他对此深信不疑，身穿黑绸棉裤白布夹袄继续朝前走着。

走进十字街口，他兴奋起来，东瞅西瞧寻找着，逢人便询问赈灾处在何地方。行人们纷纷摇头说不知道。他仍然四处打听着，很固执的表情。

韩泉儿终于茫然地笑了。原来这里没有赈灾处。原来这里没有施发棉衣。原来这里只有光秃秃的十字街口。他无奈地摇了摇头，只得接受这个现实，缓缓沿着原路返回。这时候他恨不得立即告诉那位衣衫褴褛的男子，十字街口根本没有赈灾处，因此也就没有过冬棉衣。

走进空无人迹的小街，他只看到一株砍了头的小树独自站立在初冬的天气里。那衣衫褴褛的男子已然没了踪影。

他肯定是失望了。韩泉儿感到挺遗憾的。

失去了棉袍，韩泉儿并不感觉很冷，转身重新走向十字街口。这时他猛然发现那里其实非常清静，热闹景象似乎一去不复返了。这真是令人感到惊讶。韩泉儿伸手擦着额头沁出的汗珠儿，顿时感到口渴。口渴，那就朝前走吧。

沿着大街越往前走，他觉得两侧店铺越多。天津卫的繁华景象终于显现出来。他不知道这是天津的河北大街。他远远看见一家茶馆，就好像动物找到水源一样大步奔了过去。茶馆伙计表情惊异，注视着这位衣着不合时宜的顾客。

茶馆里客人不多。伙计很快送来一壶香片。他不知道香片就是茉莉花茶，只知道喝。他喝得浑身大汗淋漓热气腾腾，感觉茶馆仿佛变成浴池。

一个身穿蓝色棉袍的男子走进茶馆径直奔向韩泉儿，笑容可掬。韩泉儿大口喝着热茶，并不理会。这男子躬身询问韩泉儿到什么地方去。韩泉儿思忖着，然后说出一个地名。这位身穿蓝缎棉袍的男子听罢，当即表示两人顺路，愿意结伴同行。韩泉儿并不认为这是坏事，结了茶资起身跟着这男子走出茶馆。

　　茶馆门外墙边摆着一只褡裢，鼓鼓囊囊的样子。身穿蓝色棉袍的男子弯腰抄起褡裢搭在肩头，然后变戏法儿似的伸出一面黄色小旗子，递给韩泉儿。他接过小旗子，看见上面写着三个大字：还阳丹。那男子笑眯眯说走吧，韩泉儿觉得小旗子拿在手里挺好玩的，迈开大步朝前走去。

　　身穿蓝色棉袍的男子此时大声吆喝起来，显然是在推销还阳丹。韩泉儿举着小旗子走在前面，一阵阵吆卖声从耳后传来，合辙押韵字正腔圆，很好听的。

　　他听懂了，这还阳丹具有神奇功效，滋阴助阳，强筋壮骨，驱邪扶正，填精补髓，清风散寒，男人用了见效快，女人用了离不得。

　　开始有人追赶了，掏钱购买还阳丹。韩泉儿有生以来首次受到别人追随，心里很舒服。有人买药的时候，他就主动放缓步子。没人买药的时候，他就举着小旗子继续朝前走着。

　　走上大马路。一辆有轨电车叮叮当当开了过去，这风景立即引起韩泉儿的高度注意。这就是电车啊。他猛然兴奋起来，伸手擦着额头汗珠儿，然后伸长脖子注视着远去的电车。他忘记了手里的小旗子，于是还阳丹便在小风儿里呼啦啦地飘扬着。

　　沿着电车道朝前走去，还阳丹的生意渐渐火爆起来。韩泉儿听到身后的吆喝发生了变化，改说为唱，唱词大意是"我没吃还阳丹啊，身穿棉袍冻得打哆嗦，他吃了还阳丹啊，光穿着夹袄汗水流成河"。

　　韩泉儿听罢歌词，感觉夹袄已经被汗水湿透，变得沉甸甸的。还阳丹的小旗子被追随的人流包围了。他感到无法前行。人们争先恐后购买着，已经疯狂。一老汉伸手摸着韩泉儿汗水浸透的夹袄，连声高呼好药。韩泉儿受到感染，更加出汗了。

他听到身后那穿着蓝色棉袍的男人高喊，还阳丹卖光啦。还阳丹卖光啦。这不啻平地惊雷，人群嗡的一声骚动起来。他被狂热的人流裹挟着。这时他的兴奋高潮已经过去，手足僵化目光呆滞，手里那面小旗子更是不知丢落何处。他随着人流朝前拥去。

不知过了多久，人流渐渐散尽了，寂静的大街上遗留下一只只鞋子。韩泉儿呆呆站在大马路中央，上身赤裸，下身穿着黑绸棉裤。他依稀记得还阳丹宣布售光之后，一群妇女纷纷动手将他那件汗水浸透的白布夹袄扒去，大声欢呼说药性很好。于是，韩泉儿变成这种衣不遮体的叫花子模样。然而，此时他并不感觉寒冷，迈步离开大马路，拐进一条无人居住的巷子，赤身裸背小步儿朝前走去。前面究竟是天津卫什么地方，他不知道。他只知道朝前走去。快步走出巷子，他走上一条小马路。临近黄昏时分，他在这条不见尽头的小马路上行走着。

一个男人慌里慌张跑过去，喊了一声抓奸夫。韩泉儿懂得奸夫的含义。又一个男人慌里慌张跑过来，大声说奸夫已经跑出来啦。韩泉儿站住，东张西望寻找着奸夫的身影。

没有。韩泉儿笑了笑，认为奸夫不是那么容易抓住的，有一次在胜芳镇人们捉奸，眼巴巴看着大胖子奸夫跳进河里游走了。

这时候，小马路上几个男人包抄过来，大声说那奸夫光穿着棉裤就跑出来啦。

韩泉儿听了感到迷茫。我怎么看不见那奸夫藏到哪儿去啦？

几个男人喊叫着冲上来，当场生擒了韩泉儿。韩泉儿感到莫名其妙，大声挣扎着。这时，暮色浓重了。他在黑暗里的挣扎显得毫无作用。几个男人动手将他的黑绸棉裤扒掉。他听到有人喊了一声打死这奸夫啊，之后一阵拳脚随即落下，雨点儿一般。

不知过了多久，韩泉儿终于清醒过来。他浑身上下只穿了一条内裤，光溜溜躺在一家饭馆门前。睁开眼睛首先看见天上的星星。他感到口渴。他想起茶馆里那壶热气腾腾的香片，似乎是百年之前的事情。他缓缓爬起，感觉四肢疼痛。伸长脖子环视着四周，一派陌生。这就是天津卫大地方啊。他摇摇晃晃站起身来，记起自己名字叫韩泉儿。

记起自己的名字他顿时感觉冷了。初冬之夜对于赤身裸体的韩泉儿来说是残酷的。此时出门旅行的闲适心情荡然无存，韩大少爷开始寻求温暖的地方。

饭馆门前摆放着两只由美孚洋油桶改造而成的炉子，仿佛两尊钢铁门神。夜晚时分，熄灭的炉火依然散发着余热。韩泉儿走到餐馆门前，蓦然想起自己很久没有吃东西了，胃口变成一只空空的袋子。他十分想念小火轮上的玉米饼子和芦苇筷子。

韩泉儿饥寒交迫，心情渐渐恐慌起来。这时候跑来个蓬头垢面的乞丐，嘿嘿朝他笑着。他不知如何表达自己的心情，也只得朝乞丐嘿嘿笑着。

这乞丐很豪爽，大声说天晚了睡觉吧。韩泉儿听罢环视着周围，并没有发现床铺。乞丐不言不语，猫腰搬倒一只炉子。炉子里烧乏的煤球倾巢而出。乞丐嘿嘿笑着又将倾倒的炉子扶正。韩泉儿走上前去，看到炉腔里空空荡荡，伸手摸了摸炉壁，余温尚存。这时候乞丐伸手将两块板砖铺在炉壁上，一先一后伸出左右两条腿稳稳站在炉腔里，双脚踏着两块板砖。韩泉儿目不转睛，注视着这位朱元璋的后代。乞丐伸出舌头做了个鬼脸儿，随即蹲坐在温暖的炉腔里，睡了。

天啊！韩泉儿惊诧不已，围绕着这项举世罕见的乞丐工程转了一圈儿，那表情分明是在瞻仰着世外高人的杰作。

无奇不有。天津卫真是大地方啊。韩泉儿激动了，决定立即效仿乞丐的做法。他躬身猫腰搬倒另一只炉子，着手给自己营造寒夜里的温暖小巢。

不出片刻，韩泉儿也蹲坐在余温尚存的炉腔里了。他顿时感到一股暖流涌向心头。空间虽然有限，他还是认为从来不曾拥有如此美妙的天地。他感到非常满足，很快就蹲着睡着了。

温暖的巢穴里，韩泉儿梦见自己行走在一条大路上，迎面一青年女子匆匆走来。擦肩而过，他一时无法看清对方面容，便停住脚步注视着她的背影。他蓦然意识到自己已经深深爱上了这背影，便大步追上前去。

169

气喘吁吁追赶着，他心里突然犹豫起来。我深深爱着她的背影，那就意味着我只能跟随在她身后行走——因为我爱的仅仅是她的背影而已。今生今世不得僭越。僭越便是丧失。他一边追赶一边思索，睁大眼睛朝前望去，内心极其痛苦。我一旦爱上这背影，等于永远不能见到她的面容啊。韩泉儿蹲坐在炉腔里，号啕大哭。他无法控制内心的极度悲伤，就这样哭醒了。

他伸手擦拭着梦中的眼泪，思索着梦境的含义。我竭力追赶的那女子究竟是谁呢？我只记得她的背影渐渐远去了。

天色朦胧。韩泉儿起身站在冷风里，然后伸腿迈脚，小心翼翼走出已经冷却的炉腔。这时他看到另一只炉腔里空空荡荡，那乞丐已经走了，或者说那乞丐从来就不曾存在。韩泉儿知道天亮之后这两只炉子必然被它的主人重新点燃，蹿出一股股火苗儿，炒菜啊烧饭啊煮汤啊，很忙的。他觉得这真是不可思议。想来想去，他认为应当立即离去。于是他只穿着一条短裤，抖抖瑟瑟一路朝前走去。

走上一条大街，天色大亮了。韩泉儿看到一群人迎面走来，表情很是激昂。韩泉儿驻足注视着他们。他们并不理会，大声议论着朝前奔去。

韩泉儿听不懂他们议论的内容，只是下意识地提了提短裤。这时候远处走来一支浩浩荡荡的游行队伍，有人带头呼喊口号，庆祝这座城市的解放。一群学生模样的青年男女打着旗帜走在游行队伍前列，青春气息扑面而来。

浩浩荡荡的游行队伍从韩泉儿面前走过。韩泉儿身后不知是谁用力推了一把，他便跌跌撞撞融入了游行队伍。走在群情激昂的队伍里，他朝前望去，无意之间看见一青年女子高举小旗子，兴致勃勃带领大家呼喊口号。这女子身穿的制服，颜色鲜亮，式样新颖，只是显得过于肥大了。韩泉儿惊讶极了。她不就是乘坐"吕祖号"头等舱的那个女子吗？这样想着，韩泉儿奋力朝前挤去。人流越挤越稠，韩泉儿在稠密的人流里终于有了新的发现，他觉得那高举小旗子的女子就是章晓琴。没错，她就是胜芳镇同兴货栈的大小姐章晓琴。

他大声喊着章晓琴的名字。人声鼎沸，他的声音被淹没了。纵使他喊得嗓音嘶哑，这也是无济于事的。

一个留着长发的男青年挤上前来，手持画笔对赤身露体的韩泉儿大声说，起来吧饥寒交迫的奴隶。他听罢心头一热。这位前卫艺术家伸出画笔在韩泉儿胸前写了两个大字。他不知对方在自己胸前写了两个什么字，就继续朝前走着。游行队伍里，人们高呼庆祝天津解放的口号。

这时候，韩泉儿愈发认为前面那手持小旗子的女子就是章晓琴。他使出幼年吃奶的力气，拼命朝着前面挤去。

不知是谁从身后给韩泉儿披上一件衣服。他伸手摸了摸，感觉这是一件缎面棉袍，但不知什么颜色。是啊，颜色是摸不出来的。

于是，他低头看了看自己胸前被人家写的两个大字。他认为自己脖子太短，看不见。

他伸手拉住前面一个人，大声问这是两个什么字。前面那人回头瞥了他一眼，笑着不说话。

韩泉儿伸手从那位画家手里讨过画笔，毫不犹豫地在自己胸前涂抹起来。尽管他不会绘画，但画笔拿在手里还是蛮有力量的。

他喊了一声，然后尽情地在自己胸前涂抹着一团颜色。

他认为这是一团很蓝很蓝的颜色，跟自己丢失的棉袍颜色相同。人们围着他欢呼起来，高喊着红色政权万岁。

听到红色，韩泉儿跟着笑了。

顽皮的天气

一

鸿济堂药铺的坐堂先生换了个面孔。这位大夫看上去显得年轻。他四平八稳坐在花太师椅上。这时你会觉得他只是个放寒假居家的新派大学生。中医这一行是愈老愈值钱，跟古董一个道理。这么面嫩的郎中坐堂行医，前来问药的人恐怕不会很多的。病家心情都像孩童。

外面从一早儿就飘起了雪花儿。一队日本宪兵开着摩托车过去了。卖烤肉的大声往街上吆喝。来了一辆拉座的三轮儿车。

蹬三轮儿的车夫走进药铺。他跟坐堂的先生说了几句话，又转身跑出药铺。

三轮儿车的篷门上挂着一道帆布帘子。车夫爱管闲事。他朝篷帘里说，坐堂的先生倒是在呢，就是看着太年轻了。

篷帘里的人显然是犹豫了一下。之后她撩开帘子下了车。这是个五十多岁的女人。

小雪花立即落在她那毛线织的黑色围巾上。她问蹬三轮儿的车夫，那大夫有多么年轻呀？

反正挺年轻。看着像个少爷。

兴许有真本事。我进去看看吧。

坐堂的先生依然端端正正坐在那里，看上去一尘不染。当他看到一个女人走进药铺的时候，目光颤动了一下。似乎是一种好奇心理。

五十多岁的妇女瞧了瞧这位乍看确实像个念书学生的坐堂大夫。她淡淡一笑。

坐堂先生觉得自己已经被人家看穿了。

那几个药铺站柜的伙计都无言无语看着。

外边的雪下大了。这妇女朝门外的车夫说，快把孩子抱进来吧。

车夫从三轮儿车的篷帘里抱出一个裹在棉被里的孩子。这时候走过来一个歪戴帽子的汉子。他撩开棉被看了看，是一个五六岁的男孩儿。歪戴帽子的汉子挥了挥手，车夫这才抱着孩子进了药铺。歪戴帽子的汉子在门外徘徊。

鸿济堂药铺里的气氛突然紧张起来。

这时凡是在场的人，都觉得事情有些蹊跷。

车夫很是觉得意外，这位太太竟然让这么个年轻大夫给孩子治病。天下大夫都死绝了。

坐堂的先生透过门窗望着歪戴帽子的汉子。

大夫，您给这孩子瞧瞧吧。我们大老远的是专门投奔您来的。这扬风叫雪的天气啊。

坐堂的大夫哦了一声，显得有些心不在焉。这时蹬三轮儿的车夫说，太太，您还用我的车吗？您看这天气。

五十多岁的妇女连连点头说，抓了药你就送我们回家，我会多给你车钱的。

大夫叫孩子伸出舌头来，看了个仔细。

他抬头问道，您是这孩子的什么人？

奶奶。五十多岁的妇女郑重地回答。

歪戴帽子的汉子披着一身雪花走进来问站柜的伙计有没有川续断。伙计说有。歪戴帽子的汉子又问道，是金今儒挂牌坐堂不是？

站柜的伙计犹豫了犹豫。歪戴帽子的汉子就又问了一遍。伙计不再犹豫了，说是金今儒在这儿坐堂。

歪戴帽子的汉子便走出药铺重回风雪之中站定。这时候雪更大了。歪戴帽子的汉子看见鸿济堂药铺门前挂的那块招牌确确实实写着三代祖传金今儒大夫应诊。

当那位五十多岁的妇女抱着五六岁的病孩儿从药铺走出来的时候，歪戴帽子的汉子看到此时药铺里空空荡荡，只有坐堂先生在悠悠然看着《东亚时报》。他心中大喜。

车夫蹬着三轮儿车载着那一老一小驶向风雪远方去了。

歪戴帽子的汉子一步迈进药铺。他万万没有想到此时柜台里的几个伙计已经笑作一团。柜台之外的那位坐堂先生，也是满脸得意扬扬的神情，仿佛刚刚中了状元。歪戴帽子汉子的走入，使满堂的欢声笑语戛然而止。

坐堂先生望着他头上戴的那顶鸭舌帽，十分狐疑的样子。柜台里的伙计们也都如临大敌般望着歪戴帽子的汉子。

歪戴帽子的汉子终于张口说，你就是金今儒大夫呀！三代祖传百年秘方在这儿坐堂？

这时候铺门大开，闯进几个身穿便服腰间佩枪的人。为首的是个胖脸麻子，嗓音洪亮。

你就是坐堂先生呀？好大的牌匾啊。

坐堂的先生听到这么洪亮的发问，机械地点了点头。胖脸麻子又说，早就听说你是三代祖传大名鼎鼎啊。动手呀弟兄们，带这个郎中去宪兵队喝茶！

不等坐堂先生发出响动，他已经被推搡着押出药铺大门，塞进一辆闷罐汽车里。

外边的雪已经停了。伙计们呆若木鸡。其中一个瘦子说，诸位仁兄这可如何是好啊。

二

袁世凯督直的时候，还兼着大清北洋大臣。他经常坐火车从保定府到天津来，在老龙头火车站下车。这地界本是俄国租界。袁大人八面威风却不敢在此鸣放礼炮检阅仪仗。无论来去，都得悄没声儿的一派平平

174

淡淡。光绪二十九年他下令修建了天津北站。在这儿下车可就舒坦多了。一路之上全是华界。无论弄出多大响动洋人也干涉不着。天津北站从此便像个宝贝疙瘩镶在了这里。有了这北站，大经路一带也就繁华发达起来。临近北站有一条通往小树林的马路，叫新大路。新大路日积月累也有了历史。

那天，新大路上也下了大雪。金今儒身穿皮袍头戴皮帽浑身上下捂得严严实实从一条胡同里走了出来。这天气像是一个顽皮的孩童。那雪，下下停停，停停下下。使人觉得在什么地方装着一个机关，一张一弛控制着天气。

金今儒走在大街上，目光含着警醒。他刚刚从香园里八号那个温暖的小窝里出来，很怕被熟人遇见。那个温暖如春的小窝正是这个名医颇费苦心才建立起来的外宅。尤其是这一年多时光，金今儒深知自己已经离不开近兰了。近兰是个寡妇。看上去她大胸大臀却显得十分厚道。无论何时何地金今儒只要见到近兰就会激动不已。近兰原本打算再嫁他人的。见金今儒如此痴迷，她一狠心就做了他不能公开的外宅。

从此金今儒拥有这个隐私，活得惬意起来。他机警地从新大路拐上大经路，只见有两人冒雪吃着糖堆儿，边走边说话。

听说了吗，便衣队把鸿济堂给抄了，抓去了一个坐堂的先生送进局子里。

坐堂的先生不就是金今儒吗？大名医金大斗的长孙，三代祖传啊。

金今儒听了这两个吃糖堆儿的无稽之谈，心中不觉一笑。他裹了裹皮袍，朝前走去。

金今儒犯的什么案子呀？

听说罪过不小。有贩运白面儿和奸淫妇女，还通匪私藏枪械。再者，他割了一小男孩儿的小鸡儿当药引子。

听着这些街谈巷议，金今儒身上出了一层冷汗。这是哪阵风刮来了漫天雪呀？我金今儒一下子成了破鼓乱人捶啊。

马路对面一个衣着单薄的报童寒号鸟似的叫卖着《东亚时报》。在他吆喝的诸条新闻中，金今儒清清楚楚听到这么一句：鸿济堂药铺出大案，坐堂先生进局子。

他壮起胆子走过马路买了一份报纸。这时候他心里说，我不是给逮走了吗，怎么还站在这儿买报纸呢？这鬼天气把人给闹糊涂啦！

一个歪戴帽子的汉子也买了一份《东亚时报》站在雪地里看。金今儒听见这个歪戴帽子的汉子自言自语。

进了药铺指名道姓抓你金今儒，你还跑得了呀？人就是得认命。反正我认命了。金今儒你小子也认命吧。唉！我要是提前十分钟走进药铺，事情也就办妥了。命，命啊。

听罢歪戴帽子汉子的自言自语，金今儒走上前去大声说，您刚才说金今儒这个人，他到底怎么样啦？

歪戴帽子的汉子头也不抬便说，住口吧住口吧当心请你去宪兵队喝茶。

金今儒惊慌起来。他思前想后，在天地皆白的大经路上走着。处处都是令人难以躲避的飞雪。一个穿得鼓鼓胀胀的人迎面走来，拦住了他的去路。

金今儒给吓住了。

这人小声说，告诉您吧，确确实实是指名道姓到药铺里去抓金今儒的。您自己拿主意吧。

细看，这个人是鸿济堂药铺门外摆摊的缝鞋匠。缝鞋匠又慨然说道，当时啊跟唱大戏一样热闹，到底弄出乱子了吧。

听了缝鞋匠的话，金今儒暗自庆幸。便衣队去药铺抓人之时，自己正在温暖的小窝里搂着近兰睡觉。近兰是个贵人，救了我金今儒一命。想到这个可爱的女人，他又激动起来。

他向当年袁世凯修建的天津北站走去。生怕被人认出，他低头走路像是在寻找丢失的钱包。有那么一段时间他忘记了险境，十分入神地欣赏着脚下的白雪，像个贪玩的孩子。

半小时之后，他持票进站上了那列驶往东北的火车。行驶在京山线上，他开始思念正室，然后又想起了外宅。

出了天津地界，他十分吃惊地发现，无论天上还是地下，都干干净净没有丁点儿雪的痕迹。

莫非我是被这场大雪给骗了？他心里说。

三

三轮儿车在雪地上行驶，快不得慢不得，走得十分中庸。这时候车夫已经寻思清楚了。

不是这个孩子有病，是这个太太有病。

车夫祖上是个书香门第，到他这辈人一下子败了家。车夫懂一些医药常识。看那孩子的耳根和嘴唇就知道，没病。这位太太不知为什么就认定这孩子有病。一大早她不顾满天飞雪就抱着孙子出了宅门，雇上三轮儿车像是要环城漫游，一处又一处去求医问药。

凡在大药铺里坐堂的先生，大多是医道不浅的高手。三轮儿车大半天就跑了五家大药铺。有病乱投医。到达鸿济堂药铺门前，车夫已经觉得精疲力尽了。他心中抱怨自己的无能。如果不是家道中落怎会来做这种苦力呢。

车夫不曾料到鸿济堂药铺竟是这次环城冒雪求医的终点。那位嘴上无毛的郎中居然得到这位五十多岁妇女的信任。开方子抓药，之后打道回府。

三轮儿车拐进新大路，车夫听见篷帘里奶奶问孙子说，大龙大龙你肚子饿不饿？大龙大龙你肚子饿不饿？

那个名叫大龙的五六岁的男孩儿理直气壮回答说，奶奶！我肚子不饿！

你怎么会肚子不饿呢？跑了这大半天的路你怎么会不饿呢？进了这五六家大药铺你怎么会不饿呢？乖宝宝快说你想吃什么，奶奶雇车去给你买。

这时候车夫抬头往远处看。他被那奇异的景象惊呆了。他忘记了蹬车。这车便缓缓朝前滑行着。前边是一座工厂的大门口。

漫天飞舞的雪花儿中，突然增添了许多巨大的雪片儿，飘散开来。

177

车夫幼年开蒙之时读过唐诗。记得李白有句：燕山雪花大如席，片片吹落轩辕台。古诗的景状，今日苦力途中得见。他心怀一阵激荡，不觉双泪淌流。

风吹阵阵紧。可巧一如席雪花飘落眼前。车夫蹬车迎上伸手便抓，居然脆而有声抓到手中。他明白了，这是一张爱国传单。一定是有人攀到工厂烟囱之上，抛撒人间。

车夫是中国人。中国人的车夫顺势将传单掖入怀里，继续朝前蹬去。

一队日本宪兵朝出事地点匆匆赶去。领路的是个腰间佩着手枪的胖脸麻子。

这时候车夫又听到身后篷帘里那位太太说话。大龙啊大龙，你一定要跟他们争着吃抢着喝。你一定要比他们吃得多长得壮！

奶奶，我吃不去那么多！

咱们这不是抓了开胃健脾的汤药了吗？大龙大龙你可要给奶奶争口气呀，把那几个嫡出的小崽子统统给我吃败喝败！

车夫听了这些话，开始自言自语。

孩子也是人。千万不要拿孩子当蛐蛐养着。蛐蛐能咬能斗的，但它只是百日虫啊，立冬就完了。孩子可要活一辈子呀，一辈子……

三轮儿车到宅门前。车夫从这个五十多岁的女人手里拿到了两倍的车钱。

她说，你过晌来吧，我还要雇你的车。

车夫说，太太我觉得这孩子一点儿病都没有。我看鸿济堂那个大夫过于年轻，他开的方子兴许不牢靠，千万不要乱吃药。

我寻思这金今儒的药方，比那些大夫都强。她说着，就牵着孙子的手走进那坚固的宅院。

这时车夫从怀里掏出那张传单。他十分机警地展开看了一眼，然后甩手扔在雪地里。

传单上印的是：抗议当局便衣队乱抓无辜学生！读书无罪演剧有理！同胞们罢工罢市罢课！中国人不打中国人！

歪戴帽子的汉子从远处走了过来。

车夫慌张起来。他生怕这人发现那张躺在雪地上的传单。他有些后悔刚才自己那个冒失的举动。他定定注视着歪戴帽子的汉子。

四

先是见到的翻译官。这是一位胖脸男人，操着一口唐山口音。年轻的坐堂先生心里说，唐山在京山线上，那地方出煤。

翻译官十分客气地请他落座，递上来一碗热气腾腾的香茶。这才觉出口渴。刚才在药铺里长篇大套说了那么多话。

日本人抓我是为了什么呢？他心里忐忑起来。翻译官笑眯眯看着他。他闭目养神，心里却一件件一桩桩地思谋起来。

松野太君久慕你的大名，今天特意将你请来，希望你能为太君做些事情。用咱们中国人的话来说，你不要不识抬举。明白吗？

他静静听着翻译官的话，心里分析着。

我知道日本人为什么抓我了。他觉得渐渐明晰了，开始害怕。

这时响起了一连串嗒嗒嗒的脚步声。

一位身穿和服脚踏木屐的日本女人走了进来。翻译官用日语向她说着什么。这女人朝年轻的大夫微微躬了躬身。翻译官赔着笑脸。

他心里一颤。要对我施美人计啊。

五

鸿济堂药铺门前没了坐堂先生的挂牌。出事的那天，药铺的老掌柜外出去了安国县。回到店里听说出了这么大的乱子，就对伙计们大发雷霆。事情似乎并未从此了结，总得提心吊胆预备着宪兵队的再次登门。

果然，鸿济堂药铺门前连续不断出现可疑的人。空气显得十分凝重。那雪，则落落停停。天气阴霾不开。人们都觉得懵懵懂懂的。

歪戴帽子的汉子在药铺附近走来走去。他脸色与天空一样阴沉，时不时自己跟自己说上几句话。大意是：人啊干什么事情都不能犹豫，犹豫来犹豫去就把大事误了。那位金大夫得什么时候才会被放回来呢？也兴许这一次就回不来了。拉出去毙了。那我可就没有盼头了。

这时候歪戴帽子的汉子发现马路对面有个身穿翻毛皮大衣、袖口揣着一只暖笼的女人。这女人装出若无其事的样子。歪戴帽子的汉子看出这女人的心思都在鸿济堂药铺里。他缓步迎着那女人走，那女人便往远处走去，分明是在躲避着；他止住脚步朝回走，那女人就一步趋一步向药铺这边靠近。这情形有些像斗盆里的两只蟋蟀。一追一退，一返一进。

雪地上一辆三轮儿车驶了过来。看那情景，就知道这辆车是兴冲冲而来的，遇见了什么得意的事情。三轮儿车停在鸿济堂药铺门前。

那位五十多岁的女人手里提拎着两盒祥德斋的点心，下了车就亮开嗓子大声说话。

我是来谢谢先生的。我一眼就看出这位坐堂先生医道不浅。这不，我这宝贝孙子吃了他的汤药呀，变成一只小老虎啦。大龙大龙，快跟奶奶进去，咱们接着开方子抓药吃。

大龙哇的一声哭了起来。

一个药铺里干粗活儿的伙计走出门对这女人说，大奶奶，您打道回府吧，今儿坐堂先生不在。您看这倒霉的天气！

明天他该在了吧？我是说我们明天再来。

伙计的表情变得古怪了。明天坐堂先生也不在，我说不清楚他哪一天能在。

五十多岁的女人一听这话就急了。她啐了伙计一口说，你们这叫什么药铺啊。我问你那坐堂的先生到底怎么啦？

身穿翻毛皮大衣手揣暖笼的年轻女子快步走过来小声说，是啊是啊坐堂的先生到底出什么事啦？一连两天没见他踪影了。

歪戴帽子的汉子立在电线杆子下，不远不近听着这些人说话的声音。

身穿翻毛皮大衣的女人依然在小声念叨着说一连两天没见金今儒的

180

影子。

一辆胶皮车顶着雪花悄没声息到了鸿济堂药铺门前。车上走下来一位身穿棉袍的小脚妇人。这妇人用一条驼色的围巾捂着鼻口，于是说话的声音听着就很像是从遥远的地方传来的。

金今儒在这儿坐堂吧？金今儒在这儿坐堂吧？小脚妇人连声问道。

药铺干粗活儿的伙计慌忙将掌柜的从里边请了出来。今天来了这么多人询问金今儒先生。

药铺的老掌柜慌张着双脚迎到门外。他见来的这些人都是百姓，悬着的心这才落实。

诸位诸位，这大雪天让大家白跑一趟。这位金今儒先生呀，我也不知道他的下落。他三天没到药铺来坐堂了，兴许是他府上有什么事情吧？

小脚妇人走上前来，依然用围巾挡着鼻口说，他明明是往贵宝号来坐堂了。这三天家里根本就没见他踪影。

那位领着孙子前来看病的太太也随着说，是啊是啊，前天他还在这儿坐堂呢给我孙子大龙开了药方子嘛。我孙子吃药大见好！

身穿翻毛皮大衣的女人立起领子，似乎是在躲避着什么。她偷眼瞧着那个小脚妇人。当小脚妇人向她投来目光的时候，她就扭过脸去像是回避着风雪。

小脚妇人却愈发想瞧一个仔细。

歪戴帽子的汉子依然歪戴帽子。他走上来大声问着药铺老掌柜。

您为什么不能实话实说呢？您为什么不能实话实说呢？

药铺老掌柜抬头看了看飘雪的天空，心中一惊。他以为这歪戴帽子的汉子是要揭穿鸿济堂药铺倒卖假人参的隐私。这位先生，我求你可要嘴下留德啊，万万不可乱说滥讲的。

歪戴帽子的汉子听了药铺老掌柜的话，脸上显出一派迷茫。片刻他才缓声说，坐堂的先生明明是被便衣队给抓了去，前天我在这里亲眼所见。这能算是乱说滥讲吗？这能算是乱说滥讲吗？我看你这里是在演戏！

听说坐堂先生被便衣队给抓了去，身穿翻毛皮大衣的女子哇的一声喊叫，甩手丢掉那只暖笼就昏倒在雪地上。

药铺老掌柜一看要出人命，吓得他原地转着圈儿说，你们这是在演戏吧？是在演戏吧？

歪戴帽子的汉子一步跨上来，大声说快救人啊快救人啊。说罢就将那女子抱在怀里。

小脚妇人大声喊叫。坐堂先生被便衣队抓了去，到哪儿去找大夫来救人啊？到哪儿去找大夫来救人啊？

歪戴帽子的汉子用右手拇指使劲掐住这女子的人中穴。药铺老掌柜说，快送医院！大经路上有一家日本人开的小医院。

歪戴帽子的汉子抱起这女子就往大经路方向走。雪地很滑，他走得踉踉跄跄。刚刚走出十几步，他竟有了昔日那种感觉。我的病怎么一下子好啦？此时此刻我觉得硬邦邦的，跟当年一样结实。我的病没吃金今儒的药竟好了。

一辆日本军用大卡车缓缓开了过去。车轮下那雪被轧得吱吱乱叫。车上拉着一尊铜佛。

雪地里歪戴帽子的汉子抱着这女子往前奔去。这时候他觉得雪天里自己怀中分明抱着一支巨大的人参。他心里说，这真是一味药材呀。这一次我可知道什么是男人的良药了。

那女子在男人的怀抱中呻吟着。她苏醒了。歪戴帽子的汉子欣喜地大声说，大夫没用！大夫都是没用的东西！人是病，人也是药。

雪一下子就停了。

六

刑场在津浦铁路迤北的一片开洼野地里。自清末民初这里一直是这座城市的主要刑场。出红差那天，往往是这里人们的一个热闹日子，男女老少争相一睹赴死好汉的风采，仿佛这个囚犯从此便羽化成仙无缘再会了。

日本宪兵队行刑，不讲究大张旗鼓。也没有几个中国人胆敢前去观看。

于是这一次赴死，便成了冷冷清清的事情。年轻的死囚觉得有些遗憾。记得儿时见过一次出红差。那个赴刑的混混儿昂首站在车上。四周是人的海洋。挨刀在即的混混儿大声喊道，谁能出这么大的殡呀？袁大头也出不起这么大的殡呀！咱这辈子可是风光死啦！

同样是行刑，今日却是这般冷清萧条。

年轻的死囚心中一派茫然。

胖脸翻译官是今日的监斩官。他的心中更是一派茫然。不知为什么，他破例与死囚同车，一路上却哑口无言。

你说出的那几个人，一个都没抓着。经查他们都有通共抗日的嫌疑。你呢，也就难逃死罪啦。这都是命。俗话说死生有命嘛。

胖脸翻译官说得很轻，使人觉得他是在自言自语。年轻的死囚的目光依然投向车外，望着这个即将永别的世界。听了胖脸翻译官的话，他似乎激动起来，我有什么罪？庸医误国，演剧有理！我的那几个同伴都是光明正大的人，日本人凭什么抓我！难道我不懂医道就该枪毙呀？请松野太君站出来，跟我说清楚！

胖脸翻译官看着这个即将死去的年轻人，不知该说些什么话才能使他安定下来。

刑车在雪地上行驶着，向西拐去。这时刑车的速度很慢。胖脸翻译官看到路边站着一大一小两个人。一路上冷冷清清没见到什么看客，这一大一小两个人便引起了胖脸翻译官的注意。他认为这一大一小是奶奶和孙子。看奶奶的穿着和气度显然出自名门大宅。这时候她身边站着的那个五六岁的男孩子突然指着刑车大声喊叫起来：奶奶，奶奶！就是他，就是他！

那位五十多岁的妇女显然也看到了车上年轻的死囚。她立即扯紧那孩子的手说，大龙大龙，快叫神医呀！是这个神医治好了你的肠胃。

那男孩儿就鹦鹉学舌大声叫着神医神医。

年轻的死囚被这一幕突然到来的活剧弄得莫名其妙。他眨着双眼看着胖脸翻译官。

胖脸翻译官笑了笑说，说你是神医，一老一小专程赶来给你送行呢。给神医送行来啦。

年轻的死囚听罢这话就扑到车窗上狂叫起来。胖脸翻译官不得不伸手去拉住这个近乎疯吼的人。

我是神医？哈哈，还拿我当金今儒呀！我不是金今儒！日本人拿我当金今儒，中国人也拿我当金今儒呀？我不是！我不会治什么女人不孕症。我也不会治男人不举的毛病！我不是金今儒！我就是我！你们自己把事情搞错了。

胖脸翻译官摁住他然后说道，那天松野太君派便衣队去鸿济堂请人，是久闻你这送子观音的大名，三代名医啊。松野太君的夫人从大日本国来咱这儿，就是专找你治不孕症的。你要是金今儒就好了。你为什么不是金今儒呢？

我当然不是金今儒！我当然不是金今儒！

胖脸翻译官正色道，你可以不是金今儒，你也可以不会医治不孕症，可你为什么要道出中华剧社的事情？错上加错啊。你无形中知道了松野太君的隐私。他认为你跟他演了一场戏。

人生就是一场戏。年轻的死囚轻声说着。

过了津浦铁路，刑车停了下来。

死期就在眼前了。他哈哈大笑着对胖脸翻译官说，现在我才知道，死，是一件令人莫名其妙的事情。真是莫名其妙啊这该死的天气！

只可惜你不是金今儒。翻译官遗憾地说。

又下雪了。下得跟昨天那场雪一模一样。

七

新大路上有一家铁工厂，据说是日本人的产业。在这里做工的，都是中国人。后来这家工厂成了旧铜废铁的大本营。两座冶炉日夜不停地烧着，熔成铁条铜条，成了制造枪炮子弹的原料。

大雪纷飞的那一天，一辆丰田牌卡车拉来了一尊铜佛。院子里已经堆满了旧铜烂铁，这尊铜佛只能卸在门外，等待回炉。

铜佛一人多高，慈悲无边的样子。飞舞的雪花落在铜佛身上。铜佛沉默如金。

这尊无名的铜佛在工厂门外的马路边上一蹲就是三天。这三天，天天落雪。

来了一老一少。五十多岁的妇女显然是个太太。她领着孙子一步一滑从铜佛面前走过。

孙子手上拿着一只糖瓜儿，边走边吃。

孙子大声说，奶奶！您看！说罢这男孩儿伸手指了指铜佛。于是奶奶就站住了脚，定定地看。雪花纷飞，扑在铜佛身上随即融化。

这是一尊真铜佛爷啊。奶奶由衷地说道。

马路对面是一家白事铺。奶奶派孙子去请来了三炷香。飞雪中，这三炷已经点燃的香火冒出缕缕青烟——使这多雪的天气里愈发有了内容。奶奶大声说，大龙大龙快跪下拜佛！

她在佛的两肩上用雪堆簇着，一左一右供上两炷香。第三炷，她高高举起供在佛顶之上。这时候那铜佛便被香烟所缭绕了，无比神圣。

她率领孙子跪在雪地上，向佛祈祷。

佛爷呀，我求两件事情。一是求佛爷保佑大龙总是这样能吃能喝小老虎似的，让那些嫡出的小崽子们都比不过咱。二是求佛爷保佑那位死去的年轻郎中，让他入了天堂吧。是他开的药方，我家大龙服了三剂一下子就吃什么都香喝什么都甜啦。大奶奶屋里那几个孙子，统统败了阵。佛爷佛爷您保佑金大夫入天堂吧。

一辆小汽车路经此处。车中坐着宪兵队长松野三郎和他那来自日本本土的妻子。她见路边有中国人在拜一尊铜佛，就想起了那位年轻的中国郎中。她对自己的丈夫松野三郎说，那个年轻人为什么不承认他是一个中医呢？他一定是出于对大日本国的仇视心理吧。

松野望着那尊雪花之中的铜佛说，是啊，那个年轻人可能不是一位中医，但是可以肯定说，他是一位演剧者。他扮演了一个自己葬送掉自己的庸医。你看这鬼天气，难怪把事情搞错。

小汽车驶了过去。当奶奶和孙子拜罢铜佛起身拍打身上的雪花时，马路对面的白事铺里便已传出童子拜佛有求必应的消息。

不消半个时辰，这尊铜佛前就跪满了前来拜佛的市民。这景状令大龙和奶奶大吃一惊。

拜佛的人群中跪着一位小脚妇人。她心中祷告佛爷保佑丈夫太平无事早日回家。这小脚妇人轻声念叨着失踪几日的丈夫的名字。就这样引起了一位跪在她身后的女人的警觉。这是一个身穿翻毛皮大衣的女子，看上去颇显厚重。她听到小脚妇人口中轻轻念诵着金今儒这个名字，就站起身十分虔诚地看了一眼远处那尊据说十分灵验的铜佛，然后快步离开拜佛的人群。她心里说，这个该死的家伙什么时候才能有个下落呢？总不能活不见人死不见尸吧。

八

身穿翻毛皮大衣的近兰是为了求治不孕症才认识了金今儒的。金家三代祖传中医，很有几手绝活儿，其中之一便是包治不孕症。金今儒在鸿济堂坐堂。近兰前去求医。汤药喝了一百剂。金今儒说是寒凉。又喝了一百剂，近兰依然不孕。就这样一直到她成了寡妇，总共喝了他三百剂汤药。成了寡妇自然不用为不孕而发愁了。于是近兰成了金今儒外宅，这位三代祖传的名医内外施治解数用尽还是一筹莫展。近兰笑着说，这一回我可知道了，你是个三代祖传的庸医。

金今儒笑着答道，我的拿手绝活儿是医治男人的阳痿，真的。当然啦医不治己啊。

那时候他根本不会知道有个歪戴帽子的汉子在那个下雪天去鸿济堂求医而不遇。

186

九

那几个青年学生是冒着大雪逃离天津城的。他们从北站上车，往东北方向去了。

他们是经过紧急会议一致同意逃离的。因为有人已被便衣队抓去而下落不知。他们的最后一次行动是抛撒传单，以此抗议日本当局随便抓人的强盗行径。

他们过了唐山之后，在一个小站下了火车。他们一行五人全是热血青年。他们一直向山里走去最终进入了抗日军民的根据地。这里被称为八分区。八分区对这五个抗日青年的到来表示热烈欢迎。小溪终于见到大海。他们立即参加了革命工作。这时候抗日根据地下了一场雪。

他们成立了一个剧社以活跃根据地的文艺生活。轻车熟路只用三天时间就排练了那出话剧《庸医》。军分区政委是个文化人。他看罢彩排大声称赞，说这出话剧有很深的政治意义和很高的战斗激情。一席话说得这五个大城市来的年轻人面面相觑。

怪不得便衣队到排戏现场来抓人呢，敢情这是一出抗战呼声极高民族精神极强的话剧呀。

首场演出那天根据地军民围了个人山人海。观众们分明能够从剧情看出，庸医误人象征着国民党顽固派误国误民。于是高潮之处便有人站起率领大家高呼抗战到底之类的口号。

首演空前成功。谢幕后军分区组织了军民代表的座谈会，大家一致认为这是一出好戏。

大城市来的革命青年推举了他们的代表发言。这是一个名叫曾小乙的英俊小伙子。

曾小乙来根据地之前正在大学里读书。他的发言很有口才。与会者听得津津有味。

《庸医》这出戏，我们在敌伪占区就排练了几次。最后一次排练，为了真正入戏我们找了一家大药铺，实地彩排。那天药铺掌柜到安国县采购药材去了。药铺伙计们非常支持我们。都是具有爱国之心的年轻人嘛。

曾小乙的发言吸引了在座的一位军医。

这一出戏我们彩排了一半儿，就先闯进一个歪戴帽子的汉子。当时正下着雪，鬼天气！之后冲进来一群便衣队，抓走了饰演剧中庸医的演员李国华。李国华是一个好青年！

与会者愤怒了。其中那位来根据地参加革命工作不久的军医竟站起身激动地说，日本鬼子残害抗日青年，血债要用血来还！

这位军医名叫金今儒。他从袁世凯修建的天津北站上车，一直到达冀东一个小站。他边行医边走路竟进入了抗日根据地，于是他成了革命军医，从那座城市彻底消失了，根本没人能找到他，包括松野三郎和夫人。

这似乎完全因为那场十分偶然的大雪。

最后曾小乙说，没办法呀，如今只能由我扮演那位庸医了。我估计李国华已被日寇杀害了。李国华演戏特别投入，入了戏就出不来，有时候居然现场给别人开起了药方。

唉，怪就该怪那该死的天气。那天不下雪我们就去吃烤肉了。要知道排戏是非常劳累的。

十

由于香火极盛，那尊灵光显现的铜佛居然逃过了回炉熔化的厄运而佛光普照了。

没有人知道，松野的夫人夜半来到铜佛前礼拜并许了愿。来年若能得子，定将重镀金身。

商会紧急筹款在西营门外建起一座寺庙。择黄道吉日，善男信女们护佛起驾去往庙宇开光。那位护佛的童子，正是名叫大龙的那个男孩。在那个深宅大院的老式家庭中，庶出的大龙像一只得胜的蟋蟀，吃得又高又胖而令那几个嫡出的孙子望尘莫及。大龙奶奶每天都要念诵三遍那位给爱孙开方治病的大夫的功德。她要大龙永远记住那位年轻郎中的名字。

送铜佛起驾的人流中，并肩走着身穿翻毛皮大衣的近兰和歪戴帽子的汉子。他与她同时找到了一个治病的偏方：大雪。

后来听人说，蹬三轮儿车的车夫给那个年轻的死囚收了尸。他家道中落，自幼读过些诗书，懂得人生应多行善举，便在乱葬岗子里给年轻的死者立了个坟头，还在坟前立了十分粗糙的石碑。石碑上刻写着七个怪体隶书：金今儒大夫之墓。

蹬三轮儿车的车夫只能这样写。因为在他眼里，这死者是金今儒无疑。这时候远处佛乐大奏，说是迎送大尊铜佛去西营门外的寺庙。

身边仍然堆积着残雪。蹬三轮儿的车夫自言自语：这天气真顽皮，还会下雪吗？

百　年

　　有那么一段时光，姜幸珍总想给当地晚报的总编辑写一封信。她知道晚报的总编辑名叫周似。她想对周似杰出的工作表示感谢。她还想请求这位总编辑帮个忙，通过新闻媒介在大洋彼岸寻找家中挂着她的肖像的富翁——据说那是一位石油业巨子。有生之年姜幸珍只有这一个愿望，就是到美国去一趟，站在那位石油巨子的客厅里看一看自己当年究竟是个什么样子。与如今的出国热潮相比，她向往美国的动机显得十分纯粹。后来她在报纸上看到"有偿新闻"这个词汇，才知道如今已进入有钱独步天下、没钱寸步难行的时代。于是，她放弃了给那个名叫周似的总编辑写信的念头，只是天天阅读晚报而已。她几乎每天都能在晚报上读到错字，然后就用红笔圈出，第二天一早到邮局花上一毛钱给晚报总编室寄去，但她从不署名。

　　她认为这种做法属于完璧归赵。将错字奉还其主，生活才具有意义。此时的姜幸珍大约五十六岁。

　　那时候丈夫还躺在床上，空间显得并不拥挤。后来丈夫的半身不遂症不治而愈，竟然下床出走。于是空间立即显得拥挤不堪。床上没了病人，姜幸珍应当欢呼自己的解放才是。然而她却因此意志消沉起来，认为生活发生了质的变化。

　　唯一令人感到欣慰的是她依然坚持阅读晚报。每天从上午十点钟开始，她就在期待晚报了。而晚报往往要在下午三点钟之后才能在街上买到。阅读晚报其实已经成了姜幸珍生活之中的一道大菜。她通过这个窗口看世界。世界也通过这个窗口看她。她每天从报纸的报头看起，一直读到遗失大客车驾驶执照或者声明支票作废之类的启事。整个阅读过程耗时近三个小时，之后她毕其功于一役，集中精力阅读那部名叫《黑白人间》的连载小说。

这部在副刊上连载的《黑白人间》，真正给她带来了阅读的惬意。她觉得这是一部不可不读的长篇小说。她已经写信，寄给晚报转交小说作者。她询问这部长篇小说是否出版，并表达了要求邮购的强烈愿望。

其实那时候姜幸珍的家里已经装了电话。不能不承认电话属于当代生活中不可或缺的信息工具。它使居住在都市里的人类胳膊变长，眼睛变亮，耳朵听到万种杂声。无论电话带有多少缺点，然而居住在城市里的人类还是热情接纳了它。电话改变了人类的时空意识。电话令人类感到年轻。电话使人与人之间迅速成为昵友。但姜幸珍对电话持冷漠态度。

姜幸珍不喜欢使用电话。很长一段时间里，她甚至不知道自己家里的电话是什么号码。多年来她与外界的联系都是通过信函。从这个意义上说姜幸珍属于古典主义者。

她给在特立尼达和多巴哥定居的王小雨写了一封信。半年之后她收到王小雨寄自伯利兹的回信。姜幸珍第一次听说世界上有这么一个国家，就举着手电筒站在世界地图前努力寻找。看上去好像是一位正在为外孙儿捕捉蟋蟀的老媪。最后她终于在亚美利加洲找到了这个知名度极低的国家。王小雨在信中对老师说，自己目前正沿着美洲的海岸线流浪，一路采风，收获很大。大型油画《人类的起源》的构思日日夜夜撞击着炎黄子孙那颗远离故国的心灵。王小雨在信末谈到人物肖像画《瞬间》，关于这幅画的最后下落，仍在寻找之中。

《瞬间》是王小雨的成名作。王小雨是在成名之后的第二年离开中国的。《瞬间》这幅油画于一九八九年度巴黎青年美术大展赛上获得金奖。当时姜幸珍是在国内一家晚报上读到获奖消息的。

记得那天晚上屋外下着大雪。

晚报的这一则消息说，《瞬间》是一幅人物肖像画。而画中肖像者，乃是画家小学时代的老师姜幸珍。小学三年级时姜幸珍老师给学生们讲解课文《桌椅对话》，当时姜老师的一个神情给王小雨留下深刻印象。画家正是将这个永恒的记忆画到《瞬间》里去了。《瞬间》因此具有强烈的艺术震撼力。

捧着那一张晚报，姜幸珍迷惘起来。往事如烟。当了几十年的老师，其实并不懂得什么叫作永恒。王小雨画笔一挥，居然画出了永恒。

我当时究竟是一种什么样子的神情呢？三十年前的那么一个瞬间究竟是什么意味呢？从此，姜幸珍仿佛添了一桩心病，时时沉浸在往事的回忆之中。于是，在后来的日子里，《瞬间》几乎成了她今生的一个情结。

王小雨的来信是用电脑打印的，因此在姜幸珍眼里这是一份印刷品。酷爱阅读的姜幸珍阅读这种印刷品的时候并不感到亲切，尽管落款的地方是王小雨的亲笔签名。她认为使用电脑写信往往使人变得非常理性。在写信人与读信人之间，电脑是第三者。

望着王小雨的亲笔签名，她闭上眼睛回想着自己的这个学生当年的形象。圆圆的脸，矮矮的个子。上课的时候总爱凝神沉思，看上去就是一个袖珍哲学家。譬如说少年康德或者少年黑格尔。

王小雨还在信中询问老师家里是不是装了电话。如果装了，王小雨要老师写信告诉他。这样，王小雨就能将越洋电话打到家里来了。姜幸珍很是踌躇。如果将电话号码告诉王小雨，那么今后老师与学生的往来就简化成为话筒两端的交谈了。写信与读信对姜幸珍来说，几乎是不可或缺的。

如果彻底放弃书写与阅读，人类将会成为什么样子呢？

总是在她陷入沉思的时候，电话就铃铃响起。每逢这种时候她就怀疑电话对自己怀有先天的敌意。

电话一般是女儿打来的。女儿是一个风情万种的少妇。风情万种的少妇在电话里总是要与母亲大谈自己近来的情遇，给人一种为了爱情累得气喘吁吁的印象。女儿在电话里往往要谈到一位男士，今天是张先生，明天是王先生。似乎女儿每次打来电话都是与男士双双站在爱河之畔，可是女儿又从来不曾弄湿鞋子。姜幸珍知道自己的这位口若悬河的女儿是当代中国头号爱情幻想家。爱情幻想家所谈到的情遇，往往是一个故事。

自己在女儿这种年岁的时候，已经在情感道路上迈开了大步。因此她心里是有些瞧不起女儿的。因此她在电话里总是虚与委蛇。因此她认为中国女性正在退化。

对此，女儿竟然一无所知。女儿每次打来电话开头准是这样发问：你是2331995吗？姜幸珍就回答说不知道。女儿就在电话里咯咯咯笑起来，说她聪明一世糊涂一时。她就给女儿更正，说自己是聪明一时糊涂一世。女儿仍然咯咯笑着，并不认为这是一句箴言。

姜幸珍总是不愿记住2331995这个电话号码。她能记住许许多多事情，唯独记不住自己家的电话号码。

女儿在电话里告诉母亲，自己又爱上了一个姓赵的先生。

她暗暗笑了，知道女儿是按照《百家姓》的顺序又开始了新的一轮爱情幻想。赵钱孙李周吴郑王，冯陈褚卫蒋沈韩杨。女儿一旦进入爱情幻想阶段，就由一个风情万种的少妇变成一个天真纯洁的少女。

女儿说这位赵先生是专门从事油画生意的海外华人。

姜幸珍听了这话，心中一阵惊喜。她认为多年盼望的那个时刻终于到来了。她告诉女儿有一幅油画《瞬间》流落海外。她还告诉女儿，要立即见一见这位从事油画生意的赵先生。风情万种的女儿在电话里听着母亲的讲述，咯咯咯笑个不停。她觉得母亲对《瞬间》的思念，很像一个怀春的少女。女儿非常爽快地答应了母亲提出的与赵先生见面的要求。

辛门仲在床上躺到第八个年头，谁都以为他很快就要死了。一个半身不遂的病人到了不思饮食终日昏睡的地步，那么他八年卧床的历史恐怕就要结束了。

就死马当作活马医，又给他输上一个疗程的脑活素。

姜幸珍知道，中国人民曾用八年时间打败了日本侵略者。这时候她开始为辛门仲准备后事。去寿衣店选择寿衣的时候，她觉得很是生疏。

多年购物，还是第一次来买寿衣。

寿衣的款式很多。这座城市的寿衣在中国是很出名的。寿衣每年创造的利润总是超过时装的产值。因此，中国的许多老人都愿意死在这里。这座城市随即被称为活人的地狱、死人的天堂。

姜幸珍看到最贵的寿衣一套标价两万元，就转脸去看中档柜台。有一套标价一千五百元。

最便宜的一套标价六百元。那款式，看上去使人想起槐树庄里的老地主。这时姜幸珍认为自己是个古典主义者。

她买了一套八百元的。那款式使人想起革命干部。付了款她快步离开寿衣店。

走到大街上才知道今天是个阳光明媚的日子。

电线杆上贴着一则"行善广告"。姜幸珍对这个世界上稀奇古怪的事情有时漠不关心，有时很感兴趣。

所谓行善广告就是那些气功爱好者为了尽快得道而张贴的弘扬气功美名的近乎传单之类的文字。姜幸珍看到一则行善广告上赞美中华五方功，说修习这种功只要心诚，三个月即开天目，重症患者不出半月就可下床行走自如。有病去病，无病养生。

姜幸珍想起躺在床上的辛门仲，觉得他像秋天里一捆放倒的高粱。如果人间真的存在这种中华五方功，那么所有被放倒的东西都可以重新站立起来。世界因此会变得很满。

她提着那一套花八百元钱买来的寿衣，朝家里走去。

走进家门她先将寿衣放进柜子里，然后走到床前。

这时候她看到床上空空荡荡的，一下子就惊呆了。那一捆被放倒的高粱不翼而飞。

一个在床上躺了八年的半身不遂的病人竟然失踪了。

姜幸珍告诫自己一定要保持镇定。她闭上眼睛默默念了一段毛主席语录，这是她多年养成的习惯。心中渐渐地有了思路，她开始着手调查研究。

辛门仲的失踪，存在两种可能。要么他是自己走出去的；要么他是被人抬出去的。姜幸珍知道在床上躺了八年的辛门仲早就没了鞋子。她蹲身在床下寻找，发现自己的一双布鞋没了。

辛门仲一定是穿了那双女式布鞋，走出家门的。

柜子里的一套黑色中山装也没了踪影。

是什么力量使这个病人瞬间痊愈的呢？

姜幸珍想起大街上那一则行善广告。莫非是中华五方功起了作用？那么谁是暗中发功的隐士呢？

她拨通了女儿的电话，将这一惊人的消息告诉给那位风情万种的少妇。

女儿在电话里咯咯咯笑了。她首先祝贺母亲结束了守活寡的日子，然后又说应当搞个仪式欢迎父亲重返人间。

姜幸珍觉得这一切都让人不可思议。临近世纪末，什么稀奇古怪的事情都有可能发生。譬如说黑的变成白的，长的变成短的，方的变成圆的，老的变成小的，死的变成活的。面对生活，她告诫自己做好一切准备，处变不惊。

姜幸珍将那套寿衣放到柜子里，心情一下子变得阴冷。从桌上拿起一把水果刀子，她走到电话近前，将辛门仲起死回生的日子刻在墙上：1995.3.23。

只是一刹那间，她猛然想起自家的电话号码是2331995。如果认为这是一种西方的书写方式，那么它所记载的恰恰是一九九五年三月二十三日。自家的电话号码居然与丈夫辛门仲起死回生的日子暗合。姜幸珍不得不认为这是一个谶言。

谁能对这一切做出令人信服的解释呢？

她想象着脚穿女式布鞋走在大街上的辛门仲，觉得他的样子一定非常滑稽。姜幸珍认为，一个本应早就死去的老人突然走在大街上，是对这个世界莫大的嘲弄。

好在这个世界已经不懂得什么是嘲弄了。

这时候，晚报副刊上的长篇小说《黑白人间》已经连载到第二十四节，那个名叫许梦桃的女子正要离家出走。

长篇小说《黑白人间》其实是一部通俗小说。这部洋洋八十万言的小说里，许梦桃是一个很难引起读者注意的女主角。在一部长篇小说里女主角得不到读者的注意，应当说是作家的失败。好在这是一部由五个男作家合作写成的小说，于是作家的失败也就成为五个五分之一了。许梦桃在那五个男作家笔下成了众矢之的，人人争写许梦桃却使许梦桃的形象受到了极大的削弱。爱情故事在小说中面临难关。

　　许梦桃在小说中有五个追求者（姜幸珍认为是五个男作家同时爱上了女主角）。这样就在小说中构成了一个五角恋爱。听说过世界上有个五角大楼，还没有听说过有个五角恋爱。唯一令人感到欣慰的是那五个男子都是阳气十足的铮铮铁汉，于是这个五角恋爱就拥有极强的力度。

　　这五个男人中，有一个叫闻志群的，这是一个风流倜傥的小企业主。姜幸珍认为这个小企业主应当与许梦桃结成眷属。

　　许梦桃只能离家出走了。姜幸珍想起许梦桃最初是许配给一个南纸局的店员的。作家对这位店员只是轻轻几笔一带而过，几乎没有人能够记住他的名字。然而这位店员却引起了姜幸珍的注意。她记住了他的名字叫赵一明。

　　她还记住赵一明是个戴眼镜的胖子。随着故事的推进，姜幸珍渐渐觉得这部长篇小说里的最大的一对情敌应当是赵一明与闻志群，尽管目前闻志群是男一号，而赵一明只是一个影子。她期待着这两个男人的最后火并。她从字里行间已经感到一种血腥之气。她甚至觉得这是自己一生之中一次最为重要的阅读。

　　要么是闻志群投毒害死赵一明；要么是赵一明在那座小桥上做了手脚，让闻志群落水而亡。闻与赵这两个男人，迟早必然要火并的。男人活到一定的时候，总是要杀人的。姜幸珍凭读者特有的敏感，做出自己的预测。

　　姜幸珍将晚报剪贴成册，等待故事的结局。她认为故事的完成，只是一个瞬间而已。绝非百年。

辛门仲知道自己不久于人世了。在床上躺了八年，他也觉得一切都应当结束。他已经丧失了语言的功能，说出话来含混不清，只有姜幸珍能够破译一二。在这个世界上他早就成了多余的人，是一具一息尚存的木乃伊。

就在心中回忆昔日的那些殊荣。

所有的回忆全都提炼成一句话：从前我是一个革命干部。

记忆的世界是一团大雾，使人想起黄山的云海。

奇迹发生在那一天临近中午时分。先是觉得浑身发冷，之后是浑身发热。听到周身骨节发出嘎嘎声响，渐渐感到有了力气。

这几年经常从收音机里听到特异功能：能隔墙取物，能腋下识字，能返老还童。辛门仲从床上坐起，打了个哈欠。

是不是有个气功师隔墙发功，无意之中治了我的病？他寻思着缓缓站起身，心情一下就激动了。

今生今世居然又站了起来。这真是从来也不敢企盼的事情。辛门仲见自己赤着双脚，就开始找鞋。

他笑了。自己在床上躺了八年，哪里还有什么鞋呀。猫腰从床下找出一双布鞋，他知道这是姜幸珍的。

他的脚与妻子是同一尺码。这事情早在八年前他就知道。穿上鞋，他又打开柜子去找衣服。他看到一套崭新的黑色中山装。

穿在身上他感到很是满意。

但他不知道妻子此时上街，正在为他购买新式寿衣。

走出家门之前他照了照镜子。镜中那个大病不死的男人似乎并未显出什么病态。辛门仲立即认为形势大好，又使劲儿打出一个哈欠。走到院子里的时候，他绊了一个跟跄。这时他看到脚下躺着一个东西。他想了想，才想起这东西名叫板凳。

站在院子里，无意之中他看到墙上挂着一条废旧的自行车胎。他走上前去定定看着，脑海一片空白。

身穿黑衣的辛门仲神采奕奕朝外边的世界走去。八年之后的再度出世，他其实已经成了历史与现实的一个私生子。街上的景致看着很是生疏，他也看不出到底是什么地方出了毛病，只觉得这是一条非常陌生的大街，而这条大街应当是十分熟悉的。

走到十字路口的时候辛门仲终于明白了。大街还是那条大街，只是大街两侧添了许多做生意的。大街人流如粥，走到哪里都是市场。几乎全国人民都在做生意，而顾客却只有辛门仲一个人。人们的目光都虎视眈眈的。辛门仲有些张皇失措，心中充满地下工作者那种孤立无援的感觉。他躲进一条清静的小巷，不知如何是好。床上才八年，人间已万世。满眼都是陌生的人和事。辛门仲觉得有些难以应付。他知道必须找到那些熟悉的人和事。譬如说猴子找到野果，青蛙找到池塘，狗熊找到树洞。

鼓起勇气他又出现在大街上。

走进被人们称为"政府街"的那条马路。两侧都是党政机关。他凭着记忆之中的朦胧影像，走进那一座座机关大门，去寻找过去的熟人。得到的答复往往令他感到惊讶。过去的那些熟人，十有八九联络不上。有的已经死亡，有的瘫在床上等待死亡，有的下落不明……

即使见到一两个熟人，也都对他的突然出现感到十分惊诧，于是就唏嘘嗟叹一番。辛门仲没有受到应有的欢迎。人们似乎都觉得他已经死了。一个已经死去的人重返人间其实是一件令人感到厌烦的事情。

这很令辛门仲感到震惊。

他走出自己曾在这里工作的一个机关的大楼，这时候，一块熟山芋从身后飞来，打中他的肩头。不知是从哪个窗子里投出来的，但辛门仲知道这个机关里肯定还有当年的熟人，否则就不会有这个插曲。他看了看地上那块熟山芋。这东西当年是要粮票的，人们一般舍不得用它来投掷仇人。

路过一家新华书店，他走了进去。说是新华书店，但里边却拥有五花八门的内容。有的柜台在卖时装，有的柜台在卖化妆品。一个箭头指向新华书店的后院：咖啡厅向东，桑拿院在西。辛门仲终于在一个角落里，看到了一个卖书的柜台。他快步走了上去。几个店员模样的小伙子正在将书籍从架子上拿下来，捆扎在一起，给人一种这里正在搬家的感觉。他顿生紧迫之感，急匆匆浏览着书柜里残存的书籍。一个小伙子对他说这些书打五折处理要买就抓紧时间。辛门仲看到一本《三中全会以来》，就拿在手里翻看起来。他看出这本书浓缩了一个时代，就掏钱买了这本书。

出了新华书店，他边走边读这部《三中全会以来》。这些年来所发生的历史重大转折，都一清二楚写在里面。辛门仲觉得必须养精蓄锐平心静气来读，才能有所收获。这时他渐渐想起了过去的一些事情，就走进一条似曾相识的小街。

辛门仲既不感慨时光，也没有那种死而复生的激动。他好像生来就是一个空空荡荡的容器，人间万物对他来说都是一淌而过的流质。几十年的生活，无论是睡去还是醒来，都没能在心灵上留下丝毫积淀。这足以令人惊讶。时代似水哗哗流淌而去，留在他身上的唯一历史印记，就是那个爱打哈欠的毛病。

一个盲翁拄着竹竿迎面走来。当辛门仲与他擦肩而过的时候，盲翁呜了一声。辛门仲停住脚步看着这个失目之人。

盲翁笑了笑，说已经很多年了。

辛门仲说，是啊已经很多年了。

盲翁说，事情只能这样了。

辛门仲望着渐渐远去的盲翁的背影，觉得从前在一个什么地方见过这个双目失明却与他心有灵犀的老者。

辛门仲继续在这条似曾相识的小街上走着。小街两边都是那种开着大窗子的房子。辛门仲隐约看到窗子里面的情景。那里面有男人，也有女人。有一些似曾相识的熟人，可又想不起他们到底是谁。都是十分遥远的人物，都是很遥远的事情。

一辆高级轿车缓缓驶了过来。车里坐着一个名叫严伯兴的老者。严伯兴隔着玻璃看着站在大街边上的辛门仲，惊诧得半张着嘴，像是中了定身法。严伯兴万万没有想到辛门仲这个躺在床上奄奄一息的病人竟然跑到大街上来了。

轿车驶了过去，严伯兴才清醒过来。这位如今已是百万富翁的民营企业家急忙叫司机停下车，推开车门跑了下来。

眼前一阵发黑。他踉踉跄跄朝前走着。这个人真是辛门仲吗？这简直不可思议。

他站在辛门仲面前凝凝注视着。

你，是辛门仲？

对方点了点头，没说话。

严伯兴说，你告诉我，这到底是怎么一回事？你不是已经病入膏肓了吗？怎么一下子跑到大街上来啦？

辛门仲说，是啊，我一下子就跑到大街上来了。

严伯兴从怀里掏出救心丹，放在嘴里几粒，自言自语，说真是不可思议啊，从前我还以为今生今世已经没有什么必须要做的事情了，没承想今天遇到了你。这是我今生今世的最后一件大事啦。否则我的一生总结起来真的没有什么业绩。

严伯兴目光之中流露出一丝凶狠，就将辛门仲请入车内。他对司机说了声开车。

辛门仲安闲地坐在车里，若有所思说道，我想起来了，你好像名叫严伯兴，是一个资本家。"文革"期间你被打翻在地，自杀未遂，是这样吧？

严伯兴压低声音说，除了这些，你还能记起什么吗？譬如说你还有什么亲人，你还有什么渴望实现的愿望？

辛门仲拿起那本《三中全会以来》，说我现在只想认真看书学习，弄懂这个世界的基本原理。

轿车行驶着，严伯兴机警地朝四周看了看。这动作这表情，分明是一场谋杀的开始。他已经看出，辛门仲身上穿的这套衣服分明是一套寿衣。既然辛门仲穿着寿衣上了街，那么就应当认为这是一具行尸走肉。

严伯兴脸色铁青。一个老男人要杀掉另一个老男人的时候，脸上往往浮现出这种神圣的表情。

车到别墅门前，严伯兴心情一下子轻松起来。自己重新拥有了敌人。在此之前，自己的唯一敌人是人民币。生活又被赋予新意。

他决定先将辛门仲用优质饲料喂养起来，再杀不迟。

辛小凤站在大街边上等待着的士。一辆接一辆的黄色"面的"从她身前驶过，她瞅也不瞅。她等待那种名叫桑塔纳的出租汽车。这是一座贫穷的城市，莫说高档出租汽车，就连中档的也不多见。跑来跑去的只有这种黄色大发。辛小凤毫不妥协，耐心等待着。

她认为一小时与一秒钟相比，其实没有什么区别。尤其就等待而言，时间的意义只是对人的一种折磨。

人生最为重要的就是对生存的某种感受。作为一个女人，辛小凤是个感受主义者。她并不认为自己是个荡妇。

终于驶来一辆中档出租汽车，但是司机是个姑娘。

辛小凤并不喜欢乘坐这种"女的士"。她认为自己花钱应当得到男人的服务。这个世界上的女人太多了。她讨厌女人。

她耐心等待着。

这时候，严伯兴的那辆宝马小轿车驶了过去。辛小凤并没有看到起死回生的父亲正坐在这辆车里。她只注意桑塔纳。

辛小凤乘坐出租汽车赶到姜幸珍身边已经是黄昏时分。走进院子她看到母亲坐在藤椅上，全神贯注读着一张晚报。她喊了一声妈妈。

姜幸珍完全沉浸在那部名叫《黑白人间》的长篇小说里了。

辛小凤径直走进屋去。父亲躺了八年的那张小床上空空荡荡。她想起"人去屋空"那句俗语，心头不禁有些感慨。是不是有那么一位天外高士来到父亲床前，突发神功，百病全消。父亲凡胎肉眼，根本看不到那位高士的存在。

定定看着那张单人床，辛小凤又觉得自己的胡思乱想有些滑稽。一个病入膏肓的老人居然从床上爬起来离家出走，这个世界变得越来越荒诞了。这时候姜幸珍手里拿着报纸走了进来。

姜幸珍说，许梦桃肯定是看错人啦！闻志群是个不可依靠的男人。不可依靠的男人是不会兑现诺言的。

辛小凤说，我爸爸到底有没有下落？咱们是不是先到派出所报个案。你刚才说的那个闻志群是谁？凡是与这件事情有关的人和事咱们都应当及时告诉派出所，以便他们尽早破案。

姜幸珍说，闻志群是个风流倜傥的男子。他的最大情敌应当是赵一明。但是人们现在普遍认为闻志群的最大情敌应当是孙国。其实孙国并不是闻志群的最大情敌。当然，这只是仁者见仁、智者见智的事情。

辛小凤听不懂母亲说的话，就呆呆看着她。姜幸珍渐渐走出《黑白人间》，抬头冲女儿微微一笑。

到底应当到什么地方去寻找你爸爸呢？你的朋友很多，是不是组织几条线索，四处寻找一下？

辛小凤认为母亲的话很有道理。父亲神秘地消失，只能动用漫天撒网的方法去寻找。每逢这种时候她就想起动用情人的力量。

她首先想到刘得宝。

浑身大蒜味道的刘得宝属于那种粗鲁型情人。与刘得宝形成鲜明对照的是小白脸毛利。毛利身上永远散发着一股淡淡的清香。

绝大多数女人都是喜欢小白脸的。所以说绝大多数女人都是贱货。辛小凤的最大优点就是承认自己是个贱货。

她告诉母亲，通过刘得宝和毛利的两条线索，开始找寻。

姜幸珍想了想，然后用女巫似的口吻对女儿说，将来你会与这两个男人之中的一个结婚的。

辛小凤听了这话笑得前仰后合。

姜幸珍说，到时候你就会知道今天是一个多么重要的日子了。

辛小凤没有告诉母亲，她的目标是嫁给一个编号W的男子。就其类型而言，情人W介于刘得宝与毛利之间，不失阳刚之气，又颇有阴柔味道。如果将情场比喻成股市，辛小凤认为情人W属于绩优股。

对于绩优股，辛小凤无疑是要将它牢牢握在手中的。

但是她没有告诉母亲，情人W的名字叫王小雨。

辛小凤给刘得宝打了电话。接电话的人告诉她刘得宝已经升任人事总管，正在食堂大厅里考工。放下电话，辛小凤就想象着狗熊穿上大褂的情形。像刘得宝这样的人居然升任人事总管，这个世界肯定出了毛病。

姜幸珍觉得刘得宝这个名字有些熟悉，但是又一时想不起来这是个什么人物。只是一个瞬间，姜幸珍就觉得辛门仲肯定走入了过去的生活。因为像辛门仲这种出土文物，只有走入过去的生活，才能找到他的自身价值。

这时候姜幸珍最为关心的居然是许梦桃出走之后的情形。譬如说她究竟是乘坐火车还是乘坐轮船？究竟是去往重庆还是投向延安？这一个个悬而未决的问题使姜幸珍心绪不宁。当辛小凤拨通毛利电话的时候，姜幸珍依然沉浸在难以自拔的心态之中。

之后，姜幸珍母女一起到派出所去报案，要求公安系统协助寻找失踪的辛门仲。值班民警翻了翻底卡，表情十分惊讶。底卡上明明写着辛门仲已经死亡。

姜幸珍觉得天旋地转，急忙询问死亡日期。民警告诉她，辛门仲在三年前就死亡了。姜幸珍就使劲儿咬着自己的嘴唇，疼痛的感觉告诉她这并不是在梦中。

辛小凤咯咯咯笑了起来。她知道这是笔误。她要求民警给"死亡"二字给予更正，民警却要求她拿出辛门仲尚在人间的证据。

辛小凤拿不出。于是姜幸珍与女儿怏怏离开派出所。既然辛门仲已经是个死人了，那么派出所肯定不会协助寻找一个不在人间的人。

姜幸珍对女儿说，你爸爸跟我们开了一个国际玩笑。

画家王小雨创作那幅《瞬间》的时候，曾经进入一种忘我的境界。童年的记忆使他久久激动不已。然而童年又像是在一场雾里，朦朦胧胧的，无法清晰起来。因此，王小雨认为画家就是雾中的行者。时间，在大雾之中变得毫无意义。

因此，完成《瞬间》就成了王小雨心头的一桩大事。

《瞬间》的构思已经多年。其实那正是王小雨童年时代的一个记忆。班主任姜老师站在讲台上，讲的是一堂数学课而不是语文课。至于数学课的内容，如今王小雨早已忘记，但是令他难忘的却是姜老师表情的一个瞬间。

其实只是一个瞬间。正是由于这个瞬间的难以描述，王小雨才放弃了写作的念头而立志当一个画家。他觉得一个人有时候是为一个瞬间而存活一生的。王小雨的绘画生涯，的的确确开始于那个《瞬间》。他画了三百六十五个《瞬间》。

依然找不到那种瞬间的感觉。

关于那种瞬间的感觉，闭上双眼，历历在目；握起画笔，却无法将其表现在画布上。后来，就连姜老师的形象也渐渐模糊了。王小雨体会到了什么叫作"自我流失"。

王小雨几乎对生活失去了信心。

这时候，他遇到了辛小凤。

身穿旗袍的辛小凤是在一次新闻发布会上露面的。当时王小雨几乎处于无路可走的状态——《瞬间》使他神情恍惚。辛小凤从他身边走过，送来一阵清香。他先是看到她的侧影，就有一种故人重逢的感觉。当他看到她的正面形象时，不由发出一声惊叫。

这声惊叫使得辛小凤向他投来好奇的目光。他愈发认定面前的这位青年女子就是当年姜老师的复制品。

那容貌，那身形，惊人的相似。人，真是可以复制的。

他终于为《瞬间》找到了模特。他告诫自己不要向这位模特打听她的身世。模特就是模特。画家不需要知道模特的任何信息。模特留给画家的空白，越大越好。他只知道这个模特名叫辛小凤。名字就是一个符号罢了。只知道这个符号就足够了。

他在一间地下室里开始了今生今世最为漫长的工作。屋里炉火很暖，使人有一种春天的感觉。辛小凤脱去衣服，端坐在榻上。任王小雨一笔一笔地画着。

王小雨一语不发。有时他定定望着辛小凤的胴体，像一个痴呆儿。辛小凤就问道：你为什么要画我呢？

王小雨总是正色道：我没有画你。我画的是《瞬间》。

辛小凤就在心底暗暗发笑。辛小凤永远也不会知道，此时她所充当的，正是母亲的替身。时光的流淌，使母女二人在这里交会。而王小雨所表现的，则只是生命长河里的一个瞬间。

姜老师渐渐远去了，面前的辛小凤却成了一个实体。王小雨并没有意识到，从那一天开始，他笔下画的其实已经是辛小凤了。那个姜老师已经被时光的流水淘洗得面目全非。

受到时光作弄的王小雨，对此一无所知。

王小雨不懈地画着。

他不知道面前的女子辛小凤已经对自己产生了爱意，并将自己编号为 W。

辛小凤经常对男子产生爱意并习惯于将情人编上号码。

秋天的时候，那幅名叫《瞬间》的油画宣告完成。

王小雨已经亦真亦幻难取舍了。

辛小凤说，想个办法将这幅画卖掉。如果能卖个大价钱，你就成名成家了。

王小雨认为卖掉了《瞬间》就等于是卖掉了一生，这不是一件说办就办的事情。

他将那幅油画放到自己的阁楼上，然后像一只冬眠的动物躺在油画的旁边。这时候的王小雨正处在人生的犹豫时期。

你画的到底是谁？辛小凤问他。

王小雨默默无语。

到这种时候，其实王小雨也说不清楚自己画的到底是谁。

几乎所有从那个时代过来的人都不认为严伯兴对辛门仲会怀有刻骨铭心的仇恨。因为国人统统都是健忘的能手，即使有一些耿耿于怀的往事，也早已随着岁月的流逝而淡化无味了。国人之所以成为国人，正是由于他们的健忘。这种健忘使国人胸怀宽广度量无边。

然而今年已经六十六岁的私人企业家严伯兴却是个例外。

他对辛门仲怀有一种永远无法化解的仇恨。随着时间的推移，这种仇恨不但没有淡化，反而像陈年的老酒或老醋，愈发浓烈起来。这种心情，世界上只有严伯兴自己才能说得清楚。

他从来没有深夜扪心的习惯，反问自己为什么对辛门仲持这种态度。他只记得自己内心深处系了一个死死的结，那就是要向辛门仲这位当年工厂里的党委书记报复。这似乎是他今生今世的一件大事。否则他将无所作为而虚度一生年华。

辛门仲的八年卧床，对严伯兴来说是一个沉重的打击。

他不能容忍自己的对手是一个半身不遂的病人。他渴望辛门仲健壮，最好健壮得像一头牛。这样才能体会到杀牛的快感。

只可惜辛门仲不是一头牛。辛门仲病弱得像一只小虫子。

起初几年，严伯兴心中还抱有几分幻想，盼着辛门仲能够在治疗之中康复。他曾经到辛门仲家中探视，看到的却是一个嘴歪眼斜的病夫。他发自肺腑地祝愿辛门仲早日康复。他的真诚感动得辛门仲热泪盈眶。姜幸珍也在一旁悄悄落泪并认为严伯兴乃是世上心地最为良善的人。

严伯兴却怀着一股深深的遗憾走出辛宅。他深知辛门仲康复无望。而自己又恰恰不忍心对一个病卧在床的男人施加报复。

今生今世自己没有什么大事可做了。

严伯兴几乎对生活丧失了信心。

他最终的一点希望就是天天到庙里去上香，尽管心中已经没有什么十分清晰的欲望。六十六岁的严伯兴将自己的工厂交给别人管理，过起了一无所求的日子。

正在此时，他突然在大街上看到了彳亍的辛门仲。

严伯兴一下子明白了，这些年自己没有白白到庙里去上香。上天有眼，终于让辛门仲于一夜之间得到康复，走到大街上来。上天开恩，终于给了我严伯兴这样一个机会，让我得以了却今生夙愿：复仇。

严伯兴因此而激动。生活在他眼里，又成了阳光灿烂的日子。

至于如何杀掉辛门仲，那只是一个纯粹的技术问题。

他将辛门仲安置在自己别墅里的最好房间里。一种饲养宠物的心态油然而生。辛门仲的智力似乎已经远远不如生病之前，看上去有些老态龙钟的样子。

应当在短时期里将辛门仲饲养得膘肥体壮的才是。只有膘肥体壮，这一场人生的游戏才显得意义重大。

严伯兴知道应当给辛门仲配上一个上等的厨师。有了好厨师，才能使辛门仲有好胃口。有了好胃口，才能使辛门仲长得膘肥体壮，足以一刀屠之。

严伯兴彻底放弃了工厂管理，开始充当辛门仲的饲养员。他不能容忍这项工程出现丝毫漏洞。辛门仲成了这个地球上最为重要的动物。这个动物天天都在看书，表现出人类最为常见的求知欲望。

三天之后开始下雨，辛门仲突然提出一个要求。他说不愿意再过这种饱食终日无所用心的生活。他要求工作。

严伯兴笑了。在如今这个好吃懒做的时代里，居然还有辛门仲这种主动要求劳作的人。由此，严伯兴愈发认为辛门仲的智力出了问题。让一个智力出了问题的人到工厂里去参加劳动，应当说是一件功德无量的事情。

给工厂的人事总管刘得宝打了一个电话，告诉他一定要精心照顾辛门仲。无论何时何地伤了辛门仲的一根毫毛，都要炒刘得宝的鱿鱼。

刘得宝以为来了一只大熊猫。

辛门仲是在高度机密的情况下被小轿车送到宏大电器制造厂的。这是严伯兴的宏大有限股份公司所属的一个企业。小轿车开到工厂的那一天，长篇小说《黑白人间》已经连载到二十八节。那个名叫许梦桃的女子离家出走之后去向尚未明了。读者们对此表示担忧，恨不能立即得知她的下落。有些读者甚至担心如此漂亮的女子只身出走会不会横遭不测，或者被达官显贵金屋藏娇。人间悲剧的发生，往往只是一个瞬间。

站在宏大电器制造厂的院子里，辛门仲觉得这种环境有些熟悉。工厂对他来说，毕竟是一座生存了多年的园林，并非陌生之地。他的记忆力渐渐得到恢复，先前的一些事物有如闪电在脑海中划过。他知道工厂意味着什么。工厂不是家庭。

信步走进车间，他觉得身后跟着一个人。回头看了看，见是一个小伙子。

他不知道这个小伙子是严伯兴派来的护卫。他更不知道，在严伯兴心目之中，自己是个千金难求的人物。

在车间里走了一遭，他看出这是一个生产电热驱蚊器的地方。一个又一个从乡下来的姑娘坐在台前，组装着一只只电热驱蚊器。

辛门仲又想起从前的工间操制度。常年坐着工作，应当让工人们做一做工间操才是。人，是宇宙间第一可宝贵的。

走出车间，那个小伙子还是紧紧跟在后边。辛门仲就朝工厂食堂方向走去。身后的小伙子，像是他的影子。

一张告示贴在宣传栏上，辛门仲看了看，知道工厂正在招工。招工面试的地点就在食堂大厅里，他就朝那里走去。

路过一个车间，辛门仲看到一个身穿工作服的汉子朝墙站着，像个面壁的僧人。汉子工作服的脊背上印着 0260 的号码，给人一种罪犯的感觉。辛门仲从前在工厂里当过领导，情不自禁停下脚步，询问 0260。

是谁叫你在这儿罚站啊？

0260 说，是刘得宝。

觉得刘得宝这个名字听着有些熟悉，他就问道：刘得宝为什么要罚你站？

0260 说，因为我在干活儿的时候放声大笑。

是啊，干活儿的时候是不能放声大笑的。辛门仲觉得刘得宝罚站有理，就朝食堂快步走去。

工厂食堂门口聚了一群等待面试的姑娘，时不时交头接耳，远看活像一群机警的小松鼠。辛门仲走近食堂的窗户，看到考场上一个身材细如树苗的姑娘正在应试。

食堂的大厅里摆了一圈椅子，看上去给人的感觉不是考场而是茶馆。这一圈椅子空空荡荡，只是中央位置上坐着一个男子。

辛门仲猜想这男子就是刘得宝了。

他觉得刘得宝这个人的确有些面熟。

刘得宝正在向那个细如树苗的姑娘提问。他的问话方式使辛门仲觉得非常熟悉。口吻语气，举手投足，处处使辛门仲想到坐在这里的刘得宝正是当年的自己。这时候，刘得宝打了一个哈欠，辛门仲惊诧得几乎叫了起来。这家伙就连打哈欠也与自己如出一辙。这时候辛门仲终于想起来了，眼前的这个刘得宝正是当年自己手下的一个工人。记得刘得宝是个保全工，因违反劳动纪律被辛门仲大会点名批评，后来刘得宝想不开，自杀未遂。三十年河东，三十年河西。如今刘得宝满脸严肃坐在桌前，俨然一个辛门仲的复制品。时间真的丧失了它的意义。

辛门仲觉得自己在床上瘫了八年，刘得宝就好像是个转世灵童坐在这里。

考工的面试继续进行。

刘得宝问，对待同志要像春天般的温暖，这句话是谁说的？

细如树苗的姑娘答，这句话是刚刚从你口中说出来的。

我是问你这句话最早是从谁嘴里说出来的？

细如树苗的姑娘笑了笑说，雷锋。

刘得宝郑重地点了点头说，虽然说如今是商品经济，但《雷锋日记》还是应当读一读的。在日本有许多大企业都开展学雷锋活动。应当说这是咱们中国的骄傲。你知道保尔吧？

就是跟冬妮亚搞过对象的那个人吧？对象没搞成他就参军去了，后来成了残疾人。

刘得宝说，你这种理解是错误的。保尔是为了祖国上前线的。好啦你被录取了，以后要努力工作听从指挥，让理想荡起双桨。

刘得宝也学会指导青年人昂扬向上了，这令辛门仲觉得又欣慰又滑稽。这时候他听到有人在大声喊叫。远处的人们都在惊恐地议论着。

刘小诺自杀啦！刘小诺自杀啦！

刚刚用汽车送到公安医院去。还不知死活呢！

辛门仲走上前去问道：刘小诺是谁？

一个工人答道：就是那个罚站的 0260 号。他只喝了一瓶防腐剂，肯定死不了。

又一个自杀未遂。辛门仲心里寻思着。

想起当年刘得宝的自杀经过了。那好像也是这种季节，平时大错不犯而小错不断的刘得宝被勒令停职反省，辛门仲将他关在仓库里写检查。对生活失去信心的刘得宝好像也是喝了一瓶防腐剂，然后送到医院抢救。刘得宝自杀未遂，多年之后刘得宝手下的工人刘小诺也是自杀未遂。辛门仲觉得这个自杀未遂的刘小诺所继承的正是当年刘四宝的未竟事业。可惜都是功亏一篑。

生活就像是拉洋片，无论走到哪里，总是伴随着自杀未遂事件的发生。历史，恰恰在这里得到了延伸。

辛门仲没了主张。他不知道怎样才能对付如今的生活。

跟在身后的那个小伙子从怀里掏出大哥大，对着话筒低声说出一些令人莫名其妙的话语。

辛门仲并不知道自己已经被命名为"国宝"。跟在他身后手持大哥大的那个小伙子，每隔一小时就要向严伯兴汇报一次"国宝动态"。

志得意满的刘得宝走了过来。远远他就看见了辛门仲。尽管已经多年没有见到这位铁腕人物，刘得宝还是一眼就认出了他。刘得宝心头一惊，呼吸渐渐变得急促起来。这时候他才感觉到辛门仲的分量。无论辛门仲是站着还是躺着，都能放射出一种威慑的力量。当年辛门仲的工厂统治，给刘得宝留下了终生难忘的印象。

见到辛门仲的背影，刘得宝就懂得了什么叫作不寒而栗。

王小雨记错了，那是一节数学课而不是语文课。教室里都是三年级的小学生。如今姜幸珍已经明白，那一天应当是今生今世大彻大悟的日子，只可惜自己没有慧根。

站在讲台上，她望着面前的孩子们，心中满是慈悲。霎时，她觉得自己的灵魂正从自己的头顶逸出，缓缓升腾起来，鸟瞰着大地上的小草儿。她感到心神清凉，置身于一个风也透明的世界。

教室里的学生们，成了草地上的一朵朵葵花。朦朦胧胧，她看到了许多平日里所无法看见的东西。譬如说生命的形态。她看到生命的形态就是一条小路。小路弯弯曲曲通向一座小桥。桥的那边是一座小山。小山的那边究竟是什么地方，也就看不清楚了。

她有如神助，在黑板上写下那一行粉笔大字。

"人们活着，只懂得做加法。最大的悲剧就是人们从来不懂得做减法。人生的过程恰恰就是一道减法。生命的终极等于零。"

一个名叫王小雨的男生举手提问说，姜老师，这是您留的应用题作业吗？王小雨的声音，犹如天籁。

姜幸珍的确不记得自己当时是如何回答的。那真是灵魂出窍的一刹那。她用自己的教书生涯，兑换了那么一个无价的瞬间。

多年之后王小雨已经成了一位画家。画家在回忆起那节数学课的时候说，当时的情景太难忘了。正是由于这节数学课，才使我下定决心成为一个画家的。

王小雨的成名作正是那幅肖像画。据说这幅油画刚刚挂到巴黎画展的墙上，即被美国一石油大亨重金购去。从此这幅肖像油画永远无缘与国人相见，流落海外。

已经移居特立尼达和多巴哥的画家王小雨说，那幅油画所达到的艺术高峰，他今生今世怕是难以再度达到了。其实油画只不过如实记载了当年那节数学课上姜幸珍老师的一个神情的瞬间。这个瞬间居然成为一个永恒，挂到美国石油大亨家中去了。画家王小雨正是由于捕捉到这个艺术瞬间，从而赢得了一生的美好光景。国内传媒在报道这一消息时，似乎颇有感慨之词。

姜幸珍为自己培养出了这样的学生而感到自豪。唯一令她感到遗憾的就是那幅流落海外的油画。她知道油画所记载的正是自己醍醐灌顶的一霎。她真想重睹这千金难求的一个瞬间。

为此，她死不瞑目。

如今，起死回生的丈夫又不翼而飞。姜幸珍相信人间存在神秘力量。她甚至相信有一天那幅流落大洋彼岸的油画也会突然出现在自己面前。

这时候，女儿辛小凤带来了最新消息。

她并不知道女儿有个情人名叫王小雨。她也不知道女儿有个情人名

211

叫刘得宝。她只知道女儿是个荡妇，女儿的情人都是用 ABCD 来编号的。情人 A 情人 B，是女儿口中的日常用语。

女儿告诉母亲，父亲目前住在宏大电器厂。那是一个生产电热驱蚊器的地方。父亲目前情况不错，不但吃住条件良好，而且身边还有一名保镖。

对这个飞来的消息，姜幸珍持将信将疑的态度。

辛门仲怎么会跑到宏大电器厂去呢？他无亲无故，走下病榻一步就迈到了宏大电器厂。这里面肯定有一个曲折的故事。

女儿眨着一双小鹿一样的眼睛对母亲说，提供这个情报的是情人 L。情人 L 是宏大电器厂的人事总管。所以说这个情报是绝对准确的。说到这里，辛小凤咯咯咯笑了起来。

姜幸珍不知道女儿为什么笑得这样开心。女儿通常是在男人堆儿里才发出这种令人难耐的笑声的。

辛小凤告诉母亲，这个情人 L 过去在父亲手下当过工人，曾经自杀未遂，所以深知父亲的厉害。在他心目中，父亲永远是一个噩梦。所以当父亲的背影出现在他的视野里的时候，他立即感到自己重新落入深渊。

姜幸珍听着，觉得非常新奇。辛门仲竟然是一个令人不寒而栗的人物，真是让人难以想象。想一想他瘫在床上的那八年时光，姜幸珍愈发觉得时光如流水这个道理。

人世间居然还有这么多人日复一日地惧怕辛门仲。姜幸珍苦苦一笑。她对女儿说，很想见一见那个被编号 L 的男人。

辛小凤说，L 已经完全吓破了胆，如今他住进一家疗养院，靠药物来调解紧张过度的神经。L 的最大愿望就是今生今世不再看到辛门仲。

姜幸珍愈发想见一见这个心惊胆战的 L。但是辛小凤坚决不同意安排见面。她说，L 目前已经无法承受外界的刺激了。

姜幸珍很为 L 感到悲哀。

约好明天一起到宏大电器厂去，女儿就匆匆走了。

姜幸珍坐在家中等待着晚报的到来，不禁哑然失笑。

212

真是一物降一物啊。在 L 这种人的心目之中，辛门仲居然是一只凶猛的动物。明天就到宏大电器厂将丈夫接回家来。她要看一看这只凶猛的动物究竟如何凶猛。

这时姜幸珍恨不能立即弄明白，这只濒临死亡的动物究竟是怎样起死回生的。之后，她又开始惦记许梦桃，不知这个弱女子只身走在世间到底会不会遇见坏人。

辛小凤认为自己的人生价值就是不停地奔走于情人之间。每天都能给情人送去温暖，这就是一个女人的最大满足。辛小凤并不追求爱情的质量。她觉得质量是一个很难说得清楚的问题。辛小凤所看重的，是一个女人一生之中关于爱的能量的释放。

因此，将情人以 ABCDEFG 编号，在她看来并不是一件滑稽的事情。辛小凤恰恰认为将情人编码处理，是一个郑重的举措。难道一个对情感马马虎虎的人能够这样一丝不苟吗？她对自己的这种做法充满信心。

去往疗养院看望刘得宝的路上，辛小凤坐在出租车上陷入沉思。似乎是得到上天的点拨，车路过银梦广场时，她蓦地明白了一个道理。这时候她脸上的表情很像一个长期失眠的哲学家。

一个男人就是一个刹那。一个又一个男人连接起来，就连起一道时间的长廊。女人在这个长廊里散步，穿过忽明忽暗的白夜，走向自己的终点。

她为自己的这个重大发现而激动不已。

作为一个女人，妈妈是不是这样呢？妈妈的长廊只是由爸爸一人构成的。如果真是这样，辛小凤为自己的母亲深感悲哀。

一个男人能不能构成一座长廊呢？

辛小凤思索着，认为这是一个十分重要的问题。

她走进疗养院的大门。守门人是一座雕像。辛小凤看了一眼雕像，觉得人间只有它能够得到永恒。

刘得宝住在 L 楼 L 门第八疗养室。这是一个单人房间。辛小凤走进去的时候，刘得宝满脸倦容，说自己患上了严重的心理焦虑症。夜间无法入睡，白天不思饮食。总觉得日子已经过到头了，根本看不到前途。

辛小凤劝告他不要过于悲观，日子是不会过到头的，前途也明明白白摆在那里。刘得宝连连摇头，说自从见了辛门仲，噩梦一般的日子就重新开始了，一天二十四小时，全是黑夜。

你为什么这样害怕辛门仲呢？

听到辛门仲这三个字，刘得宝的目光立即恐惧起来，仿佛听到了魔鬼的名字。我也说不清楚为什么这样害怕辛门仲。反正那些年他是一个掌握工人生杀大权的铁腕人物。辛门仲的名字总是让人想起那些暗无天日的日子。辛门仲不是卧床不起了吗？他怎么又走了出来在我们眼前晃来晃去的。辛门仲什么时候能够从这个世界上彻底消失呢？我从心里盼望这一天的早日到来。

刘得宝喋喋不休说着，像一个刚刚获救的溺水者向人们倾诉遇难的经过。辛小凤觉得他有些可怜，一时又不知该怎样安慰这个编号 L 的情人。

为了能够使刘得宝尽快获得安全感，她决定将真实情况告诉他。她走上前去握住情人 L 的手，脸上布满妩媚。

她说，亲爱的不要怕。你所畏惧的那个人，其实并不是外人。他是我的父亲。

听了这话，身居工厂人事总管要职的刘得宝张着大嘴，呆呆看着辛小凤。

辛小凤用动听的声音再次说，不要怕，辛门仲是我父亲。

刘得宝猛地站起，使劲儿将辛小凤推出门外，嘭的一声关死大门。这时，辛小凤听到屋里传出刘得宝惊恐的叫声。

你永远也不要到这里来了。我怕！我不但害怕辛门仲，现在我也害怕辛门仲的女儿！我害怕所有姓辛的人！我怕！

隔着一扇门，辛小凤好似听到一个遥远的声音。这遥远的声音来自遥远的时代。

这毫无办法。辛小凤知道这一切都已无法改变，只得转身离开这个地方。

刘得宝还在喊叫着。

走得远了，辛小凤停下脚步，觉出自己浑身都是汗水。

刘得宝既然如此惧怕辛门仲，那就说明他仍然是一个好人。如果什么时候刘得宝变得无所畏惧了，那么他就已经是一个魔鬼了。

三十年河东，三十年还是河东。

辛小凤知道该去看望一下王小雨了。

其实姜幸珍并不是一个优柔寡断的女人。但是这一次她却迟迟拿不定主意，在屋里走来走去像一只犹豫的大鼠。

最后她决定投掷硬币。

姜幸珍找来一枚一元硬币，紧紧握在手里。

我究竟该不该在晚报上登一个寻人启事，寻找那幅油画的真正下落呢？

她在屋中的地上画了一个圆圈儿，将硬币抛了起来。这时候她觉得几十年的光景都浓缩在这一枚硬币上了。

硬币在地上蹦跳着，之后旋转起来，像一个独舞者。姜幸珍瞪大眼睛盯着硬币。这时候，她为硬币感到孤独。只有在这种时候，姜幸珍那颗早已麻木的心灵才隐隐感觉到，独身生活应当是世界上最为清静的生活。清洁清爽清修，一步又一步走过那绵绵无尽的长廊。

这时候，硬币像一个疲累至极的跋涉者，躺倒在地上。

姜幸珍看到了中华人民共和国的国徽。

按照事先的规定，硬币若呈现国徽，她就去晚报刊登寻画启事。看来这是天意。说干就干，她坐到桌前铺开格纸，开始拟稿。

"兹寻找油画《瞬间》之下落。该画完成于一九八九年六月。作者王小雨。据悉此画于巴黎美术大展之后即由美国一石油巨子所收藏。启事人姜幸珍系《瞬间》人物原型。现寻求知情者，恳请告知收藏者的详细姓名与地址，必有重谢。"

在晚报上刊登这么一个寻画启事，要花多少钱呢？说话做事一贯雷

215

厉风行的姜幸珍抄起电话拨通了晚报广告部。接电话的是个十分衰老的男人。他请姜幸珍将寻画启事的内容一字一句在电话里念了一遍。

之后电话里无声无息。姜幸珍以为对方睡着了。

衰老的男人问：你为什么要寻找这幅油画呢？

姜幸珍答道：我只想看一看自己当年在那一瞬间里是个什么样子。今生今世恐怕我只有这么一个愿望了。

衰老的男人问：这幅名叫《瞬间》的油画的确存在吗？

姜幸珍答道：我从来就没有怀疑过油画的存在。我为什么要怀疑呢？我想这不会是一个子虚乌有吧。我相信我的那个学生王小雨。王小雨是个才华出众的学生。

衰老的男人说：我只是对这个世界多了一份戒心。有许多东西我们一直认为它是存在的。后来才真相大白，它从来就不曾存在。到了我这种年纪，总是认为除了太阳和月亮之外，其余的东西都不那么可靠。当然，世界上的另外一个真实就是我的这条瘸腿。这是一条真正的瘸腿。如今大街上的许多瘸腿都是假冒伪劣产品。

姜幸珍说：所以我才急着寻找那幅油画。

衰老的男人说：好吧，既然如此，我一定将这则寻画启事安排在显著的位置上，钱呢只收你五百元，算是优惠了。

姜幸珍激动得不知道该说些什么才好。她渐渐抑住自己的情绪说，我有一个愿望，能不能将我的寻画启事与那部连载小说《黑白人间》安排在同一个版面上？

对方的应允使姜幸珍泣不成声。很多年她都没有这样哭过了。

第二天她到晚报广告部去交款，首先寻找那位衰老的先生。

终于听到那个声音在说话。她走过去，一下子惊呆了。

声音虽然衰老，人却是一个小伙子。姜幸珍不相信这是真的。

小伙子收下她的五百元钱，给她开了一张收据。之后他毫无表情地说，一个星期之内就会见报的。

姜幸珍说，非常感谢。真的非常感谢。

小伙子用那种听起来显得非常衰老的声音说，不必客气。

姜幸珍懵懵懂懂走了出来。她不知道是这个世界出了毛病还是自己出了毛病。一个在电话里听起来如此衰老的声音，竟然是一个朝气勃勃的小伙子。这肯定是一次错误的组装。

　　她还是记住了小伙子的话，一个星期之内就会见报。姜幸珍期待着。她知道这是有生之年自己所做的唯一大事。如果真的能够找到那幅油画的线索，倾家荡产她也要去看一看那个《瞬间》。

　　一生能有几个这样的瞬间呢？

　　一个。只有一个。真的只有一个。

　　接下来的几天里，姜幸珍放下所有的事情不做，静静等待着。她的表情，看上去显得神圣，如同一个等待死亡的教徒。女儿赶来要她一起去宏大电器厂将父亲接回家来，她说不急。她似乎竭尽全力在做着一件事情，那就是等待那张刊有寻画启事的晚报的出笼。在此之前，她无心也无力去做任何其他事情。

　　女儿只得告诉她，父亲住在宏大电器厂，胖了。

　　听说丈夫胖了，姜幸珍淡淡一笑。她轻声问女儿，那个海外来的收购字画的赵先生怎么样啦？

　　辛小凤茫然望着母亲，不知怎样回答才好。

　　她知道女儿的情人太多了，多得如天上繁星，记不清楚。于是她也就不再问了，闭目养神。

　　她在心中猜想，寻画启事一定是在周末那天的晚报上刊出的。只是一种直觉。她这一生的许多事情都是凭直觉去做的。她这个五十六岁的女人，仍然相信直觉。

　　周末的晚报来得很晚。天已经黑了，邮差才来。她从邮差手里接过晚报，径直走向屋里。这时候人间已是万家灯火。

　　她首先翻开第六版，一眼就看到了《黑白人间》。不知为什么，一种直觉告诉她，今天的《黑白人间》里出了乱子。她很想一气呵成读下去，看一看到底出了什么事情。但是，她更想看到自己的那一篇寻画启事。她的目光像一只梳子，在版面上篦着。

　　第六版的右下角，她终于看到了那篇寻画启事。心儿咚咚咚跳了起来，觉得一阵眩晕。

闭上双眼，屏住呼吸，心儿渐渐静了下来。她睁开眼睛，感到清明了许多。"寻画启事"这四个字，排的是魏碑体，看上去有一种手写的感觉。姜幸珍认为这是一件很好的事情。

她一字一句读了一遍寻画启事，没发现错字。她轻轻呼出一口气，有一种舒心的感觉。

这么多年过去了，我终于在报纸上刊出这么一条寻画启事。能做的，我都已经做了。至于能不能找到那幅油画的下落，就只能看上帝的安排了。

电话是在晚间十点钟的时候响起来的。她拿起电话，听筒里传出的是一阵急促的迪斯科音乐。她使劲儿喂了几声，听筒里才传出辛小凤的声音。女儿一定是喝多了，一个劲儿咯咯笑着。她知道这种笑声在公共场合一般被称为浪笑。

女儿继续浪笑着。姜幸珍心里很烦。女儿为什么在公共场合发出这种浪笑呢？这时候女儿说了话。

辛小凤说，妈妈，您在晚报上刊登了寻画启事？

姜幸珍说，是啊。这么多年过去了。我早就应当刊登一个寻画启事。如今总算刊登出来了。

辛小凤咯咯笑着说，您怎么会认识王小雨呢？

姜幸珍一字一句说，我怎么会不认识王小雨呢？王小雨是我当年的学生啊。

辛小凤告诉母亲，王小雨是自己的情人。

姜幸珍不知该说些什么。自己当年的学生成了女儿如今的情人。应当说这是一种新的人际关系的出现。对于姜幸珍来说，重要的不在于王小雨是谁的情人，而在于王小雨是《瞬间》的作者。自己呢？则是《瞬间》的人物原型。

她告诉女儿，寻找《瞬间》是想看一看自己当年究竟是个什么样子，尤其是想看一看自己当年在那个瞬间究竟是个什么样子。

女儿又咯咯咯笑了起来。这笑声对母亲是一个很大的刺激。

辛小凤说,《瞬间》里的人物原型是我呀! 我清清楚楚记得王小雨画《瞬间》的时候,找不着范了。他遇见了我。那是在一间很大的地下室里。门窗是紧闭的,屋里非常温暖。那时候我好像刚刚开始读《安娜·卡列尼娜》。我坐在一条毛毯上,让王小雨一笔一笔画了整整三天三夜。当然,我们就成了情人。

什么? 姜幸珍举着电话呆呆站着,像一个木头人儿。她知道女儿有一个强大的情人阵容。王小雨身居其中也是完全可能的。这时电话听筒里传出一阵十分强烈的迪斯科音乐。

辛小凤在电话里说,妈妈,您怎么啦? 您是不是需要硝酸甘油? 如果您觉得难受您最好将身体躺平。我现在就赶到您那里去。

姜幸珍坐在沙发上自言自语说,辛小凤啊辛小凤,你打碎了我多年不泯的唯一期待啊! 俗话说,女儿是母亲的镜子。镜里与镜外好比同一个影像。这真是宿命啊。

当辛小凤赶到母亲身边时,姜幸珍已经平静如水。她躺在沙发上读着当天的《黑白人间》。见女儿走进门来,她一本正经说道,许梦桃的爱情道路正处于十字路口。她即将迈出的真是至关重要的一步啊。

辛小凤说,妈妈,您长年沉浸在这部长篇小说里,不觉得累吗?

姜幸珍说,这是世界上最为有效的休息。作为一个女人,亲自参加恋爱其实是一件十分疲劳的事情。而站在小说的边缘,看着别人恋爱,才是一件既赏心悦目又陶冶情操的大好事情。这种大好事情能够使人健康长寿。

辛小凤呆呆看着母亲,仔细品味着她话里的玄机。

刘得宝给自己的老板严伯兴打电话,声音颤抖。严伯兴以为工厂出了事故,譬如说着火爆炸什么的。刘得宝说工厂运转正常。刘得宝又说他必须马上辞职,立即离开宏大电器厂。

严伯兴答应给刘得宝加薪。刘得宝坚决否认自己的辞职与薪水有关。如今这种年代,一切都与金钱有关,刘得宝的辞职怎么会与金钱无涉呢? 严伯兴大惑不解。刘得宝在电话里说,您知道当年我曾经自杀未遂吗？一个自杀未遂的人的心理其实是非常脆弱的。说着刘得宝率先挂断电话，给人的感觉他就是一只正在逃命的兔子。严伯兴并不知道引起刘得宝惶恐的人物正是辛门仲。

严伯兴自言自语说，自杀未遂？当年我也是自杀未遂啊。当年导致我自杀未遂的就是辛门仲啊。

所以我必须报这一箭之仇。严伯兴在屋中踱来踱去。

怎样处置这个辛门仲呢？

望着窗外的景致，严伯兴知道，最为美妙的处置方法就是让辛门仲久久陷入痛苦之中。怎样才能使辛门仲久久陷入痛苦之中呢？严伯兴费了思考。

临近中午时分，严伯兴绝望了。整整一个上午的思考，使他对辛门仲有了一个全面的认识。想令辛门仲久久陷于痛苦之中是根本不可能的。因为辛门仲根本就不懂得什么叫作痛苦。

一个根本不懂得痛苦的人，就是一个刀枪不入的人。对一个刀枪不入的人来说，只能触及皮肉，不能触及灵魂。

严伯兴的目光一下子变得冷硬。

对于他这样一个腰缠万贯的私人企业家来说，报仇雪耻之类的事情，应当说不费吹灰之力。报仇本身并不具有什么滋味。最具魅力的应当是酝酿报仇的过程。严伯兴的本意，打算无限延长这个过程。在这个无限延长的复仇过程中，他必将得到人生最大的陶醉与满足。严伯兴喜欢将仇人置于明处、自己坐在暗中的那种快意。为此，他愿意付出最大的代价。

姜幸珍与辛小凤，正是在这种时候按响严伯兴办公室的门铃的。那清脆的门铃声，听起来令人心情非常愉快。

严伯兴认识姜幸珍。当辛门仲病卧床榻的那几年，他前去看望，姜幸珍给他留下了深刻的印象。

但是他第一次见到辛小凤。他为辛门仲竟有这样漂亮的女儿而感到惊讶。辛门仲怎么会有这样漂亮的女儿呢？天下的事情真是太不公平了。

辛小凤面容姣好，属于能言善辩的女子。她首先表示感谢。尤其是对父亲离家出走这几天里严伯兴老先生的热情照料表示感谢。虽然说国家处于商品大潮的冲击之下，但是仍然让人感到社会主义处处有亲人。

听了辛小凤的这些话，严伯兴心中很是失落。他知道辛门仲即将从自己手中流失，回到他的家中去颐养天年。想到这里严伯兴就觉得不能容忍。他说，能不能再让辛门仲在我这里住上一段时日？当年他是工厂里的党委书记，我是一个正在劳动改造的资本家。这是一段非常值得纪念的时光啊。真是令人留恋不止。

姜幸珍说，您肯定不会轻易忘记那一段时光。那是一段什么样的时光啊。不过，事情早已过去。您还活在世上，辛门仲也奇迹般地活在世上。这应当说是一种难得的机缘。既然是机缘，就不会轻易消失。我们还是将辛门仲接回家里吧。

严伯兴并不认为姜幸珍已经看透了他的心思。他苦于一时想不出得体的理由挽留辛门仲，只得同意派车送姜幸珍母女去宏大电器厂。留得青山在，不怕没柴烧。严伯兴相信不久之后自己就会找到更为合适的机遇，实施报复计划。

驶近宏大电器厂，姜幸珍才知道这里只是一个生产电热驱蚊器的地方。一只小小的驱蚊器，竟然将厂子取名宏大。汽车驶进工厂大门，辛小凤就咯咯笑了。

刘得宝正是这里的人事总管。堂堂一个人事总管，竟然被辛门仲这样一个病弱的老者吓得逃之夭夭。如今已经是猫怕老鼠的时代，刘得宝这只老鼠，为什么还怕猫呢？辛小凤百思不得其解。

这时候，姜幸珍轻轻叫了一声。不远处是一座假山。只见山石嶙峋，形状古怪。辛小凤顺着母亲的视线望去，才觉得假山上有一块石头是活的。

辛门仲一动不动蹲在假山上。

姜幸珍心头一热。一个本应死去的人，奇迹般回生，然后又蹲到这座假山上，成为一块微微喘息的石头。姜幸珍为人生而感慨万千。辛小凤这时候止住咯咯的笑声，呆呆注视着假山。

走出汽车，姜幸珍觉得眼前的这座假山很大。辛门仲蹲在这座假山上，显得非常渺小。

　　辛小凤走上前叫了一声爸爸。姜幸珍的泪水就涌满了眼窝。她从心里认为，辛门仲活在世上于人于己都是一件多余的事情。而这个世界上，往往充斥着多余的人和多余的事。因此，生命的价值就变得扑朔迷离，有一种丧失方向的苦衷。

　　她小声对女儿说，让你爸爸上车吧。我们回家去。

　　辛小凤渐渐恢复常态，笑了笑对母亲说，您这等于是让我将一块石头搬回家去。而且还是一块陌生的石头。

　　辛门仲站起身，望着这对母女。

　　姜幸珍对丈夫说，回家吧，我们已经很久没见面啦。

　　辛小凤在一旁咯咯咯地笑着。

　　远处，心事重重的严伯兴偷偷看着这个不同寻常的场面。

　　自从知道《瞬间》其实是一幅与己无关的油画，姜幸珍就感到此生已经没有什么更为重要的事情要自己去做了。她只想见一见王小雨，听一听自己当年的这个学生如何解释《瞬间》的出处。可是因为王小雨远在南美，一时无法取得联系。

　　已经很久很久没有见到王小雨了。静心回忆，却几乎不能想起王小雨的容貌。姜幸珍开始怀疑这一切是否曾经存在。

　　《瞬间》明明是以辛小凤为模特的，王小雨为什么要说画中的人物是自己当年的老师呢？而这两者之间的关系又恰恰是母女。姜幸珍必须相信自己的女儿。辛小凤虽然风骚，但是个诚实的女性。相比之下，王小雨却令人生疑。为什么将一幅油画搞得这样复杂呢？要想找到王小雨，只能通过辛小凤才行。可怎样向女儿张口问呢？姜幸珍觉得有些难堪，仿佛母女俩正在争夺油画明星的位置。

　　辛门仲每天都默默无语坐在床前，看着那一株正在盛开的仙客来。一日三餐，辛门仲食欲正常。姜幸珍毕竟好奇心理并未泯灭，她问辛门仲究竟是怎样起死回生走下病床的？辛门仲说只觉得耳边传来一声雷，就感到浑身有了活力。

一声雷。姜幸珍心中算了算日子，知道辛门仲所说的那一声雷，是发生在阴历四月里。四月里响雷，依照中国谚语，并不是一件很好的事情。好在只有辛门仲一人耳边响了那一声雷，听众寥寥无几。这样一想，姜幸珍心中略感自慰。

严伯兴几乎天天都要到这里来，说是看望辛门仲。姜幸珍知道，严伯兴在余生之年已经离不开辛门仲了。虽说她并没有一针见血地看出严伯兴心怀复仇之心，但毕竟觉出严伯兴与辛门仲之间存在一种十分古怪的关系。只有辛门仲活着，严伯兴就会觉得生活还有奔头。如果辛门仲一夜之间死了，姜幸珍断定，严伯兴肯定立即丧失对生活的信心。

这是两个关系离奇的老年男人。

严伯兴每天都在构思处决辛门仲的方式和方法。他久久陷入幻想之中而不能自拔。于是，生活充实而有趣。太阳每天都是新的。严伯兴每天都是新的。处决的方式和方法每天都是新的。

每天他都要给辛门仲带来一些可口的食物。譬如说萨其马或云片糕。走的时候，严伯兴都要对姜幸珍说一声拜托。仿佛姜幸珍是他为辛门仲雇来的护理员。

姜幸珍并不认为这种生活有多么荒诞。

令她感到荒唐的是王小雨终于露面了。当她拿起电话听到王小雨的声音的时候，知道一切都会有个结论了。王小雨在电话里显得语无伦次，似乎干了什么亏心的事情。

她请王小雨到家里来，有事情谈一谈。王小雨连忙搪塞，说已经看到老师在晚报上刊登的寻画启事。

王小雨说那幅《瞬间》的确是一幅好画。可是它从来没在巴黎美术大展上获过奖。那是他为了成名成家而杜撰出来的一个虚假新闻，没承想在本市一下子就炒红了。王小雨还承认，他从来就没有出过国，一直住在国内的一间地下室里炮制假画以谋生。他知道那个情人是个荡妇，可是却离不开她。王小雨向老师表示深深的歉意，并且请求老师忘记他这个学生。

王小雨挂断电话之后，姜幸珍仍然举着电话，很久很久。后来她只是苦苦一笑，说孩子们怎么都变成这个样子啦？

是啊，那个王小雨究竟长得什么样子，真是一点儿也想不起来了。时光如水，将百年之内的事情淘洗得干干净净。

严伯兴还是天天都到这里来看望辛门仲。姜幸珍也渐渐习以为常，将严伯兴视为每天前来送报纸的邮差。

姜幸珍在新年即将来临之际，终于给自己找到了一个新的差事：给晚报上的连载小说续尾。

她乐此不疲。

她为《黑白人间》续的尾，足以令小说的原作者大跌眼镜。毫不夸张地说这是狗尾续貂。姜幸珍在小说之中的那个风雪之夜，另起一笔，安排戴眼镜的赵一明与身材修长的闻志群火并。双方都用文言辱骂对手，那是一场斯文的打斗。

居然没有流血。在一旁观战的许梦桃认为双方都是废物。

一百年太久，只争朝夕。姜幸珍将这个结尾给晚报的总编辑周似先生寄去，并在附信中说，敬候回音。

其实这时候周似已经死了。

一天清早，年逾花甲的严伯兴又走进门来。辛门仲坐在屋里呼噜呼噜吃着炸酱面。姜幸珍觉得这位复仇心切的老者严伯兴活得委实不容易，活像一只心事重重的老狼，总是在宅门外面徘徊着。

这一徘徊就是百年。

于是，她随手给严伯兴也盛了一碗炸酱面，说趁热吃吧。

奇女雪恨

　　人活在世上，无论何等荣华富贵，总会遇到难遂心愿的事情。说古道今，概莫能外。于是，人生百年便留下许多美中不足的缺憾。话说唐元和年间，豫章郡有一户谢姓人家，正面临着一件难遂心愿的事情。

　　说起这谢家的男主人，名叫谢元，乳名人称三辈儿。谢姓人家在乡里原本贫寒，早在谢元祖父壮年之时，便发誓脱贫致富。于是弃了几分薄田，走上经商之路。俗话说行商坐贾：往来贩运者称之为商，坐地发行者称之为贾。谢元祖父从事的正是长途贩运的营生，水路旱路，很是辛苦。渐渐谢家有了家业，在当地有了几分名声。

　　谢元的父亲是独子。子承父业，做的也是水路上行走的生意。南货北贩，北货南销，生意越做越红火。儿时的谢元，娇生惯养，泡在糖罐儿里长大。六岁那年，一天谢元的父亲请来一位大相士给独生儿子看相。这位大相士走南闯北，名气很大。这位大相士进了谢宅，坐在屋里品茶。他只是隔着窗户看了看正在院里玩耍的谢元，竟然一语不发。被问得急了，大相士就连连摇头，起身告辞而去。

　　谢元的父亲不禁愕然。

　　身边的人们见状，都七嘴八舌给谢元的父亲道喜，说方才大相士默默离去，一定是小少爷的命相贵不可言，有道是天机不可泄露啊。

　　谢元的父亲也觉得言之有理。

　　光阴似箭。谢元长大成人。至此，谢家已是三代单传，人丁不旺。为了传接香火，谢元的父亲早早就为他订了一门婚事，以求多子多孙，人丁兴旺。

谢元之妻焦氏，称得是一个贤淑的女子。虽然婚后多年不孕，夫妻依然恩爱。焦氏几次请谢元纳妾，谢元终是不肯。就这样在心中苦苦企盼着送子娘娘的恩赐。婚后第六个年头，焦氏终于有了身孕。谢元大喜，妻子尚未临产，他便摆了十八桌酒席，庆贺妻子有孕在身。其实谢元并非为了摆富显阔，然而此事传扬出去，方圆百里却都晓得谢家的财势了。

俗话说树大招风。谢元此举为自己日后的命运埋下了伏笔。

金秋八月，焦氏分娩。产下的竟是一女婴。谢元多年盼子，如今却盼来了一个女儿，不免暗暗失意。产后的第六天，焦氏患产后风撒手西去。谢元怀抱娇小的女儿，不禁泪水涟涟。

焦氏死后，女儿饿得连夜啼哭。谢元遂为女儿起名小娥。"娥"实为"饿"的音转。从此，谢家的生活虽然依旧殷实，气氛却日见沉闷，颇有乌云难散的压抑。

这谢小娥，也就在这种气氛之中渐渐成长起来。

小娥女儿之身，生得却不同于寻常女子。俗话说，男长女相，必有贵样。历代伟人，早已印证了这一民间谚语。而女长贵相，其富贵贫贱，就不得而知了。这个谢小娥长到十二岁那年，女儿家愈发显出一副男相。她肤色黢黑，身材高挑，体态壮硕如男，走路的步姿稳健而坚实，颇有大丈夫风度。说起五官，她长眉大眼，目光之中毫无娇媚之气，却多了几分胆识。这出奇的相貌，广为乡里邻人所议论。谁也说不清楚，谢家三代单传，为何生出这样一个女儿来。谢元望着女儿长成这般模样，心中又喜又忧，五味俱全。谢家三代单传而得一爱女，无论如何也比断了香火要强，索性就将女儿当成男孩来养活。一天，小娥爬到树上摘吃枣子跌落于地，竟然毫发无伤。谢元聊以自慰，笑道："我家小娥，果真是铁打铜铸的女儿身啊！"

日子如流水一般过去了。

且说历阳地方有一位豪侠之士，名叫段居贞。此人负气仗义，少年成名。他最爱结识四方豪杰，常年游历在外。段居贞是二十四岁那年到达泰山脚下的。遥望着，段居贞如醍醐灌顶，不曾登山便萌生退出江湖之心。返回故里他散尽家财，金盆洗手从此远离江湖，闭门不出。这时的段居贞，是一位独身男子。他父母早丧，亦无兄弟姐妹。他一人在家修心养性，此举引起人们的议论。

想来这也是天意。

第二年的秋天，段居贞忽发奇想，愿往江南一游。他心中暗道："我在江湖之上行走多年，了无一技之长。此番江南之行，何不学做一种营生，清清淡淡打发时光。"

这样想着，段居贞打点行装，一个人独自上路，往江南去了。

不出几日，他就到了豫章地方。天色渐晚，段居贞投宿在东关的吉安客栈。走进客栈大门，只见小二一声长长的吆喝："客——到！"

吉安客栈的掌柜哈哈笑着迎了上来。

段居贞不知何意，怔怔看着肥胖的客栈掌柜。

客栈掌柜声音洪亮："哈哈！客官真是贵人啊。您是小店今天迎来的第八位客人。真是造化啊。"

段居贞问道："第八位客人又怎么样啊？"

肥胖的掌柜笑而不答，却让小二引着段居贞前往客房歇息。走进客房，只见客栈掌柜亲自送来洗脸的热水，笑容可掬。

段居贞看出其中必有缘故，也就沉下心来，洗脸擦手，并不言语。

客栈掌柜终于沉不住气了，问道："客官请问你独自出门在外，想来并未成家吧？"

段居贞笑了笑："独来独往，四海为家啊。"

客栈掌柜嘿嘿笑道："好！果然是千里有缘来相会。客官您歇息片刻，就请到后院来用些酒饭吧。"

段居贞心中暗道："千里有缘来相会？莫非是昔日江湖上行走的旧友，今日里要在此候我？"

此时的客栈后院，早已摆下一桌酒席。段居贞走进后院，看到这桌丰盛的酒席，心中很是诧异："这是何人请我吃酒啊？主人也该露面啦。"

客栈掌柜陪在一旁："客官，这一桌酒席，乃是本地谢员外为你预

227

先备下的。他在这里恭候多时，暗中看到您一表人才，就心满意足回府去了。"

段居贞问道："谢员外与我非亲非故，为何请我吃酒啊？"

客栈掌柜为段居贞满上一碗水酒，轻声一笑，说出事情的原委。

原来自从谢小娥临近出嫁的年龄，那谢元便为小娥的婚事操碎了心。小娥自幼随父亲长大，性格与一般女孩儿大不相同。俗话说男大当婚女大当嫁，这小娥对自己的婚姻，却无憧憬。每每媒婆登门提亲，问到小娥她总是摇头，似乎并无出嫁之意。久而久之，父亲心中焦急起来，连连追问女儿，究竟对自己的婚姻大事有何打算。小娥便说，这一辈子也不想出嫁。谢元听罢，心中暗暗叫苦：上天为何赐我这样一个与众不同的女儿呢？真是命中注定。

谢元当然不甘心女儿永久待字闺中。一日，他又与女儿提起出阁之事。小娥脱口说道："父亲千万不要操心了，到时候我嫁出去就是了。"

谢元听罢不禁大喜，立即问小娥是不是有了意中之人。小娥虽然女长男相，毕竟还是女儿之心。她见父亲如此追问，不禁脸色绯然，随声说道："城东的吉安客栈，八月初八那一天前来投宿的第八位客人，便是我的夫君。"

谢元以为女儿是在撒娇使性，便小心翼翼问道："我儿为何口出此言啊？"

谢小娥说："我心中正是这样想的，口中也就这样说出了。"

谢元又问："我儿此语当真？"

谢小娥道："婚姻大事，怎敢戏言！"说罢便进了闺房。

谢元唤来家人，备下车轿，立即动身前往城东的吉安客栈。路上，谢元屈指一算，距离八月初八只有三天光景了，不免喜忧参半。

谢元心中喜的是，小娥终于张口，乐意出嫁。忧的则是，那八月初八吉安客栈迎来的第八位客官，说不准是一个什么样子的人物。如果真的赶上一个腿残眼瞎的男子，小娥的婚姻可就落入水深火热之中了。

这样想着，谢元来到吉安客栈。吉安客栈的掌柜对谢员外的大名早有耳闻，也知道谢家有一位与众不同的小姐待字闺中。吉安客栈的掌柜深知谢元无事不会登门，便请谢元厅中落座，摆酒相待。

谢元无心品酒。他开门见山，将此行来意和盘托出。吉安客栈的掌柜听罢，拊掌大笑："天下之事，真是无奇不有。令爱居然如此择婿，真是不同凡响啊。吉安客栈乃简陋之地，但诚心诚意祝愿小姐婚姻大事称心如愿。八月初八那天，小栈必将不遗余力，办好这件事情。"

谢元心中暗想："吉安客栈是不是我家小娥的福地，全看八月初八那天的第八位客人究竟是何等人物了。"

谢元起身告辞时对客栈掌柜说："小女待字闺中，今日终于表露出嫁之意，我必然要全力以赴，但愿有缘人终成眷属。"

客栈掌柜说："吉人自有天相，小姐择婿，必是人中豪杰啊。"

谢元道了谢，匆匆离开吉安客栈，前往宝光寺求签。

这谢元自幼相信玄学。他曾听长辈说起小时候大相士为自己看相的事情。大相士为他看相之后为何一语不发？至今无人说得清楚。多年以来人们都称赞谢元的命相贵不可言，谢元也就渐渐忘记了那位大相士。此时他前往宝光寺，身为人父只想卜一卜女儿的婚姻前景。

宝光寺门前谢元下了轿子，直奔大殿。上香礼佛，谢元心中想着求得上上签，不禁大汗淋漓。

抽签的时候，谢元心中默默祈祷："我这是为女儿求签啊，佛祖保佑小娥嫁一个如意郎君吧。"

这样祈祷着，谢元睁开眼睛看着手中抽得的竹签，不禁大惊失色。

原来谢元手中抽得的竟是一支空签！

站在一旁的小僧见面前这位施主手持竹签大惊失色，就轻声道了一声阿弥陀佛，然后引着谢元去见宝光寺的方丈。

宝光寺的方丈法号慧远。慧远皈依佛门超凡脱俗，站得高望得远，对凡尘之事他更是心明如镜，充满慈悲。

慧远接过谢元递过的竹签，定睛细看，果然是一支无字无符的空签。慧远脸上泛起诧异之色。这宝光寺素以香火旺盛闻名四方，前来求签问卜者络绎不绝，却从未见过这种空无一字的竹签。这时，慈眉善目的慧远朝着谢元微微一笑。

"施主尽管放心，这求签问卜之事，玄机颇多。每日里前来宝光寺求签者数不胜数，心中的念想也各不相同。有求得上上签者，天高任飞，水深凭跃，以为是大吉；有求得下下签，桥断路塞，山重水复，便以为是大不吉；其实不然。所谓凶吉，并非注定，无时不在转化之中啊。而施主今日求得一支空签，实乃罕见。凶凶吉吉，吉吉凶凶，最终离不开一个空字。这支空签，正是吉生凶、凶生吉这个道理的明证啊。"

慧远的这番话，谢元并不能完全理解。他朝着方丈行礼问道："小女的婚事，到底是凶是吉呢？还请方丈指教。"

慧远闭目说道："这一个空字，谁又能参得其中真谛呢？世间的福祸吉凶，与佛门中人的不尽相同。凡尘中人求生而不愿死去，佛门中人求的是皈依与超度啊。可谓方生方死，方死方生……"

谢元依然听得不得要领，对慧远大师充满禅机的话语，难以深刻理解。他起身告辞，匆匆离开宝光寺回家去了。

回到家中，谢元不便将求签问卜之事说与女儿听。此时的谢小娥，已然是十九岁的姑娘了。她性格稳重，却又显出几分执拗。由于自幼丧母，她在父亲面前常常流露出小孩子的情态。见爹爹走进家门，她竟然抱怨父亲没有给她带回来果子吃。

谢元心中叫苦："儿啊，你脱口说出八月初八吉安客栈择婿，为父可是坐卧不宁啊。今日宝光寺求得一支空签，心中更是忐忑不安。谁能告诉我，八月初八那天吉安客栈会撞进一个什么样子的人来呢？"

盼望八月初八，谢元度日如年。而那谢小娥却同往常一样，如局外之人，仿佛万事皆与她无关似的。

终于到了八月初八这一天，风和日丽，天气极好。谢元一早就来到吉安客栈，租下一间上好的房子，眼巴巴盼望着那第八位客官的到来。客栈掌柜深知谢元的心情，就派伙计将吉安客栈里里外外清扫一番，等候着贵客的到来。

过午时分，才见有人前来投宿。客栈掌柜为谢元送来香茶，说日暮时分前来投宿的客人才会渐多的。谢元喝了一口香茶，也品不出什么滋味来。于是，他心中就盼着暮色的来临。

黄昏时分，已然有五位客人投宿吉安客栈。谢元望着房客们的穿装打扮，尽是引车卖浆者。第六位和第七位客官是同时走进吉安客栈的，看样子是一对出门做生意的兄弟。那身为兄长的，高颧骨尖下颏，头发泛黄，似乎正患着赤红的眼疾，模样很是怪异。那身为弟弟的，生得拳长臂阔，面色黑森森的，是一条高高大大的汉子。这兄弟二人进了那间客房，便闭门不出，使人觉得他们的行迹颇有几分神秘。

　　谢元坐在自己租下的房子里暗暗说道，真是万幸啊，我家小娥要是嫁了这样的生意人，可就委屈透了。

　　暮色四合，飞鸟入林。一位生得端端正正的汉子走进吉安客栈。谢元隐在暗处，借助火光定睛细看，远远打量着这第八位前来投宿的客官。

　　这是一个五官端正气度不凡的男子。

　　谢元仔细看罢，心中渐渐喜气洋洋。

　　这男子正是段居贞。

　　吉安客栈的掌柜见前来投宿的第八位客官生得一表人才，心中也很欢喜。他摆下酒席款待段居贞，令段居贞丈二和尚摸不着头脑。谢元隐在暗处，听到客栈掌柜询问段居贞"如今可是独身"，段居贞答曰"四海为家"，不禁大喜。他悄然离开吉安客栈，跑回家去向女儿小娥报喜。

　　小娥已经睡下。谢元就叫家丁搬来一坛好酒，独自开怀畅饮。这一夜，谢元酩酊大醉。

　　再说吉安客栈掌柜在后院摆下酒席款待段居贞。段居贞面对客栈掌柜的敬酒，并不推辞，一连喝了三大碗，又吃下一盘牛肉。客栈掌柜见段居贞果然是一个豪爽之人，干脆就将意图和盘托出，将谢小娥招亲之事，说与段居贞。

　　段居贞听罢，很是惊异，一下就对谢小娥这位奇异的女子产生了浓厚的兴趣。

　　段居贞对客栈掌柜说："我走南闯北，还从未见过如此择婿的女子。今日的缘分，我倒是想见识见识啊！"

吉安客栈的掌柜听出段居贞话里的味道，大喜，当即定下："明日正午谢宅设宴敬请光临。"

段居贞点头应允。

吉安客栈掌柜心花怒放，与段居贞一碗接一碗，开怀畅饮。

第二天一早，段居贞一觉醒来想起昨晚的事情，愈发觉得谢家小姐的奇特。他起身走出屋门，看到客栈掌柜正在呵斥店小二。原来昨晚住进吉安客栈的那两个兄弟模样的生意人，不曾结账就没了踪影。店小二满脸委屈，说这两个人来无影去无踪的，真是叫人没有办法。

段居贞走上前去，对客栈掌柜说："遇到赖账的客人，小二就是有天大的本事也看管不住啊。"说着，段居贞掏出一角银子，说是替那两个溜之大吉的客人付房钱。

这时候，谢元派来接他赴宴的轿子已经到了。段居贞看出谢家对这门婚事的诚意，也就不敢怠慢，立即动身前往谢宅。

临近正午时分，段居贞在客栈掌柜的陪同之下，来到谢宅门前。谢宅好不热闹，一派喜庆的气氛。

段居贞走进谢宅，只听到仆人们窃窃私语，说是新姑爷到了。

段居贞心中暗道，相亲相亲，双方不曾见面婚事便已定了，可见谢氏的心意。

走进二进大院，只见迎面站着一个身穿蓝衫的小伙子，定定注视着段居贞，然后转身径直进了后院。这时，谢元满面春风迎了上来，高呼："贵客登门，有失远迎。"

吉安客栈的掌柜为双方做了引见。宾主相互行礼，入席落座。

落座之后，双方竟一时不知说些什么才好。吉安客栈的掌柜机敏过人，立即开口说道："这人间的奇异之事，总是由于前缘所定。今日谢家小姐征婚择婿，与段先生相逢于佳期，实乃天意啊。既然如此，我看就应当破一破寻常的规矩，现在就请谢家小姐出来与段先生见面，不知双方意下如何啊？"

谢元当然乐意。他起身走入后院，亲自去请小姐。段居贞端坐不动，等待着小娥的出场。

谢小娥终于款款走了进来。段居贞抬头一看，不禁一怔。

"咦，这位小姐怎么这样面熟呢?"段居贞心中这样想着，可又一时想不起在什么地方见过小娥。只见小娥女气娟秀之中不乏阳刚之风，心中不禁喜爱起来。原来这段居贞在外行走多年，对娇声娇语的女子并无好感。而对小娥这种不让须眉的女子，却是情有独钟。

吉安客栈的掌柜从段居贞的神情之中，已然看出他的心思，大笑说道:"这是天作之合啊!"

喜气之中，谢家小姐入席，与段居贞相对而坐，互相敬了酒。人们都为段、谢的婚姻而高兴万分。

佳期择偶，完婚的日子选在八月十五中秋节。此时金风送爽，百果成熟，正是一年之中的黄金季节。面对这大好秋光，谢元喜不自胜，心中暗道:"这些年来我苦于无子，如今小娥为我招来一个上门女婿，也算是遂了多年的心愿。俗话说一个女婿半个儿子，我谢元晚年终于有了依托啊。"

洞房花烛夜。段居贞与谢小娥同床共枕，享受着良宵的美好。段居贞多年漂泊，此时将小娥拢在怀里，颇有船儿入港的喜悦。小娥也为自己嫁与居贞这样的豪杰而备感甜蜜。

段居贞轻声问小娥:"那天我第一眼看到你，竟然觉得十分面熟，以前我是不是在什么地方见过你?"

小娥伏在夫君怀里，咯咯笑着:"那天你一走进我家宅院，是不是看到迎面站着一个身穿蓝衫的小伙子?"

段居贞说:"是啊，后来我就再也没见过他。"

小娥说:"那个身穿蓝衫的小伙子就是我呀!"

段居贞恍然大悟:"你女扮男装，原来那个小伙子就是你啊。"

小娥撒娇道:"从前我女扮男装是为了好玩儿，如今有了如意郎君，也就要天天红装女儿家啦!"

段居贞听罢，将小娥紧紧搂在怀里。

出了蜜月，段居贞对小娥说:"我闲散心志多年，如今我想，男子汉大丈夫成家也须立业，不能久卧床第而没了志向啊。"

小娥随即将夫君的心意转告父亲。谢元听罢大喜，知道段居贞绝非好吃懒做之辈，心中愈发满意。

光阴似箭，转眼冬去春来。一天傍晚，翁婿坐在一起喝茶聊天儿，谢元觉得时机已到，就说："居贞啊，你若是愿意外出走动走动，我看不妨随着我的船队在水路上跑一跑生意。跑上几趟，你若愿意做下去，干脆你就替我支撑门面，掌管家业；你若不愿意做下去，就去做自己乐意做的事情……"

段居贞从未做过生意，听泰山大人这样一说，倒也动了心思。当即表示，愿意随着岳父大人的船队跑上一趟，先长一长见识再说。

见女婿如此谦逊，谢元心中大喜。谢小娥见夫君愿与父亲一起外出经商，更是高兴万分。是夜，恩爱夫妻柔情蜜意，小娥提出，居贞第一次外出经商，她要一同前往。居贞深吟片刻，说此事还要由爹爹定夺。

第二天一早，小娥妆罢便去见父亲，提出要与船队一起跑上一趟，饱览吴楚景色。谢元听罢，并不言语。他深知女儿所说饱览吴楚景色，只是其一；其实是夫妻恩爱，恨不能朝暮相处，永不分离。然而千里行船，女儿随行多有不便，路上遇到风风雨雨，更是让人揪心。小娥见父亲面色沉重，立即大声说道："您一定是怕我拖累了船队。那我就男扮女装，在船上做一个船夫如何？"

女儿这样一说，谢元却笑了："好吧，这一次就带你一起同行。到时候你一定要听爹爹的话，不要四处乱跑。"

小娥说了一声爹爹放心，就兴高采烈去了。

恩爱夫妻，形影不离。段居贞听说此次水路行船，妻子能够一同前往，当然高兴。

未出几日，谢元的船队满载货物，启程东去。谢元、段居贞夫妇俱在一条船上，扬帆远航，大家心中好不欢喜。

谢家的商船，多年以来行走在水上，名声很响。尤其是夜航之时，只只船上都悬起一只灯笼，上写一个好大的"谢"字，很是招摇。尽管如此招人耳目，这些年来却也是旅途顺达，不曾遇到什么事情。今日翁婿同船，自然心中欢喜，也就多喝了几碗老酒。黄昏时分，谢元先是不胜酒力，倒在舱中睡了。那段居贞又独自饮了几碗，也渐显酒态，摇摇晃晃回到自己的舱里，进了梦乡。

这谢家的船队，总共十艘。一路行走，船丁不下二三十人。此时，谢家翁婿醉倒，船上的伙计们也随之松懈起来。适逢顺水顺风，船虽满载，却也显出轻盈，直放下游而去。

这时候，谢小娥哼着小曲，手中拎着一兜果子来到船尾。她用一根绳子拴在兜子上，将果子浸在哗哗翻腾的江水里。

天色渐渐暗了下来。

谢小娥哪里知道，此时祸从天降了。两条贼船仿佛从水中冒出的怪物，眨眼之间横在谢家船队前面。几十个手持兵器的江洋大盗，呐喊着跳上谢家的船上。为首的两个强盗跳到谢元的船上，挥着钢刀砍倒船老大，然后冲入舱内。

一时间，强盗们大开杀戒，两侧船舷鲜血迸流。

那一群强盗在两个首领的率领下，将谢家船队掠杀一空。谢元听到船上的杀声，从舱中爬起，那大首领冲上前来举刀便砍。可怜谢元就这样一命呜呼了。

段居贞虽然酒至酩酊，听到喊杀之声，从舱中站起，扑到强盗面前，却被那二首领一刀砍中，倒在血泊之中。

小娥听到杀声，转身回头朝船头望去。这时，一条贼船的船头可巧撞在谢元的船尾。暮色之中小娥一个趔趄跌倒舵旁，额头咚的一声撞在船上，翻身落入江水之中。

船上一片大乱。没人能够看到小娥的落水。

倒在血泊之中的段居贞一世英豪，不甘心如此死去，用尽最后气力大声问道："贼人，可敢留下你的名姓……"

强盗的二首领嘿嘿一笑，说出了自己的名字，然后一刀刺进段居贞的喉咙。

段居贞气绝身亡。

两个强盗首领哈哈笑着，率领手下喽啰摆船靠岸，一溜烟便没了踪影。

夜色之中，血腥冲天。谢氏船队就这样无声无息消失在这滔滔江水之中了。

第二天一早，人们看到岸边的破船与尸体，这才知道出了天大的杀人血案。有好事者立即跑去报与官府。官府立即派人前来查问。一时间，居然找不到一个目击者。水路上行走的商船闻知谢氏船队的覆没，无不惊得目瞪口呆。

府衙悬赏重金侦破此案，无奈谢氏船队无一生者，元凶线索难寻。消息传到谢元家乡，人们不禁唏嘘不已。几个白发老翁提起当年往事：怪不得谢元儿时算命的大相士连连摇头一语不发呢，原来他中年难逃血光之灾啊。

议论终归议论。谢氏船队不仅这样灭亡了，还捎上女婿段居贞的性命。善良的人们无不感叹世事险恶人生无常。

大江东去，不舍昼夜。就在人们感叹世事险恶人生无常之时，谁也没有想到那被江水吞没的谢小娥，竟然脱离死神之手而生还人间。

于是，这个复仇的故事也就有了它真正的女主角。

且说那一伙江洋大盗在两个首领的指挥下在谢家船上斩尽杀绝抢劫一空之后，一个响哨便走得无影无踪。谁也不知小娥船尾落水。落水之后的谢小娥，怀里依然抱着那一兜果子，一漂一浮，沿江而去。

这冥冥之中似有神助，那一兜果子也似有法力，托举着小娥，居然不曾沉没江底。

恍惚之间，小娥睁眼一看，自己分明躺在蓝天之下，定睛细看，面前坐着一位满脸络腮胡须的老渔翁。

小娥张口问道："我这是在哪里呀？"声音却极其微弱。

老渔翁告诉她，这是在他的渔船上。

谢小娥闭眼想了想，突然哇的一声哭了起来。

老渔翁饱经沧桑，并不劝慰，沉着脸说道："哭吧，哭出来心里就痛快了。"

谢小娥一声接一声竟然哭了一个时辰。

老渔翁一声不吭，蹲在船舱里拢起灶火，为小娥烧了一锅鱼汤。小娥哭得乏了，接过瓦钵，喝下肚去。

这时，老渔翁才说："你就是有天大的委屈，也不该自寻短见啊。"

听了老渔翁的劝慰，谢小娥咬紧牙说："我可不是投水寻死啊！我爹爹和我夫君，还有那谢家船队，眨眼之间就被那一伙贼人斩尽杀绝啦！"

小娥含着眼水，将全家遇难的经过讲给老渔翁。

老人听罢，怔怔坐在船头，不言不语。

小娥又说："那两个贼首，凶狠无比，一个挥刀杀了我爹爹，一个杀了我的夫婿，只可惜我失足而落水，没有看清贼人的面目……"

老渔翁摇了摇头说："江上行船，险关重重，杀人越货者，又何止那两个贼首啊……"

小娥连连点头，默默无语。

就这样，小娥在老渔翁的船上调养了几日，体力渐渐得以恢复。这几天里小娥已看出渔船上生活的清苦。她身无分文，无法帮助老人，就想尽快离去，免得过于拖累老人家。

谢小娥伏在船板上，向老渔翁行着大礼说："小娥落水遇难，您就是我的重生父母再造爹娘，您对我的大恩大德，今生今世我难以报还啊！"

老渔翁将小娥扶起，连声说："你大难不死，那是天意。我只是顺应天意助你一臂之力而已。苍天在上，人间的善恶自有因果报应啊。"

这时候小娥猛然想起，自己在船上住了这几天，竟然不曾请教老人家的尊姓大名，便叩首问道。

渔翁笑了笑："其实我在这江上打鱼，也不过三年的光景。自从成了渔夫，也就无名无姓了。你就叫我老闲人吧。每个月的初一和十五，你在杨柳坞码头的素食馆里，就能找到我的。我三年前发心，每月初一和十五，吃素。"

谢小娥听罢，深知老人是一个颇有来历的人物，就长跪不起："我愿拜您为义父，不知道您肯不肯收我这个义女……"

老闲人连连摆手："使不得！万万使不得！我泛舟江上打鱼为生，

正是为了躲一躲世间的清静啊。你我若是有缘，每月初一、十五杨柳坞码头见一见就是了，义父义女之事，就不要提起了。"

听罢老闲人的这番话，小娥再行大礼："既然如此，小娥也就不便搅扰了。您的大恩，我三生不忘。"

小娥离船登岸，朝着老人再施一礼。

老闲人站在船头突然说道："你真的没有看清那两个贼首的模样吗？"

小娥点了点头："我就是走遍天涯海角，也要找到那两个贼首，为父为夫报仇雪恨！"

老闲人将船荡开，高声说道："你毕竟是一个女子啊！"

小娥默然，注视着远去的老闲人。

建业附近的上元县，有一座僧尼同院的妙果寺。这里香火旺盛，善男信女甚众。妙果寺的住持尼，法号净悟，年近八旬，很受信众推崇。这一天，寺里的尼僧做罢功课，净悟出了大殿，朝着斋房走去。这时候，只见一个叫花子模样的人扑跪面前。净悟很是惊讶，定神细看，心中顿生哀怜。只见面前这个叫花子模样的人，披头散发，破衣烂衫，风尘满面，男女不辨。净悟暗道，这一定是个失魂落魄之人啊。

此时，这叫花子模样的人说道："在下姓谢，本是俗尘中人，今日前来，只想请师太为我指一条明路。"

净悟道一声阿弥陀佛，便将这谢姓乞儿引到斋房。

这谢姓乞儿走进斋房张口就问："师太，我身有大仇未报，不知道能否入妙果寺剃度出家？"

净悟微微一笑，已然看透这谢姓乞儿的心思，说道："苦海无边，回头是岸，你这一身杀气怎么能够成为我佛弟子呢？快快去水房里洗一洗吧。这寺院乃清静之地，容不得你这一身的浊臭之气啊。"

谢姓乞儿听罢，转身走向洗浴的水房。

片刻，那乞儿浴罢更衣，光光亮亮从水房里走了出来——竟是一个女子。

净悟抬头说道："我果然没有看错，你是一个女儿身啊。"

这女子正是一路乞食前来妙果寺的谢小娥。

净悟注视着小娥，又道了一声阿弥陀佛："你洗得尽一身污垢，却洗不尽一身杀气啊！"

小娥泪如泉涌："这杀父杀夫之仇，小娥时刻不敢忘记……"

净悟正色道："你这一身沉重的杀气，杀不了仇人，却先杀了自己。我劝你先在寺里住下来，安心打坐，调正心神，褪一褪这冲天杀气。至于日后的打算，全凭你自己的修行了。"

净悟师太说罢，并不询问小娥的身世与遭遇，径直奔大殿去了。

就这样，谢小娥在妙果寺住了下来。未出几日，她便自落长发，决定随缘度日。白日里，她外出乞化，晚间回到寺中安宿。每日清晨和黄昏，小娥都要随众与净悟师太做功课。佛光普照，小娥的心中渐渐变得宁静。

适逢初一。一大早做罢功课，她就出了寺门朝着西南方向去了。临近黄昏时分，她终于到了杨柳坞头。下得船来，拾级而上，远远看到那家有名的素食馆的招牌，上写三个大字：素心斋。

今日初一，我在这里一定能见到救命恩人吧？这样想着，小娥朝着前方走去。

进了素心斋，跑堂的伙计见小娥一身尼姑装束，就将她引入偏厢。小娥连连摆手，告诉伙计自己不是前来化缘的。伙计呆呆望着她。

小娥告诉伙计，自己今日前来是专门寻找一位人称老闲人的渔翁。

伙计听罢，笑了，告诉她老闲人每月的初一和十五是必然要来这里食素的。

小娥听了伙计的话，心里踏实了，就坐在一张桌前等待老闲人的到来。

一路舟车劳顿，小娥竟然伏在桌前睡着了。素心斋里人来人往的声响，也未将她吵醒。她走入一个梦境。

梦中一派大水。谢元突然从天而降，站在滔滔大水之上，唤着女儿的名字。

"小娥啊，你知道杀害父亲的那个大盗是谁吗？他的名字，有两句谜语，你一定要牢牢记着啊。"

梦中，谢元一字一句对小娥说道："车中猴，门东草。"

小娥听罢，扑上前去，欲向父亲问一个究竟。父亲一闪，便升上天空去了。

梦中的小娥急得哇哇大哭起来。

跑堂的伙计跑过来，询问小娥为何大哭不止。

小娥惊醒。她毕竟不是寻常女子，立即镇定自若，擦干眼泪，将梦中的那两句谜语牢牢记在心里。

这时候，老闲人行色匆匆走进素心斋。

跑堂的伙计将老人家引到小娥桌前。小娥连忙起身施礼。老闲人望着小娥一身出家人的打扮，不禁疑惑起来："你真的跳出三界外，不在五行中啦？"

小娥朝着老闲人微微一笑："小娥并未皈依佛门，只是暂住妙果寺，随着净悟师太做功课……"

这时，小娥看到老闲人呼吸粗疏，面色泛红，连忙问道："老伯，您是不是身体不适啊？"

老闲人说："我偶感风寒，身子有些不爽。今日虽是初一，我也想在船上歇息，发一发汗，并未想到素心斋来。不知何故，今日眼前总是晃动着你的影子，我就猜想你今日必到素心斋来会我。我也就硬撑着身子，赶到这里来啦。"

小娥心中很是感动："老伯，如此说来，我与您真是颇有缘分啊。俗话说心灵相通，全凭的是缘分二字啊！"

老闲人摇了摇头："我只是不知道，你我之间究竟是何种缘分啊。据我所知，人间的缘分，有善缘，也有恶缘，还有孽缘啊！"

小娥笑道："您是我的救命大恩人，我与您之间，岂有恶缘孽缘之说！"

老闲人又摇了摇头："这人世间的事情，往往是我们这些凡夫俗子所看不透的。"

跑堂的伙计端上来老闲人平时最爱吃的几样素食。老人家却显得毫无食欲，连连咳嗽起来。

　　小娥不知道如何是好。她起身为老人家端了一盆热汤。这时她告诉老闲人，自己刚才伏在桌上，恍惚之间进入梦境，梦中，父亲给她说了两句谜语，谜语之中暗含凶手的名字。

　　老闲人听罢立即问道："那是两句什么谜语？"

　　谢小娥朝四下看了看，压低声音说道："车中猴，门东草。"

　　老闲人闭目品咂着："车中猴？门东草？"

　　小娥问道："老伯，您能破解这两句谜语吗？"

　　"你能破解吗？"老闲人反问道。

　　小娥摇了摇头："不能啊。"

　　老闲人也摇摇头："我一时也不能破解啊。"说罢，老人家起身朝小娥告辞，快步离开素心斋。

　　小娥望着老闲人的背影，心中有些纳闷。

　　跑堂的伙计走上来告诉谢小娥，老闲人是一位处事旷达、为人宽厚的老者，虽然身为渔翁，却让人觉得他颇有几分来历。

　　小娥听着伙计的话，也觉得老闲人似乎颇有几分来历。

　　自从与老闲人在素心斋会面，不知道为什么小娥感到心头空空荡荡的，一下子仿佛丢失了什么东西，又仿佛刚刚找到了什么东西。怀着这种心情，她回到妙果寺，心中苦苦寻思着那两句谜语。

　　"车中猴，门东草……"

　　回到妙果寺的那天夜里，谢小娥又得一梦。梦中，亡夫段居贞走上前来，大声对她说道："小娥，杀我的凶手的姓名，暗含在这两句谜语里，你一定要牢牢记住啊！"

　　段居贞大声说出谜语："禾中走，一日夫。"

　　谢小娥从梦中惊醒，翻身坐起，望着窗外的月亮。

　　"父亲托梦，夫君也来托梦，为的是让我早报仇血恨，可是又不将杀人元凶的姓名告诉我，留下这深奥的谜语要我破解，真是难煞我也。"

　　小娥将这两句话谜语牢牢记在心中。她深知天机不可泄露，就日日求佛，使自己早日开悟。

一连串的日子，轻轻滑了过去。小娥迟迟不能悟出这十二字谜语的含义，心中渐渐焦急起来。

这时，小娥又想起老闲人。也是缘分所在，谢小娥想起老闲人，老闲人竟到寺里来寻她了。

那是一天的过午。小娥打坐堂前，心中苦苦思索着那十二字谜语而不得解，就走到寺院的大树下。这时，她抬头看到前面一位老者的背影很是眼熟，就迈步追将上去。

那老者已经走进大殿礼佛。小娥立在远处等候着。等那老者礼毕，小娥走上前去，看到这老者果然就是老闲人。小娥双掌合十向老人家施礼。老闲人笑了笑，问小娥这一程子可好。小娥说吃斋念佛，盼望早日开悟。

老闲人欲言又止。小娥就引着老闲人朝偏殿方向走去。

老闲人跟在小娥身后，不等走到偏殿便急声问道："小娥，你梦中得到的那两句谜语，已然破解了吧？"

小娥停下脚步说："真是苦思而不得其解啊！"

老闲人不再言语，随着小娥走进偏殿。

净悟师太竟然坐在偏殿的椅子上，闭目养神。小娥猛然觉得，净悟师太似乎是专门等候在这里的。

小娥叫了一声师太。净悟睁开眼睛，朝着小娥微微一笑，然后定定注视着老闲人："这位施主，好面善啊！我好像在什么地方见过您啊？"

老闲人也笑了笑，说："我逢庙便叩头，见佛就烧香，故而师太看我面善啊。"

净悟师太念了一声阿弥陀佛，就离开了偏殿。

小娥告诉老闲人，"车中猴，门东草"那两句谜语她还没能破解，亡夫又托梦送来"禾中走，一日夫"两句谜语，更是让人难以猜透了。

老闲人听到"禾中走，一日夫"这两句谜语，不由得变了脸色。

小娥问道："老伯，您这是怎么啦？"

老闲人摆了摆手说："自从那次偶染风寒，迟迟不能治愈……"

242

小娥连忙为老闲人端来一碗热茶："您老人家这一次来到妙果寺……"

老闲人说："一是前来礼佛，发心许愿；二是来看一看你……"

小娥从老闲人的目光之中，看出重重心事。多日不见，她又无法猜出缠绕在老人心头的究竟是什么事情。

一时竟然无言。老闲人起身告辞，小娥也不知该说什么才好，一时语塞。她送老人家出了妙果寺的山门。老闲人说："天下秀才数不胜数，你梦中先后得到的那两条谜语，只要你遍访天下高士，总是有人能够破解的……"

小娥听罢，连连点头。老闲人也不再说什么，与小娥告辞，离开妙果寺，走远了。

小娥望着老闲人远去的背影，心中很是迷乱。

她转身走回妙果寺，只见净悟师太远远站在寺院之中的白果树下，正在等候她。

净悟师太问道："方才的那位老者，是你的亲戚啊?"

小娥摇了摇头："他是我的救命恩人，人称老闲人。"

净悟师太想了想，说："我记得这位老闲人三年前来寺里许过愿……"

小娥实话实说："前几天我父亲给我托梦，说杀人凶手的名字暗含在两句谜语里，我的亡夫也给我托梦，又说了两句谜语……"

净悟师太很是惊诧："小娥，你真是糊涂啊! 你怎么不早早告诉我呢? 梦里的谜语你都讲给什么人啦?"

小娥对净悟师太说，已将梦中得到的谜语告诉了老闲人。

净悟师太沉吟不语。

小娥说："老闲人为了那两句谜语，也是很费思索啊!"

净悟若有所思地说："你就一心参禅吧，总有开悟的时候……"

小娥连连点头。

当天小娥就将"车中猴，门东草"和"禾中走，一日夫"写在一张黄纸上，揣在怀中。从此，她日日事佛，夜夜诵经，以求开悟，解得谜语的真谛，以此告慰亡父亡夫的在天之灵。

光阴似箭。小娥心中暗恨自己的愚钝，迟迟不能开悟。

她跪在净悟师太面前泣道："我甘愿一生苦行，只求破解梦中谜语！"

净悟师太表情悲悯："吃尽尘世甘苦，方是开悟之时啊。你知道瓦官寺吧？足有六百里旱路。瓦官寺有一位高僧，法名齐物。高僧博学多闻，通古晓今，你若前去请教，他必能参透谜语之中的奥秘。"

小娥听罢，大喜，叩辞净悟师太，上路前往瓦官寺去了。正是江南炎热天气，小娥走十步一叩头，以示心中虔诚，她一路乞食，日夜兼程，形容枯槁。一天小娥来到长亭地方，竟然与老闲人不期而遇。小娥很是惊异，老闲人乃是渔翁，多在沿江一带行走，此时竟然邂逅于旱路，真是倍觉意外。老闲人告诉小娥，他到长亭这地方来，只是随便走一走而已。

小娥告诉老闲人，自己一心一意赶往瓦官寺。老闲人听罢，默然。

小娥十步一叩头，继续朝瓦官寺方向走去。

老闲人望着小娥的背影，不禁怅然叹道："谋事在人，成事在天啊。"

七月十五这一天，小娥终于到达盼望已久的瓦官寺。她进得山门一路叩拜，来到齐物高僧面前。小娥说明来意，急忙将写着那两句谜语的黄纸呈上，请高僧过目。

齐物高僧听了小娥遭遇，接过写着谜语的黄纸，沉吟不语。

小娥退了出去，跪在门外，静候高僧明示。

片刻，齐物高僧走了出来。小娥连忙问道："还请高僧指教。"

齐物道："老衲才疏学浅，难以破解这两句谜语的真谛啊！"

小娥号啕大哭："莫非我家血案，真的就成了无头悬案了吗？苍天在上，佛法无边，有谁能为小娥做主，报仇申冤啊！"

齐物默默听着，道了一声阿弥陀佛然后转身走进大殿，对身边的众弟子说："这女子一身杀气，那两个凶手恐怕难逃今年腊月啊。"

大弟子抬头问道："师父为何不将谜语破解，让那小女子早日报仇雪恨呢?"

齐物笑道:"假以时日,只待小女子受尽磨难,必然重现青天啊。"

众弟子恍然大悟。

且说小娥离开瓦官寺,投宿八里庄小栈。是夜,正是七月十五民间的"鬼节",家家户户焚烧纸钱,祭祀亡灵。小娥走出小栈,朝着西方夜空长跪不起,声声哭叫着无辜被杀的父亲与丈夫。

远处,老闲人隐在暗处,望着放声大哭的谢小娥,叹了一口气。

谢小娥回到妙果寺,见到净悟师太,说起齐物高僧并未能够破解谜语真谛,净物师太笑了笑,说时辰不到啊。

小娥高声说道:"来日方长啊!"

净悟师太欣慰地笑了:"说得好!欲速则不达。你能够静下心,我看破解谜语指日可待啊。"

到了元和八年春上,洪州判官李公佐从江西卸任,泛舟东下停泊在建业。此公素闻妙果寺大名,登岸前去上香。李公佐喜欢交游,也颇有几分诗名。净悟师太走出大殿迎接李公佐,微微笑道:"小娥苦苦等待的时辰,已然到来了。判官大人才思敏捷,这十二字的谜语,必然能够一眼望穿吧?"

李公佐很是谦逊:"还望师太多多指教啊。"

净悟师太派人唤来谢小娥,说:"这位大人就是洪州判官李公佐,我看他就是破译你谜语的人。"

谢小娥立即跪在地上,叩道:"我望眼欲穿,只盼早日破解谜语。李大人光临,真是小娥三生有幸啊!"说着,小娥就将写有谜语的黄纸献了上去。

李公佐接过黄纸,细心读来。

小娥的心儿咚咚跳着,心中暗想:"我苦苦等待,终于盼来了真人。李大人我只求您一语道破谜底,让小娥重见天日啊。"

李公佐读罢谜语,微微一笑:"这两句谜语,各含一个人名。第一句谜语'车中猴,门东草',车中去掉上下各一画,是一个申字,申属猴，故曰车中猴。艹下有门，门东有草，乃是一个兰字。杀你父亲的凶手是申兰。第二句谜语是'禾中走，一日夫'，禾中走，是穿田过，田出两头，亦是申字啊。一日夫，夫上更一画，下一日，是春字啊。杀你丈夫的凶手是申春。申兰申春，这好像是兄弟二人啊。"

小娥听罢，如醍醐灌顶，伏在地上朝着李公佐行着大礼："多谢判官大人拨开迷雾，让小娥重见青天……"说着，她号啕大哭起来。

净悟师太一旁连连点头："小娥的一番苦心，终于盼来了贵人啊。"

李公佐听了小娥的身世，也连连摇头，对这孤苦的女子很是同情。

不知如何感谢李公佐，谢小娥长跪不起，连声说道："李大人，我来世就是当牛做马也难以报答您的点拨之恩啊！"

李公佐说："区区小事，不足挂齿，我一介书生只能破解出谜语之中的人名，愿你早日寻到元凶，以告慰亲人在天之灵啊。"

且说小娥得到了两个杀人元凶的名字，就将申兰申春四个字写在内襟上，缝得很是严实。第二天净悟师太正在诵经，只见一个小伙子大步走上前来，伏地叩拜。净悟师太这才看出，面前叩拜正是女扮男装的谢小娥。

净悟心明如镜，只对小娥说道："你颇具阳刚之气，只是缺少几分韧性。天下无难事，只怕有心人。你记住我这句话，去吧。"

女扮男装的谢小娥就这样离开妙果寺，改名谢保。这谢保深知那两个凶手必然是要沿着水路行动的，就来到江边码头，开始她日复一日的寻访。

这时候她想起了老闲人。老人家原本每月的初一和十五是必到杨柳坞的素食斋去的，可是一连两个月，小娥都没有见到老闲人的身影。四处打听，也没人能够说出老闲人的去向。

小娥投到万字船队，充当一名厨工。

说起这万字船队，实在是一支庞大的船队。那三十几艘大型商船在江上行走，颇有当年北兵下江南的气势。在万字商船上做工的，不下百人。女扮男装的小娥混杂其间，给大厨打下手，很是勤快。渐渐地，这谢保在船上赢得了很好的人缘。只是每当夜晚来临，这谢保独自望着黑色的江水，心中默默念叨着那两个凶手的名字，恨不能立即找到江洋大盗的线索。

万字船队停泊在途中一个小码头。月明星稀。满嘴酒气的水手王快手摇摇晃晃钻进小娥的船舱，高声叫着谢保。

小娥连声应答着，迎了上来。

王快手独身一人，家中只有一个八十岁的老母。早年他曾为扒窃高手，江湖人称王快手，擦身而过便能掏出对方的钱囊。后来他被一高僧点拨，金盆洗手，改做正行。他不怕吃苦常年外出跑船，为的是多挣几个银子，养活老母。小娥扶了扶王快手，说他不该喝这么多烧酒，伤了身子。

王快手哈哈大笑，说谢保很像一个女人。男子汉喝烈酒，何惧伤身。说罢就闹着口渴。小娥为王快手弄来一碗茶。王快手咕咚咕咚喝了一个干净。

小娥趁机问王快手，跑船多年认识不认识姓申的人。王快手想了想，说春秋战国时候有个太子名叫申生。

小娥知道王快手醉了，也就不再理会他，径直回舱睡了。

第二天商船载货启航。王快手拉着缆绳从小娥面前走过，大声说道："谢保，昨夜我吃多了酒，你好像问我认识不认识太子申生？"

小娥只得苦笑："我问你认识不认识老闲人啊。"

王快手系罢缆绳说道："水路上行走，哪里有什么闲人啊！我看你这一程子心事重重的，有什么拆解不开的事情，尽管对我说吧，我王快手为朋友乐意两肋插刀！"

小娥郑重说道："我只想朝你打听，哪里住着申姓兄弟两人？"

王快手说："我记得浔阳一带有申姓大户，你尽管去打听吧……"

万字船队到达浔阳，小娥果然找到船上的管事，提出辞工。船上的管事素闻小娥做工勤快，颇有挽留之意，见小娥去意已定，也就不再劝阻。

小娥上岸，回头看到王快手一群人站在船上送行，心头一热，泪水涌流。她心中告诫自己此时乃是女扮男装，万万不可动了女儿心肠，就头也不回登岸而去。

话说浔阳这个地方，繁华之地也。谢小娥走在大街之上，不觉神情恍惚，似乎梦中曾经到过这里。看店铺，她觉得店铺眼熟；看街景，又认为街景似曾相识。就这样，小娥从东关走到西关，竟走得大汗淋漓。

老闲人坐在一家茶楼里，看着谢小娥从街上走过。

谢小娥走到一户人家的门前。只见门旁贴着一张纸榜，上面写着雇工使用，愿者来投。小谢佯作不识的样子，向邻人问询是谁家的纸榜。

邻家的一位小哥儿说："这是申家家主的纸榜。"

小娥听罢，心头一紧，连忙问道："申家家主？"

邻家小哥儿说："申家家主名叫申兰，人称申大官人。他常年在江湖上做生意，家中尽是些女人，缺一个得力的男子看守，故而张榜雇人。"

小娥听到申兰二字，猛然一惊，连忙避到一旁，心中叫道："果然有这个姓名！莫非这个申兰正是杀害我父的那个贼人？不入虎穴，焉得虎子。无论是此申兰还是彼申兰，我都要闯一闯探个究竟！"

这样想着，她就对邻家小哥儿说："我愿到申大官人家里做事，烦劳您为我引荐引荐。"

邻家小哥儿问了问小娥姓名地方，然后说："这申家虽然急缺人用，可是用起人来还是极其挑剔的。不知道你能不能消受啊！"

小娥笑了笑，跟着邻家小哥儿走进申家的宅门。小哥儿跑进去禀报，只听得脚步咚咚从堂内走出一条大汉。小娥抬头细看，被吓了一跳。

只见这大汉高颧骨尖下颏，眉毛很浓，头发泛黄。他似乎正患着赤红的眼疾，目光显得迷离。小娥望着这模样怪异的大汉，一时不知如何是好。

邻家小哥儿说："这位就是申大官人。这是谢保，也是我们江西人。他见了您的纸榜，愿意到您的宅院里听受使唤。"

申兰定定注视着小娥，突然问道："谢保啊，平日里你是做什么生意的？"

小娥答道："平日里小人专在船上做大厨的帮工。沿江的埠头船上，多有认识小人的，申大官人派人去问一问，就知道小人是不是勤快啦。"

申兰说："好吧，你现在就到码头上给我买一条十斤重的鲤鱼，一定要快去快回才是！"

小娥听罢，转身就走。

申兰看着谢保匆匆而去背影，嘿嘿一笑，随之踱出家门，也朝着江边码头走去。邻家小哥儿不知何意，也就跟在申大官人身后，前往江边去看热闹。

女扮男装的谢小娥来到江边。正是水丰鱼肥之时，江边鱼贩们的叫卖一声高过一声，很是热闹。只见谢小娥来到一个鱼贩摊前，说称一条十斤重的鲤鱼。鱼贩拣了一条大鱼称了称，八斤半。谢小娥连连摆手，走了过去。在又一个鱼摊前谢小娥又称了一条大鱼，居然十斤半。她又连连摆手，朝前面走去。第三个鱼贩看了看谢小娥，很不耐烦地朝着她摆手，说没有十斤重的鲤鱼。谢小娥无奈，只得朝着第四个鱼摊走去。

申兰远远望着这个场面，他知道这谢保是一个碌碡对石磨——实打实的人，就让邻家小哥儿前去告诉谢保，明天到申家宅院里来做事就是了。

邻家小哥儿跑去告诉谢保，小娥故作愚钝的样子，木讷地看着小哥儿。

第二天，谢保就到申家宅院写了佣工文契。然后，申兰领着小娥到内院见了申兰的妻子蔺氏。这蔺氏生得白白胖胖，眉目之间颇有几分风骚之气。这婆娘见面前的这个谢保生得眉清目秀，自然心中喜欢，竟拿了二两银子做了见面礼。小娥看出婆娘的风骚，心中暗暗发笑。这蔺氏果真是一个风骚女子，她见到家中来了这么一个面皮白净的男佣，心中异常欢喜。

申兰似乎深知妻子是个水性杨花的女人，他将小娥安排在外院的一间门房里居住。小娥手脚勤快，善解人意，申兰看在眼里，心中愈发警惕。申兰只怕自己外出做生意的时候，妻子蔺氏不甘床笫寂寞，与这新来的谢保勾搭，给自己丢了脸面。

小娥怎知申兰的心思。夜晚安歇，小娥躺在门房的床上，望着窗外明月，心中颇费思索。

"普天之下，同名同姓的人数不胜数。这个申兰究竟是不是凶手，毫无佐证。真是愁煞我啦。如若他是凶手申兰，身上沾了我谢家的鲜血，家中必有赃物。我何不趁机深入申家内室，探他一个明明白白呢？"

这样想着，小娥起身出了屋子，定定注视着夜色之下的申家内院，喃喃自语道："只盼着老天开眼，赐我良机啊。"

第二天一大早，申兰唤来谢保说道："我要到二官人家里走一趟，家中的事情就都托付给你办啦。你要小心伺候，不得大意！"

小娥连声应着。申兰说罢就匆匆出了家门。

"怎么又出来一个二官人？莫非这个二官人就是杀我夫君的凶手申春……"小娥心中猛然起了疑团，思忖着朝内院走去。

蔺氏见小娥一大早就走进内院，心中又惊又喜。她走出屋门挥着手帕喊道："谢保啊，你快快到我屋里来……"

小娥听到蔺氏的召唤，就快步走了过去。蔺氏见谢保招之即来，自然欣喜，就挑逗道："谢保啊，大官人不在家，你敢不敢到我屋里来啊？"

小娥听罢，就朝着蔺氏笑了笑，迈步走进蔺氏的卧室。

走进蔺氏卧室，小娥大吃一惊。她看到迎面的案子上摆着一支玉石如意。这如意尺把长，摆在案子散发着幽暗的绿光。小娥见到这支玉石如意，泪水立即涌上眼窝。这正是父亲生前喜爱之物，无论是居家还是上路，父亲总是将它带在身旁。此时面对父亲的遗物，小娥强忍泪水。

蔺氏果然风骚，她亲手给小娥端来一碗热茶，浑身的脂粉气息扑面而来。小娥接过热茶，闪开身子，趁机问道："大官人到二官人家里去了，二官人究竟住在什么地方啊？"

蔺氏从小娥手中抢回茶碗，顺势抓住她的手说："二官人住在独树浦。谢保你不用害怕，大官人一去一回，总要三天两晌的。这两天你我尽可一起玩耍，你万万不要担惊受怕……"

蔺氏说着，竟然倒在小娥怀里。小娥心头一惊，暗道："骚货，你怎么会知道我也是一个女人啊。"小娥急忙将蔺氏推到床边。蔺氏以为谢保要行云雨，就嘻嘻笑着，倒在床上。

小娥趁机快步走出蔺氏的卧室。

正在此时，蔺氏卧房的后窗上露出申兰的一双眼睛。原来这蔺氏卧室的后窗外边是一株高大的桑树。申兰伏身树上看到室内的情景。面对蔺氏的放浪，谢保果然一尘不染，此情此景，申兰终于对谢保深信不疑，跳下树来长长出了一口气。

谢小娥回到自己的屋里一头扑在床上，蒙头大哭。方才见到父亲的遗物，竟然落到杀人元凶的手里，成为把玩之物，不禁血涌七窍，怒火中烧，恨不能立即为父雪恨。转念一想，自己是一个手无缚鸡之力的弱女子，最忌打草而惊蛇。这才强忍悲愤与怒火，回到自己的房中。

"这个申兰就是杀我父亲的元凶，住在独树浦的申二官人必然就是杀我夫君的申春无疑了。"小娥唯恐自己的悲声惊动了蔺氏，就抑住哭泣，起身坐起。

房门大开。果然，那风情万种的蔺氏推门走了进来。

蔺氏脸色一变，成了一个恶妇："谢保！你是男，我是女，我不曾哭哭啼啼，你却躺在这里蒙头大哭？莫非是我玷污了你不成！若是大官人在家，恐怕又像当年说我勾引二官人一样，骂我是一个荡妇！"

小娥听到蔺氏的这一番话，心头一惊："当年申二官人他……"

蔺氏打断小娥的话："谢保，你休要问我当年申二官人的事情，现在我问你为何缘故蒙头大哭？"

小娥只得闪烁其词："我自幼流浪谋生，不曾得人厚待，今日承蒙夫人抬爱，受宠若惊，回到自己房内大哭一场，也是人之常情啊。"

蔺氏看了看小娥，撇了撇嘴说："谢保，你真是一个巧嘴巴，说出话来处处讨人喜欢。我看你是一个敢说不敢做的软货……"

小娥立即换了一个话题："夫人，您方才说起二官人的事情……"

蔺氏沉下面孔："你休要打听申春那家伙的事情，自从他从这里搬走，就再也没有登过这道门槛。每次都是大官人跑到江北去看他。哼！倒好像我成了恶人似的……"

小娥终于听到二官人名叫申春，一颗悬浮的心儿终于落在实处。自从亡父亡夫托梦，申兰申春这两个名字就牢牢钉在小娥心里，今日终于找到这两个元凶的下落，小娥几年以来的苦修总算有了结果。

再说那申兰从蔺氏窗后的桑树上高高跃下，落地静而无声。他身为江洋大盗，杀人越货，自然练就一身好武艺。他大步流星来到码头，渡到江北去看望堂弟申春。十几年来，申兰与申春联手作案无数，劫船杀人染红江水。所得财物，二人均分。尤其是血洗谢氏船队之后，官府派出捕快四处寻查，风头吃紧。申兰与申春为避风头，有所收敛。他俩住在一个宅院里，平时闲居在家做出一派无事良民的样子。

前几年的一天，申兰钓鱼归家，与申春一起喝酒聊天。晚来回房安歇，却在床脚发现了一条男人的丝绦。申兰询问蔺氏。蔺氏支支吾吾。搪塞不过，蔺氏小声哭泣起来。

蔺氏扑到申兰怀中，做出万般无奈的样子说："住在这宅院里的，除了你还有哪个男人！"

申兰听罢，心中顿时明白："我清早外出钓鱼，申春居然跑到我的房中……"心中虽然这样想着，但表面依然如故，与申春称兄道弟，一起生活着。

一日两人饮酒，申兰大醉，指责申春不讲伦常，重色相而轻情义。申春也多喝了几碗老酒，反唇相讥，说身为江洋大盗何言伦常，不忠不义不仁不孝本是寻常事情。蔺氏也是一个不懂眼色的女人，竟然上前相劝。于是申兰申春当场反目。申春连夜搬家，住到江北独树浦去了。

申春搬走之后，申兰再审蔺氏。蔺氏又说那条丝绦本是她想送给申春的，正在缝制之中就被申兰审问。申春对此一无所知。

申兰将信将疑。随着时光流逝，申兰心中芥蒂渐渐淡化。他主动到江北探望申春。申春也不提旧事，重叙兄弟之情。只是申兰常赴江北，而申春从不莅临江南。申兰心里明白，兄弟之间的最大障碍就是蔺氏。

自从谢保来到申宅，申兰以为有了贴心的帮佣，家宅安稳，风声已过，他重操旧业之心日盛一日。冬日已过，申兰修书一封，交予谢保送往江北。小娥大喜，当即上路，奔往码头渡江。

"我一个女扮男装的人，怎能杀了那武艺超群的江洋大盗呢?"这样想着，小娥来到江边。码头上好不热闹。小娥身后一个大汉猛然扑将上来，伸出双手蒙住小娥的眼睛。

"猜一猜，我是何人?"

小娥脱口而出："王快手!"

王快手大喜："一猜就中，你果然将我放在了心上。好兄弟，咱们快去喝上几碗老酒，好好叙上一叙!"

小娥随手摸了摸怀上，大声说道："好一个王快手，你故技骚痒，又将我的书信拿了去! 快快还给我……"

王快手嘻嘻笑着："我的手快，也比不上你的眼快呀! 我考一考你吧，你知道这封书信里写了什么事情吗?"

小娥想了想，将王快手拉到无人之处："王兄，我正要向你请教啊。"

王快手说："你这封书信空无一字，只是白纸一张! 多年以来，我练就了隔墙窥手的本领。你送的这封书信虽然火漆封口，内中却空空荡荡啊。"

小娥一惊，立即认定这空无一字的书信，要么就是申兰对我谢保的考验，要么就是申兰与申春的联络暗号。如此看来，近日来险情重重，不得大意。

小娥告诉王快手，自己正要做一件大事情，面临重重险阻，此番江北之行，凶吉难卜，还望王快手能够助一臂之力。王快手当即应允。

两人一起渡到江北。登岸之后，小娥灵机一动，对王快手耳语几句，王快手嘿嘿一笑，说了一句雕虫小技而已。

小娥径直奔向申春的住所。这申春果然潜伏得很好。住在一处并不起眼的民宅里，毫不引人注意。

小娥进了院子，高声报出家门。那申春随即迎了出来。这申春生得拳长臂阔，面色黑森森的，是一条高高大大的汉子。小娥心中说道，天生就是一个强盗的坯子。她将书信呈上，申春接在手里，并不开封，目光盯着王快手问道："你是何人啊?"

253

小娥答道:"他在江边卖干果,我碰翻了他的篮子,无钱赔他。他就处处紧跟,向我讨账……"

申春突然说:"伸过手来,让我看一看你到底是什么人!"

王快手走上两步,朝着申春伸出左手:"大人是不是替谢保还了我那笔账啊?我小本生意,可是蚀不起本钱的。"说着,王快手扑身跪下,申春伸手一扶,立即又将手臂缩了回去。

申春转身进屋,取了一角碎银,掷给王快手。王快手连声致谢,拾起碎银起身跑了。小娥佯追几步,回头对申春说道:"二官人真是佛心,怎能如此对待小人呢?"

申春并不理睬小娥,瓮声瓮气说道:"告诉大官人,明日我即过往江南,生意上的事情,我与大官人面议吧。"

小娥行礼告辞。申春突然说道:"俗话说,男长女相,必有贵样。你一副清丽面孔怎么落得做一个申宅的用人呢?"

小娥笑了笑说:"我天生贫贱之相,申大官人能够给我一碗饭吃,已然知足了。人生一世,若不知足,必然生出野心贼胆。野心贼胆往往使人铤而走险,到头来事与愿违,身败名裂啊。"

申春惊异:"这几句话是你心里之言吗?"

"是小人在勾栏瓦肆的书场上听来的。"

申春若有所思。

小娥出了申春的住所,王快手隐在暗处等候谢保。小娥伸手,王快手嘿嘿一笑递来一宗物件。小娥细看,正是方才王快手从申春腰间丝绦上窃来的玉佩。面对这幽蓝的玉石饰物,小娥强忍泪水。这正是亡夫段居贞的遗物啊!

小娥紧紧攥在掌心,在江边码头与王快手告别。王快手意味深长说道:"谢保老弟,你可要多多保重啊!"

小娥高声说:"事成之后,我一定前去寻你!"

一路行走,小娥回到申宅,当面向申兰交差。申兰正在与蔺氏吵嘴,气呼呼朝着小娥挥了挥手,小娥就退下,回到自己的房里安歇。

"申兰屋里摆着我父的玉石如意,申春身上戴着我夫的玉石饰物,这两人杀人越货的证据确凿。我报仇雪恨的时辰已到，还望苍天保佑，助小娥一臂之力。"夜色之中，小娥跪在地上，求祈上苍。

这时，一声闷响，小娥惊起。原来有人隔窗投进一块石头。捡起细看，石上绑着一张字条，上书六字：不可妄动杀机。

小娥大惊："究竟是什么人看破我的心机，暗中投石，留言告诫于我呢？"绞尽脑汁，小娥也思索不出投石者是谁。小娥自言自语："不可妄动杀机？我为父为夫报仇，天经地义，怎么能说是妄动杀机呢？由此看来，投石者劝诫于我，他是站在申氏兄弟一方的。可是，既然投石者站在申氏兄弟一方，他又为何不告知申氏兄弟，将我谢小娥生擒活捉呢？"

百思不得其解。小娥昏昏睡去。

第二天，小娥晨起，到蔺氏屋里问安。蔺氏懒在床上，小娥看到申兰并未在屋，知道他早起就出了家门。蔺氏告诉小娥上街买几样小菜。小娥突然告诉蔺氏，今日二官人过江前来。蔺氏听罢一怔，说谢保你为何不早早告诉我二官人今日前来。小娥笑而不语，遂走出申家宅院。

蔺氏起床，匆匆梳妆起来。

市场人群之中身影一闪，小娥觉得很是眼熟。追上前去，竟是多日不见的老闲人。小娥高声召唤老人家，不承想老闲人仿佛与她毫不相识，匆匆离去。望着老者背影，小娥怀疑自己眼神昏花，认错了人。

小娥在市场买菜，流连忘返。蔺氏在家中梳妆，唯恐自己不美，很是下了一番功夫。当蔺氏听到脚步声，起身迎出的时候，多年没有登门的申春已经站在院里叫了一声嫂嫂。

蔺氏大喜，连声请申春进屋。申春颇为迟疑，问道："我哥哥不曾在家啊？"

蔺氏告诉申春，申兰一大早就跑了出去，说是有一笔生意要做。申春听罢，也就随着嫂嫂走进屋里。

蔺氏请申春落座，说道："你哥哥不在家，你我说话岂不更是方便吗？"

申春笑了笑，并不言语。

小娥从外买菜归来，知道申春已到，心中暗喜，高呼天助我也，就下厨操持正午的酒席。

申春坐在蔺氏房里喝茶，与嫂嫂聊天。多年不见，蔺氏风骚不减，眉目之间依然风情无限。于是，不觉就到了正午时分。

申春正与蔺氏说到火热之处，只见用人谢保端着一坛滚热的老酒走了进来。蔺氏见状连声夸奖谢保晓事。小娥摆开桌案，为申二官人和蔺氏斟满了酒，然后就退了下去。小娥将一道道佳肴端了上来。申春渐渐放开酒量，与风情万种的蔺氏对饮起来。小娥心中暗暗叫好。

太阳偏西。外出奔走了一天的申兰满身疲惫回到家中。走进院门，只见小娥从厨房端出一盆热汤，朝着上房走去。申兰很是不解，大声叫住小娥。

小娥故作张皇，说道："夫人告诉我说，您今天外出不回来啦，我也就没有给您备下饭菜……"

申兰问道："你这是在伺候何人啊？"

小娥做出慌不择词的样子："大官人不知道今天二官人一大早儿就来了啊？二官人在夫人房里吃了一天的酒，闹着要喝醒酒汤。夫人今天兴致更高，已经吃了一坛老酒啦！"

申兰脸色一沉："二官人多年不曾登门，怎么今天一早儿我前脚出门，他后脚就进了家呢？谢保，你说这到底是怎么一回事啊？"

谢保低头说道："大官人，夫人只是要我小心伺候，其他的事情小人真的一概不知啊……"

申兰走进蔺氏房中。此时，申春已经酒至酩酊，摇晃着身子站立起来："大哥，我还以为今天你不会回来呢，来来，让我们再饮上几碗老酒……"

蔺氏目光凝滞："你一大早儿就跑出去了，我……"

申兰听了申春与蔺氏的话，就以为两人心虚，也就坐了下来，让谢保拿来大碗，独自喝了起来。这时候，申春已经不胜酒力。这贼人哪里知道，小娥早就在酒里下了江湖上流传的"迷药"，催人意乱情急。

申春酒力上涌，药性发作，起身大声说："我要去安歇啦！我要去

256

安歇啦！"

　　见申春如此不懂礼数，申兰也不发作，只顾独自饮酒。申春摇摇晃晃走了出去，谢保扶将着贼人，在南房里安歇。

　　那蔺氏头脑迷乱，也出了屋子来到院子里，喃喃自语："二官人啊，二官人你睡到哪里去啦？"

　　申兰听了此言，连连叹气："我出去了一天，家中就成了这个样子。谢保啊，拿酒来！子夜时分，家里要来一群客人，谢保你要多多备水酒饭菜！"

　　小娥说："我备下的好酒好菜，俱被夫人与二官人吃得一干二净……"

　　申兰听罢，心中更加愤怒："原本今日唤来众人，子夜时分吃酒盟誓，重出江湖，再操旧业。怎承想这申春居然重色轻义，与蔺氏混在一起吃了一天的老酒，且不知两人一起吃酒还弄出什么猫狗之事……"

　　这样想着，申兰掷去酒碗，东摇西晃走到床前。这时，谢保上前扶住申兰，说要拾掇拾掇床上的东西。只听谢保咦了一声，申兰头脑依然清醒，问谢保到底出了什么事情。谢保说："床上有个硬物，你这样躺下，就要硌了身子啊。"说着，就将那硬物递到申兰面前。

　　申兰一看，原来这硬物就是申春丝绦上的玉佩。申兰记得清清楚楚，当年劫杀谢氏船队，这玉佩是从段居贞身上得到的。申兰很喜欢这只玉佩，申春也很喜欢。无奈之下，申兰让给了申春。申春说，早在吉安客栈他就相中了段居贞的这只玉佩。段居贞谢宅招亲，申春愈发红了眼，立誓杀了段居贞得到这只玉佩。

　　此时申兰手握这只玉佩，深信这只玉佩乃是申春与蔺氏行罢床第之事，无意之中遗失在床上的。申兰平日里是一个不善温存的强盗，此时却也不能容忍自己的婆娘与堂弟之间发生这等苟且之事。

　　"哼，当年将丝绦遗忘在我婆娘的屋里，今日又将玉佩遗忘在我婆娘的床上，明日恐怕两人就要赤条条地睡在我的面前啦！"申兰怒火中烧，一下子对申春起了杀心。

　　谢保此时端来热茶，劝慰申大官人："家丑不可外扬。这事情若是张扬出去，您与二官人的脸面都不好看啊！"

谢保的劝慰，更加激发了申兰心底的怒气。这时正值子夜时分。只听院里传来一阵轻微的声响。谢保看到，一个个强盗越墙而过，仿佛从天而降，眨眼之间十几条大汉来到了院里。申兰走出屋子，强盗们便都聚拢过来。

申兰对众人说，今日聚拢原本是想祭神祈福，大家共同立誓，重操旧业。没承想祭神不成，竟要驱鬼了。众强盗听罢，不明申兰话语的含义，就都怔怔看着这位大首领。申兰怒发冲冠，告诉众人，二首领申春，不忠不义乱了江湖上的规矩，与蔺氏通奸多年。当初遗失丝绦，不足为证，今日又有玉佩落在床上，并且公然与蔺氏一起吃酒，昏天黑地。

众强盗听了，纷纷指责二首领的不义。申兰突然大声说："我要杀了申春祭祀河神，保佑咱们生意发达，路途顺遂！"

众强盗被这充满血腥的声音震得心惊肉跳。一个细长的强盗站了出来，大声说杀了不义之人祭祀河神，正合大家的心意！

申兰大喜，连忙叫小娥拿来笔墨纸砚，说是要写下众人的名字，以求上天降临福祉在众人身上。于是，强盗报出自己的名字，小娥便一一写在纸上，记在心中。写毕，已有两个强盗将醉得一塌糊涂的二首领申春从房中拖了出来。

申春被申兰阴冷的声音吓得酒意全消。只见一柄钢刀寒光一闪，申兰便亲手结果了堂弟的性命。可怜申春武功高强，竟然死得无声无息。

那身材细长的强盗指着小娥问道："大首领，他是何人？"

申兰摆了摆手，连声说不碍事。小娥见状，也就大模大样走上前来，给强盗们斟茶倒水。

天色大亮。众强盗正要从申宅离去。只听一声锣响，原来官兵已经包围了这里。王快手领路，将院子围成一个铁桶。众强盗大惊，申兰也深感意外，不知何处出了漏洞。此时，只听得院外传来谢保的声音，一个接一个念着强盗的名字，仿佛是在点名。众强盗面面相觑，知道明年的今日就是自己的周年了。

258

申兰大怒，挺刀冲了出去。官兵重重包围，无法杀出一条血路。阵阵喊杀声中，官兵朝着申家宅院猛攻。临近正午时分，身负重伤的申兰终因寡不敌众而被官兵捉获。

押解途中，老闲人的身影突然出现，大声喊道："申兰！申春！我早就告诫你们兄弟两个弃恶从善，你们一意孤行，就是不听，这才有了今日的下场啊！"

申兰听到老闲人的声音，大声吼道："二十年后，又是一条好汉！"

小娥挤到老闲人近前，高声说道："老伯，莫非隔墙投石者，正是您老人家？"

老闲人泪流满面："我劝你不可妄动杀机，其实是想保全申兰的性命啊！无人知道这个秘密，申兰那不肖之子，正是我的亲生儿子。当年我退出江湖，也劝他弃恶从善，他执迷不悟。我只能与他脱离父子之情，成为江上渔翁。如今，谁也无法救得申兰的性命啊！"

老闲人说罢，怅然离去。

小娥大惊，想不到那杀人魔王竟然就是老闲人的亲子。人世间父子异途，各得其果啊。

滚罢热堂，申兰对自己的罪行供认不讳。行刑那天，小娥站立在大街旁边等候申兰的刑车经过。此时的谢小娥还原女装，颇为引人注目。刑车经过之时，小娥大声叫着申兰。

"申兰，你是我的杀父仇人。你睁开眼睛看一看，我就是那个谢保！"

申兰睁眼看了看谢小娥，又闭上了眼睛。

谢小娥女扮男装为父为夫报仇的事情，很快传遍大江两岸。一时间，求婚者众。小娥一概谢绝，避而不见。

是年，小娥回归豫章故里，亲友相聚一日，无不扬眉吐气。小娥家财散尽，扶助桑梓。秋高气爽之时，小娥剃度出家，度入空门苦修禅宗大法。

正是：李公佐偶然解谜语，至心女苦心报冤仇。奇女雪恨，堪称华夏第一人。

259

九 杯 茶

一、热线电话

自从企业实行股份制，赵方贵进入公司销售部当了经理。人到中年职位提升，也不算什么大喜过望的事情，水到渠成而已。因此他表现得比较低调，下班回家照样走进厨房烧菜煮饭，模范丈夫本色不变。他坚决认为一个男人无论地位高低应当永远保持本色。那赵方贵的本色是什么呢？一言以蔽之：在公司爱岗敬业，在家爱老婆如命。

既然如此，就不得不提到赵方贵的老婆杨小沐。举凡见过杨小沐的人，基本认为她年轻时候属于美人儿坯子。虽说如今有了眼袋，一双大眼睛依然。女人有了一双大眼睛已经很美丽了，何况还是瓜子脸。因此在婚姻市场上杨小沐完全称得上一支"绩优股"。赵方贵将这支绩优股票买到手里，应当说是一次成功买入，而且不会赔钱。

赵方贵颇具慧眼，他将杨小沐这支股票牢牢攥在手心儿里，甚至攥出了汗。当然，杨小沐也甘心情愿被丈夫牢牢攥在手里——谁让你是一支绩优股呢。举凡绩优股女人的命运，均如此。

然而，赵方贵持股的生涯并不轻松。人间的道理就是这样，如果你手持一支垃圾股，无论烟熏火燎还是风吹雨打，都无所谓的。手持绩优股则不同了，难度太大。捧在手里呢怕掉了，装在兜儿里呢怕丢了，含在嘴里呢怕化了，真是极难伺候的。事不关己，人们很难想象男人赵方贵持股多年，那一天天究竟是怎样挨过来的。总而言之，他与她基本属于恩爱夫妻。一旦杨小沐下班晚了，赵方贵就去接。那十里路程一步步迎将上去，有时甚至迎到杨小沐单位大门口，然后眼巴巴等待着妻子身影出现。

正是由于这种情形，赵方贵认识了杨小沐单位的门卫老安，而且渐渐熟悉起来。老安很热情，往往从传达室里搬出一只凳子，连声说老赵你坐老赵你坐，很热情的样子。赵方贵就递给老安一支烟，说你们单位真忙啊这么晚了还要加班。

每逢这种时候，门卫老安便极其自豪地说，我们单位经济效益好哇。别的单位职工就是愿意加班还没有这种机会呢。

是的，杨小沐单位经济效益不错。否则，杨小沐早早就成为下岗女工了。为此，赵方贵颇感欣慰。他无法想象妻子一旦成为下岗女工的惨状。杨小沐是赵方贵的宝，他宁可自己下岗也不要妻子下岗。这就是模范丈夫的崇高境界。这种崇高境界的通俗体现就是他不断为妻子烧制拿手好菜：葱烧海参和清蒸鳜鱼。杨小沐在丈夫拿手好菜的饲养下，竟然多年没有发胖。她纤细的腰肢据说早就引起了单位女工们的广泛嫉妒。这在疯狂崇尚瘦身的减肥时代，堪称一枝独秀了。

这就是杨小沐的独特价值。杨小沐并不以此作为炫耀资本，更加令人称道。杨小沐经常说，细腰就细腰呗，我照样还是一女工啊。妻子这种戒骄戒躁的良好表现，多次令赵方贵暗暗激动不已。

有一次冬天赵方贵给传达室老安打电话，闲聊而已。门卫老安并不健谈，无意之间告诉赵方贵，十分钟之前杨小沐下班了，挎着一只小皮包儿走出单位大门。放下电话赵方贵看看挂钟，掐算着妻子到家的时间，于是走进厨房开始做饭。他掐算时间是为了让妻子进门之后立即吃上香喷喷热乎乎的饭菜。这种模范丈夫的爱妻之心，真是日月可鉴了。

可是，杨小沐并没有按时走进家门。她不但没有按时而且延时了。甚至超出正常时间将近两个小时。这对热心奉献四菜一汤的丈夫无疑是一个重大打击。

吃饭的时候赵方贵漫不经心问道，回来这么晚你干什么去啦？

妻子莞尔一笑说，加班。

丈夫心里咯噔一下，筷子脱手落地。加班二字不啻是炸响在赵方贵头顶的一个闷雷。赵方贵极力克制着。一个极端热爱妻子的丈夫面对如此重大的"异型"，往往不便当场发作。赵方贵就是这样的丈夫，多疑而富有弹性。

不追不问，这事儿就这样过去了。赵方贵还是比较理智的。一方面他暗暗提高警惕继续观察事态发展，一方面加强与传达室老安的电话联系，表面是闲聊，其实是刺探妻子动态。赵方贵甚至对老安哪天值早班哪天值中班的规律掌握得清清楚楚，因此只要给老安打电话，必然正值此公坐在传达室里值班，从无差错。

老安这人很厚道，不多言不多语，对赵方贵一次次围绕着杨小沐行踪的询问，有问必答，从无疑心。赵方贵心里很感激，几次提出请老安喝酒，但老安婉言谢绝，就这样为赵方贵节省了饭钱。

有时候老安心里苦闷，也要跟赵方贵说几句。赵方贵总是敷衍着，并不深入交流。因为他给老安打电话只是为了及时掌握妻子行踪，根本不是为了跟老安交朋友。交浅莫言深，这是民间道理。

还是出了大事情。

一天，赵方贵在公司接到杨小沐单位保卫科长打来电话，当头就说你妻子出事儿了，她跟一男人在郊区苗圃里被联防队抓获，人家要求前去领人。

赵方贵蒙了，说你要我去领人啊？保卫科长在电话里说，如今改革开放强调隐私权，我们单位根本不管这种所谓生活作风问题。你是杨小沐的丈夫，你不去领人谁去领人？

一想起身材纤细的妻子被别的男人搂在怀里甚至压在身下，赵方贵又急又恼又无奈。一男一女跑到郊区苗圃里乱搞被联防队抓了，你们该抓就抓该放就放，非要家属去派出所领人，我这不是自取其辱吗？他愈想愈生气，便主动给保卫科长拨通电话，强烈要求妻子单位出面去派出所领人。保卫科长沉思片刻说，这样不好吧，本来两人一起被抓了，我们又把两人一起领回来，这成双成对的场面也不好看啊。

赵方贵不禁问道，你们这样缩手缩脚的，那男的是不是有什么社会身份？

因为赵方贵知道，如今举凡有社会地位的男人犯了风流案，譬如嫖娼什么的，人们往往远远躲开，不愿插手这种闲事。他之所以这样问保卫科长，恰恰由于妻子那次晚归而谎称"加班"。看来，杨小沐果然在外面有人了。

保卫科长果然不愿插手，闪烁其词说你去了不就知道那男的是谁啦。

你还是现在就告诉我吧，既然两人都被抓进了派出所也就没有什么秘密可言啦。赵方贵在电话里催促着，像一个求知欲极强的小学生。

保卫科长在电话里叹了一口气说，传达室老安呗。

二、独自回家

同学聚会在晚间八点多钟就结束了。老同学多年不见，聊一聊天喝一点酒吃一顿饭，如此而已。如今中年便开始怀旧，真可谓忆往昔峥嵘岁月，就这么蹉跎下来了。

走出酒店，同学们互相道别，有的开着私家车，有的坐着公家车，恋恋不舍的样子。样子终归是样子，最后还是散了。常祥说了声我打的回家，就快步离开酒店门口，走远了。

常祥在马路边的灯影里行走着，前面不远就是公交车站。他说打的回家其实只是借口。如今城市公共交通非常发达，还修了地铁和轻轨。前面这座公交车站就有四条线路通往常祥居住的宏达小区。常祥喜欢乘坐公交汽车。公交汽车最大优点便是不怕半路堵车——就跟坐在家里看风景似的。乘坐出租汽车则不同，一分一秒蹦的都是人民币。

马路旁栽的是法国梧桐，路灯透过树叶缝隙投下满地光斑。常祥站在公交车站旁边，候车。

99路来了。这是那种城市双层巴士，行驶平稳。尤其坐在上层，一路景色尽收眼底。常祥驻足观赏着99路进站，有乘客下车，也有乘客上车。然后99路驶走了。常祥放弃乘坐99路是有道理的，因为99

路的终点站是宏达小区北口，常祥家住宏达小区南口。从北口到南口，还有六分钟步行路程。这不行。

乘坐99路，不是回家路线的最佳选择。放弃乘坐99路，常祥认为自己的大政方针是不会错的。

八分钟之后，又来了一辆99路。常祥对自己说，这99路间隔时间不长，挺好的。可惜它通往宏达小区北口。北口不好。

大约过了五分钟，653路来了。这种城市大型巴士配有车载电话，安装在驾驶员座椅后面，可惜尚未开通。常祥不动声色注视着653路驶进站台，然后不动声色注视着653路驶出站台。653路途经宏达小区，但停在宏达商厦门前。从宏达商厦门前走到常祥家，尚有五分钟路程。五分钟路程，不可取。

对常祥来说，最为合适的是乘坐880路公交汽车。880路在宏达路有一站。他若乘坐880路在宏达路站下车，走到家里只用两分钟。

常祥认为880路公交汽车是回家的最佳选择。因此他耐心十足地等候着"最佳选择"的到来。

人生在世，耐心非常重要。这时常祥想起了黄英。当年他跟这个小美人谈恋爱，有一次约会在湖滨公园。如果他再等三十分钟，因堵车迟到的黄英就会成为他的新娘。如今黄英陪同丈夫去了美国，好像移居火星了。

来了一辆特1路。特1路的路线对常祥来说，美中存在不足。特1路属于城市观光车，行驶路线兜圈子，大好时光完全浪费在路上。这很不好。最为完美的就是880路。

还是见不到880路公交汽车的影子。不要紧。俗话说好饭不怕晚。常祥悠悠点燃一支香烟。黄英也不是尽善尽美的，她限制他吸烟，有时甚至同着外人便不顾情面要求他熄灭手里香烟，弄得他很尴尬。

这时又来了一辆653路，说是末班车了。常祥听到"末班车"就暗暗笑了。黄英离去之后，他三年没有女朋友。但他还是搭上了徐梅这辆"末班车"，避免了孤独者的步行。

又有几辆公交车驶过去了。

他吸着香烟，走到 880 路公交汽车的站牌前，借助路灯看着收车时间。他看清了收车时间，又看了看手表。

哦，880 路晚间8∶40便已收车了。他寻思着，决定放弃 880 路。转念一想他笑了，不是我放弃了 880 路而是 880 路放弃了我。

那就改换乘车路线吧。我可以乘坐 99 路，尽管它的终点站是宏达小区北口。我也可以乘坐 653 路在宏达商厦门口下车，步行几分钟就是了。我还可能乘坐特 1 路，沿途欣赏城市夜景，不失浪漫情调。

噢。这时他猛然想起，653 路的末班车已经驶了过去，只能等候 99 路和特 1 路了。

他耐心等待着。由于耐心十足，他的身影在夜色里很像一尊城市雕像。只有在他吸烟的时候，这尊雕像才变成一个活人。

他足足站在这里等待了三十分钟，没见任何公交车辆驶来。这时他沉不住气了，伸长脖子去看站牌。路灯光线不强，他还是看懂了。无论 99 路还是特 1 路，驶过去的都是末班车。他如果有着充分耐心站在这里等待下去，那么明天清晨 6 点 10 分，第一班 99 路就会出现了。至于特 1 路，则必须等到清晨 6 点 40 分。常祥认为没有必要彻夜等待下去了。

常祥是打的回家的，一路耗资十九元四角。走进家门的时候是晚间十点十分。

妻子徐梅睡眼惺忪地问道，你怎么回来这么早哇？

三、今生来世

碧春和祁红是一对十分别致的夫妻。碧春是夫，祁红是妻。十年前他与她旅行结婚，计划之中有北京这一站的。然而北京还是失之交臂。他和她越过北京到了安阳。其实河南省安阳市是个小地方，只有殷墟和袁世凯墓。碧春和祁红正是为了甲骨文和袁坟才前往那座中原小城的。他和她在那里还见到了豫地著名小吃胡辣汤。这种并不高雅的小吃为新婚之旅增添了一股难以名状的味道。于是首都北京愈发显得遥远了。

婚后十年间，他与她至少三次获得赴京的机会，终未成行。这次他们如愿以偿，双双来到京城。他们将在这里停留十天，然后离去。

十天真是一个短暂的日子。他们并不打算投宿旅馆。他在前，她随后，一前一后走进房屋租赁公司的时候，愈发感到"十天"真是一段无比短暂的时光。房屋中介人沉着面孔告诉碧春和祁红，一套一室一厅的住房最短租赁期限一个月，十天不成。

祁红居然脱口问道："最短租赁期限一个月，那么最长租赁期限呢？最长租赁期限多久呢？"

中介人抬头瞟了一眼祁红，从嘴角里挤出一丝内容极其复杂的笑纹："最长期限啊？今生今世呗。只要你们活着，就可以永无休止地租赁下去。"

祁红并不认为这是一种漫漫无期的说法，也不认为对方含有挑衅心理。她向精瘦干瘪的中介人说："好，那我们就租上一个月吧。"

听妻子这样说，碧春也点头表示同意，说那就租上一个月吧，然后交了房租和保证金。

中介人将一串儿古铜色钥匙递给碧春，好像不愿意跟女人打交道。他操着极其纯正的京腔告诉这对已经开始客居北京的夫妻说，地点并不太远，乘坐13路汽车就到了。

走出房屋租赁公司，祁红说不喜欢13这个数字。碧春说不喜欢那就打的吧。于是站在二环路旁招手打的。十分钟过去了，没有空车。望着二环路上的车流，碧春终于明白大街就是都市河流，他和祁红就是被晾在岸边的两条小鱼儿。时间久了，就成了鱼干儿。

大约过了半个小时，他和她终于搭乘一辆黄色夏利出租车。司机沿着13路公共汽车的路线行驶着，将这两个乘客送到一幢灰色大楼的前面。这时候，北京已经万家灯火了。

下了出租车，碧春付了车费。祁红沮丧地告诉丈夫，花钱打的还是没有逃过"13"。那出租车牌照的尾数是"13"，这幢楼也是"13"号楼。

碧春苦笑，说这都是定数啊。

天黑，他牵着她的手，一前一后走进楼里。楼道里更黑，可能是北京最黑的地方。祁红的小手儿被碧春紧紧握着，她感到全身都被黑暗融化了。这时候她蓦然悟出——黑暗其实是来自内心的。发自内心的黑暗能够将一个人的手脚捆绑起来。无论你是不是客居北京。

他和她摸索着登上三楼。碧春六年前戒了烟，因此身上没有火器。祁红凑到一扇门前，终于看清"317"，说就是这里。碧春伸出钥匙，说了声打开地狱之门。祁红的心儿倏地一颤，随着碧春便走了进去。

事后祁红回忆，她是被一股无形的力量吸进去的，那扇写着"317"字样的大门，仿佛一下就将时空剥离开来，然后重新组合成另外一番模样。

满地月光。进门之后碧春和祁红一动不动地站在厅里，呆呆望着窗外的北京月亮。

碧春小声说，我们明明只住十天，偏偏要交一个月租金，这就是北京。

祁红也小声说，只有交足一个月租金，我们才能住上十天。十天等于一个月，一个月却不等于十天。这就是北京。

北京，只是窗外明月而已。

开了灯。满屋的月光立即褪尽了，逃到窗外。碧春巡视着这套房间里的陈设，认为中介人没有说谎。卧室里有床，有电视机，厨房里有灶具，卫生间里有电热水器，当然，还有窗外月光。他对这套租金不菲的房子感到满意——甚至没有理会妻子苍白的脸色。

祁红真的脸色苍白。脸色苍白的祁红看上去很像一位失血过多的女神。女神站在煤气灶前，说饿了。

是的，他和她已经一天没吃东西了。

其实，祁红六岁那年已经创下绝食四十八小时的纪录了。那时她不记得自己居住在什么地方，只记得食不果腹，同时还要遭受虐待。为了抗议她决定绝食。令她终生不忘的是在最初绝食的二十四小时里根本没有引起继母注意。她与一个陌生男人尽情地喝着一种名叫格瓦斯的淡酒。她还记得继母操着一口极其流利的北京话，显得油滑而风骚。当然，关于风骚是祁红长大之后才懂得的。

吃了饭。碧春开始收拾房子，灯光下显得很笨拙。以前碧春也很笨拙，却并不为祁红注意。此时她出神地注视着丈夫，颇有几分陌生感觉在心头。这就是北京。

碧春从皮箱里拿出两床丝绵被，扔在床上。这时候祁红冲了两杯奶。她和他都有入睡之前喝奶的习惯，据说有利睡眠。可刚刚吃罢晚餐就上床睡觉，于是实行多年的睡前喝奶习惯，竟然显得多余了。

这就是北京。

不知为什么，祁红突然想起奶酪，说假若现在在哈尔滨就能买到俄罗斯风味的奶酪，还有大列巴什么的。碧春点了点头，说俄罗斯非常远，它也叫俄国，有一段时间被称为独联体，更有一段时间被称为苏联。

无论苏联还是独联体都不存在了。可祁红和碧春还存在着。于是，就洗洗睡了。

碧春做了一个梦，梦见了上辈子的事儿，好像十分遥远。祁红也做了一个梦，梦见的却是下辈子的事情，挺近的样子。

四、环形马路

小林读小学五年级时是个优秀学生，升入六年级就不行了，学习成绩急剧滑坡。班主任着急，几次打电话约见家长，可小林的父母并未露面，小林就这样成了一株荒草，疯长而没人打理。一天中午，小林走进学校传达室，找水喝。这时候人们终于知道，父母离异的小林连买瓶装水的钱也没有了。

传达室的王老汉在这所学校看门三十年，什么样子的学生家长他都见过，包括"第三者"，因此他决定站出来，管一管林晓强的这桩事情。王老汉办事很讲效率，他在为小林免费提供白开水的同时，拨通小林父亲母亲的电话，声称孩子失踪了。这一招果然有效，当天下午两点钟，小林的父亲就出现在学校门前。

小林的父亲并没有像传说中那样成为大款，他是骑摩托车来的，因此显得朝气蓬勃。王老汉当头就对小林的父亲展开批评并指出父母离异是造成小林学习成绩下降的主要原因。小林的父亲连连点头，表示虚心接受王老汉的批评。王老汉的自尊心得到极大满足，决定说出小林的下落——此时正坐在一条马路的大树下乘凉呢。

小林的父亲急忙问道：它到底是哪条马路？

王老汉说的是一个谜语：那条马路啊，全市数它最长，全市数它最短。你走出校门，可以向左转，也可以向右转。

小林的父亲听罢这个谜语，蒙了。他眉头紧锁，走出校门，不由自主朝左边走去。

三分钟之后，一位身材修长的女士脚步匆匆走进校门。王老汉从长相上就看出，她是小林的母亲。她是"打的"来的。

王老汉照方抓药，首先也对小林的母亲狠批一通，并且谈到"破镜重圆"。对方呆呆听着，满脸流汗。王老汉认为自己已经触及了对方的灵魂，就摇头晃脑说出了那个谜语：那条马路啊，全市数它最长，全市数它最短。你走出校门，可以向左转，也可以向右转。

身材修长的女士稍加思索，说了声谢谢，转身走出校门，朝着右边去了。

王老汉嘿嘿笑了。班主任打电话请不出小林的父亲母亲，今天我略施小计即告成功，说明看门人比班主任技高一筹。王老汉将看门的任务拜托给烧开水的刘师傅，自己急忙赶往花园街。

这花园街是一条"O"形马路，说它全市最长，那是因为它无限循环，永无终点；说它全市最短，那是因为它尽管首尾相接，却只有八百米长。王老汉将小林安排在这条马路上的一株大树下，等待父亲母亲在这里相聚，从此和好如初。

王老汉很得意。他认为无论男女，搞"第三者"都是靠不住的，无论是彩电冰箱还是夫妻，都要讲究"原装"的。

花园街上。王老汉远远看到小林坐在大树下，正啃吃一只大苹果。这时候，一男一女，从环形路上沿着两个方向朝着小林走来。王老汉笑了，看来小林的父母都是聪明人，几乎同时猜透了这个谜语，从两个不同方向赶到这里来了。

小林的父亲朝着儿子快步走来。他抬头猛然看见迎面走来的女人，表情不由一怔：你怎么也来啦？

她微笑着反问：我怎么不可以来呢？说着，她递给小林一瓶矿泉水。

王老汉大步走上前去，说：好啦好啦，我好不容易把你们聚在一起，今天你们就不要吵啦。这就叫有缘千里来相会，我的这个谜语总算把你们拢到一起啦。嘿嘿。

王老汉说着，转向小林：小林，你爸你妈都被召来啦。今天他们一起站在你面前，完全可以复婚啦！

小林大声说：我妈没来！我妈根本就没来！

王老汉指着矿泉水说：你妈没来，那她是谁呀？

小林站起身来，摇晃着手里的矿泉水瓶子说：她不是我妈妈，我妈妈跟一个大款跑到深圳去啦！

王老汉不笑了，指着身材修长的女士说：那她是谁呀？

小林抬头，看了看给自己带来矿泉水的阿姨，然后说："她就是你们说的我爸爸单位的那个第三者……"

王老汉一时不知如何收场，只得嘿嘿笑着。

五、爱情力量

大都市的景致那是很有意思的。前几年流行长头发，姑娘们一个个长发披肩，一派婀娜多姿的风采。那几年就连绿化公司也广栽垂杨柳，随风摇摆好像跟大街上的女孩子们比赛风情。俗话说榜样的力量是无穷的。其实榜样的力量来自时尚。时尚的力量才是无穷的。

身材高挑的肖娅就是紧紧追随时尚开始蓄发的。在此之前，她多年"假小子"发型，特别具有运动员气质。

头发渐渐长了，近乎披肩。这时候她终于有了追求者。小伙子名叫单涛。早在高中时代单涛跟肖娅便同在一所学校读书，只是不同班罢了。进入大学还不同班，却在同一食堂吃饭同一教学楼读书同一图书馆查资料，低头不见抬头见。多年大好时光就这么过去了。大学毕业之后参加了工作，单涛这才开始追求肖娅。看来单涛情感深沉属于慢热型选手。

肖娅曾经几次问单涛，同学多年你怎么现在才来追我啊？单涛只是笑笑，并不解释原因。

后来问急了，单涛只好坦白说，你要是早几年留长发，我早几年就追你了。如此看来，单涛喜欢长发披肩的女孩儿。他认为留"假小子"发型的女孩儿，缺乏女孩儿味道。

这就是姻缘，看来肖娅必须感谢那一根根长长的头发了。

大学毕业之后，单涛换了几家公司，这样的连续跳槽使他很像一个三级跳运动员。肖娅相对比较稳定，在一家网络公司干了两年，萌生考研念头。她颇为动情地对单涛说，我多么怀念大学读书生活啊。我真愿意一辈子生活在校园里。

这令单涛感到意外。他是一个对学校深恶痛绝的人。自从走出大学校门，他就像一个走出监狱的犯人，永远不想重新回到大墙里的世界。就在肖娅考回母校读研的那一年，单涛去了美国，费城那里有他的姨妈。

临行之前他对未婚妻肖娅说，我出国不是镀金是淘金。只要有了第一桶金我就回国创业。

单涛是这样说的，也是这样做的。他很快从美国转往加拿大，从加拿大转往澳大利亚，而且有了第一桶金。这时候，肖娅与未婚夫单涛失去了联系。

肖娅非常着急，给美国、加拿大、澳大利亚拨打越洋电话，只要能够找到的线索，她都找了。这时候她接到单涛从丹麦打来的电话，说我们分手吧我已经不是从前的单涛了。

肖娅坚决不同意分手。她认为爱情不应当这样凋零。她不停地给单涛写信，一天能写好几封。她不知道单涛漂到何处了，只得将这一封封挽救爱情的信件寄给单涛的姨妈，请她代转。

一个星期过去了，肖娅竟然白了头发，使人想起当年被黄世仁逼入深山的白毛女。朋友们劝她染染头发，这样一头白发披肩，实在太令人心酸了。

肖娅不染，买了一张飞机票去贵州旅行了。有人说当初肖娅和单涛一起去过贵阳，她这次是旧地寻梦。这就是痴情的肖娅。

从贵州旅行归来，肖娅剪去了一头长发，重新留起"假小子"发型。她不得不染发，因为满头白发的背影很像老媪——她不愿意提前成为老人。

然而，她并没有停止挽救爱情。她在贵州山区看到一种"发袜"，正是用女人长发编织的，穿着防水。当然，如今这种发袜已经很少见到了，只是残存着。

她用自己剪掉的白色长发编织了一双银色"发袜"，寄给了远在美国的单涛姨妈。肖娅也说不清楚自己究竟为什么这样做。女人，有时候往往对毫无希望的事情抱有几分幻想。

据说，单涛姨妈将这一双银色发袜转给了单涛。至于单涛手捧前未婚妻用一根根白发编织的发袜究竟做何感想，中国大陆不得而知。

三年之后，单涛回国了。他是美国一家著名化妆品公司派驻中国的专员。他获得这个职位是因为他给公司执行副总裁讲了一个两千年前发生在古代中国的伍子胥一夜白头的故事。单涛雄心勃勃，向执行副总裁发誓三个月就将公司系列产品在中国市场打响。第一步推出"爱你牌"染发水。

他决定拍摄商业广告推出美国公司的系列产品，于是拨通了肖娅的电话。他知道一旦起用这位当代白毛女作为"爱你牌"染发水的形象代言人，那无疑将产生巨大的眼球效应。

肖娅接了电话而且接受了他的约会，地点是一家美式快餐店。他在电话里告诉肖娅，这部广告片一定会给她带来一笔可观的酬金。

他提前坐在快餐店里等候肖娅，因为毕竟是他需要肖娅而不是肖娅需要他。肖娅出现了，穿一件白色风衣款款走来。他隔着玻璃窗注视着昔日恋人，觉得她依然漂亮。

肖娅坐在他面前，笑吟吟的样子。他问候了她，立即从皮包里拿出广告企划书，向她介绍着关于拍摄"爱你牌"染发水广告的基本情况。肖娅打断了他的话语，抖了抖黑油油的披肩长发说，你找我拍这种广告并不合适啊。

单涛看了看肖娅的黑亮润泽的披肩长发说，你现在使用的国产染发剂肯定不如美国产品。国产的染发剂染出的头发太黑了，太黑了就显得太假了。肖娅笑着说，我根本没用什么染发剂，你看啊我现在一根白头发也没有啦。

单涛知道肖娅从不说谎，没有就是没有。于是他盯视着她的黑色长发。肖娅继续说，我当初白了头发，那是爱情的力量。如今我没了白发，也是爱情的力量。爱情这东西真是世界上最好的天然染发剂，或者染黑，或者染白。

说着，肖娅起身离去，一头披肩长发随之飘扬着，好像抖动着一块黑缎子。

美式快餐店门外站着一位西服革履的男子，伸手为肖娅拉开玻璃门。两人并肩走了。

六、永远爱你

倪洪春对一年之中的二十四节气很少留心，但他知道有个清明，至于大寒小寒处暑什么的，一概说不清楚。他只知道阳历，几月几日星期几，因此妻子弥留之际脸上浮现出的那种满足感，他是看不懂的。这只怪他从不留意与农历有关的事情。

妻子的声音很微弱了："多、多爱了一个月，多爱了……一个月。"

倪洪春记住了这句话。妻子生前是工艺美术学校的教师，平时不爱说话。寡言的妻子留下这句话好像一个密码，他用了三个月时间才得以破释。哦，闰月，今年农历闰四月，夫妻在这一年里不就多爱了一个月吗？妻子是懂农历的。

273

多爱了一个月，妻子是那样知足地走了。妻子从小在农村长大，身上永远散发着一种大自然的清纯。清纯的妻子三十八岁就走了。倪洪春觉得大自然也走了。

他将妻子遗像挂在卧室里，开始了鳏夫生活。他在市农业科学研究所工作，专门究竟黄瓜。他研究培育出的优质黄瓜品种获得国家科技进步奖。

妻子在世时对他的优良品种评价是："好吃极了！"家中餐桌几乎天天都有他的黄瓜。

倪洪春一人生活一切从零开始。柴米油盐酱醋茶。他上街购买过日子的东西，事无巨细。这时他才理解妻子的日常生活的烦琐，可是她已经走远了。

副食品柜台前，他对女售货员说："买一瓶爱你牌味精……"

"流氓！你占我便宜。"女售货员急了。

"我买味精，你怎么说我流氓呢？"

"什么你买味精，你说你爱我！"

"我怎么会爱你呢？这绝对不可能。虽然我妻子不在了，我会永远爱她的。"

男售货员走过来支持女售货员："你老婆死了，你就逮谁爱谁是吧？滚！"

倪洪春回到家里，觉得特别委屈。他对着妻子遗像说："你看我怎么成了流氓呢？"

妻子望着他，不言不语。他流下了眼睛："你要是在那该多好啊。"

他走进厨房把采购来的东西逐一放到妻子生前归置的地方。无意间拿起空空如也的味精瓶子，看到标签上写着"爱你牌"。这瓶味精明明是"爱你牌"嘛，那女售货员竟然说我流氓。

这仔细端详，这"爱你牌"显然是妻子手写然后贴上去的。

他知道这只味精瓶子永远空空荡荡而不会充填他物了，便自言自语说："以后我不吃味精了。"

他用自己科研而妻子爱吃的黄瓜做了个菜，简简单单吃了晚饭。之后坐到书桌前整理科研资料。有那么一瞬间，他感觉妻子从身后送来一杯热茶，然后就默默去做别的事情了。

他伸手扭亮台灯，看台灯座上贴着个标签：爱你牌多功能台灯。

他注视这只标签，扭头问墙上妻子："这台灯跟味精是同一个牌子的？"

妻子无言。台灯也无言地投下柔和的光。

之后他看到床垫上钉着一个商标："爱你牌高级两用床垫。"字体是绣上去的。

平时一门心思搞科研，几乎成了家里的房客。许许多多应当凝眸的事物都在眼前一晃而过。此时静下心来仔细观察，发现电视机、冰箱、洗衣机、燃气灶，甚至转椅、哑铃、漱口杯、凉枕……这一系列物品都是"爱你牌"的。其实，电视机是北京牌的，燃气灶是华帝牌的，洗衣机是威力牌的，转椅是民友牌的……这是一场全面彻底的重新命名运动。仔细观看那一件件"爱你牌"标签，都是精美的手工绘制，巧夺天工了。

他坐在地毯上吸烟。他敢断定这地毯也是爱你牌的。这工程如此浩大，妻子是从查出癌症时就动手制作了吧？他想象着妻子用那双工艺美术教师的纤手，制作着一只只质地各异的"爱你牌"标签。于是，妻子无处不在了。

躺在"爱你牌"床垫上，他后悔当初为什么不要个孩子。如果有个孩子多好啊，那是妻子留给他的伟大纪念品。

我该给孩子取个什么名字呢？叫闰月，叫闰年，不，没有闰年这个说法。妻子懂得农历，应当问问妻子。

他睡着了。妻子含情脉脉注视着他。那盏爱你牌多功能台灯彻夜未熄，小太阳似的照耀着这位丈夫的脸庞。

睡梦里，他买到了"爱你牌"味精。他抬头猛然发现，站在柜台里的女售货员是面含微笑的妻子。

七、登山冠军

他累极了，缩身坐在从中天门前往南天门的半路上。这是泰山石阶路，一阶阶通往山顶。山顶就是人们为之向往的极顶。

其实他一路领先，率先到达这里歇脚。大汗淋漓、腰酸、腿胀、心跳不止……假期旅游他跟同学们说了大话，一定要第一个到达极顶。会当凌绝顶，一览众山小嘛。

这时，他坐在石阶路旁边，打开泰山游览图——这是印在纸上的泰山。

看着看着，争强好胜心理渐渐淡化了。他觉得自己已经懂得了泰山，它分明就是一堆巨大无比的石头。一堆巨大无比的石头就是泰山。

抬头向上望去，南天门不远了。也不太近。十八盘啊十八盘。他回头朝着山上望去，同学们被远远甩在后面，不见人影。

毕竟是遥遥领先啊。他得意起来，开始注意下山人们的神态：满脸倦色，脚步僵硬，身体摇晃……他认为这就是"不虚此行"一词的真实注解。

他问一位下山的游客，极顶风光很美吧。那位登顶归来的游客告诉他，站在极顶远眺黄河，人显得非常渺小。这时候他想起女同学妙妙。今天登山她身着红衣白裤。即使红衣白裤站在极顶，同样显得渺小吧。

来了一个叫卖冰果的老汉，大声吆喝着："游客们，听我言，你吃了我的冰果，我把十八盘掌故给你谈一谈。"他听出这位老汉以介绍泰山景物为引子，兜售价钱高于山下两倍的冰果。

那你给我讲一讲极顶吧。他掏钱买了一颗冰果，边吃边听老汉讲解极顶景色。老汉脸上挂着职业微笑说，你吃下两颗冰果，我就能把极顶的景致一件件一宗宗讲解一遍，跟你亲自上去没有什么两样。

他就掏钱买了第二颗冰果。

静心听着老汉的讲解，他吃了两颗冰果。这时候，他仿佛真的漫步极顶了。

他站起身来，好像恢复了几分体力。这时一群大学生追赶上来，发出一阵欢呼声。

一个红衣白裤的女生大声说道，你夸口说第一个冲上极顶，现在我们追上你啦！

他大惊失色，从幻想世界的极顶跌落下来。

叫卖冰果的老汉已经走了。

我们后来居上，你这登山冠军恐怕当不成啊。同学们七嘴八舌说着。那位红衣白裤的女生，甚至向他投来奚落的目光。

他的男子汉自尊心被这目光刺痛了。他当然不会忘记站在山下夸下的海口。不知为什么，他不紧不慢说出这样一番话语：我登上极顶，现在悠悠下山，可巧走到这里遇到你们。

同学们怔住了。继而发出一阵惊叹。哇塞！你真是登山冠军，神行太保啊。

那位红衣白裤女生妙妙，瞪大一双眼睛注视着他。那目光充满羡慕和崇拜。

他继续说，真正的极顶在玉皇阁前院呢，你们可以朝上面投掷硬币，比一比谁的运气好。

你真伟大。红衣白裤的妙妙小声跟他说，你就在这里等候我吧，冠军同志。说罢她转身跟随同学们继续登山了。

他极不自然地笑着说，好吧我等你。听了这话红衣白裤的妙妙猛然回头问他，你说会当凌绝顶真的具有人生意义吗？

她分明是向这位登山冠军讨教呢。他的心倏地一缩，胃里那两颗冰果开始翻腾了。

妙妙攀登而去了。她愈攀愈远，石阶路上她终于成为他目光之中的一个红点。

他站在石阶路上，上也不是，下也不是，仿佛一块风化了石头。这时候，他真的感到自己已经失去泰山，只获得了两颗冰果和老汉的一番讲解。

假日黄金周里他失去了泰山极顶，而且永远失去了。

八、金狗旺运

我的记者朋友去大华制锁厂采访，给黑脸门卫拦住了，说今天全厂公休没人。谁都知道大华制锁出产金狗牌系列锁，畅销全国。踏进旺运的狗年前来采访，我的记者朋友就是想宣传民族品牌，壮大企业威信。

这个门卫脸黑却喜欢聊天，主动给记者讲了个故事，而且是个盗窃未遂的故事，当然故事情节跟锁有关。

话说装配车间青年工人小张违反劳动纪律，车间主任严厉批评他，小张不服气给了车间主任一巴掌。这家伙违反劳动纪律还动手打人，肯定要受处分的。小张后悔了，害怕丢了饭碗。如今工作不好找，虽说大华制锁厂的饭碗不是铁的，可是瓷的也是饭碗啊，老百姓靠它盛饭吃。

小张找到车间主任赔礼道歉，好话说尽还送了两瓶中档酒。车间主任说这件事情已经打报告给厂部，处理结果只能听从厂长决定。小张更加担心，四处打听厂部对他的处理意见。终于用两盒"大中华"买通厂部小干部，那人告诉他厂部处理意见的文件打印出来了，就放在厂长办公室桌子上。

小张心里装不住事儿。他头脑发热决定潜入厂长办公室，看看那份文件究竟怎么处理自己，争取时间采取补救措施。

那也是个公休日。傍晚时分小张假装加班来到工厂。全厂公休没人，头头们都去郊区钓鱼了。他摸黑溜进厂部办公楼。楼道里特别安静。一间间办公室都锁着门。小张定住心神，挨屋识别总算找到厂长办公室，伸手拧动球形门锁，锁着呢。

我的记者朋友听到这里，开始替小张犯愁。黑脸门卫笑着说小张是个乐观主义者。

小张果然乐观：大华制锁厂的工人打不开大华制锁厂的锁？天下没有这个道理。金狗牌门锁就是工人亲手制造出来的，难道一只只"金狗"会不听主人的话？天下也没有这个道理。小张坚决认为，金狗牌系列门锁的内部构造都在自己心里装着，一捅就开。

小张掏出万能钥匙插进厂长办公室的门锁。黑脸门卫讲到这里，嘿嘿乐了。

我的记者朋友听到这里更加紧张，说违反劳动纪律动手打车间主任只是犯错，这偷偷捅开厂长办公室门锁，这涉嫌犯法啊。

小张拿着万能钥匙，捅啊捅啊就是捅不开厂长办公室门锁。他纳闷了，我当了好几年制锁工人怎么对付不了金狗牌门锁呢，这不是天大的笑话嘛。

小张打开手电筒凑近细看，发现厂长办公室的门锁特别眼生，再看上面还有几个洋文字母，不认识。敢情厂长办公室门锁不是金狗的。

小张急了，一个门接一个门观看，发现副厂长办公室、书记办公室、副书记办公室……这一间间办公室都不是金狗牌门锁。他把这种门锁上的洋文字母抄在手心里，沿着楼道退回去。

路过计划生育办公室，他想起如今鼓励生二胎，打开手电筒察看门锁。小张蒙了，堂堂厂部办公楼敢情每间办公室都不用自己工厂出产的门锁啊。这些领导怎么不相信自己制造的名牌产品"金狗"呢。

小张溜回家找到懂得洋文的邻居讨教，当晚弄明白洋文是什么意思。这清一色的进口门锁上的洋文字母标明产地：联邦德国。

德国？小张立即想起世界杯，德国足球水平很高，历史上有贝肯鲍尔和鲁梅尼格以及马特乌斯，如今有克洛泽和穆勒。那足球大门上不用安锁吧？不过中国足球队大门要想安全不失球，恐怕就要安锁了，而且可能会选择意大利品牌，因为主教练是里皮。

黑脸门卫告诉我的记者朋友，小张结果被工厂除名了。后来小张自主创业，在工厂大门外摆了个修锁摊，招牌上写着十个大字：狗年大优惠，专修进口锁。

我的这位记者朋友将这个故事转述给我，说跨进狗年遇到"金狗"的故事，属于意外收获，也算金狗旺运，开门大吉。

九、珍 品

"八百元！你从哪儿弄来这么多钱？"他半惊半喜，抚着桌子上那台崭新的进口收录机。

"先吃晚饭吧，我的书呆子。"妻子一双秀眼笑得弯弯，闪动着自得的光波。

吃饭，喝汤。他啪地打开电视机，心里还在想着"八百元"的来历，便低声问妻："你们医院发了年终奖？"

"只够买两盘录音带的。"

"你的彩票兑上了奖？"他知道妻子买了一沓五颜六色的奖券。一张奖券就是一个希望。开一次奖就是一次动人的日出。

"前天兑了个四等奖，一袋牙膏。"妻子似乎是在谈论着与己无关的事情，嘴角上挂着一丝难以察觉的淡笑。

望着那台喜人的收录机，他心里感到困惑。

电视银屏上映出一部电视剧，是关于爱情的。

妻子"另起炉灶"——啪地按响收录机：迪斯科舞曲。下班时系的白色围裙还系在妻子的纤腰上。她随着音乐的节拍信步起舞，宛若一只玉色的蝴蝶。

目光越过妻子跳动的肩头，他凝视着那个"真实的方格"——银屏里有株壮年的常青树；他觉得自己和妻子也曾经历——一个余味仍在舌端的过去，这里面不仅仅是爱情。

他伸手关掉收录机，迪斯科立即被凝结在喇叭里。电视剧已经进入高潮——

男主角："这是一个沉甸甸的夜晚，它证明了世故的失败、热情的胜利。"

女主角："无论什么时候回忆起来，今夜都是充实的、难忘的。"

"全是编造。已经是过来的人啦，你怎么还是爱看这些……"妻子随手关闭了电视机，银屏瞬间便成了寂寞的空白，一片空白！既无过去，也无将来，只有一个空洞的现在。

他苦笑着耸耸肩，说："我现在要写作业了。明天，我跟你学跳迪斯科！"他挑战般望着妻子，"可是，对'过来的人'这个词儿，我还是一点也不懂它是什么意思。是对'不惑'的褒扬，还是对天真的嘲笑？"

"嘻嘻，你白白跟我谈了三年恋爱，接了一千次吻。"妻子那护士的嘴巴赛过医生的手术刀，厉害。

"嘿嘿，这个数字估得太大了吧？"然后他若有所思地说，"有的人接一千次吻，也未必能吻出个明白来！"

"不害臊！明天就把晶晶从姥姥家接回来，看你这个当爹的还敢厚着脸皮……"妻子嗔笑着，显然她并不理解丈夫的感慨。

翻开《高等数学习题解》，他的手触到一页精美的山水书签；他的心头一热，回头去看妻子。她正专心致志读着录音机方键上的英文字母，表情活像一个刚刚识字的孩子。

"斯——套——泼。嗯，这个方键好像是'停止'，自学了点儿英语，这几年都就饭吃了。"妻子感触不浅。几年前她每晚都趴在收音机前收听陈琳的英语讲座，小鹿一样美丽的眼睛里不时闪动着新奇和憧憬的光。

"不懂外语也是实现家庭电器化的一大障碍哩！"他趁势烧了一把火。

是啊，结婚五年，这个家庭终于有了一台收录机，可是……他揣测这八百元钱中有妻子向娘家求援来的款项。他的心间杂乱起来。

他的目光集中在习题上，纸上那两条相交的直线仿佛化作往事中的十字路口，他——一个工人，和她——一个父母都是文官的白衣女子，并肩站在一起，面临着家长的高压……

她终于勇敢地跨过世俗观念的沟坎，同他挽着手，用很不流利的英语大声说："伟大的今天！"

她把一沓美术书签放到他掌中，说："庆贺咱们的胜利，送给你，去攻读生活这部奇书……"

281

他将一只叠得四四方方的小纸包塞在她手里，说："为了咱们的明天，送给你，寄向远方的理想……"

几年来，谁也没有示出那激动人心时刻互赠的礼物，往事的醇香应当永留心底，时时挂在嘴边，会被冲得淡而无味的……

今晚，心底多年的芬芳愈发醇厚了，一种急于重温往事的欲望撞击着他的心扉。

妻子的手里飞快地编织着一件漂亮的毛衣，站在他身后颇神秘地说："把谜底告诉你吧，上个星期天我弟弟来咱家，从一个破旧的笔记本里翻出一个小纸包……"

小纸包?! 他的心里一动，低头静静听着。

"啧，你没兴趣听? 我这可不是务虚呀，下边将有爆炸性新闻!"妻子开始渲染气氛。

"……开始我也不信他的大话，可是他去了一趟集邮市场。果然卖了四百元!"

他霍地扭过身子，呆呆地注视着喜形于色的妻子。

"嘻嘻，你早就忘了吧，那小纸包里八张一套的匈牙利滑雪邮票，还是当初你送给我的呢! 自从咱俩合成这个家过起实实在在的日子，我也就把这罗曼蒂克忘在一边了。实变虚，虚变实，真是辩证法啊，谁承想这邮票也值了大价钱!"

他缓缓低下头。妻子还在做着简单的加法："再加上你这个学期四十元奖学金，还有三百元活期存款……"

"实变虚，虚变实?"他的情绪竟然异常冷静，认真思忖着妻子的哲学。之后，他的目光恋恋望着书签上的画面：或山或海，背景都十分深远，那时空的纵深感，仍在拨动着人的心弦。

合上书本，书签便"泊"在一个短暂停留的港湾里了。从过去驶到这里，又从这里驶向将来，尽管水面上没有留下任何行迹，可是每一滴水珠都是真实的，不容忘怀的。

最后，他十分坦然地对妻子和录音机说："即使这样，我明天仍然跟你一起跳迪斯科，真的。"

图书在版编目（CIP）数据

哈尔哈拉河的刀子／肖克凡著. — 北京：中国文
史出版社，2020.3
（中国专业作家小说典藏文库·肖克凡卷）
ISBN 978 - 7 - 5205 - 1651 - 8

Ⅰ. ①哈… Ⅱ. ①肖… Ⅲ. ①短篇小说 - 小说集 - 中
国 - 当代 Ⅳ. ①I247.7

中国版本图书馆 CIP 数据核字（2019）第 262254 号

责任编辑：蔡晓欧　　薛未未

出版发行：**中国文史出版社**

社　　址：北京市海淀区西八里庄 69 号院　　邮编：100142
电　　话：010 - 81136606　81136602　81136603（发行部）
传　　真：010 - 81136655
印　　装：北京东君印刷有限公司
经　　销：全国新华书店
开　　本：720×1020　1/16
印　　张：18. 25　　　字数：272 千字
版　　次：2020 年 3 月第 1 版
印　　次：2020 年 3 月第 1 次印刷
定　　价：65. 00 元